포와 란포

포와 란포

에드거 앨런 포 지음

에도가와 란포 해제

이진우 옮김

도서출판 b

• 차 례 •

5

탐정작가로서의 에드거 앨런 포[1]

에도가와 란포 / 이종은 옮김

1. 추리삼매경

탐정소설사의 시작이 1841년이라고 알려진 대로 에
드거 앨런 포의 첫 탐정소설 「모르그 가의 살인」은
1841년 4월 『그래함 매거진 *Graham's Magazine*』에 발표되
었다. 그 후 포는 1845년까지 매해 한 편씩 탐정소설을
발표했다. 「모르그 가의 살인」 이듬해인 1842년 「마리
로제의 불가사의한 사건」, 1843년 「황금벌레」, 1844년

---

1.   『보석宝石』 1949년 11월호에 「탐정작가로서의 에드거 앨런
      포探偵作家としてのエドガー・ポー」라는 제목으로 게재된 글이다.

「네가 범인이다」, 1845년 「도둑맞은 편지」를 발표한 것이다. 탐정소설에 대한 포의 열정이 결코 일시적이거나 돌발적이지 않다는 증거이다.

소설뿐 아니라 수수께끼 및 논리와 관련된 에세이나 평론으로 시야를 넓혀보면 그런 면모가 한층 두드러진다. 「모르그 가의 살인」보다 5년 전인 1836년에는 에세이 「멜젤의 체스 인형」을, 「모르그 가의 살인」과 같은 해에는 에세이 「암호 이야기」와 「사기는 일종의 정밀과학이다」를 발표했으며, 「마리 로제의 불가사의한 사건」을 발표한 해에 평론 찰스 디킨스의 「바나비 러지에 관하여」를, 마지막 탐정소설 「도둑맞은 편지」를 쓴 이듬해인 1846년에는 문학론 「구성의 철학」을 발표했다.

앞서 말한 다섯 편의 탐정소설과 더불어 다섯 편의 에세이와 평론은 포가 얼마나 수수께끼와 논리에 각별한 애정을 가졌는지 보여준다. 이 열 편을 연대순으로 나열해보면 포의 짧은 작가 인생(포가 소설을 쓴 기간은 대략 1833년부터 1847년까지 15년에 불과하다)을 거의 망라한다고 볼 수 있다.

나는 지금까지 오해를 했다. 포의 본령은 「까마귀」를

비롯한 시나 「리지아Ligeia」, 「어셔 가의 몰락The Fall of the House of Usher」처럼 괴기스럽고 신비한 작품에 있으며 탐정소설은 취미에 불과하기에 탐정소설을 가지고 포를 논하는 것은 적절치 않다고 여겼다. 나뿐만 아니라 많은 사람들이 빠지는 오류가 아닐까 생각한다.

포의 탐정소설은 엄밀히 말하면 세 편이고, 넓게 보더라도 다섯 편밖에 안 되기 때문에 한때의 변덕이고 취미라고 간주하는 것은 일견 타당하다. 하지만 앞서 말했듯이 에세이나 평론까지 포함해서 연대순으로 나열해보면 탐정소설을 향한 포의 애정은 결코 일시적인 변덕이 아니라는 것을 알 수 있다. 그의 대표적인 문학론인 「구성의 철학」을 보면 이런 생각이 더욱 명료해진다.

「구성의 철학」은 표제가 다소 거창해서 그렇지 실제로는 포가 신봉하는 소설과 시의 창작 요령을 기술한 후 자신의 시 「까마귀」를 예로 구성 과정을 설명한 글에 불과하다. 이 글에서 포는 독창성을 중시한다. '효과'를 냉정히 고찰해야 하며 대단원Denoument에 대한 전망이 명확해야 작품을 시작할 수 있다고 강조한다. 그리고 「까마귀」를 예로 들어 작법에 대해 다음과 같이 기술한다(시를 예로 들었지만 물론 소설에도 공통

되는 법칙이다).

"이 작품의 구성에는 우연과 직관이 전혀 개입되어 있지 않다는 사실 — 이 작품은 정확하고 엄밀한 수학적 사고의 결과물이라는 사실을 증명하는 것이 바로 나의 목적이다."

그리고 몇 페이지에 걸쳐 「까마귀」의 구성 과정을 정밀하게 기술한다.

이 논문을 처음 읽은 사람이라면 병적인 환상에서 탄생했으리라 생각했던 시들조차 이토록 논리적이고 수학적으로 구성되었다는 사실을 알고 깜짝 놀랐을 것이다. 포라는 작가의 성격이 본래 그렇다. 시도 이럴진대 그 밖의 기괴하고 환상적인 산문은 얼마나 '효과'를 고려하며 대단원을 향해 수학적으로 계산해서 구성했을지 미루어 짐작할 수 있다. 조셉 W. 크루치Joseph Wood Krutch는 『천재 E. A. 포 연구Edgar Allan Poe: A Study in Genius』(1926)를 비롯한 여러 저서에서 포의 성격을 비난하기 위해 '추리 마니아'라는 표현을 사용했지만 이는 결코 비난할 일이 아니다. 오히려 광적이라 할 정도로 '추리 삼매경'에 빠지는 성격을 평가해주어야 한다.

이런 추리 삼매경적 성격은 그의 소설 중 「마리

로제의 불가사의한 사건」에서 유감없이 발휘되었다. 아주 미세한 곳까지 파고들어 세밀한 것까지 따져나가는 그 질리도록 정교한 논리는 단지 결론이 아니라 논리 전개의 과정을 즐기는 성격이 아니라면 불가능하다. 「마리 로제의 불가사의한 사건」은 뉴욕에서 일어난 메리 로저스 살인사건의 수수께끼를 풀어낸 소설로 알려져 있다. 그러나 그건 사실상 전설에 불과하다. 훗날 포가 개정판에서 두 명의 사건 관계자가 자신의 추리에 수긍했다고 기술했을 뿐이다. 그 외에는 특별한 사실도 없고 범인도 밝혀지지 않은 채 사건이 종결되었기 때문에 「마리 로제의 불가사의한 사건」의 가치는 실제 범죄 사건을 해결했다는 데 있지 않다. 이 소설에는 논리적인 모순이 두세 군데 있으며, 피해자의 속옷에서 찢겨나간 천의 치수도 큰 차이를 보인다. 이 소설의 가치는 논리의 정확성이 아니라 추리 마니아적 쾌락에서 비롯된다. 다시 말해 작가가 논리를 펼치는 데 탐닉한 나머지 정보를 조합하는 과정에서 보통 사람들이라면 눈치채기 힘든 빈틈을 발견해서 논리를 위한 논리를 만들어낸다. 「마리 로제의 불가사의한 사건」은 독자 역시 추리 마니아가 아니라면 즐길 수 없는 소설이다.

그리고 정도의 차이는 있을지언정 탐정소설을 좋아하는 사람치고 추리 마니아가 아닌 사람은 없다.

포는 「모르그 가의 살인」 서두에 뒤팽의 성격에 대해 다음과 같이 설명한다.

"분석적 자질이 다분한 사람에게 분석은 세상 무엇보다 강렬한 즐거움을 준다. 힘센 사람이 근육을 움직이는 운동을 즐기며 자신의 육체적 능력에 빠져들 듯이, 분석가는 어려운 문제를 해결하는 정신적 활동에 몰두한다. 이런 재능을 발휘할 기회만 있다면, 아무리 사소한 일이라도 기쁘게 받아들인다. 그는 수수께끼와 난제와 상형문자를 좋아한다. 그가 명민함을 발휘해 문제를 해결하는 모습은 보통 사람들에게 거의 초자연적 현상처럼 보인다. 그의 결론은 나름의 체계를 통해 도출된 것이지만, 어딘가 직관적인 느낌이 난다."

단적으로 말하면 포 자신의 성격이 그렇다. 크루치도 지적하듯 포는 모든 작품에 자기 자신을 묘사해 놓는다. 뒤팽이 바로 포다. 「어셔 가의 몰락」의 어셔도 포다. 의도치는 않았겠지만, 앞서 인용한 구절은 결과적으로 뒤팽에 대한 묘사를 통해 결과적으로 포 자신의 과도한 추리벽을 고백한 것이나 다름없다.

뒤팽과 마찬가지로 수수께끼와 난제를 좋아하는 포의 성격은 다섯 편의 탐정소설뿐 아니라 「멜젤의 체스 인형」, 「암호 이야기」, 「바나비 러지에 관하여」 등의 에세이나 평론을 통해서도 명확히 드러난다.

「멜젤의 체스 인형」은 『신청년新青年』 1930년 2월 증간호에 번역본이 실렸다. 손님과 체스를 둘뿐 아니라 많은 경우 손님을 이기는 신기한 자동인형은 원래 헝가리 남작의 발명품이었는데, 작동 원리의 비밀과 함께 멜젤 씨에게 팔려 몇 년간 유럽대륙의 여러 도시를 비롯해 영국과 미국 각지를 순회하며 인기를 모았다. 이 자동인형을 여러 번 구경한 끝에 비밀을 알아낸 포는 이에 대해 글을 써서 『메신저Southern Literary Messanger』지에 기고했다. 때는 1836년, 그러니까 「모르그 가의 살인」을 발표하기 5년 전인데, 「멜젤의 체스인형」에서 비밀을 밝혀내는 과정은 「모르그 가의 살인」이나 「마리 로제의 불가사의한 사건」의 추리와 조금도 다르지 않았다. 순서를 따라가며 논리적으로 모순을 지적하고 약점을 추궁한다는 점에서 논리적인 즐거움으로 충만했다.

「암호 이야기」 역시 『신청년新青年』 1923년 8월 증간호에 실렸는데 번역을 한 고사카이 후보쿠 박사가 해설도 썼다. 「암호 이야기」는 「모르그 가의 살인」과 같은 해인 1841년에 발표되었다. 포가 필라델피아에서 살던 시절로, 그해부터 그 이듬해까지가 포의 생애 중 가장 행복했던 시기라 할 수 있다. 당시 포는 필라델피아 지역 잡지사 사장인 그래함 씨의 신뢰를 받으며 『그래함 매거진』을 창간했다. 편집장이었던 포가 집필과 편집을 모두 담당했는데 처음에는 5천 부였던 판매량을 2만 부까지 끌어올렸고, 연봉도 8백 달러까지 올랐다. 이는 포의 일생을 통틀어 가장 높은 급료였다. 그때까지는 사랑하는 아내 버지니아도 건강했고, 생활도 안정되었으며, 잡지에 대한 평가도 좋았다. 병적인 포가 가장 건강한 생활을 한 것도 이 시기였다. 바로 전해인 1840년, 몇 년간 발표했던 괴기소설들을 모은 작품집 『그로테스크와 아라베스크 이야기 *Tale of the Grotesque and Arabesque*』가 출간되었는데, 이 책의 서문에서 포는 자신의 작품이 '독일풍'이며 음산하다고 평가한 두세 평론가들에게 반론을 제기하는 한편 앞으로는 이런 종류의 작품을 쓰지 않겠다고 밝혔다(하지만 이 말은 결코 지켜지지 않았다. 이후에도 죽음과 암흑에 관한 작품을 계속 발표한 것은 주지의 사실이다).

일시적이긴 하지만 그가 자신의 과거 작품에 대해 그런 생각을 한 적이 있었고, 아마 형편이 순조로워진 덕분에 작품의 경향을 바꿔보려고 시도한 듯하다. 다시 말해 더 이상 자신의 병적인 작풍을 견딜 수 없어 보다 건강한 작품을 모색한 것이다. 그 결과 탄생한 것이 세계 최초의 탐정소설 「모르그 가의 살인」이다. 크루치는 이러한 전환에 대해 다음과 같은 경구를 남겼다.

　"포는 탐정소설을 발명함으로써 광기에서 벗어나려 했다."

　다시 「암호 이야기」로 돌아가자면, 포는 이 글을 쓴 해에 그가 편집장을 맡았던 『그래함 매거진』의 독자들을 대상으로 난해한 암호를 투고 받아 해독하기 시작했다. 추리 마니아인 포 자신도 즐길 겸 잡지 홍보를 위해 이용한 것이다. 그는 몇 호에 걸쳐 독자들이 투고한 암호를 연재하면서 자신이 그 암호들을 모조리 다 풀었다는 것을 과시했다. 「암호 이야기」 역시 역사적인 각종 암호술을 해설한 후 독자들이 보내온 암호를 예시로 사용해 해답을 제시한 글이었다. 그로부터 3년 후에 포가 암호소설 「황금벌레」를 쓴 것은 결코 우연이 아니었다. 심지어 포는 「황금벌레」에 등장하는 암호를 가장 단순하고 쉬운 것이라고 치부했다.

「바나비 러지에 관하여」는 다음 해인 1842년(「마리 로제의 불가사의한 사건」을 발표한 해)에 쓴 글로, 디킨스의 장편소설에서 범인이 누구인지 보란 듯이 맞춘 무용담이라는 점이 무척 흥미진진하다. 꽤 긴 평론인데 먼저 『바나비 러지』의 대략적인 줄거리를 요약한 후 디킨스의 구상을 상세하게 분석하고 비평한다. 『바나비 러지』는 살인과 트릭이 등장할 뿐 아니라 마지막까지 범인을 숨겨놓는다는 점에서 탐정소설에 가깝다. 보통 디킨스의 장편 중에서는 미완성작 「에드윈 드루드Edwin Drood」나 「황폐한 집Bleak House」이 탐정소설로 꼽히지만, 비록 명탐정은 나오지 않더라도 『바나비 러지』야말로 광의의 탐정소설에 포함시켜도 손색이 없다. 포도 지적했듯이 중간쯤 되면 살인보다도 반 가톨릭 폭동의 방화 소동을 묘사하는 데 주력해서 수수께끼 풀이의 흥미는 깨지지만 말이다.

포는 이 평론을 쓰기 전해인 1841년 5월, 이미 『필라델피아 새터데이 이브닝 포스트The Saturday Evening Post』에 『바나비 러지』의 범인을 추리하는 글을 기고했다. 그는 「바나비 러지에 관하여」에 그 기고문의 일부를 인용하며 이미 한참 전에 범인을 맞추는 데 성공했다고 자신의 공훈을 뽐냈다. 기고 당시에는 『바나비 러지』의 연재가 막 시작되었던 때였지만 자신은 단 7페이지만 읽고 범인을 맞추었다는 것이다(완성된 『바나비 러지』는 주간지 큰 판형으로 총 323페이지에 달했다).

트릭만 간단히 살펴보면, 루벤 헤어데일이라는 인물이 어느 날 밤 집에서 살해되고 집사와 정원사가 행방불명된다. 집사는 나중에 정원 연못에서 시체로 발견되는데 발견자는 집사가 죽었다고 보고한다. 하지만 그 상황은 발견자의 입을 통해서만 묘사될 뿐, 지문에 집사의 시체라는 설명은 나오지 않는다. 그때 포는 집사가 아니라 정원사의 시체 아니냐는 의혹을 품는다. 사실 헤어데일을 죽인 범인은 집사로 자신의 죄를 정원사에게 뒤집어씌우기 위해 먼저 정원사를 죽이고 나서 주인을 살해한 것 아니냐는 것이다. 포는 집사가 정원사의 방으로 가서 자신의 옷을 시체에 갈아입혀 연못에 시체를 빠뜨린 후 도망쳤다고 추정하고 이를 신문에 발표했다.

하지만 이 추정은 순서가 좀 틀렸다. 디킨스의 소설에

서는 집사가 먼저 주인을 살해했는데 정원사가 범행을 눈치채는 바람에 그를 죽이고 자신의 대역을 시키면 일석이조일 것이라고 생각한 것이다. 그렇다 해도 포가 범인을 맞춘 것은 틀림없다. 디킨스가 마지막까지 숨겨 둔 대역 트릭을 단 7페이지만 읽고 간파했으므로 그가 자랑스러워하는 것도 당연하다. 그런 유치함은 같은 병을 앓는 우리 탐정소설 마니아들에게는 아주 정겨운 모습이다.

윌리엄 앨런William Hervey Allen이 쓴 포 평전 『이즈라 펠Israfel: The Life and Times of Edgar Allan Poe』(1927)에 따르면, 디킨스는 포의 추리를 읽고 "정말이지 악마 같은 사람"이라며 경탄했다고 한다. 『이즈라펠』에는 포와 디킨스의 관계가 자세히 기록되어 있다. 그 책에는 디킨스의 미국 여행 중 포가 숙소를 방문해서 대담을 나누었다는 유명한 에피소드를 비롯하여 무척 재미있 는 내용이 많지만, 이 글과는 직접 연관이 없으므로 나중을 기약하겠다.

다음으로 「사기는 일종의 정밀과학이다」라는 에세 이는 유머가 넘치는 경쾌한 글이다. 포의 추리벽에 대한 방증으로는 크게 유력하지 않지만 사기소설도 탐정소설의 일종이다. 중국의 재판소설과 같은 사기소설은 동양의 전통적인 탐정소설이라 할 수 있으며, 포의 왕성한 탐정 취미가 드러난다는 점에서 이 에세이 역시 간과할 수 없다.

포의 추리벽을 증명하는 작품 중에는 「소용돌이 속으로 떨어지다A Descent onto a Maelstrom」나 「한스 팔의 환상모험The Unparalleled Adventure of One Hans Pfaall」 같은 과학소설도 다수 존재한다는 것을 잊지 말아야 한다. 또한 추리는 없지만 수수께끼와 서스펜스가 풍부한 「장방형 상자The Oblong Box」 같은 작품도 어떤 의미에서는 포의 탐정 취미를 증명하는 목록에서 빼놓을 수 없다. 캐롤라인 웰즈Carolyn Wells는 『미스터리 소설의 기교The Technique of the Mystery Story』에서 포의 「장방형 상자」를 일컬어 "역대 가장 훌륭한 수수께끼 문학 Riddle Story 중 하나"라고 했다.

지금까지 살펴본 바를 요약하면 포는 다섯 편의 탐정소설을 썼을 뿐 아니라 암호해독의 유희에 심취했고, 마술 인형의 비밀 찾기에 열중했다. 또한 탐정소설적인 경향을 띤 다른 작가의 작품에서 범인을 찾는 것을 즐겼으며, 더 나아가 사기 수법의 수집까지 관심을 가졌다. 그런 점들을 고려하면 포의 탐정 취미는 결코 일시적인 변덕이 아니라 그의 본질에 뿌리를 내리고 있음을 알 수 있다. 게다가 그는 「구성의 철학」에서 독창적인 괴기소설이나 환상적인 경향의 시조차 수학적인 계산에 기초한 추리를 통해 구성한다고 밝힌 바 있다. 그런 분석벽이나 추리벽이 본질적으로 탐정소설과 상통하는 성격임을 고려한다면, 오히려 탐정소설을 제외한 채 포를 논하는 것이 무의미하다는 생각이 든다. 탐정소설적인 성격이야말로 포의 여러 작품의 근저가 되는 가장 큰 특징 중의 하나이기 때문이다.

2. 원형의 확립

고딕 소설의 여력이 쇠퇴하지 않은 시대에 태어나 기괴하고 공포스러운 작품에 영향을 받았던 포가 돌연 탐정소설이라는 전대미문의 문학 형식을 발명한 것은 아무리 경탄해도 부족함이 없을 정도다. 만약 포가 탐정소설을 발명하지 않았더라면 콜린스William Collis 나 가보리오Etinne Gaboriau는 몰라도 코난 도일Arthur

Conan Doyle은 탄생하지 않았을 것이다. 따라서 체스터튼G. K. Chesterton도 존재하지 않을 것이며 이후의 훌륭한 작가들도 탐정소설을 쓰지 않았을 것이다. 만약 탐정소설을 쓴다 해도, 예를 들어 디킨스처럼 계통이 완전히 다른 작품이 될 것이다. 따라서 지금과 같은 형식의 탐정소설은 금세기에도 탄생하지 않았을지 모른다. 어쩌면 1949년 현재까지도 탄생하지 않았을지도 모른다. (혹시 포가 나오지 않았다면 그 대신 다른 천재가 나타나지 않았을까? 이미 포가 만들어 놓은 원형에 심취해 이미 탐정소설에 대한 선입견을 가지게 된 우리로서는 상상하기조차 힘들지만, 지금과는 전혀 다른 탐정소설이 탄생했을 수도 있다. 그런 생각을 하면 이상하게 스릴이 느껴진다. 만약 미래에 포의 영향력이 완전히 사라지게 된다면, 현재는 상상할 수 없는 전혀 다른 탐정소설이 탄생할지도 모른다는 생각이 들기 때문이다.)

포의 정통 탐정소설은 단 세 편, 넓게 보더라도 다섯 편밖에 안 되지만, 포는 이 다섯 편으로 탐정소설의 백년대계를 세운 것이나 다름없다. 미국의 평론가 필립 반 도렌 스턴Philip Van Doren Stern은 1941년 『버지니아

퀴터리 리뷰*The Virginia Quarterly Review*』에 「브라인드 앨리 살인사건*The Case of the Corpse in the Blind Alley*」이라는 풍자적인 제목으로 기고했던 논문에서 다음과 같은 말을 했다.

"포의 탐정소설에서 수립된 결정적인 구성 원리는 오늘날에도 거의 변함없이 계승되었다. 지금까지도 그의 철학적 방백은 모방되고 있으며, 원치 않더라도 후대 작가들은 그의 아우라를 추종할 수밖에 없다. 탐정소설은 인쇄술과 마찬가지로 단 하나의 틀 안에서 처음 발명된 그대로 진보한 것이나 다름없다. 심지어 예술적 가치에 있어 구텐베르크의 『성서』나 포의 「모르그 가의 살인」을 능가하는 걸작을 지금껏 본 적이 없다."

극단적이기는 하지만 재미있는 비유라고 생각한다.

포는 먼저 천재 탐정 뒤팽을 창조하고, 뒤이어 그를 해설할 안내역으로 이름도 없는 '나'라는 인물을 배치했다. 나중에 도일은 이를 모방해서 홈스와 왓슨을 만들어내는데, 이 안내역은 통상 '왓슨 역'이라고 불리게 되었다. '왓슨'은 천재 탐정에게 꼭 필요한 상대역이며 이미 천재 탐정을 주인공으로 하는 작품에서는 지금까지도

'왓슨'을 폐지하지 못하는 실정이다. 포가 처음부터 얼마나 옴짝달싹하지 못하는 구성을 확립하였는지 알 수 있는 대목이다. 캐롤라인 웰즈는 「미스터리 소설의 기교」에서 왓슨 역을 고대 그리스극의 코러스와 비교했는데, 참 재미있는 견해라고 생각한다(이는 오늘날에도 남아 있는 코러스의 전신이다. 당시는 사건의 진행을 노래하거나 등장인물에게 말을 걸어 연극의 의미를 명료하게 확인하는 역할을 담당했다).

천재 탐정의 원리는 현재도 절반 이상의 작가들이 답습하고 있다. 1920년 프리먼 크로프츠Freeman Wills Crofts가 평범한 탐정을 등장시킴으로써 포의 천재 원리를 반역하기까지 우리는 80년이나 기다려야 했다. 게다가 크로프츠 식의 평범한 탐정이 딱히 우세하다고 할 수도 없는 실정이라 오늘날에도 천재 탐정을 주인공으로 하는 작가가 훨씬 많다.

다음으로 포는 「모르그 가의 살인」에서 '출발점의 괴기성'과 '결과의 의외성'이라는 법칙을 수립했다. 전자는 인력으로는 행할 수 없는 포학함과 밀실의 괴기스러움, 후자는 유인원이 범인이라는 식의 극단적인 의외성이다. 그는 되도록 독자의 눈앞에 정보를 노출시키되 의외의 결말을 제시해야 한다는 '도전'의 원칙을 세웠다. 「모르그 가의 살인」에서 신문 기사를 인용하는 부분이나 오랑우탄 소리를 듣고 서로 다른 국적의 사람들이 각자 자국어 이외의 언어라고 증언하는 대목에서 이 원칙은 확실한 효과를 발휘하고 있다. 창문에 박혀 있던 못이 안에서 부러진 것을 밀폐되어 있었다고 오인한 것은 좀 언페어하지만 전체적으로 페어플레이를 고려하여 구상되었다는 것은 말할 필요도 없다. 「마리 로제의 불가사의한 사건」에서 신문 기사를 인용한 것도 마찬가지로 정보의 명시였다.

포는 추리와 관련해 중요한 원리를 두세 가지 더 고안했다. 그중 하나는 터무니없이 기괴한 사건, 예를 들어 「모르그 가의 살인」 같은 건 보기와 달리 수사가 쉬운 반면, 언뜻 보기에 평범한 사건, 예를 들어 「마리 로제의 불가사의한 사건」 같은 사건이 오히려 수사가 힘들다는 원리이다. 전자는 소설적 범죄, 후자는 현실의 범죄에 해당하기 때문이다.

또 하나는 모든 가능성을 검토해 하나씩 차례로 '엘리미네이트'하면 마지막으로 남은 것이 아무리 불가능해 보여도 결론이라는 원리이다. 아무리 범인이 아닌 것 같아도 그가 범인이다. 나중에 가보리오는 르콕의 입을 통해 종종 이 원리를 언급했지만 '소거'를 통한 추리는 현재까지도 탐정작가의 금과옥조라 할 수 있다.

뒤팽은 「모르그 가의 살인」에서 이 원리를 다음과 같이 설명한다.

"겉으로 보기에 불가능해 보이는 것들Impossibility이 실제로는 그렇지 않다는 사실을 증명해야 한다고 생각했던 걸세."

이 말은 왕년에 내가 잘 써먹었던 '탐정소설은 불가능한 것을 가능하게 만드는 기술'이라는 말과 매우 밀접한 관련이 있다. 이른바 '불가능한 흥미'와 연관되는 것이다. 실제로 존 딕슨 카 작품을 흥미롭게 하는 주된 요소인 불가능 범죄Impossible Crime에 대한 아이디어가 이미 포의 첫 번째 작품에 내포되어 있었다.

그 밖에도 그때그때 독자에게 추리 과정을 알려주지 않고 소설이 끝날 때쯤 탐정이 일괄적으로 이야기해주는 형식도 포의 원형을 그대로 답습한 것이며, S. S. 밴 다인S. S. Van Dine에 의해 유명해진 탐정소설과 과도한 형식주의 간의 근친관계도 실은 포에 의해 창시되어 후대의 작가들에게 그 영향력이 남은 것이다. 포는 학문이 부족했기 때문에 현학을 일삼았다(앤드류 랭Andrew Lang은 포가 학자적인 소양은 없지만 학자적인 취미를 가졌다고 말한다). 후대의 학자들은 포가 종종 라틴 원전을 틀리게 인용한다고 지적한다. 전문가인 학자들에게는 어설퍼 보이겠지만, 포는 평범한 사람으로서는 도달할 수 없는 기이한 지식을 여유 있게 비축해놓고 그것을 도처에 점철시켜 작품에 아름다움을 더한 것이다.

3. 트릭의 창조

이제 포의 다섯 작품에 대해 그가 창안한 트릭의 본령을 살펴보고 후대에 끼친 영향을 고찰하려 한다.

우선 「모르그 가의 살인」을 보자. 아무리 언페어한 해결이라도 후대에 끼친 영향력을 생각할 때 가장 중요한 트릭은 역시 '밀실 범죄'를 꼽을 수밖에 없다. 이를 모방해 도일은 「얼룩 띠의 비밀」을 썼으며 이즈리얼 쟁윌Israel Zangwill은 『빅 보 미스터리 The Big Bow Mystery』를 구상했다. 그뿐 아니라 그 후로도 평생 한두 번쯤 '밀실'을 다루지 않은 탐정작가가 없을 정도로 밀실 트릭은 유행을 낳았다. 심지어 최근에는 존 딕슨 카를 총수로 하는 '밀실파Rocked Room 또는 Sealed Chamber'라는 집단도 생길 정도다.

또한 「모르그 가의 살인」의 경우 범인의 의외성이라는 측면에서도 '동물 범인'이라는 탁월한 착안을 했다. 도일은 이를 응용해 「얼룩 띠의 비밀The Adventure of th Speckled Band」에서 오랑우탄을 독사로 바꿨고, 앤소니 윈Anthony Wynne은 「키프로스의 벌The Cyprian Bees」(『신청년』 1947년 11월 증간호에 번역 게재)에서 곤충 살인의 힌트를 얻었으며, 어느 작가는 살아 있는 전갈을 집어넣은 담배 파이프로 사람을 죽이는 방법까지 생각해냈다. 모두 인간 이외의 범인을 만들어 의외성을 강화한 것인데, 「모르그 가의 살인」은 이러한 '동물 범인' 기법의 전례를 만들었다.

체스터튼의 「세 개의 흉기The Three Tools of Death」(『신청년』 1947년 여름 증간호에 번역 게재)를 보자. 타박상을 입고 건물 밖으로 떨어진 시체를 둘러싸고 흉기가 발견되지 않자 떠들썩해지는 와중에 브라운 신부가 나타난다. 그는 말한다. 여기 사용된 흉기는 너무 커서 눈에 띄지 않을 것이라고. 그 흉기는 다름 아닌 대지(즉 지구)라고. 피해자는 높은 곳에서 추락해서 지면에 부딪혀 죽었다는 말이다. 나는 이 아이디어가 아주 재미있다고 생각했는데, 이번에 글을 쓰려고 「모르그 가의 살인」을 다시 읽어보니 체스터튼의 발명이 아니라 뒤팽이 그와 같은 말을 먼저 했다는 것을 알게 되었다. 포의 탐정소설은 아무리 파도 바닥이 보이지 않는 광맥 같아 그저 놀랄 따름이다. 뒤팽은 레스파나에 부인의 시체에 난 타박상에 대해 다음과 같이 말한다.

"뒤마 씨와 그의 절친한 동료 에티엔 씨는 그것이 둔기에 맞아서 생긴 상처라는 소견을 냈지. (…) 사실 그 둔기란 다름이 아니라 정원 바닥에 깔린 포석이었어. 희생자는 침대 쪽 창문에서 그 위로 추락한 걸세."

브라운 신부보다 훨씬 먼저 기선을 제압한 셈이다.

도일의 「등이 굽은 남자The Adventure of the Crooked Man」는 범죄 현장에 남겨진 기묘한 동물(몽구스)의 족적을 보고 홈스가 동물의 주인을 찾는 이야기이다. 이는 「모르그 가의 살인」에서 오랑우탄의 주인을 찾는 아이디어와 매우 비슷한데 역시 포의 작품에서 힌트를 얻었다.

트릭은 아니지만 도일이 「모르그 가의 살인」의 아이

디어를 그대로 사용한 것은 두 가지이다. 하나는 관찰과 추리를 통한 독심술이다. 뒤팽이 "거의 모든 사람의 가슴에 창문이 하나씩 나 있는 것 같다"고 말하며 '나'라는 인물의 속내를 간파하는데, 도일은 이 대목을 「장기 입원 환자The Adventure of the Resident Patient」에 그대로 차용해서 홈스에게 왓슨의 마음을 읽게 했다.

또 비슷한 것이 있다. 「모르그 가의 살인」에서 뒤팽이 도둑 출신의 명탐정 비독을 평하며 다음과 같이 비난한다.

"예를 들면 비독은 감이 좋고 인내력도 뛰어난 사내지만, 생각을 할 줄은 모른다네. 그러니 과도한 수사로 일을 그르치고 말지. 물체를 너무 가까이서 본 나머지 시야를 흐려버리는 거야. 그렇게 되면 물체의 일부분은 비상할 정도로 선명하게 볼 수 있을지 몰라도, 전체적인 모습은 반드시 놓치게 된다네."

도일은 이를 재빨리 흉내 내어 자신의 첫 작품인 『주홍빛 연구A Study in Scarlet』에서 홈스로 하여금 뒤팽과 르콕의 험담을 하게 한다.

"내가 보기에 뒤팽은 별 볼 일 없는 사람이야. 15분이나 말없이 있더니 갑자기 이상한 말을 하며 친구의 마음을 알아 맞춰보겠다고 하잖아. 겉만 번지르르하지

얄팍한 트릭이지. 그가 분석에는 꽤 재능이 있을지 모르지만 절대 포가 생각한 만큼 탁월한 사람은 아니야."

이어서 "르콕도 딱할 정도로 서툴지. 열정적이라는 것이 그의 유일한 장점이라서 그 책(가보리오의 르콕 탐정)을 읽으면 우울해지지. 그는 이름을 밝히지 않는 죄인의 정체를 찾아내면 되는 거였잖아. 나라면 24시간이면 해치울 수 있는데, 르콕 선생은 6개월이나 걸리더라고. 이 책은 탐정이 하지 말아야 할 것을 가르쳐주는 교과서로 쓰는 게 좋겠어."

뒤팽은 비독의 유일한 장점을 끈기라 보고, 홈스는 르콕의 장점을 열정이라 보는데, 둘 다 노력형 탐정을 경멸하는 점에서 의견의 일치를 보는 것이 재미있다. 최근에는 이런 사고방식이 역전된 덕분에 크로프츠 작품처럼 끈기 있고 발로 뛰는 탐정도 명성을 구기할 수 있게 되었다.

홈스는 뒤팽의 험담을 할지라도 도일은 포를 존경한다. 그렇기 때문에 더욱 포가 창조한 원형을 답습하고 트릭을 모방한다. 그리고 홈스가 "겉만 번지르르하지 얄팍한 트릭"이라고 경멸하던 독심술을 나중에 스스로 연출하게 한다. 도일은 포에 대해 늘 이렇게 말했다고 한다.

"에드거 앨런 포는 탐정소설의 아버지다. 그는 탐정소설에 대한 온갖 기법을 다 고안해냈다. 후대의 작가들은 자신의 독창성을 어디에서 찾아내야 할까. 내 생각에는 그럴 여지가 거의 없는 것 같다." (메리 필립스Mary E. Philips, 『인간 에드거 앨런 포*Edgar Allan Poe: The Man*』)

하지만 도일은 곤란을 잘 극복하고 자신만의 독창성을 구현해냈다. 포를 모방하는 한편 포가 알지 못하는 기법도 생각해낸 것이다.

크루치의 『천재 E. A. 포 연구』는 정신분석적으로 뛰어난 통찰을 보이는 책으로 유명하지만, 포를 너무 깎아내리고 있어 나로서는 동의하기 힘든 점이 많다. 크루치는 포의 탐정소설을 계승한 후계자에 대해 다음과 같이 말한다.

"셜록 홈스는 본인의 성격도 그렇고, 두 사람의 안내역(좀 멍청한 친구와 무능한 경찰)과의 관계도 그렇고, 이상할 만치 뒤팽과 판박이이다. 그러나 홈스가 등장하는 소설의 색조는 포의 소설처럼 병적이지는 않다."

그리고 포의 과학소설 후계자인 쥘 베른에 대해 서술한 후 다음과 같은 말을 남긴다.

"코난 도일과 쥘 베른은 본질적으로 한낮의 작가이다. 반면 포는 극도로 합리주의적인 작품에서조차 그 정서나 분위기는, 한밤중의 작가까지는 아니더라도 황혼의 작가인 것만은 분명하다."

크루치는 '병적'이나 '황혼' 같은 말을 좋지 않은 의미로 사용했다. 나는 조개의 병소病巢로 인해 진주가 생긴다고 믿는 사람이라 그 말 역시 동의할 수 없다. 오히려 나 같은 경우는 반대로 도일의 한낮의 평범함이 불만스러워서 포의 밤의 꿈(황혼이 아니라 밤이다) 속에 나오는 '가공의 리얼'에 심취한 사람이다.

"현실에서 일어난 일은 내게 단지 환영에 불과하다. 반면 꿈의 왕국에서 보는 광적인 이미지야말로 내게는 일용할 양식이다. 그런 꿈의 왕국이 내게는 실재이다."

내가 가장 좋아하는 포의 말인데, 천재 탐정 뒤팽은 이 광적인 꿈의 왕국에서 탄생했다. 그런 까닭에 뒤팽과 홈스는 둘 다 정상은 아니라는 공통점을 가졌음에도 불구하고 뒤팽과 홈스는 본질적으로 다른 인물이다. 뒤팽은 진짜고, 천부적인 인물이다. 홈스는 가공의 인물이고 외양만 그럴싸하게 갖추었다. 포의 작품에서 화자인 '나'는 존재감이 희미하다. 반면 뒤팽이 살아 있는 인물처럼 보이는 것은 그가 포의 분신이기 때문이다. 이에 반해 홈스의 작품에서는 홈스보다도 왓슨이 더 살아 있는 인물 같다. 도일의 분신은 홈스가 아니라 왓슨이기 때문이다.

포 소설의 화자 '나'는 몽마르트르의 이름 없는 도서관에서 희귀본을 찾던 시절 오귀스트 뒤팽과 알게 된다. 그리고 생 제르망의 을씨년스러운 폐가에서 함께 생활하며 철저한 은둔 생활에 들어간다. 뒤팽은 밤을 너무 좋아한 나머지 낮에도 덧창을 닫고 촛불을 밝힌 채 밤처럼 산다. 두 사람은 고색창연한 서적에 심취하여 이상하고 기괴한 대화를 즐긴다. 이에 반해 왓슨과 홈스는 방세를 아끼기 위해 동거 협약을 맺었다. 그리고 홈스는 처음부터 탐정사무소를 연다. 홈스는 별나기는 해도 인간관계가 넓다. 한쪽은 밤의 꿈, 한쪽은 낮의 실무, 뒤팽과 홈스의 성격은 닮은 것 같아도 전혀 다르다. 공통점이라면 자욱한 파이프 연기 속에서 사색하는 버릇을 가지고 있다는 것 정도다.

두 번째로 「마리 로제의 불가사의한 사건」은 사실에

기초한 소설이라서 이렇다 할 트릭은 없지만 여기에는 가장 흥미진진한 일치Coincidence와 확률Probility의 문제가 제시된다.

포는 우연의 일치는 사실상 우연이 아니라고 생각했다. 그것은 빙산의 일각일 뿐이며 그 밑에는 보이지 않는 거대한 구조가 있다. 따라서 전체를 계산할 수 있다면 우연은 우연이 아니라는 것이다. 포는 확률의 계산이란 이런 것을 이뤄내는 것이라고 뒤팽의 입으로 그 의미를 설명하면서도, 이 경우에는 소설 「마리 로제의 불가사의한 사건」과 실제 '메리 로저스 사건'이 일치한다는 상징적 의미로 그 말을 사용하기 때문에 범죄 또는 조사에는 직접 응용하지 않는다.

확률의 법칙을 살인 수단으로 가장 먼저 응용한 것은 다니자키 준이치로의 「도상途上」이라고 생각한다. 나도 서툴지만 「붉은 방赤い部屋」에서 그 법칙을 흉내 낸 적이 있다. 해외 작품 중에는 1945년인가 1946년쯤 『엘러리 퀸 미스터리 매거진Ellery Queen's Mystery Magazine』에 실렸던 프린스 형제의 「손가락 남자」와 필포츠Eden Phillpotts의 장편 『악인의 초상Portrait of a Scoundrel』(1938)이 잘 계획된 확률 살인을 다루고

있다. 과문해서 그런지 이보다 더 이전 작품에서는 확률의 법칙을 보지 못했다.

또한 지금까지 말한 것과는 좀 다른 의미지만, 포는 「어셔 가의 몰락」의 말미에 '일치'의 공포를 매우 기막히게 그려냈다. 낭독하는 고대의 이야기 속에 적혀 있던 소리와 현실의 이상한 소리가 몇 번씩이나 일치하여 비참하게 패닉 상태에 빠지는 장면은 다니자키 준이치로의 「무서운 희곡恐ろしい戲曲」에서 각본과 실제 살인이 인위적으로 일치하는 것과도 상통한다.

세 번째 작품 「황금벌레」의 경우는 전반의 괴기소설 같은 전반부를 칭찬하는 사람이 많다. 하지만 나는 오히려 후반의 추리에 심취했다. 포 자신은 이를 가장 간단한 암호라고 했지만 나는 처음 읽었을 때 이 암호해독의 순서가 하도 절묘해서 정말 감탄했다. 나중에야 알파벳의 빈출도 통계가 포 이전부터 언어학자들에 의해 많이 시행되었다는 것을 알고 다소 실망했지만, 그래도 그런 아이디어를 소설에 도입한 포의 창의력에는 감복하지 않을 수 없다. 포가 「구성의 철학」에서 이야기한 원리에 따르면, 이 소설은 아이디어를 구상할 때 암호해독을 중심에 둔 듯하다. 그런데 그 중심을 버리고 전반의 기괴함만을 찬양하는 것은 작가의 진의에도 부응하지 않는다. 도일은 「황금벌레」의 암호 부분을 따서 「춤추는 인형The Adventure of the Dancing Men」을 썼다. 타이프라이터의 기호를 깃발을 든 인형으로 바꾸었다는 것을 제외하면 해독 방법은 똑같다.

현대의 암호 기법은 포의 시대와는 비교할 수 없을 정도로 복잡해졌다. 미국의 여류 탐정작가 헬렌 맥클로이Helen McCloy는 최신 암호 지식에 기초해 장편 『패닉Panic』(1944)을 썼는데 암호 발달사를 이해하고 싶다면 도움이 되겠지만 암호 자체는 기계적이고 재치가 없어 지루하다. 그리고 1947년 미국에서 레이먼드 본드Raymond T. Bond가 편찬한 『암호소설 걸작선Famous Stories of Code and Cipher』이 출판되어 호평을 받았는데 나도 읽어보긴 했지만, 탐정소설이 시작된 후의 수작을 모은 작품들인데도 「황금벌레」만큼 경이로운 작품은 없었다. 결국 포는 암호소설 분야에서도 가장 오래된 동시에 가장 훌륭한 작가인 셈이다.

네 번째 작품 「네가 범인이다」는 「황금벌레」와 마찬가지로 순수 탐정소설로 인정받지 못했다. 하워드 헤이크라프트Howard Haycraft는 『오락으로서의 살인Murder *for Pleasure*』에서 이런 말을 했다.

"종종 「황금벌레」를 탐정소설이라고들 하는데 그러면 안 된다. 뛰어난 미스터리며, 분석 추리의 걸작이고 주인공 르그랑은 훌륭한 추리를 해낸다. 하지만 「황금벌레」는 그 정보가 독자에게 미리 제시되지 않았다는 간단명료한 이유 때문에 탐정소설이 아니다. 「네가 범인이다」도 마찬가지다. 이 소설은 형식적으로 「황금벌레」보다는 탐정소설에 가깝지만 역시 중요한 추리 정보를 고의로 감추고 있다. 이 소설에서는 피해자가 탄 말의 몸 안에 남아 있던 탄알의 특성을 감별하여 범인을 지목한다. 하지만 말의 상처는 탄알이 몸을 뚫고 지나간 상처임을 나중에야 독자들에게 알려준다. 이는 탐정소설에서는 결코 허용될 수 없는 반칙이다."

헤이크라프트는 적어도 이 책에서는 단순한 미스터리와 탐정소설을 엄격하게 구별했다. 하지만 그런 식이라면 서양의 걸작선에 들어간 탐정소설 중 절반 이상은 불합격일 것이다. 「황금벌레」는 일반적인 탐정소설과 형식이 다를지라도, 전반과 후반을 나누어 생각한다면 적어도 후반의 암호해독 부분은 정통 탐정소설이다. 이 정도로 추리의 쾌감을 잘 배합한 작품은 보기 드물다.

또한 추리 정보를 제시하지는 않지만 암호문은 해독에 들어가기 전에 확실히 제시되었다. 암호가 차츰 풀려 기묘한 문장이 되고, 그걸 다시 해독하는 수순을 밟기 때문에 특별히 정보를 숨긴 것도 아니다. 전형적인 탐정소설은 아니지만 추리 과정상의 재미가 아주 강렬하다는 의미에서 세상에 널리고 널린 본격물보다도 훨씬 더 정통이라 생각한다.

「네가 범인이다」의 경우 논리적인 재미가 덜한 것은 분명하지만 그런 탐정소설은 세상에 아주 많으므로 굳이 비본격물이라고 주장할 필요는 없을 듯하다. 총알이 관통한 상처를 숨긴 데 대해 독자들이 불만을 느끼는 것은 사실이다. 하지만 그렇게 보면 「모르그 가의 살인」역시 일부러 창에 박혀 있던 못이 부러진 사실을 조사하지 않아 무리하게 밀실을 만들었다는 비난을 면치 못할 것이다. 그 차이가 오십보백보이다.

「네가 범인이다」는 이런 식으로 무시되기 일쑤지만 의외로 탐정소설의 중요한 기법이 아주 많이 담겨 있다. 우선 초반부터 독자에게 범인을 폭로하는 대담한 기법을 쓰고 있다는 점을 고려하면 가장 페어하다고 할 수 있다. 또한 상당히 정교하게 고안된 위증 트릭이 있다. 그 위증의 하나가 말의 몸 안에 남아 있는(또는 그렇다고들 하는) 탄알에 묻은 거푸집의 흔적으로 권총의 소유자를 지목하는 기법이다. 이는 본질적으로 총의 탄도로 인해 탄알의 외면에 생긴 미세한 흠집을 현미경으로 조사하는 최신 감식법과 같은 것이며, 포가 일찍이 탄알의 특성을 감별하면서 생각해낸 것이다.

하지만 이 소설의 가장 중요한 트릭은 '가장 의외의 인물Most Unlikely Person'이라는 법칙을 창시한 것이다. 다시 말해 「네가 범인이다」는 탐정의 역할을 맡은 인물이 사실은 범인이었다는 의외의 재미를 고안해냈다. 하지만 이 작품은 마지막에 시체가 벌떡 일어나 말을 하는 괴이함에 중점을 두었기 때문에 의외의 인물이 범인이라는 점이 크게 주목받지 못했다. 게다가 어쩐지 유머러스한 서술 방식 때문에 범인이 너무 일찍 밝혀진다는 결점도 있다. 하지만 탐정이 범인이라는 형식을 창안한 작품인 것은 분명하다. '탐정=범인' 트릭은 '피해자=범인' 트릭과 더불어 의외의 재미가 무척 컸으므로 그 후 많은 작가가 사용했다. 포는 불충분하지만 이 작품에서 또 기선을 제압한 것이다.

한 가지만 더 이야기한다면 이 작품에는 복화술이

나온다. 복화술 속임수는 시대를 거듭하며 탐정작가들이 애용하고 있는데 그걸 처음으로 탐정소설에 도입한 작가가 포인 것이다.

다섯 번째로 「도둑맞은 편지」는 포의 탐정소설 중에 가장 호평을 받는 작품이다. 엘러리 퀸도 단편 베스트 10을 뽑을 때 포 작품 중 이 작품을 선정했고, 최근 영미 단편 걸작 15선을 위해 나도 통계를 내봤는데 작품의 빈출도로는 이 작품이 1위를 차지했다. 또 앞서 언급했던 헤이크라프트도 이 작품에 관해 다음과 같은 말을 남겼다.

"「도둑맞은 편지」는 뒤팽이 등장하는 탐정소설 세 편 중에서 구도의 정교함이나 문학적 가치에 있어서 모두 크게 만족할 만한 발군의 완성도를 지녔다. 이는 다른 두 작품보다도 단순하고 짧으며, 구조가 잘 짜인데다가 주제가 확실하다. 서두에 긴 장광설이 나오지 않고 단도직입적으로 본론으로 들어가는 것도 깔끔하다. 어느 정도는 설정을 위한 묘사도 있지만, 전작들보다 훨씬 교묘하고 자연스럽다."

나도 포의 탐정소설 중 하나만 고르라는 질문을 받으면 결국 「도둑맞은 편지」를 택할 것이다. 하지만 헤이크라프트가 말하듯이 완성도가 높거나 묘사가 교묘해서가 아니다. 내가 최고라고 생각한 이유는 역시나 숨기지 않는 것이야말로 가장 감쪽같이 숨기는 것이라는 심리적 테마 때문이다. 지도 속의 큰 활자만큼 찾기 힘든 것도 없다든가, 상대의 표정을 흉내 내려면 그 생각을 알아야 한다는 식의 상식을 넘어서는 재치에 마음을 완전히 빼앗긴 것이다.

가장 감쪽같이 숨기는 방법은 드러내는 것이며 더 나아가 상대를 맹점에 빠뜨리는 것이다. 이 착상은 탐정작가들이 자주 활용하는 '맹점 원리'의 선구로, 내가 가장 좋아하는 체스터튼의 작품 「투명인간The Invisibe Man」에서 항상 눈앞에 있지만 범인이 우편배달부인 까닭에 맹점에 빠졌던 트릭 역시 이와 전적으로 동일한 원리이다. 체스터튼은 포의 「도둑맞은 편지」에서 힌트를 얻어 「투명인간」을 쓰지 않았을까 추측해본다.

간판 글자나 지도 속의 글자는 클수록 발견하기 힘들다는 사고 역시 체스터튼이 애용하는 것으로 앞에서도 언급했던 '대지같이 흉기가 너무 크면 눈에 들어오지 않는다'는 생각과도 일맥상통한다.

도일은 거의 이 작품을 모방하여 「보헤미아의 스캔들A Scandal in Bohemia」을 썼다. 뒤팽은 장관의 서재 창밖에서 공포탄을 쏘게 하고 장관이 창가에 뛰어간 틈을 타서 편지를 되찾는다. 그리고 홈스는 여자 배우가 창밖에서 연기를 피운 후 "불이야"라고 외치게 해서 여배우에게 주의를 돌리고 문제의 사진을 되찾는다. 얼핏 봐도 포를 모방한 것이 틀림없다. 게다가 「보헤미아의 스캔들」에는 그 외에 별다른 창의적인 트릭도 없기 때문에 재미나 문학적인 가치라는 측면에서도 「도둑맞은 편지」와는 현격한 차이가 난다. 포의 작품은 흉내로는 다다를 수 없는 대단한 경지라 할 수 있는 것이다.

이상으로 다섯 작품의 주요 트릭과 후대에 끼친 영향에 관해 대략적인 이야기를 마치고자 한다. 이 트릭들 중에서 이후 가장 많이 활용되어 가장 긴 생명력을 자랑하는 트릭은 '밀실 살인'과 '탐정=범인 트릭', 그리고 '맹점 원리' 세 가지이다. 단지 다섯 편의 탐정소설을 통해 중요한 트릭 원리를 세 가지나 창안하였으며, 지금까지 백여 년에 걸쳐 많은 작가가 그 원리를 모방했다는 것은 포의 독창성이 얼마나 위대한지를 보여주는 증거이다.

포 이후에 고안된 트릭은 아주 많지만 그중 가장 훌륭한 것은 역설적이게도 '1인 2역' 트릭 중 피해자가 범인이라는 트릭이다. 재미로도 그렇고 사용된 빈도뿐 아니라 변형이 무수히 많다는 점에서도 이 트릭이 단연 타의 추종을 불허한다. 그렇다면 트릭의 원조인 포가 그런 최대의 트릭을 왜 놓친 것일까. 나는 그에 대해 이렇게 해석한다.

이 트릭은 디킨스가 『바나비 러지』에서 이미 선수를 쳤다. 게다가 포는 앞서 말한 대로 그걸 알아채고 글을 써서 신문에 실었다. 그리고 트릭에 중점을 두고 「바나비 러지에 관하여」를 썼다. 디킨스와 더불어 포도 이 트릭을 알고 있었다. 하지만 바다 건너의 선배가 먼저 쓴 트릭을 또 우려먹고 싶지 않았을 것이다. 나는 그렇게 해석한다. 그러니까 만약 디킨스가 『바나비 러지』를 쓰지 않았더라면 포가 피해자=범인 트릭을 사용한 탐정소설을 썼을지도 모른다는 뜻이다.

멜젤의 체스 인형

멜젤의 체스 인형은 비슷한 종류의 구경거리 중에서는 가장 많은 관심을 받았다고 해도 과언이 아닐 것이다. 그것은 어딜 가나 사람들의 호기심을 강하게 자극했다. 하지만 그 **작동 원리**에 관해서는 알려진 바가 없다. 이 문제에 관해 결정적이라고 해도 좋을 만한 글을 발표한 사람은 아직 아무도 없다. 폭넓은 관찰력과 **빼어난** 통찰력을 갖춘 기계 전문가들조차도 그것이 인간의 개입 없이 움직이는 순수한 기계이며, 따라서 인류의 역사상 가장 놀라운 발명품이라고 망설임 없이 주장하고 있는 형편이다. 만약에 그 전제가 참이라면 누구도 그들의 주장에 반박하지 못할 것이다. 이 가정을 받아들인다면, 그 체스 인형을 고금의 유사한 기계들과 비교하는 건 아무런 의미도 없는 일이다. 그렇지만 놀라운 기계가 정말 많다. 여기서 브루스터[1]의 『과학 마술 일람』에 소개된 놀라운 기계 하나를 소개할까 한다. 그것은 다름이 아니라 카뮈가 어린 루이 14세를 위해 발명한 마차다. 공연을 위해 미리 준비된 방에는 4제곱피트의 탁자 하나가 있었다. 카뮈는 이 탁자 위에 나무로 만들어진 6인치 길이의 마차를 놓았다. 마차를 끌고 있는 건 같은 재료로 만들어진 말 두 마리였다. 마차의 창문이 열리자 뒷좌석에 숙녀 하나가 앉아 있는 게 보였다. 마부석에 앉은 마부는 고삐를 손에 쥐고 있었고, 하인과 급사도 각자의 위치에 자리하고 있었다. 카뮈가 용수철을 건드리자 마부가 채찍을 휘둘렀다. 말들은 마차를 끌고 탁자 가장자리를 따라 자연스럽게 앞으로 달려갔다. 탁자의 한쪽 끝에 도착한 말들은 갑자기 직각으로 방향을 돌리더니 조금 전처럼 마차를 끌고 탁자 가장자리를 따라 계속 앞으로 나아갔다.

---

1.   데이비드 브루스터(1781~1868). 스코틀랜드 과학자이자 발명가. 마술에 도입된 과학적 원리들을 책으로 정리했다.

이런 식으로 마차는 왕자의 앞에 도착했다. 그렇게 멈춘 마차에서 급사가 내려 문을 열었고, 숙녀가 마차에서 내렸다. 숙녀는 왕자에게 청원서를 보여주고 다시 마차로 들어갔다. 급사는 다시 마차에 올라 문을 닫고 자기 자리에 앉았다. 마부는 채찍을 휘둘렀고, 마차는 왔던 길을 따라 원래 위치로 돌아갔다.

마이아르데[2]의 마술사도 살펴볼 만한 가치가 있다. 이것은 앞서 언급한 일람에서 발췌한 것이다(브루스터 박사는 주로 에든버러 백과사전에서 자료를 수집했다).

"마이아르데가 만든 마술사는 가장 유명한 기계 중 하나인데, 그것은 관객의 질문에 답을 해준다. 마술사처럼 차려입은 인형이 벽을 등지고 앉아 있다. 한 손에는 지팡이를, 다른 한 손에는 책을 들고 있다. 미리 준비된 질문들이 동그란 메달에 적혀 있다. 관객은 답을 얻고 싶은 질문이 적힌 메달을 골라서 준비된 서랍에 넣는다. 메달을 서랍에 넣으면 용수철 장치가 되어 있는 서랍이 닫힌다. 마술사는 자리에서 일어나 고개를 숙여 인사하고 지팡이로 원을 그린 뒤에 생각에 잠긴 사람처럼

---

2.   앙리 마이아르데(1745~1830). 스위스 기계공. 자동인형 기술의 선구자로 알려져 있다.

책에 얼굴을 묻는다. 마치 주어진 질문을 놓고 고민하는 것 같다. 마침내 그가 지팡이로 머리 위의 벽을 두드리면, 접이식 문이 활짝 열리며 적절한 답을 보여준다. 문은 다시 닫히고, 마술사는 원래 자리로 돌아간다. 메달을 넣은 서랍이 다시 열린다. 각기 다른 질문이 적혀 있는 메달이 스무 개가량 준비되어 있다. 마술사는 자신에게 주어진 질문에 가장 적합하면서도 기발한 답을 내놓는다. 메달은 얇은 타원형 동판으로, 전부 똑같이 생겼다. 그중 어떤 메달에는 앞뒤로 각기 다른 질문이 적혀 있는데, 마술사는 두 질문에 연달아 답을 해준다. 메달을 넣지 않고 서랍을 닫으면 마술사가 일어나서 책을 들여다본 뒤에 고개를 젓고는 다시 자리에 앉아 버린다. 접이식 문은 열리지 않고, 빈 서랍은 다시 열린다. 메달 두 개를 한꺼번에 넣으면 밑에 있는 메달의 질문에만 답을 해준다. 태엽을 끝까지 감으면 기계는 한 시간가량 움직인다. 50개의 질문에 답할 수 있는 시간이다. 메달을 기계에 넣을 때마다 거기에 맞는 답을 보여주게 만드는 건 매우 간단한 일이라고 발명가는 설명했다."

더 놀라운 건 보캉송[3]의 오리다. 그것은 실제 오리와 크기가 같을 뿐만 아니라 행동까지 빼닮아서 관객을 감쪽같이 속인다. 브루스터에 따르면 그것은 진짜 오리처럼 움직이고 행동한다. 게걸스럽게 먹고 마신다. 오리 특유의 재빠른 목과 머리 움직임까지 보여준다. 오리처럼 물장구를 치고 부리로 물을 먹는다. 꽥꽥거리는 소리 역시 오리와 거의 똑같다. 그 해부학적 구조는 기술력의 극치를 보여준다. 이 자동기계에는 실제 오리의 모든 뼈가 구현되어 있다. 날개의 구조 역시 해부학적으로 매우 정확하다. 체강과 뼈의 돌기, 그리고 척추의 굴곡까지 그대로 본떴다. 관절의 움직임도 실제 오리와 똑같다. 옥수수 알갱이를 던져 주면 목을 쭉 뻗어서 집어삼키고 소화시킨다.[4]

이것들이 그렇게 놀라운 기계라면, 배비지[5]의 계산 기계에 관해서는 어떻게 생각해야 할까? 천문도와 항해도를 거침없이 계산할 뿐만 아니라, 자체적으로 오류를

---

3.   자크 드 보캉송(1709~1782). 프랑스 발명가이자 미술가. 자동 베틀을 최초로 발명했다고 알려져 있다.

4.   [원주] 에든버러 백과사전의 안드로이드 항목에서 고금의 주요 자동기계에 관한 자세한 설명을 찾을 수 있다.

5.   찰스 배비지(1791~1871). 영국 수학자이자 철학자이자 공학자. 컴퓨터의 아버지로 불린다.

수정해서 수학적으로 정확한 결과를 도출할 수 있는 목제 기계와 철제 기계에 관해서 어떻게 생각해야 할까? 이 모든 일을 해낼 뿐만 아니라, 그렇게 도출된 결과를 인간의 개입 없이 인쇄까지 할 수 있는 기계에 관해서 어떻게 생각해야 할까? 그와 같은 기계가 있다면 누구라도 그것이 멜젤의 체스 인형보다 뛰어나다고 대답할 것이다. 하지만 그렇지 않다. 체스 인형이 인간의 직접적인 개입 없이 작동하는 **순수한 기계**라고 가정한다면(잠시라도 이런 가정을 한다는 것 자체가 있을 수 없는 일이지만), 그것은 배비지의 계산 기계보다 더 뛰어나다. 산술이나 대수의 계산은 본래 고정적이고 한정적이다. 어떤 **데이터**가 주어지면 반드시 그에 따른 결과가 도출된다. 처음 주어진 **데이터**를 제외하면 그 무엇도 그 결과에 영향을 끼치지 않는다. 문제의 풀이는 변할 수도 없고 수정될 수도 없는 확고한 단계들을 거쳐서 마지막 결과에 도달한다(혹은 그래야만 한다). 해결하고자 하는 문제의 **데이터**를 입력하고 작동시키면 필요한 결과를 향해 규칙적, 점진적, 불가변적으로 접근해 가는 장치를 만들어내는 건 불가능한 일이 아니다. 문제가 아무리 복잡하더라도 그것을 푸는 방법은 고정적이고 한정적이기 때문이다. 하지만 체스 인형의 경우는 그렇지 않다. 체스에는 정해진 절차가 없다. 하나의 수는 다른 하나의 수를 결정하지 않는다. 이번 게임의 수로 다음 게임의 수를 예측할 수도 없다. 체스 게임의 **첫 수**를 대수 문제의 **데이터**와 나란히 놓고 비교해보면 둘 사이의 차이점을 명확히 파악할 수 있다. 후자의 경우—즉 **데이터**의 경우—문제의 두 번째 단계는 반드시 해당 **데이터**에 의해서 결정된다. 그것은 데이터를 통해 형성된다. 반드시 **그래야** 하며, 다른 요인이 작용해서는 안 된다. 하지만 체스 게임에서는 두 번째 수가 첫 번째 수에 의해서 결정되지 않는다. 대수 문제에서는 풀이가 진행된다고 해서 그 확실한 절차가 흔들리지 않는다. 두 번째 단계는 주어진 **데이터** 의 결과이며, 세 번째 단계는 두 번째 단계의 결과이고, 네 번째 단계는 세 번째 단계의 결과이며, 다섯 번째 단계는 네 번째 단계의 결과이다. **오로지 이와 같은 방식으로** 마지막 결과가 도출된다. 하지만 체스는 게임 이 진행될수록 **불확실성**이 증가한다. 몇 차례의 수를 두고 나면 다음 단계를 예측할 수 없게 되는 것이다. 주위의 구경꾼들은 각기 다른 훈수를 둔다. 모든 것이

경기자의 가변적 판단에 달려 있다. 체스 인형의 수가 전부 결정되어 있다고 가정하더라도(이런 가정을 한다는 것도 있을 수 없는 일이지만), 도전자의 불확실한 의지가 그 수에 훼방을 놓게 되어 있다. 멜젤의 체스 인형과 배비지의 계산기는 전혀 다른 원리로 작동된다. 그리고 전자가 정말로 **순수한 기계**라면, 우리는 그것이 인류의 역사상 가장 놀라운 발명품이라는 사실을 인정하지 않을 수 없을 것이다. 하지만 체스 인형의 발명가 켐펠렌 남작은 그것이 "매우 평이한 구조로 이루어진 — 대담한 착상과 요령 있는 방식으로 착각illusion을 불러일으키는 장난감에 지나지 않는다"고 선언하는 데 망설임이 없다. 이 발언에 특별한 의미를 부여할 생각은 없다. 그 자동기계가 사람의 의지로 움직인다는 건 이미 확실하다. 필자는 이것을 **연역적**으로 증명할 수 있다. 유일한 문제는 도대체 **어떤 방식**으로 인간의 개입이 이루어졌는가 하는 것이다. 하지만 이 문제를 다루기에 앞서, 멜젤의 공연을 관람하지 못한 독자들을 위해 그 체스 인형에 대한 간략한 설명을 덧붙이는 게 좋을 것 같다.

그 체스 인형은 1769년 헝가리 프레스부르크의 켐펠

렌 남작에 의해 발명되었다(차후에 남작은 그 기계와 매뉴얼을 현재의 소유자에게 넘기게 된다). 기계가 완성된 직후에 그는 프레스부르크, 파리, 빈을 비롯한 유럽의 여러 도시에서 그것을 선보였다. 1783년과 1784년에 멜젤은 그것을 런던으로 가져갔다. 나중에는 미국의 주요 도시에서도 그 체스 인형을 볼 수 있었다. 그것은 어디에서나 커다란 관심을 받았으며, 각계각층의 사람들이 그 인형의 비밀을 밝히려고 혈안이 되었다.

위에 실린 그림은 몇 주 전에 리치먼드 시민들이 목격한 인형을 그럭저럭 충실하게 묘사하고 있다. 다만 오른팔은 상자 위에 일자로 뻗어 있어야 하고, 상자 위에는 체스판이 있어야 하며, 손에 파이프를 쥐고 있을 때는 쿠션이 없어야 한다. 멜젤이 인수한 뒤에는 인형의 의상에 몇 가지 사소한 변화가 있었다 — 예를 들면 원래는 없었던 깃털 모자가 생겼다.

약속된 공연 시간이 되면 커튼이 올라가거나 접이식 문이 열리고, 가장 가까운 관객으로부터 12피트 정도 거리에 기계가 들어선다. 밧줄이 관객과 기계 사이를 가로막고 있다. 터키인처럼 차려입은 인형이 커다란 상자 앞에서 다리를 꼬고 앉아 있다. 단풍나무로 보이는 그 상자는 탁자의 역할을 한다. 공연의 진행자는 (요구하는 사람이 있다면) 기계를 굴려서 무대 곳곳으로 옮기기도 하고, 관객이 지정하는 위치에 가져다 놓기도 한다. 심지어 게임이 진행되는 와중에 기계를 옮기는 경우도 있다. 상자 밑에는 기계를 옮기기 위한 황동색 바퀴가 달려 있어서, 관객은 기계 밑의 바닥을 분명히 볼 수 있다. 인형이 앉아 있는 의자는 상자에 영구적으로 고정되어 있다. 체스판 역시 상자 위에 완전히 붙박여 있다.

체스 인형의 오른팔은 몸통과 직각이 되게끔 정면으로 죽 뻗어 있고, 체스판 옆에 아무렇게나 놓여 있는 것처럼 보인다. 손등은 위를 향하고 있다. 체스판의 면적은 18제곱인치쯤 된다. 왼팔은 안쪽으로 구부러져 있고, 손에는 파이프가 들려 있다. 녹색 망토가 터키인의 등을 가리고 있으며, 양쪽 어깨의 앞부분까지 뒤덮고 있다. 겉으로 보기에 상자는 다섯 칸으로 나뉘어 있는 것 같다 — 동일한 크기의 찬장 세 칸과 그 찬장 바로 아래에 자리한 서랍 두 칸이 있다. 적어도 자동기계가 관객 앞에 처음 소개된 순간에는 그렇게 보인다.

이제 멜젤은 관객에게 기계의 내부를 보여주겠다고 말한다. 그는 주머니에서 열쇠 뭉치를 꺼내 위 그림의 1번 문을 열고 찬장 내부를 보여준다. 찬장 내부는 크고 작은 톱니바퀴와 지렛대 같은 것으로 빼곡히 채워져 있어서 육안으로는 그 안쪽이 어떻게 되어 있는지 잘 보이지 않는다. 1번 문을 활짝 열어둔 채 그는 상자 뒤쪽으로 가서 인형의 망토를 들치고, 정확히 1번 찬장의 뒤에 위치한 문을 연다. 그는 불붙인 양초로 찬장 내부를 비추면서 기계를 이곳저곳으로 이동시킨다.

뒤에서 환한 불빛을 비추자 찬장 안쪽이 기계로 가득
차 있는 게, 오로지 기계로만 가득 차 있는 게 보인다.
관객은 이 사실을 확인하고 만족한다. 멜젤은 뒷문을
잠그고 열쇠를 뽑는다. 인형의 등을 다시 망토로 덮고
상자 앞으로 돌아간다. 1번 문은 여전히 열려 있는
상태다. 이제 진행자는 찬장 바로 밑에 있는 서랍을
연다 ― 서랍은 두 개로 보이지만 사실은 하나다 ―
나머지 손잡이와 열쇠 구멍은 그저 장식에 불과하다.
이 서랍을 끝까지 열면 받침대에 반듯하게 놓여 있는
쿠션과 체스말 세트가 보인다. 이 서랍과 1번 문을
모두 열어 둔 상태로 멜젤은 2번 문과 3번 문을 연다.
이것은 사실 하나로 연결된 접이식 문이고, 안쪽도
하나의 공간으로 되어 있다. 하지만 이 공간의 우측(관
객 기준에서 우측)에는 기계로 채워져 있는 6인치 너비
의 작은 공간이 따로 구분되어 있다. 이 큰 칸은(2번
문과 3번 문을 열었을 때 보이는 부분을 이제부터
큰 칸이라고 부르기로 한다) 바닥과 벽면이 검은색
천으로 덮여 있고, 후방 상단 양쪽 모서리 부분에 설치된
사분원 모양의 철근을 제외하면 아무런 장치도 없다.
검은색 천으로 덮인 8제곱인치의 작은 돌출부가 후방

좌측(관객 기준에서 좌측) 바닥에 놓여 있다. 2번 문과 3번 문, 그리고 1번 문과 서랍까지 모두 열어둔 채 진행자는 큰 칸의 후방으로 가서 뒷문을 열고 촛불로 큰 칸 내부를 밝게 비춰 보여준다. 이로써 상자의 내부가 관객에게 완전히 공개된 것으로 보인다. 멜젤은 문과 서랍을 모두 열어둔 채 자동기계의 방향을 반대로 돌린 다음, 망토를 들쳐서 관객에게 터키인의 등을 보여준 다. 그는 인형의 등 부분에 있는 10제곱인치 크기의 문과 허벅지 부분에 있는 좀 더 작은 문을 연다. 이 구멍으로 본 인형의 내부는 기계 장치로 가득하다. 이쯤 되면 웬만한 관객은 그 자동기계의 내부를 한꺼번에 빠짐없이 들여다봤다고 생각하고 만족한다. 기계 안에 사람이 숨어 있을지도 모른다고 생각하던 관객도 이내 그것이 어처구니없는 의심이었다고 여기게 된다.

멜젤은 기계를 원래 자리로 옮기고 나서, 이 인형이 지금부터 체스 게임을 할 테니 자신 있는 관객은 도전하시라고 말한다. 게임이 성사되면 도전자를 위한 작은 탁자가 준비된다. 밧줄 바로 옆이긴 하지만 탁자는 관객 쪽 자리에 놓인다. 자동기계를 시야에서 가리지 않을 만한 위치다. 멜젤은 이 탁자의 서랍에서 체스말 세트를 꺼낸다. 늘 그러는 건 아니지만 대체로 그는 도전자의 탁자 위에 그려진 평범한 체스판 위에 손수 체스말을 배치한다. 도전자가 자리에 앉으면 진행자는 자동기계 상자의 서랍에서 쿠션을 꺼낸 뒤, 인형이 들고 있던 파이프를 치우고 그 왼팔을 쿠션으로 받친다. 그러고 나서 그는 서랍에서 꺼낸 체스말 세트를 인형 앞에 놓인 체스판 위에 배치한다. 이제 모든 문을 잠그고 열쇠 뭉치는 1번 문에 꽂아 둔다. 서랍까지 닫고 나면 상자 좌측(관객 기준에서 좌측)의 구멍에 새로운 열쇠를 꽂아 태엽을 감는다. 마침내 게임이 시작된다. 인형이 먼저 말을 움직인다. 게임은 한 판에 30분으로 제한되지만, 도전자가 원한다면 게임 시간은 연장된다. 제한 시간을 두는 명목상의 이유는 관객을 지루하게 만들지 않기 위해서다. 그것을 의심할 이유는 전혀 없어 보인다. 도전자가 한 수를 두면, 멜젤이 도전자의 대리인이 되어서 자동기계 체스판 위에 놓인 도전자의 말을 똑같이 움직인다. 반대로 터키인이 한 수를 두면, 멜젤이 이번에는 인형의 대리인이 되어서 도전자의 체스판 위에 놓인 인형의 말을 똑같이 움직인다. 이런 식으로 진행자는 두 테이블 사이를 계속해서 오간다.

인형이 도전자의 말을 잡아서 체스판 좌측(인형 기준에서 좌측)에 치워 놓으면 멜젤이 인형 뒤로 이동해서 체스말을 정리한다. 터키인이 말을 움직이지 못하고 망설이면 진행자는 자동기계 우측으로 가서 상자 위에 무심하게 팔을 올리고, 이상한 방식으로 발을 구르기도 한다. 쓸데없이 의심만 많은 사람은 이런 기행을 보고 멜젤이 뭔가 음모를 꾸미고 있다고 생각할지도 모르지만, 그것은 그저 버릇에 지나지 않는다. 만일 그가 일부러 그런 행동을 했다면, 그것은 오히려 그 자동기계가 정말 순수한 기계라는 사실을 관객에게 보여주기 위한 행동이었다고 보는 편이 합당하다.

터키인은 왼손으로 게임을 한다. 팔은 반드시 직각으로 움직인다. 원하는 말 바로 위까지 손(장갑을 끼고 있고 자연스럽게 굽어 있다)을 옮긴다. 그대로 손을 내린다. 그리고 대체로 별 어려움 없이 말을 움켜쥔다. 하지만 말이 제자리에 정확히 놓여 있지 않을 때는 움켜쥐는 데 실패하기도 한다. 이런 일이 벌어지면 손에 말이 쥐어져 있다고 치고 원래 의도했던 위치로 손을 움직인다. 말을 가져다 놓고 싶은 위치를 지정하고 나면 인형의 팔은 쿠션 위로 되돌아간다. 그러면 멜젤은 인형이 가리킨 자리에 말을 가져다 놓는다. 인형이 움직일 때는 기계음이 들린다. 게임이 진행되는 동안 인형은 마치 체스판을 살펴보는 사람처럼 눈을 굴리기도 하고, 머리를 움직이기도 하고, 필요한 경우에는 체크echec라고 말하기도 한다.[6] 도전자가 말을 잘못 움직이면, 터키인은 오른손 손가락으로 상자를 정신없이 두드리고 고개를 거칠게 저으며 말을 원래 자리에 가져다 놓은 뒤에 게임을 재개한다. 게임에서 이기면 머리를 흔들어 기쁨을 표하고, 의기양양하게 관객 쪽을 둘러본다. 손가락만 쿠션에 받쳐 놓고 왼팔을 뒤쪽으로 빼기도 한다. 보통은 터키인이 승리하지만, 한두 번 정도 진 적도 있다. 게임이 끝난 후 멜젤은 (요구하는 사람이 있다면) 전처럼 상자 내부를 다시 보여준다. 기계는 뒤로 물러나고 커튼이 내려와 관객의 시야에서 사라진다.

이 자동기계의 비밀을 풀어보려는 시도는 여러 차례 있었다. 앞서 말했듯이, 알 만큼 아는 유식자들조차도

---

6.   [원주] 터키인이 echec라고 말하게 만든 건 멜젤이다. 켐펠렌 남작이 인형을 갖고 있을 때는 오른손으로 상자를 두드리는 행위가 체크를 뜻했다.

아무런 의심 없이 받아들이고 있는 가장 보편적인 견해는 그것이 인간의 직접적인 개입 없이 작동한다는 것, 즉 순수한 기계라는 것이다. 진행자가 상자 바닥에 숨겨져 있는 기계 장치를 이용해서 인형을 조종하고 있다고 주장하는 사람도 있다. 혹자는 어딘가에 자석이 숨겨져 있다고 자신 있게 말한다. 첫 번째 견해에 관해서는 더 이상 보탤 말이 없다. 두 번째 견해에 관해서 말하자면, 기계 바닥에 바퀴가 달려 있었고, 요구하는 관객이 있는 경우에는 게임이 진행되는 와중에도 기계의 위치를 얼마든지 바꿀 수 있었다는 점을 다시 지적하는 것으로 충분하리라 생각된다. 자석이 숨겨져 있다는 건 전혀 말이 안 된다. 만일 그랬다면 관객의 주머니에 들어 있는 자석 하나만으로도 공연은 엉망이 되었을 것이다. 하지만 진행자는 커다란 자석을 상자 위에 올려 둔 채로도 얼마든지 공연을 진행할 수 있었다.

체스 인형의 비밀을 밝히고자 했던 최초의 문서로 알려진 것은 1785년 파리에서 발행된 어느 커다란 팸플릿이다. 저자는 난쟁이가 기계를 조종했다고 주장한다. 그의 추정에 의하면 상자가 열려 있는 동안 난쟁이는 1번 칸 내부에 있는 빈 원통 두 개에 하체를 넣고(실제로 그런 원통은 존재하지 않는다) 상체를 완전히 상자 바깥으로 빼서 터키인의 망토 속에 감췄다. 문이 닫힌 뒤에 난쟁이는 상자 안으로 상체를 넣을 수 있었다—문을 여닫는 소리나 몸을 움직이는 소리는 기계음에 묻혀서 들리지 않았다. 관객들은 자동기계의 내부를 들여다보고, 그 안에 사람이 숨어 있지 않다는 걸 확인한 채 만족했을 거라는 게 저자의 생각이다. 반박할 가치가 없을 정도로 엉성한 그의 주장은 별다른 관심을 받지 못하고 자연스레 잊혔다.

1789년 드레스덴에서 출간된 M. I. F. 프레이히어의 책도 체스 인형의 비밀에 관해 다루고 있다. 프레이히어의 책은 판형이 굉장히 크고, 컬러 삽화가 다양하게 실려 있다. 그는 "(체스판 바로 아래 있는 서랍 속에 몸을 숨길 수 있을 정도로) 마르고 키가 작은, 그러면서도 머리가 좋은 소년이" 직접 기계를 움직여 체스 게임을 했다고 주장한다. 이것은 파리 저자의 주장보다 더 황당하지만, 웬일인지 상당히 괜찮은 반응을 얻었고, 발명가가 나서서 상자 윗부분의 구조를 공개하기 전까지는 진실처럼 여겨졌다.

이처럼 이상한 설명을 뒤따른 건 그에 못지않게

이상한 설명들이었다. 그런데 최근에 지극히 불합리한 추론 과정을 통해 놀랍게도 그럭저럭 납득할 만한 해답을 구해 낸 어느 익명의 저자가 나타났다 ─ 그것을 완전한 정답으로 간주할 수는 없지만 말이다. 몇 점의 삽화와 함께 볼티모어의 어느 주간지에 실린 그 글에는 「멜젤의 자동 체스 인형 분석」이라는 제목이 붙어 있다. 이 글은 데이비드 브루스터가 『과학 마술 일람』에서 완벽하고 만족스러운 설명이라고 극찬한 바로 그 팸플릿의 원문으로 짐작된다. 물론 분석의 결과 자체는 타당하다. 하지만 그 글을 대충 훑어보기만 했다고 생각하지 않는 이상에야 브루스터가 그 설명을 완벽하고 만족스럽다고 표현한 까닭을 납득할 방법이 없다. 『과학 마술 일람』에는 그 글이 지나치게 파편적이고 불완전하게 인용되어 있어서, 해당 분석의 타당성을 따지는 게 거의 불가능하다. 「멜젤의 자동 체스 인형 분석」이라는 제목의 글 자체도 문제다. 그 글은 기계의 내부가 공개되고 있는 동안 어떻게 상자 속에 숨어 있는 사람이 관객의 눈을 피해 칸막이를 움직여서 신체 일부를 다른 칸으로 옮길 수 있었는지를 (몇 페이지 분량의 목판 삽화와 함께) 아주 상세히 설명하고 있다.

앞에서 설명했고, 뒤에서 더 자세히 설명할 테지만, 그가 제시한 원리, 혹은 해답이 타당하다는 데는 의심의 여지가 없다. 기계의 내부가 공개되고 있는 와중에도 상자 속에는 사람이 숨어 있다. 문제는 그 사람이 칸막이를 움직여서 몸을 옮기는 방식에 관한 설명이 지나치게 장황했다는 것이다. 미리 만들어진 이론에 억지로 상황을 끼워 맞춘 것에 지나지 않는다. 그것은 귀납적 추론을 통해 내려진 결론이 아니며, 그런 건 애초부터 가능하지도 않았다. 칸막이를 어떤 방식으로 움직이든 간에 관객의 눈을 속일 수 있는 건 매한가지다. 칸막이를 이런저런 방식으로 움직였으리라고 추측하는 것은 실제로 그것이 어떤 방식으로 움직였는지 증명하는 것과는 완전히 다르다. 칸막이를 조작해서 관객의 눈을 속이는 방법은 거의 무한에 가까울 정도로 많다. 어떤 방식으로 가정을 하든 전부 그럴듯해 보인다는 뜻이다. 사실 칸막이의 움직임 따위는 전혀 중요치 않다. 켐펠렌 남작이 놀라운 기술력을 발휘해 상자 속에 사람을 숨기고, 그 안에서 문과 칸막이를 조작하는 방법을 만들어 냈으며 (익명의 저자가 이미 말했고, 뒤에서 필자가 더욱 자세히 설명할 테지만) 그 모든 것을 관객에게 들키지 않게 처리하는 절차까지 고안해 냈다는 사실 —누구나 금세 납득할 만한 그런 사실을 증명하려고 여덟 쪽에 가까운 설명을 늘어놓는 건 지극히 무의미한 일이다.

필자는 우선 그 자동기계의 작동 방식을 설명하고 난 후에, 도대체 어떤 관찰들을 근거로 그런 결론을 도출하게 되었는지를 최대한 간략하게 정리해보겠다.

이 문제를 정확히 파악하기 위해서는 진행자가 상자의 내부를 공개하는 순서—본질적으로는 절대 바뀌지 않는 그 순서를 다시금 상기할 필요가 있다. 제일 먼저 1번 문을 연다. 이 문을 열어둔 채, 상자 뒤로 가서 1번 칸의 뒷문을 연다. 그리고 여기에 촛불을 비춘다. 뒷문을 닫고 열쇠로 잠근 다음 앞으로 돌아가서 서랍을 활짝 연다. 서랍을 열고 나면 2번 문과 3번 문(하나로 결합된 접이식 문)을 열고 큰 칸의 내부를 보여준다. 큰 칸과 서랍, 그리고 1번 칸의 앞문을 열어둔 채, 다시 뒤로 가서 큰 칸의 뒷문을 연다. 서랍보다는 반드시 접이식 문을 먼저 닫는다는 것을 빼면 문을 닫는 순서는 정해져 있지 않은 것으로 보인다.

처음부터 기계 안에 사람이 숨어 있었다고 가정해보

자. 그의 상체는 기계로 빼곡히 채워진 1번 칸 뒤쪽에(기계의 뒷부분은 큰 칸에서 1번 칸으로 **온몸**을 옮길 수 있게 만들어져 있다), 하체는 큰 칸에 놓여 있다. 멜젤이 1번 문을 열어도 발각될 염려는 없다. 아무리 날카로운 눈을 가진 관객이라도, 조밀하고 어두운 상자 뒤쪽에 뭐가 있는지는 알 수 없다. 하지만 1번 칸의 뒷문이 열린다면 얘기는 달라진다. 환한 촛불로 1번 칸을 비추면, 그 안에 숨어 있는 사람은 곧장 관객에게 노출된다. 하지만 그런 일은 없다. 진행자의 열쇠 소리가 들리는 순간 그는 상체를 있는 힘껏 구부려서 큰 칸에 거의 완전히 욱여넣는다. 물론 이렇게 고통스러운 자세를 오래 유지할 수는 없다. 바로 그렇기 때문에 멜젤은 곧장 **뒷문**을 닫는다. 뒷문을 닫아서 1번 칸이 전처럼 어두워지면 다시 편한 자세로 돌아간다. 이제 서랍이 열린다. 그는 원래 서랍이 차지하고 있던 공간에 다리를 집어넣는다.[7] 이제 큰 칸에는 아무것도 남아 있지 않다

7. [원주] 브루스터는 서랍이 닫혀 있을 때도 뒤쪽에 커다란 공간이 존재한다고 — 즉, 그것이 상자 안쪽까지 자리를 차지하지 않는 "가짜 서랍"이라고 생각한다. 하지만 이것은 말이 안 된다. 그렇게 얄팍한 속임수는 금방 들통나게 되어 있다. 특히 서랍이 완전히 열려 있을 때, 관객은 서랍의 깊이와 상자의 깊이를

─상체는 1번 칸 뒤쪽에 있고, 하체는 서랍이 차지했던
공간에 있다. 따라서 진행자는 마음 놓고 큰 칸을 관객에
게 보여줄 수 있다. 그는 실제로 그렇게 한다. 앞문과
뒷문을 모두 연다. 사람 같은 건 보이지 않는다. 이제
관객은 상자의 내부가 모조리 공개되었을 뿐만 아니라,
모든 부분이 동시에 노출되었다고 생각한다. 하지만
이것은 잘못된 생각이다. 그들은 서랍 뒤쪽 공간을
볼 수 없고, 진행자가 뒷문을 닫아 놓음으로써 사실상
앞문을 닫아 버린 것과 다를 바 없는 1번 칸의 내부를
볼 수도 없다. 멜젤은 기계의 방향을 반대로 돌리고
터키인의 망토를 들쳐서 등과 허벅지에 있는 문을 연다.
기계 장치로 가득한 인형의 내부를 관객에게 보여준
뒤, 기계를 원래 자리로 돌려놓고 문을 닫는다. 숨어
있는 사람은 이제 자유롭게 움직일 수 있다. 그는 터키인
의 몸에 들어가 자신의 눈높이를 체스판에 맞춘다.
그는 문을 열었을 때 보이는 큰 칸 한구석의 작은
정방형 돌출부에 앉아 있을 가능성이 커진다. 이 자리에
앉으면 거즈로 만들어진 터키인의 가슴을 통해서 체스

얼마든지 비교해볼 수 있다.

판을 볼 수 있다. 그는 자신의 오른팔을 가슴에 교차하게 들어서 인형의 왼팔이나 손가락과 연동되는 작은 장치를 조작한다. 이 장치는 터키인의 왼쪽 어깨 바로 밑에 있으므로, 숨은 사람이 오른팔을 가슴에 교차하게 들면 인형을 쉽게 조종할 수 있다. 그는 인형의 머리통, 눈알, 오른팔을 조작할 수 있을 뿐만 아니라 echec 소리까지 낼 수 있다. 이 모든 기능의 핵심 기술은 큰 칸 우측(관객 기준에서 우측)에 따로 떨어져 있는 6인치 너비의 작은 공간에 집약되어 있는 것으로 보인다.

기계의 작동 방식을 설명하는 과정에서, 필자는 일부러 칸막이 조작에 관한 이야기를 하지 않았다. 그것이 전혀 중요한 문제가 아니라는 건 이제 더 이상 설명할 필요도 없다. 웬만한 목수의 실력이라면 무수히 많은 방식으로 동일한 기능의 장치를 만들 수 있고, 그중 어떤 방식을 채택해도 관객은 숨은 사람을 보지 못하기 때문이다. 그리고 필자는 멜젤의 공연을 여러 차례 관람하면서, 다음과 같은 **관찰들**을 토대로 최종적 결론을 도출했음을 밝힌다.[8]

1. 터키인은 정해진 간격으로 움직이지 않는다. 그가 움직이는 시간은 도전자의 움직임에 따라 달라진다. 이것(규칙성)은 기계에서 가장 중요한 문제 중 하나로 알려져 있다. 이 문제를 해결하는 건 간단하다. 도전자의 움직임에 시간제한을 두면 된다. 예컨대 도전자에게 3분의 제한 시간을 준 다음, 자동기계는 3분보다 긴 시간을 간격으로 움직이게 만드는 것이다. 이처럼 간단하게 규칙성의 문제를 해결할 수 있음에도 불구하고, 기계가 아무런 규칙 없이 움직인다면, 그것은 애초에 그 자동기계의 움직임에 규칙성이 필요하지 않다는 뜻 — 즉, 그것이 순수한 기계가 아니라는 뜻이다.

2. 인형이 말을 움직이려 할 때, 어깨 부근이 살짝 움직이는 걸 목격할 수 있다. 그렇게 어깨가 움직이면, 어깨를 덮고 있는 망토가 살짝 흔들린다. 인형의 팔이

8.　[원주] 이와 같은 관찰들은 문제의 체스 인형이 사람의 의지로 움직인다는 사실을 증명하기 위한 것일 따름이다. 이미 확실히 결론이 내려져 있는 부분에 관해서 설명을 덧붙이는 것은 불필요한 일이라고 생각한다. 필자의 목적은, 확신에 찬 선험적 증명보다는 일련의 암시적 추리에 무게를 두는 독자들을 설득하는 것이다.

움직이기 2초 전에는 반드시 어깨의 움직임이 관측된다 — 이와 같은 예비 동작이 없다면 팔은 절대로 움직이지 않는다. 도전자가 말을 움직이면, 멜젤은 평소처럼 자동기계 체스판 위에 놓인 도전자의 말을 똑같이 움직인다. 그때 자동기계를 유심히 관찰하면 인형의 어깨가 움직이는 걸 볼 수 있다. 바로 그 순간 도전자가 마치 판단을 잘못했다는 듯이 말을 물리면 어떻게 될까? 멜젤은 아직 자동기계 체스판 위 도전자의 말을 물리지도 않았지만, 인형은 예비 동작을 마친 후에 평소와 같은 팔 동작을 하지 않는다. 자동기계는 팔을 움직이려 했던 게 분명하지만, 도전자가 말을 물렸기 때문에 움직이지 않은 것이다. 멜젤의 개입도 없이 말이다.

이것은 다음과 같은 사실을 증명한다. (1) 자동기계 체스판에서 도전자의 말을 움직이는 건 멜젤이지만, 인형은 이와 같은 멜젤의 개입과는 무관하게 움직인다. (2) 인형의 움직임을 결정하는 건 도전자의 체스판을 보고 있는 누군가의 의지다. (3) 그 사람은 멜젤이 아니다. 멜젤은 도전자가 말을 물리는 순간 자동기계의 체스판을 보고 있기 때문이다.

3. 멜젤의 자동기계는 게임에서 이길 때도 있고 질 때도 있다. 정말 순수한 기계였다면 항상 이기기만 했을 것이다. 체스 게임을 하는 기계의 원리를 조금 확장하면 체스 게임에서 **이기는** 기계를 만들 수 있고, 같은 원리를 조금 더 확장하면 체스 게임에서 **지지 않는** 기계, 즉 무조건 이기는 기계를 만들 수 있다. 체스 게임에서 한 번 승리할 수 있는 기계를 만들 수 있다면, 체스 게임에서 매번 승리하는 기계를 만들지 못할 리가 없다. 이 체스 인형을 정말 기계라고 생각하려면, 우리는 그 발명가가 완전한 기계보다는 불완전한 기계를 선호했다고 가정해야만 한다(있을 수 없는 가정이다). 기계가 불완전하면, 그것이 순수한 기계가 아닐지도 모른다는 의심을 하는 사람이 나타나리라는 건 불 보듯 뻔한 일이다 — 지금 우리가 의심하는 것처럼 말이다.

4. 어렵거나 복잡한 상황에 맞닥뜨리면, 터키인은 절대 머리를 흔들거나 눈을 굴리지 않는다. 그가 머리나 눈을 움직이는 건 오로지 다음 수가 명확할 때, 혹은 상황이 쉽게 풀리고 있어서 전혀 고민할 필요가 없을

때뿐이다. 머리를 흔들거나 눈을 굴리는 건 생각에 잠긴 인간의 모습을 흉내 내는 것이다. 켐펠렌 남작의 의도는 이와 같은 움직임을 적합한 상황(즉, 어려운 상황)에서 선보이는 것이었다. 하지만 현실은 다르다. 기계 안에 숨은 사람은 정확히 반대로 행동한다. 실제로 생각에 잠겨 있을 때는 기계 장치를 조작해서 인형의 머리나 눈을 움직일 여유가 없다. 하지만 게임이 쉽게 풀릴 때는 다른 짓을 할 여유가 생긴다. 바로 그럴 때만 인형은 머리를 흔들고 눈을 굴린다.

5. 관객 모두가 터키인의 등을 볼 수 있도록 진행자는 망토를 들치고 등과 허벅지에 있는 문을 열어둔 채 기계를 이곳저곳으로 옮긴다. 이때 관객은 인형의 몸속이 기계 장치로 가득 차 있는 걸 확인할 수 있다. 그런데 그 자동기계가 움직일 때, 즉 기계가 이곳저곳으로 옮겨지고 있을 때, 필자는 단순히 관측 각도의 문제라고 하기에는 무리가 있을 정도로 일부 기계 장치의 모양과 위치가 심하게 요동치고 있다는 걸 알아챘다. 더 자세한 관찰 끝에 필자는 그것이 인형의 몸속에 설치된 거울 때문이라는 결론을 내렸다. 기계의 작동을 위해 거울이

설치되었다고 생각하기는 어렵다. 거울은 관객의 눈을 속이기 위해서, 즉 인형 내부의 기계 장치를 더 복잡해 보이게 만들기 위해서 설치된 것이다. 그렇다면 그것이 순수한 기계가 아닐 가능성은 더 커진다. 만일 그것이 순수한 기계였다면, 발명가는 그것의 내부 구조를 복잡해 보이게 만들 목적으로 속임수를 쓰기보다는, 자신이 얼마나 간단한 설계로 그와 같이 놀라운 결과를 만들어 냈는지를 보여주고자 할 것이기 때문이다.

6. 터키인의 외형, 특히 몸동작은 실물을 모방한 것이지만, 아주 성실한 모방이라고 보기는 어렵다. 표정도 전혀 생생하지 않다. 흔히 볼 수 있는 밀랍 인형보다 훨씬 부자연스러울 정도다. 눈을 굴리는 것도 어색하고, 눈꺼풀이나 눈썹이 움직이지도 않는다. 팔 동작은 극도로 뻣뻣하고, 조악하고, 거칠고, 각이 져 있다. 멜젤은 이것보다 사실적인 인형을 만들 능력이 없었거나, 의도적으로 만들지 않은 것이다 — 멜젤이 이 기계를 개선하기 위해 들인 시간과 노력을 생각해보면, 그가 실수를 저질렀을 가능성은 거의 없다. 멜젤에게 사실적인 인형을 만들 능력이 없었다고 생각하기는

힘들다 — 그의 다른 자동인형들을 보면 그가 실물을 얼마나 정확하고 멋지게 모방하는지 알 수 있다. 그의 밧줄 곡예사 인형은 타의 추종을 불허한다. 광대 인형이 웃을 때는 입술과 눈동자, 눈꺼풀과 눈썹이 — 얼굴에 존재하는 모든 기관이 — 적절하게 움직이며 생동감 있는 표정을 만들어낸다. 공연에 등장하는 모든 인형의 몸짓은 인공적인 것과는 거리가 멀어서, 실물보다 크기가 작게 만들어지지만 않았더라면, 이 자동인형들이 사람이 아니라는 사실을 아무도 알아차리지 못했을 것이다. 멜젤의 능력을 의심할 여지는 없다. 그렇다면 멜젤은 켐펠렌 남작이 (틀림없이 일부러) 인공적이고 부자연스럽게 만든 인형의 외형을 (역시 일부러) 그냥 놔둔 게 분명하다. 그 이유를 추측하는 건 어렵지 않다. 인형이 정말 사람처럼 움직인다면, 관객은 그 자연스러움을 숨겨진 진실(즉, 기계 안에 사람이 있다는 사실)의 덕으로 돌리겠지만, 어색하고 뻣뻣하게 움직인다면 그 기계가 순수하고 독립적인 기계라고 생각할 것이기 때문이다.

7. 게임이 시작되기 직전에 진행자는 자동기계의

태엽을 감는다. 하지만 기계 장치의 태엽 소리에 익숙한 사람은 진행자가 체스 인형 상자에 열쇠를 넣어서 돌린 굴대가 사실은 아무런 무게추나 용수철이나 기계 장치에도 연결되어 있지 않다는 걸 알아챌 것이다. 결론은 6번 관찰과 동일하다. 여기서 태엽을 감는 행위는 자동 기계의 작동과는 아무런 관계가 없으며, 관객에게 그것이 진짜 기계라는 생각을 심어주기 위한 형식적 절차에 불과하다.

8. "그게 정말 순수한 기계인가요?" 멜젤은 이 질문에 언제나 다음과 같이 대답한다. "말을 아끼겠습니다." 현재 그 자동기계가 엄청난 유명세를 떨치고, 어디서나 사람들의 커다란 관심을 받는 것은 그것이 순수한 기계라는 견해가 널리 퍼져 있기 때문이다. 당연히 소유자의 입장에서는 그것을 순수한 기계처럼 보이게 만드는 편이 유리하다. 관객에게 그런 생각을 심어주고 싶다면, 자기 입으로 그렇다고 명명백백하게 밝히는 것보다 확실하고 효과적인 방법이 어디 있겠는가? 반면 명백한 선언을 유보하는 것만큼 관객에게 불신을 심어주기 쉬운 방법은 또 어디 있겠는가? 사람들은 이렇게 생각

할 것이다 — 이것을 순수한 기계처럼 보이게 만드는 편이 멜젤에게 유리하다 — 그는 입으로는 아무런 말도 하지 않으려 하지만 행동으로는 적극적으로 말하고 있다 — 행동으로 하고 싶은 말이 있다면 입으로도 말하고 싶어야 한다 — 그는 그것이 순수한 기계라는 **거짓말**을 하고 싶지 않아서 입을 다물고 있다 — 행동은 양심을 건드리지 않지만, 말은 양심을 건드리고 있다.

9. 상자의 내부를 공개할 때, 멜젤은 1번 칸의 앞문과 뒷문을 전부 열고 (앞서 언급했듯이) 촛불로 상자 뒷면을 비춘 채 기계를 이곳저곳으로 이동시킨다. 이것은 1번 칸이 기계 장치로 가득 차 있음을 관객에게 보여주기 위한 절차다. 그런데 그때 상자 안쪽을 자세히 관찰하면, 1번 칸 앞부분의 장치들은 단단하게 고정되어 있지만, 뒷부분의 장치들은 기계가 움직일 때마다 조금씩 덜렁거리는 게 보인다. 상자의 내부가 기계 뒷부분의 장치들을 **통째로** 옮길 수 있도록 설계되어 있을지도 모른다는 의심을 들게 만드는 대목이다. 앞에서 말했던 것처럼, 뒷문이 닫힌 후 상체를 반듯하게 세워야 하는

경우를 대비해서 말이다.

10. 데이비드 브루스터는 터키인의 크기가 실제 사람과 비슷하다고 말한다. 하지만 실제로는 사람보다 훨씬 크다. 사물의 크기만큼 착각하기 쉬운 것도 없다. 자동 기계는 언제나 관객으로부터 격리되어 있어서, 그 크기를 사람과 직접 비교해볼 기회가 거의 없으므로, 관객은 인형의 크기가 사람과 비슷하다고 생각하고 만다. 하지만 진행자가 기계 가까이 다가가는 순간에 체스 인형을 자세히 관찰하면 그러한 착각을 바로잡을 수 있다. 멜젤의 키는 그다지 큰 편이 아니긴 하지만, 그의 머리가 터키인보다 적어도 18인치쯤 아래에 있다는 걸 확인할 수 있다. 게다가 터키인이 앉은 자세를 하고 있다는 걸 잊어선 안 된다.

11. 인형 앞에 놓인 상자는 가로 3피트 6인치, 세로 2피트 4인치, 높이 2피트 6인치다. 평균적인 체격의 성인 남성 한 사람이 들어가기에 충분한 크기다. 앞서 가정한 자세를 취한다면 큰 칸에 몸을 전부 숨기는 것도 가능하다. 이것은 직접 계산해보면 누구나 알

수 있는 의심할 여지 없는 사실이므로, 더 이상의 설명을 보태지 않겠다. 하지만 여기서 짚고 넘어가야 할 문제가 하나 있는데, 상자의 상판 두께는 대략 3인치 정도지만, 큰 칸 앞문이 열려 있을 때 관객은 그것이 대단히 얇다고 생각하게 된다는 것이다. 서랍의 높이 역시 얼핏 보면 착각하기 쉽다. 바깥에서 보면 서랍의 상단과 찬장 사이에는 3인치 정도의 공간이 있다 — 서랍의 높이를 가늠할 때는 이 부분도 포함해야 한다. 이 모든 것은 상자 내부의 공간을 실제보다 작아 보이게 만들기 위한 장치다. 발명가의 의도는 관객에게 거짓된 인상, 즉 상자 속에 사람이 들어갈 만한 공간이 없다는 인상을 심어주는 것이다.

12. 큰 칸의 내부는 전부 천으로 덮여 있다. 여기에는 두 가지 기능이 있다. 이 천을 빳빳하게 펼치면 칸막이처럼 된다. 큰 칸 뒤쪽과 1번 칸 뒤쪽 사이를 가르는 칸막이, 그리고 서랍이 열렸을 때 생기는 뒤쪽 공간과 큰 칸 사이를 가르는 칸막이 말이다. 상자 안에 숨은 사람은 이 천조각만 치우면 얼마든지 자세를 바꿀 수 있다. 이 가정이 맞는다면, 칸막이를 움직이는 수고

같은 건 애초에 존재하지도 않는다. 이 천조각의 두 번째 기능은 상자 안에 숨어 있는 사람이 몸을 움직일 때 생기는 소리를 흡수하는 것이다.

13. 도전자는 (앞서 말했듯이) 인형 앞에 놓인 체스판에 체스를 두지 않는다. 그의 자리는 기계로부터 어느 정도 떨어져 있다. 다른 자리에 앉으면 도전자가 기계와 관객 사이를 가려 관람에 지장이 생긴다는 게 그 표면적인 이유일 것이다. 하지만 이런 문제는 관객석을 높이거나, 게임이 진행되는 중에 상자의 측면이 관객을 향하도록 만들면 얼마든 해결할 수 있다. 도전자의 위치를 제한한 진짜 이유는 따로 있다. 예민한 귀를 가진 도전자가 상자 가까이 앉게 되면, 그가 상자 속에 숨은 사람의 숨소리를 듣고 모든 비밀을 알아챌 위험이 있다는 것이다.

14. 멜젤이 상자의 문을 여는 순서는 가끔 바뀌지만, 어떠한 경우에도 그 순서는 필자의 가정을 결정적으로 위배하는 법이 없다. 예컨대 그는 서랍을 제일 먼저 열기도 한다 ─ 하지만 1번 칸의 뒷문을 닫기 전에는

절대 큰 칸을 열지 않는다 ─ 서랍을 열기 전에는 절대 큰 칸을 열지 않는다 ─ 큰 칸을 닫기 전에는 절대 서랍을 닫지 않는다 ─ 큰 칸이 열려 있을 때는 절대 1번 칸의 뒷문을 열지 않는다 ─ 상자의 문이 전부 닫히기 전에는 절대 게임이 시작되지 않는다. 멜젤이 필자의 가정에 부합하는 순서를 매번 한 치의 변주도 없이 지킨다면, 필자의 가정은 상당한 설득력을 얻게 될 것이다 ─ 그런데 그가 가끔씩 순서를 바꾸면서도, 정확히 필자의 가정에 위배되지 않을 정도로만 순서를 바꾼다면, 그 설득력은 무한에 가깝게 증대될 것이다.

15. 공연 중에 자동기계의 상자 위에는 양초 여섯 개가 놓여 있다. 여기서 자연스럽게 다음과 같은 질문이 떠오른다 ─ "관객이 체스판을 볼 수 있도록 하는 게 목적이라면, 양초 하나, 많아야 두 개로도 충분할 텐데, 게다가 여느 공연장이 그렇듯이 방이 이렇게 밝은데 ─ 그리고 그게 정말 순수한 기계라면 그렇게 밝은 빛이 없어도, 어쩌면 빛이 전혀 없어도 얼마든지 체스를 둘 수 있을 텐데 ─ 무엇보다도 도전자의 탁자 위에는 양초가 하나 밖에 놓여 있지 않은데, 어째서 그렇게

많은 양초를 가져다 놨을까?" 숨어 있는 사람이 투명한 물질(거즈로 짐작된다)로 이루어진 터키인의 가슴을 통해서 체스판을 보려면 그만큼 밝은 빛이 필요하리라는 게 가장 먼저 떠오르는 생각이다. 하지만 양초의 배치를 고려하면 또 다른 생각이 떠오른다. 양초는 (앞서 말했듯이) 도합 여섯 개다. 인형의 양쪽에 세 개씩 놓여 있다. 관객에게서 가장 멀리 떨어져 있는 양초가 제일 길고, 가운데 양초는 그보다 2인치 짧으며, 관객에게 가장 가까운 양초는 2인치 더 짧다. 한쪽에 놓여 있는 양초는 반대쪽에 놓여 있는 양초보다 더 긴데, 그 차이는 2인치가 아니라 3인치다. 즉, 한쪽의 가장 긴 양초는 반대쪽의 가장 긴 양초보다 3인치 짧다. 따라서 상자 위에는 길이가 같은 양초가 한 쌍도 없다. 그처럼 양초의 높이를 전부 다르게 배치함으로써 빛을 복잡하게 뒤엉키게 만들면, 관객은 눈이 부셔서 인형의 가슴이 어떤 물질로 이루어져 있는지 알아보기가 힘들어진다.

16. 켐펠렌 남작이 체스 인형을 소유하고 있을 때, 남작의 조수인 이탈리아인은 터키인의 체스 게임이

시작되기만 하면 어딘가로 사라지곤 했다. 그 이탈리아인이 지독한 병에 걸린 적이 있는데, 그가 회복될 때까지 공연은 무기한 중단되었다. 그 이탈리아인은 체스를 전혀 둘 줄 모른다고 말했지만, 남작의 나머지 조수 중에서 체스를 둘 줄 모르는 사람은 아무도 없었다. 멜젤이 체스 인형을 인수한 뒤에도 비슷한 일이 벌어진다. 슐럼버제라는 남자는 늘 멜젤과 함께 다니지만, 자동기계를 설치하고 해체하는 일을 조금 거들기만 할 뿐, 특별히 하는 일이 없어 보인다. 이 남자는 키가 크지 않고, 어깨는 축 처져 있다. 그가 체스를 둘 줄 아는지는 모르겠지만, 체스 공연이 시작될 때마다 그가 어딘가로 사라진다는 건 확실하다. 공연 전후로는 곧잘 모습을 보이다가도, 공연만 시작되면 모습을 감춘다. 몇 년 전 멜젤은 여러 가지 자동인형을 챙겨서 리치먼드를 방문해, 현재 보슈아 씨가 댄스 아카데미로 사용하고 있는 저택에서 공연한 적이 있다. 그때 슐럼버제는 심한 몸살에 걸렸고, 체스 인형 공연은 취소되었다. 이 사실을 알고 있는 사람은 한둘이 아니다. 체스 인형 공연이 취소된 공식적 사유는 슐럼버제의 몸살이 아니었다. 나머지는 독자의 추측에 맡기겠다.

17. 터키인은 **왼팔**로 게임을 한다. 이처럼 중요한 사항이 그저 아무렇게나 결정되었을 리 없다. 브루스터는 그 사실을 언급하기만 할 뿐, 특별히 주목하지는 않는다. 그보다 먼저 체스 인형에 관한 글을 남긴 저자들은 그 사실 자체를 알아차리지 못한 것으로 보인다. 브루스터가 인용한 팸플릿의 저자는 그 사실을 언급하기는 하지만, 정확한 이유를 모르겠다고 고백하고 있다. 하지만 우리를 진실로 인도하는 추론은 바로 이처럼 유별나고 엉뚱한 부분에서 시작되는 법이다.

인형이 왼팔로 체스를 두는 것은 기계의 작동과는 아무런 관계가 없다. 인형이 왼팔로 체스를 두도록 만들 수 있다면, 정확히 같은 방식을 통해 오른팔로도 체스를 두게 만들 수 있다. 하지만 인간의 육체는 그렇지 않다. 무슨 일을 하든 인간의 오른팔과 왼팔 사이에는 현저하고 커다란 기능적 차이가 존재한다. 이 사실을 고려하면, 자연스레 우리는 체스 인형의 유별난 특징이 바로 이와 같은 인간의 한계에서 비롯되었을 거라는 생각을 품게 된다. 체스 인형이 인간과 정확히 **반대로** 게임을 하고 있다면, 뭔가가 **거꾸로** 뒤집혀 있다고 생각해야 한다. 일단 여기까지 생각하게 되면, 기계 안에 사람이 숨어 있다는 추측을 하는 건 어렵지 않다. 여기서 아주 조금만 더 앞으로 나아가면 결론에 다다를 수 있다. 인형이 왼팔을 사용하는 것은, 만일 오른팔을 사용하면 기계 안에 숨어 있는 사람이 **자유롭게** 오른팔을 사용할 수 없게 되기 때문이다. 인형이 오른팔로 게임을 한다고 가정해보자. 앞서 설명했듯이, 안에 숨어 있는 사람은 인형의 어깨 바로 아래에 있는 장치를 이용해 인형의 팔을 조작하는데, 인형의 오른팔을 조작하려면 그는 자신의 오른팔을 대단히 고통스럽고 불편하게(옆구리 쪽에 조금 있는 빈틈으로 바짝 당겨서) 들거나 왼팔을 가슴에 교차하게 들어야 한다. 어느 쪽이든 팔을 편안하고 정확하게 움직이기 어렵다. 하지만 지금처럼 인형이 왼팔로 게임을 하면 모든 문제가 해결된다. 오른팔을 가슴에 교차하게 들면, 인형 어깨에 있는 장치를 아무런 제약 없이 오른손으로 조작할 수 있다.

체스 인형에 관한 필자의 이상과 같은 해명에 합리적으로 반박할 수 있는 사람은 없으리라고 생각한다.

모르그 가의 살인

세이렌이 어떤 노래를 불렀는가
아킬레우스가 여자들 사이에 몸을 숨겼을 때 어
떤 가명을 사용했는가
당혹스러운 질문이지만, 추론하지 못할 것도 없
다.
                                    – 토머스 브라운 경

이른바 분석적 자질 그 자체를 분석의 대상으로
삼는 건 거의 불가능하다. 우리는 그저 결과만으로
그 자질의 면모를 파악할 수 있을 뿐이다. 분석적 자질이

다분한 사람에게 분석은 세상 무엇보다 강렬한 즐거움을 준다. 힘센 사람이 근육을 움직이는 운동을 즐기며 자신의 육체적 능력에 빠져들듯이, 분석가는 어려운 문제를 해결하는 정신적 활동에 몰두한다. 이런 재능을 발휘할 기회만 있다면, 아무리 사소한 일이라도 기쁘게 받아들인다. 그는 수수께끼와 난제와 상형문자를 좋아한다. 그가 **명민함**을 발휘해 문제를 해결하는 모습은 보통 사람들에게 거의 초자연적 현상처럼 보인다. 그의 결론은 나름의 체계를 통해 도출된 것이지만, 어딘가 직관적인 느낌이 난다.

문제를 푸는 능력이 가장 많이 요구되는 분야는 수학일 것이다. 그중 어느 핵심 분과는 그저 거꾸로 계산이 이루어진다는 이유만으로 분석학이라는 **과분한 이름**을 차지하고 있다. 하지만 계산은 분석이 아니다. 예컨대 체스 선수는 계산은 하지만 분석을 하지는 않는다. 체스가 인간의 사고력을 길러준다는 속설에는 근거가 없다. 나는 지금 무슨 논문을 쓰고 있는 게 아니라, 그냥 아무 말이나 지껄이면서 어느 기묘한 이야기의 서문을 쓰고 있는 것이다. 내친김에 계속해보자면, 진짜 고도의 사고력을 요하는 게임은, 쓰잘데없이 복잡하기만 한 체스가 아니라 단순하고 소박한 체커다. 체스의 경우, 말의 움직임이 다양하고 **변칙적**이며, 그 가치 역시 상이하고 가변적이다. 이런 복잡함을 심오함과 혼동해서는 안 된다(드물지 않은 오류다). 여기서 가장 중요한 건 **집중력**이다. 집중력이 잠시라도 흐트러지면 실책을 저지르게 되어 있고, 그 실책은 중대한 손실이나 패배로 이어진다. 경우의 수가 너무 많고 복잡하므로, 실책할 가능성도 크다. 열에 아홉은 명민한 선수가 아니라 집중력 강한 선수의 승리로 끝난다. 반면 체커에서는 말의 움직임이 단일하고 규칙적이라서 실책을 저지를 가능성이 별로 없다. 집중력은 그다지 중요하지 않다. **명민한** 사람이 훨씬 유리하다. 좀 더 구체적으로 얘기할 필요가 있을 것 같다—킹이 네 개 남은 체커 경기를 상상해보자. 당연히 실책 따위는 있을 수 없다. (두 선수의 실력이 호각일 경우) **탁월한** 지력을 담은 결정적 움직임이 승패를 가른다. 평범한 수가 먹히지 않는 상황에서, 분석가는 상대방의 정신을 파고들어 그 속에 완전히 녹아든다. 그리고 그는 어김없이 상대방을 커다란 실책이나 성급한 계산 착오에 빠뜨릴 (때로는 어이가 없을 정도로 단순한) 최선의 방법을 포착해 낸다.

오래전부터 휘스트[9]는 소위 계산력에 영향을 미친다고 알려져 있다. 최고 수준의 지력을 갖춘 사람들은 휘스트에서 형언할 수 없는 즐거움을 얻지만, 체스는 시답잖은 것으로 치부하고 기피하는 경향이 있다. 실제로 휘스트만큼 엄청난 분석력을 요하는 게임은 존재하지 않는다. 세계 최고의 체스 선수라고 해도 그는 그저 체스 선수에 지나지 않는다. 하지만 휘스트에 숙달된 사람은 인간의 정신과 정신이 대결하는 거의 모든 일에서 승리한다. 여기서 숙달되었다는 것은 게임을 완벽하게 체득했다는 뜻이며, 타당한 이익을 길어 올릴 만한 원천이 어디에 있는지를 전부 파악하고 있다는 뜻이다. 이러한 원천은 수도 없이 많을 뿐만 아니라 형태도 다양하다. 그중 일부는 사고의 깊숙한 곳에 숨어 있어서 평범한 지력으로는 접근조차 하기 힘들다. 주의 깊게

---

9. 네 사람이 둘씩 편을 짜고 하는 카드놀이. 왼쪽부터 한 사람당 13장씩 카드를 나눠준다(조커는 게임에서 제외된다). 딜러가 받게 되는 가장 마지막 카드가 '으뜸패'가 된다. 플레이어는 차례대로 한 장씩 카드를 내려놓는다. 서열은 으뜸패, A, 그림패, 숫자패 순이다. 한 차례에 각 플레이어가 내려놓은 카드 네 장을 합쳐서 '트릭'이라고 부르며, 해당 차례에 가장 높은 카드를 내려놓은 사람이 트릭을 가져간다.

관찰하면 선명하게 기억할 수 있다. 여기까지라면 집중력 좋은 체스 선수도 문제없이 해낸다. 호일[10]의 규칙 전반을 이해하는 건 결코 어려운 일이 아니다(그것은 게임의 간단한 메커니즘에 기초를 두고 있을 뿐이다). 필요한 것을 명료하게 기억하고 "책"의 내용을 준수하면 대체로 훌륭한 게임을 펼칠 수 있다. 그런데 분석의 기술은 단순한 규칙의 영역 바깥에서 발휘된다. 그는 침묵 속에서 많은 것을 관찰하고 추론한다. 어쩌면 그건 상대편도 마찬가지일 것이다. 획득된 정보량은 추론의 유효성보다는 관찰의 질에 따라 달라진다. 무엇을 관찰할지를 제대로 아는 게 중요하다. 우리의 분석가는 자신의 시야를 제한하지 않는다. 오로지 게임이 목표라는 이유만으로 게임 외적인 것들을 추론에서 배제하지 않는다는 뜻이다. 그는 동료의 얼굴을 살피고, 그것을 상대편의 얼굴과 유심히 비교한다. 그는 사람들이 패를 분류하는 방식을 눈여겨본다. 각자의 패에 던져진 시선을 통해 으뜸패와 그림패의 개수를 짐작한다. 게임의 진행에 따른 미묘한 표정 변화에

---

10. 에드먼드 호일(1672~1769). 각종 게임의 규칙을 책으로 정리했다.

주목한다. 확신에 찬 표정, 놀란 표정, 의기양양한 표정, 분한 표정의 차이를 머릿속에 담아 둔다. 트릭을 가져가는 태도를 보고, 그 사람이 다음번에 같은 패로 다시 트릭을 가져갈 수 있을지 판단한다. 탁자 위에 카드를 내려놓는 동작을 읽고 속임수를 간파한다. 의도치 않게 무심코 던진 한마디, 실수로 떨어뜨리거나 뒤집은 카드를 감출 때 슬쩍 엿보이는 불안감이나 태연함, 트릭을 세고 배열하는 모습. 당혹감, 망설임, 간절함, 두려움. 언뜻 보기에 거의 직관적인 그의 통찰력은 이 모든 것에서 진상의 실마리를 붙잡는다. 차례가 두세 번 정도 돌면, 그는 이미 누가 무슨 카드를 가졌는지 완벽하게 파악하고, 마치 모두의 패를 까뒤집은 채로 게임을 하는 것처럼 일말의 망설임도 없이 카드를 낸다.

분석력과 비상한 재간을 혼동해서는 안 된다. 분석가는 필연적으로 재간이 뛰어나지만, 재간꾼은 많은 경우 분석력이 심각하게 결여된 모습을 보인다. 일반적으로 재간은 구성력과 결합력을 좌우하는데, 골상학자들은 그것을 원초적 능력이라고 가정하고 거기에 별도의 기관을 부여하기까지 했지만(어리석은 일이라고 생각한다), 거의 백치에 가까운 사람에게서도 그런 능력들이 자주 발견되어 교훈적 저술가들의 관심을 두루 끌기도 했다. 재간과 분석력의 차이는 공상과 상상의 차이보다 훨씬 크다. 그 차이의 성격은 유사하지만 말이다. 실제로 재간꾼은 공상밖에 하지 못한다. **진정으로** 상상력이 뛰어난 사람은 어김없이 분석가다.

이제부터 시작될 이야기는 내가 앞서 다룬 문제에 대한 일종의 주석처럼 읽힐 것이다.

파리에서 18XX년 봄과 초여름을 보내는 동안, 나는 C. 오귀스트 뒤팽이라는 남자와 가까워졌다. 그는 어느 훌륭한 — 아주 저명한 가문의 태생이었지만, 일련의 불행한 사건 때문에 재산을 잃고, 삶의 의욕마저 상실한 사람이었다. 그는 다시 세상에 모습을 드러내거나 잃어버린 재산을 되찾는 일에 별 관심이 없었다. 채권자들의 배려로 그는 약간의 유산을 상속받을 수 있었고, 여기서 나오는 수익을 극도로 아껴 간신히 생활할 수 있었다. 사치를 부릴 형편은 전혀 못 되었다. 책이 그의 유일한 사치였고, 파리는 책을 구하기 쉬운 곳이었다.

우리가 처음 만난 곳은 몽마르트르의 외진 도서관이었다. 우연히도 둘 다 어느 진귀하고 탁월한 저서 한 권을 찾고 있었고, 그것을 계기로 가까운 사이가 되었다. 우리는 자주 만나서 이야기를 나누었다. 나는 그가 들려준 짧막한 가정사에 깊은 흥미를 느꼈다. 프랑스인들이 자기 자신을 주제로 삼아 이야기를 풀어 놓을 때면 늘 그렇듯이, 거기에는 어떤 솔직함 같은 게 배어 있었다. 그의 엄청난 독서량은 나를 놀라게 했다. 하지만 무엇보다도 그 앞뒤를 가리지 않는 열정과 신선한 상상력이 내 영혼에 불을 지피는 듯했다. 당시 파리에서 뭔가를 찾고 있던 나는 이 남자와 함께 지내는 것이 그 어떤 보물보다 값진 체험이 되리라고 느꼈다. 나는 이 느낌을 그에게 솔직하게 털어놓았다. 결국 파리에 체류하는 동안 나는 그와 함께 살기로 했다. 상대적으로 재정 형편이 넉넉한 내가 집을 얻고 우리의 몽롱하고 우울한 기질에 맞는 가구들을 들였다. 우리가 얻은 집은 낡고 기괴한 저택으로, 포브르 생 제르망의 후미진 골목에 자리 잡고 있었다. 어떤 미신 때문에 그곳에는 오랫동안 사람이 살지 않았다고 하는데, 그 미신에 관해서는 알아본 적이 없다.

이곳에서의 우리 생활이 세상에 알려졌다면, 우리는 틀림없이 미치광이 취급을 받았을 것이다 ─ 그렇다고 해서 남한테 피해가 될 만한 짓을 한 기억은 없다.

우리의 은둔은 가히 완벽했다. 손님은 전혀 들이지 않았다. 내가 파리에서 알고 지내던 사람들에게는 이 은둔처의 위치를 철저히 비밀로 했다. 뒤팽은 몇 년째 파리에서 아무런 교류도 없이 혼자서 지내고 있었다. 그렇게 우리는 완벽하게 두 사람만의 생활을 유지할 수 있었다.

나의 친구가 밤의 여신 그 자체와 사랑에 빠진 것은 환상적인 장난의 소치였다(그걸 달리 뭐라고 표현해야 할지 모르겠다). 언제나 그랬듯이 나는 그의 **기행**에 조용히 장단을 맞췄다. 그 종잡을 수 없는 변덕들에 나 자신을 완전히 **내맡기고** 있었던 것이다. 어둠의 여신이 언제나 우리의 곁에 머무르는 건 아니었다. 하지만 우리는 그녀의 존재를 모조할 수 있었다. 여명이 밝아 오기 시작하면 우리는 저택의 모든 덧창을 닫았다. 향이 짙은 양초 몇 개에 불을 붙여서 최대한 희미하고 흐릿한 빛만이 집안을 비추게 했다. 이 불빛의 도움을 받아 우리의 영혼은 책을 읽거나 글을 쓰거나 대화를 하면서 꿈에 잠겼다. 그러다 마침내 진짜 어둠의 도래를 알리는 자명종 소리가 들리면 우리는 서로의 팔짱을 낀 채 거리로 나섰다. 집에서의 대화를 이어 나가기도 하고, 늦게까지 먼 거리를 거닐기도 하고, 이 번잡한 도시의 빛과 그림자 속에서 거의 무한에 가까운 정신적 흥분을 경험하기 위해 조용한 관찰을 시도하기도 했다.

그럴 때면 나는 뒤팽의 남다른 분석력을 보고 놀라지 않을 수 없었다(사실 평소에 그가 보여준 풍부한 상상력을 생각한다면 전혀 예상하지 못할 일도 아니었다). 그는 분석력을 발휘하는 일 자체에서 열렬한 기쁨을 맛보는 듯했고 ─ 딱히 그것을 과시하려는 생각은 없어 보였지만 ─ 분석하면서 느끼는 즐거움을 숨김없이 드러내곤 했다. 언젠가 그는 조용히 큭큭거리며, 자신의 눈에는 거의 모든 사람의 가슴에 창문이 하나씩 나 있는 것 같다고 고백하고는, 곧바로 나의 속내를 간파해 보임으로써 그 사실을 증명해 냈다. 이런 순간에 그는 냉정하면서도 넋이 나간 사람처럼 보였다. 눈동자는 초점을 잃었고, 목소리는 평상시의 풍부한 테너 톤에서 트레블 톤으로 상승해서, 발음이 그만큼 신중하고 또렷하지 않았더라면 어딘가 화가 난 것처럼 들렸을 터였다. 그런 그의 모습을 보고 있노라면, 나는 두 개의 영혼을 지닌 사람에 대한 오래된 철학적 숙고에 빠져들었고, 뒤팽이 두 사람으로 ─ 창조적인 뒤팽과 분석적인 뒤팽으로 — 분리되는 상상을 하며 즐거워했다.

이렇게 말했다고 해서 내가 뭔가 신비로운 이야기나 모험담 같은 걸 들려줄 거라고 기대하지는 말기 바란다. 앞서 묘사된 뒤팽의 면모는 그저 흥분한 지성, 아니 거의 병적인 지성이 발현된 결과에 불과하다. 하지만 그가 어떤 사람인지 궁금한 독자가 있을지도 모르니, 거기에 딱 부합하는 사례를 하나만 들려주도록 하겠다.

어느 날 밤 우리는 팔레 루아얄 근방의 어느 길고 지저분한 거리를 걷고 있었다. 두 사람 다 저마다의 생각에 잠겨서 십오 분 넘게 한마디도 하지 않고 있었다. 그런데 뒤팽이 갑작스레 침묵을 깼다.

"그 친구는 키가 너무 작아서 차라리 바리에테 극장[11] 같은 곳에 더 어울릴 걸세."

"그건 틀림없는 사실이야." 나는 별생각 없이 이렇게 대답했다. 그 순간 나는 놀랍게도 그가 나의 속생각에 맞장구를 치고 들어왔다는 사실을 의식하지 못했던 것이다. 잠시 후에야 나는 무슨 일이 벌어졌는지를 깨닫고 아연실색했다.

---

11. 1807년 몽마르트르 대로에 설립된 극장. 주로 풍자극을 상연했다.

"뒤팽." 나는 진지하게 말했다. "도저히 납득이 안 되는군. 당황스럽기 짝이 없어. 내 청각을 믿을 수 없을 정도야. 자네는 도대체 어떻게 알았지? 내가 생각하고 있는 사람이……." 나는 뒤팽이 정말로 내 생각을 꿰뚫고 있는지 확인해보고 싶어서 말을 멈췄다.

"왜 말을 하다 말지?" 그는 말했다. "자네는 샹티이 생각을 하고 있었네. 그는 키가 너무 작아서 비극에는 영 어울리지 않는다고 말이야."

그것은 정확히 내가 생각하고 있던 바였다. 샹티이는 한때 생 드니 가에서 구두 수선공으로 일했지만 연극에 미쳐서 배우가 된 사람인데, 얼마 전에 크레비용의 비극[12]에서 크세르크세스의 **역할**을 맡았다가 본전도 못 찾고 비웃음만 산 일이 있었다.

"제발 얘기해주게." 내가 말했다. "도대체 무슨 방법을 써서, 정말 방법이라는 게 있다면 말이네만, 내 속내를 들여다본 건가?" 사실 나는 말도 못 할 정도로 놀란 상태였다.

"과일 장수 덕분이라네." 내 친구가 대답했다. "과일

---

12. 졸리오 드 크레비용(1674~1762)의 비극 「크세르크세스」를 가리킨다.

장수를 보고 자네는 그 키 작은 구두 수선공이 크세르크
세스 같은 역할에는 어울리지 않는다는 결론을 내린
걸세."

"과일 장수라고! 도대체 무슨 소리를 하는 건지 모르
겠군. 나는 과일 장수는 알지도 못한다네."

"우리가 이 거리에 들어설 때 자네와 부딪쳤던 남자
말일세. 아마 십오 분쯤 되었을 걸세."

그때서야 나는 우리가 C가를 빠져나와 지금 걷고
있는 길로 접어들었을 때쯤에, 머리 위에 커다란 사과
바구니를 인 과일 장수한테 부딪혀 넘어질 뻔했던 게
기억났다. 하지만 그게 샹티이랑 무슨 관계가 있다는
건지는 알 수 없었다.

뒤팽이 없는 말을 **지어내고** 있는 것 같지는 않았다.
"내 설명을 듣고 나면 자네도 이해할 수 있을 걸세."
그가 말했다. "우선 자네의 생각이 흘러온 경로를 거꾸
로 되짚어 보도록 하지. 내가 자네에게 말을 건넨 순간부
터 자네가 그 과일 장수와 **충돌한** 순간까지 말일세.
큼직한 연결고리만 간략히 짚어보자면 이렇게 된다네.
샹티이, 오리온, 니콜스 박사, 에피쿠로스, 스테레오토
미,[13] 포석, 과일 장수."

누구나 살면서 한 번쯤은 자신의 결론이 어떤 경로를 거쳐서 도출되었는지 확인해본 적이 있을 것이다. 그것은 대체로 무척 흥미로운 일이지만, 처음에는 그 경로의 출발점과 도착점이 대단히 멀고 무관해 보여서 당황하게 된다. 그러니 나의 프랑스 친구가 저렇게 말했을 때, 더군다나 그 말이 진실임을 인정해야만 했을 때 내가 얼마나 놀랐겠는가. 그는 말을 이었다.

"내 기억이 정확하다면, 우리는 C가를 빠져나오기 전까지 말에 관한 대화를 나누고 있었네. 그것이 마지막 대화 주제였지. 우리가 지금 이 거리로 접어들었을 때, 머리에 커다란 바구니를 인 과일 장수가 다급하게 우리 곁을 지나가다가, 공사를 위해 쌓아 둔 포석 더미가 있는 쪽으로 자네를 밀치고 말았어. 자네는 널브러진 포석에 걸려 미끄러져서 발목을 삐끗하고는, 불쾌하고 언짢은 얼굴로 몇 마디를 중얼거리더니, 포석 더미 쪽을 힐끗 돌아본 뒤에 다시 조용히 걷기 시작했네. 딱히 자네에게 관심이 있었던 건 아니지만, 최근에는 뭐든 관찰을 하는 게 버릇처럼 되어서 말이지.

---

13. 돌처럼 단단한 물체를 절단하는 기술.

자네는 눈을 내리깐 채 뾰로통한 표정으로 바닥에 난 구멍이나 바퀴 자국 따위를 흘겨보았다네. 그걸로 나는 자네가 아직도 포석에 관해 생각하고 있다는 걸 알았지. 그때 우리는 라마르틴이라는 좁은 골목길에 접어들 때까지 걸었다네. 그곳의 보도는 포석을 교차시 켜서 바닥에 배열한 뒤 못으로 고정시키는 실험적인 방식으로 포장되어 있었어. 그곳에서 갑자기 자네의 얼굴이 밝아졌다네. 나는 자네의 입술이 움직이는 모양을 보고, 이런 종류의 공법을 가리키는 '스테레오토미' 라는 그럴싸한 단어를 중얼거리고 있다는 걸 알았지. 나는 자네가 스테레오토미stereotomy라고 중얼거릴 때 원자atomy에 대해서, 그리고 에피쿠로스의 이론[14]에 대해서 생각했을 거라고 확신했네. 얼마 전에 우리가 이 주제로 대화를 나눌 때, 나는 저 숭고한 그리스인의 막연한 추측이 오늘날의 성운론에 의해 소리소문도 없이 훌륭하게 증명되었다는 사실을 자네에게 설명한 바 있지. 그러니 나는 자네가 오리온자리의 거대한 **성운**을 올려다보지 않고는 못 배길 거로 생각했다네.

---

14. 에피쿠로스(B.C. 341~270)는 우주가 보이지 않는 작은 물질로 구성되어 있다고 주장했다.

그리고 내가 예상했던 대로 자네는 하늘을 올려다보았어. 그 순간 나는 여기까지 자네의 생각을 잘 따라왔음을 확신하게 되었지. 그런데 그 풍자가가 어제 자 '뮈제'에서 샹티이를 향해 쓰디쓴 **공격**을 퍼부을 때 인용했던 라틴어 문장을 자네도 기억할 걸세. 구두 수선공이 버스킨[15]을 신겠다며 개명을 했다는 사실을 꼬집는 대목이었는데, 우리의 대화에서도 자주 언급되었던 문장이지.

Perdidit antiquum litera prima sonum.[16]

언젠가 내가 자네에게 말했다시피, 이것은 오리온의 원래 이름이 우리온이었다는 점을 지적하는 문장이라네. 그때 내 설명이 여간 신랄한 게 아니었으니, 자네가 그걸 잊었을 리가 없지. 그러니 자네는 틀림없이 오리온자리를 샹티이와 관련지어 생각했을 거야. 나는 자네의 입가를 스친 미소에서 그 사실을 확인했네. 자네는 그 가여운 구두 수선공이 겪은 수난을 떠올렸겠지.

---

15. 배우가 그리스 비극에 출연할 때 신는 장화.
16. 처음의 글자는 본래의 소리를 잃었네.

포와 란포
....
100

그때까지만 해도 자네는 상체를 약간 굽히고 있었는데, 갑자기 몸을 똑바로 세우고 걷기 시작하더군. 자네는 샹티이의 작은 몸집을 떠올렸던 거야. 바로 그 순간에 나는 그 키 작은 친구, 그러니까 샹티이가 차라리 바리에테 극장에 더 어울릴 거라고 말하며 자네의 사색을 중단시킨 거라네.”

그로부터 얼마 후, 우리는 석간 “가제트 데 트리뷔노”를 읽고 있었는데, 다음과 같은 기사가 우리의 눈을 끌었다.

괴이한 살인사건— 오늘 새벽 3시 모르그 가의 어느 저택 4층에서 터져 나온 몇 차례의 비명소리가 생 로슈 지구 주민들의 잠을 깨웠다. 그 저택에는 레스파나예 부인과 딸 카미유 레스파나예 양, 단둘이 살고 있었던 것으로 전해진다. 정상적인 방법으로 문을 열 수가 없어서 주민들은 잠시 멈칫하다가 결국, 쇠파이프를 억지로 끼워 넣어 대문을 열었다. 주민 여덟아홉 명과 **경찰관** 두 명이 집에 들어갔을 때는 이미 비명소리가 멈춘 뒤였다. 사람들이 첫 번째 층계참에 올랐을 때 격하게 다투는 듯한 두세 사람의 목소리가 들려왔다.

소리는 저택 위쪽에서 나는 듯했다. 두 번째 층계참에 오른 뒤에는 이 소리마저 사라지고 완전한 정적이 흘렀다. 모두가 뿔뿔이 흩어져서 방을 하나씩 뒤졌다. 4층의 가장 안쪽에 있는 큰방에 도착했을 때 (문은 안쪽에서 잠겨 있어서 힘으로 열고 들어가야 했다) 놀라움을 넘어서 모두를 공포에 떨게 만든 광경이 펼쳐졌다.

방은 완전히 난장판이었다 ─ 가구는 부서지거나 사방에 내팽개쳐져 있었다. 제자리를 지키고 있는 건 침대뿐이었다. 그나마 침구는 바닥에 나뒹굴고 있었다. 의자 위에는 피범벅이 된 면도칼 하나가 놓여 있었다. 벽난로에서는 기다란 회색 머리카락 두세 뭉텅이가 발견되었다. 이 또한 피범벅이었는데, 뿌리까지 통째로 뽑힌 것으로 보였다. 바닥에는 나폴레옹 금화 네 개, 토파즈 귀걸이 하나, 커다란 은수저 세 개, 그보다 작은 **합금 수저** 세 개가 있었고, 금화가 어림잡아 4,000 프랑쯤 담긴 두 개의 가방이 있었다. 방 한구석의 **서랍장**은 문이 열려 있었다. 안쪽에는 옷가지가 놓여 있었지만, 몇 벌은 도둑맞은 것으로 보였다. 침구 밑에서는 (침대 밑이 아니다) 작은 철제 금고가 발견되었다. 금고는 자물쇠에 열쇠가 꽂힌 채로 열려 있었다. 내용물은 편지 몇 장과 별 볼 일 없는 서류 뭉치가 전부였다.

레스파나예 부인은 어디에도 없었다. 하지만 벽난로 밑에 검댕이 너무 많이 떨어져 있는 게 수상해서 굴뚝 안쪽을 조사해 본 결과 (얼마나 끔찍한 일인가!) 머리통이 밑으로 향한 채 거꾸로 박혀 있는 딸의 시체를 발견했다. 사람들은 시체를 간신히 끄집어낼 수 있었다. 굴뚝의 폭이 좁은데도 불구하고 시체는 제법 위쪽까지 박혀 들어가 있었다. 시체에는 아직 온기가 남아 있었다. 군데군데 살갗이 벗겨져 있었는데, 좁은 굴뚝에 억지로 시체를 처박고 다시 빼내는 과정에서 그렇게 된 게 분명했다. 얼굴은 심하게 긁혀 있었다. 목에 시꺼먼 멍 자국과 깊게 파고든 손톱자국이 여럿 있는 것으로 짐작건대, 사망자는 교살당한 것으로 보였다.

집안을 샅샅이 조사한 뒤에 더 이상 볼 것이 없다고 판단한 사람들은 포석이 깔린 작은 뒷마당으로 나왔다. 그곳에 노부인의 시체가 있었다. 목이 절단되어 있어서 시체를 들어 올리다가 머리통이 땅에 툭 떨어졌다. 머리통과 마찬가지로 몸통 자체도 눈 뜨고 보기 어려울 정도로 난도질 되어 있었다 ― 한때 그것이 인간의 육체였다는 것조차 알아보기 어려울 정도였다.

이 끔찍한 사건과 관련해서는 아직 일말의 단서조차 발견되지 않은 것으로 보인다.

다음 날 신문에는 추가 기사가 실렸다.

모르그 가의 비극 — 이 더없이 괴이하고 끔찍한 사정과 관련해서 여러 사람이 조사를 받았다. [당시까지만 해도 프랑스에서는 '사정'이라는 단어를 우리처럼 경박한 의미로 사용하고 있지 않았다.] 하지만 사건의 결정적 단서가 될 만한 증언은 하나도 없었다. 심문에서 나온 중요한 증언은 아래에 모두 실었다.

폴린 뒤부르(세탁부)의 증언. 죽은 모녀와 3년간 알고 지냈다. 그동안 그들의 빨래를 도맡아 했다. 모녀는 사이가 좋아 보였다 — 서로를 끔찍이 아꼈다. 보수는 나쁘지 않았다. 그들의 생활방식이나 생계 수단에 관해서는 아는 바가 없었다. L 부인의 직업이 점쟁이라고 생각했다. 재산이 꽤 된다는 소문이 있었다. 빨래를 가지러 가거나 돌려주러 갈 때 집에서 아무도 보지 못했다. 고용된 하인이 없는 게 분명했다. 4층을 제외하면 저택에는 가구도 하나 없는 듯했다.

피에르 모로(담배상)의 증언. 거의 4년간 레스파나 예 부인에게 소량의 살담배와 코담배를 팔았다. 이 지역에서 나고 자란 토박이였다. 죽은 모녀는 6년 넘게 그 집에서 살았다. 그전까지는 어느 보석상이 그곳에 세 들어 살며 위쪽 방들을 여러 사람에게 헐값에 빌려줬다. 집 자체는 L 부인의 소유였다. 집에 아무나 드나드는 게 싫었던 모양인지, 부인은 세입자를 내보내고 본인이 직접 그 집에 들어가 살기 시작했다. 노파는 어딘가 아이 같은 구석이 있었다. 최근 6년간 노파의 딸과 마주친 건 대여섯 번뿐이었다. 모녀는 극도로 폐쇄적인 삶을 살고 있었다 — 재산이 상당하다는 얘기를 들었다. L 부인이 점쟁이라는 소문이 돌았지만 믿지 않았다. 노파와 딸을 제외하고는 그 집에 드나드는 사람을 보지 못했다. 짐꾼을 한두 번, 내과 의사를 여덟아홉 번 정도 본 게 전부였다.

다른 이웃들의 증언 역시 크게 다르지 않았다. 그 집을 자주 드나든 사람은 아무도 없는 듯했다. 모녀에게 살아 있는 친지가 있는지조차 알 수 없었다. 저택 앞쪽 창문의 덧창은 열려 있는 일이 거의 없었다. 뒤쪽 덧창은

4층 가장 안쪽의 큰방을 제외하면 항상 닫혀 있었다. 저택은 그다지 낡지 않고 고급스러웠다.

이시도르 뮈제트(경찰관)의 증언. 새벽 3시쯤에 신고를 받고 저택에 도착했다. 이삼십 명 정도가 저택 앞에 모여서 대문을 열어보겠다고 애쓰고 있었다. 결국 총검으로 대문을 열었다(쇠파이프가 아니었다). 대문은 이중, 혹은 접이식으로 되어 있는 데다가 위아래에 걸쇠도 안 채워져 있어서 어렵지 않게 열렸다. 비명소리는 그때까지 계속되었지만, 대문이 열리자마자 뚝 그쳤다. 그것은 엄청난 고통을 받는 사람(혹은 사람들)의 비명 같았다―날카롭고 짧게 끊어지는 소리가 아니라 크고 길게 이어지는 소리였다. 계단을 올라갔다. 첫 번째 층계참에 도착하자 심하게 다투는 듯한 두 사람의 목소리가 들렸다. 하나는 걸걸한 목소리였고, 다른 하나는 새된 목소리―대단히 이상한 목소리였다. 첫 번째 사람이 하는 말은 조금 알아들을 수 있었다. 프랑스인이었고, 여자는 절대 아니었다. '신이시여'와 '빌어먹을'이라는 말이 들렸다. 목소리가 새된 사람은 외국인이었다. 목소리만으로는 남자인지 여자인지 분간이 안

갔다. 무슨 말을 하는지 알아들을 수 없었다. 스페인어
였다고 생각했다. 어제 자 본지에 상술된 현장과 시체의
상태는 이 목격자의 증언에 따른 것이다.

　앙리 뒤발(옆집 이웃, 은 세공사)의 증언. 처음 저택
에 들어간 사람 중 하나였다. 뮈제트의 증언에 대체로
동의했다. 대문을 억지로 열고 들어갔지만, 곧바로
다시 잠갔다. 늦은 시각임에도 불구하고 빠른 속도로
저택 앞에 모여드는 사람들을 못 들어오게 막기 위해서
였다. 새된 목소리는 이탈리아인 같았다. 프랑스인이
아닌 건 확실했다. 성별을 확실히 알 수는 없지만,
여자라고 생각했다. 이탈리아어는 잘 몰랐다. 구체적인
단어가 들렸던 건 아니지만, 말하는 억양으로 보면
이탈리아인이 거의 확실했다. L 모녀와는 안면이 있었
다. 두 사람과 대화를 나눠 본 적이 있었다. 새된 목소리
가 죽은 모녀의 것이 아니라는 것만큼은 분명했다.

　오덴하이머(식당 지배인)의 증언. 본 증인은 심문을
자처했다. 프랑스어를 할 줄 몰라서 통역관을 곁에
두고 조사를 받았다. 암스테르담에서 왔다. 비명소리가

들릴 때, 마침 저택 앞을 지나고 있었다. 비명소리는 몇 분 동안 — 거의 10분 동안 지속되었다. 크고 긴 비명 — 무섭고 고통스러운 비명이었다. 처음에 저택에 들어간 사람 중 하나였다. 단 한 가지 사실만 제외하고 앞사람들의 증언에 전부 동의했다. 목소리가 새된 쪽이 프랑스인이라고 확신했다. 성별은 남자 같았다. 무슨 말을 하는지는 알아듣지 못했다. 목소리는 큼직하고 빨랐으며 높낮이가 심했다. 화가 난 것 같기도 하고 무서워하는 것 같기도 했다. 째진 목소리였다 — 새된 목소리라기보다는 째진 목소리에 훨씬 가까웠다. 아무리 생각해도 새된 목소리는 아니었다. 걸걸한 목소리는 **'신이시여'**와 **'빌어먹을'**이라는 말을 되풀이했고, 딱 한 번 **'맙소사'**라는 말도 했다.

쥘 미노(들로렌 가 미노부자 은행의 경영자, 아버지 미노)의 증언. 레스파나예 부인은 상당한 재산이 있었다. 18XX년(8년 전) 봄에 이 은행에 계좌를 열었다. 조금씩 꾸준히 예금했다. 수표 한 번 끊지 않다가, 죽기 3일 전에 직접 4,000프랑을 인출했다. 돈은 금화로 지급되었다. 은행원이 돈을 저택까지 운반해주었다.

아돌프 르봉(미노 부자 은행의 은행원)의 증언. 문제의 그 날 오후 4,000프랑을 가방 두 개에 나눠 담아서 레스파나예 부인과 함께 그녀의 저택으로 갔다. 문이 열리자 L 양이 나와 그의 손에서 가방 하나를 받아들었다. 나머지 가방 하나는 노파가 들고 갔다. 그는 허리를 숙여 인사하고 저택을 나섰다. 그 시각 거리에는 아무도 없었다. 원래부터 인적이 드물고 쓸쓸한 거리다.

윌리엄 버드(재단사)의 증언. 저택에 들어간 사람 중 하나였다. 영국인이다. 파리에 온 지는 2년쯤 되었다. 앞장서 계단을 올라갔다. 다투는 목소리들이 들렸다. 걸걸한 목소리는 프랑스인이었다. 몇 마디 말을 알아들었지만, 전부 기억하지는 못했다. **'신이시여'**와 **'맙소사'**는 또렷이 들렸다. 몇 사람이 몸싸움을 하는 소리 — 할퀴고 때리는 듯한 소리가 들렸다. 새된 목소리가 걸걸한 목소리보다 훨씬 크게 들렸다. 영국인이 아닌 건 확실했다. 독일인 같았다. 성별은 여자인 듯했다. 독일어는 못 한다.

상기한 네 사람의 공통된 증언(추가 심문). 처음 도착했을 때 L 양의 시체가 발견된 방은 안에서 문이 잠겨 있었다. 정적만이 감돌았다. 문을 억지로 열고 들어갔을 때는 아무도 보이지 않았다. 바깥쪽 방과 안쪽 방의 창문은 모두 닫힌 채로 안에서 굳게 잠겨 있었다. 두 방을 잇는 문은 닫혀 있었지만, 잠겨 있지는 않았다. 바깥쪽 방과 복도를 잇는 문은 열쇠가 꽂힌 채로 안에서 잠겨 있었다. 4층 복도 바깥쪽 끝에 있는 작은 방 하나는 문이 살짝 열려 있었고, 낡은 침대와 상자 등속으로 가득했다. 전부 조심스럽게 꺼내서 조사했다. 이 저택에서 섬세한 조사를 거치지 않은 곳은 단 한 군데도 없었다. 굴뚝 안쪽까지 솔을 넣어서 샅샅이 털어보았다. 저택은 다락방이 딸린 4층짜리 건물이었고, 지붕은 **맨사드형**[17]이었다. 지붕에는 들창문이 있었지만, 못으로 단단히 잠겨 있었다 — 몇 년간 한 번도 열리지 않은 것 같았다. 다투는 목소리들을 들었을 때부터 잠긴 방문을 밀쳐 열고 들어갔을 때까지 흐른

---

17.   2단 경사 지붕. 윗부분은 경사가 완만하고, 아랫부분은 가파르
       다. 지붕에 창을 낼 수 있다는 점이 특징이며, 급경사 지붕
       안쪽에 다락방을 짓는 경우가 많다.

시간에 관해서는 목격자마다 진술이 다르다. 3분이라는 사람도 있고, 5분이라는 사람도 있다. 문은 쉽게 열리지 않았다.

알폰소 가르시오(장의사)의 증언. 모르그 가에 살고 있다. 스페인에서 왔다. 저택에 들어간 사람 중 하나였다. 계단을 올라가지는 않았다. 평소에 신경과민 증세가 있어서, 혹시 흥분하게 될까 봐 무서웠다. 다투는 목소리들을 들었다. 목소리가 걸걸한 사람은 프랑스인 같았다. 무슨 말을 하는지까지는 알 수 없었다. 새된 소리를 낸 사람은 영국인 같았다—이것만큼은 확실했다. 영어는 잘 모르지만 억양으로 판단할 수 있었다.

알베르토 몬타니(제과사)의 증언. 앞장서 계단을 올라간 사람 중 하나였다. 문제의 목소리들을 들었다. 걸걸한 목소리는 프랑스인이었다. 몇 마디 말을 알아들었다. 누군가를 혼내고 있는 것 같았다. 새된 목소리는 전혀 알아듣지 못했다. 말이 너무 빠르고 높낮이가 심했다. 러시아인이었다고 생각한다. 앞사람들의 증언에 대체로 동의한다. 이탈리아인이다. 러시아인과 대화해 본 적은 한 번도 없다.

일부 목격자의 증언(추가 심문). 4층에 있는 굴뚝은 사람이 통과하기에는 하나같이 너무 좁았다. 앞서 언급된 '솔'은 굴뚝을 청소할 때 사용하는 기다란 원통형 먼지떨이를 뜻한다. 집에 있는 모든 굴뚝에 이 솔을 넣어 위아래로 쑤셔보았다. 몰래 빠져나갈 수 있는 뒷길 같은 건 존재하지 않았다. 레스파나예 양의 시체는 대여섯 명이 힘을 합쳐야 겨우 끄집어낼 수 있을 정도로 굴뚝 안에 꽉 끼어 있었다.

폴 뒤마(내과 의사)의 증언. 동틀녘에 시체 검시를 부탁받고 저택에 갔다. L 양이 발견되었던 방에 들어갔더니 침대에 깔린 삼베 위에 두 사람의 시체가 놓여 있었다. 아가씨의 시체는 살갗이 벗겨지고 멍들어 있었다. 굴뚝에 처박혀 있었다고 하니 이렇게 된 것도 무리는 아니었다. 목에 심한 찰과상이 있었다. 턱 바로 밑에는 깊이 할퀸 상처들과 함께, 손가락 자국으로 보이는 선명한 반점들이 보였다. 얼굴은 무서울 정도로 창백했고, 안구는 돌출되어 있었다. 혀를 조금 깨문 듯했다.

명치에는 무릎에 눌려서 생긴 것으로 보이는 커다란 멍이 있었다. 뒤마의 소견에 따르면 라스파나예 양은 어떤 사람에게(혹은 사람들에게) 교살당한 것으로 추정되었다. 노부인의 시체는 끔찍하게 절단되어 있었다. 오른쪽 팔다리뼈가 완전히 으스러졌다. 왼쪽 **경골**과 **늑골**도 심하게 부러졌다. 온몸이 지독하게 멍들고 변색되어 있었다. 어떻게 이 지경이 되었는지 짐작조차 되지 않았다. 힘이 센 남자가 묵직한 나무 몽둥이나 굵직한 철근, 혹은 의자처럼 크고 무거운 둔기를 휘두른 것이라고밖에는 달리 설명할 도리가 없었다. 그 어떤 무기를 사용해도 여자의 힘으로 이런 상처를 입힌다는 건 불가능했다. 목격자들의 증언대로 노파의 머리통은 몸통에서 완전히 분리되어 있었다. 머리통도 몸통과 마찬가지로 심하게 훼손되어 있었다. 목은 뭔가 매우 날카로운 도구로—추측건대 면도칼로 자른 게 분명했다.

알렉상드르 에티엔(외과 의사)은 M. 뒤마와 함께 시체를 검시했다. M. 뒤마의 증언과 소견에 전부 동의했다.

그 밖에도 몇 사람이 더 심문을 받았지만, 중요한 증언은 여기까지가 전부다. 일찍이 파리에서는 이처럼 불가사의하고 당혹스러운 살인사건이 벌어진 적이 없다 — 이게 정말 살인사건이 맞는지조차 의심스러울 지경이다. 이전까지와 달리 경찰은 상당히 고전하고 있다. 하지만 아직 자그마한 단서조차 나오지 않은 상태다.

그 밖에도 이 석간신문에는 생 로슈 지구를 사로잡은 격한 흥분이 전혀 진정되지 않았다는 내용 — 사건 현장과 목격자들을 여러 차례 조사했지만 아무런 성과를 내지 못했다는 내용이 담겨 있었다. 현재까지 신문에 실린 사실 이외에 새로 밝혀진 것이 전혀 없음에도 불구하고 아돌프 르봉이 갑자기 체포되어 감옥에 갇혔다는 소식이 기사 끄트머리에 짧게 덧붙여 있었다.
뒤팽은 이 사건에 유별난 관심을 두고 있는 듯했다 — 그는 아무 말도 하지 않았지만, 그의 태도를 보고 나는 그렇게 짐작했다. 르봉이 구속되었다는 소식을 접한 뒤에야, 그는 이번 살인사건에 관한 나의 의견을 물었다.

나는 그것이 풀기 힘든 수수께끼라고 생각한다는 점에서 파리 전체와 의견을 같이했다. 나는 살인자를 추적할 만한 마땅한 방법을 전혀 떠올릴 수 없었다.

　"이렇게 막무가내로 조사를 하니 방법이 떠오르지 않는 게 당연하지." 뒤팽이 말했다. "파리의 경찰은 명민하다는 소문이 자자하지만, 알고보면 그저 재간을 부리고 있는 것에 불과하다네. 그들은 아무런 체계도 없이 상황에 휘둘려 행동할 뿐이야. 엄청나게 많은 수단을 동원하긴 하지. 하지만 그 수단이라는 게 본래의 목적에 부합하지 않는 경우가 태반이라 **음악을 감상할 때마다 외출복을 준비시켰던** 주르당[18]과 별반 다를 게 없다네. 그들이 이따금 놀라운 성과를 내는 건 사실이지만, 그건 그저 근면함과 신속함에서 비롯된 결과에 지나지 않아. 그런 종류의 자질이 먹혀들지 않는 상황이 되면 완전히 무력해지고 말지. 예를 들면 비독은 감이 좋고 인내력도 뛰어난 사내지만, 생각을 할 줄은 모른다네. 그러니 과도한 수사로 일을 그르치고 말지. 물체를 너무 가까이서 본 나머지 시야를 흐려버리는 거야.

18.　몰리에르(1622~1673)의 희극 「평민귀족」에 등장하는 인물.

그렇게 되면 물체의 일부분은 비상할 정도로 선명하게 볼 수 있을지 몰라도, 전체적인 모습은 반드시 놓치게 된다네. 깊이 파고드는 것도 지나치면 문제가 되는 거야. 진실의 여신이 언제나 우물 속에 숨어 있는 건 아니거든. 사안이 중대할수록 눈에 잘 띄는 곳에서 그녀를 찾아야 한다는 게 나의 지론일세. 정작 그녀가 있는 곳은 산꼭대기인데도, 우리는 깊은 계곡에서 그녀를 찾아 헤매곤 하지. 이런 종류의 오류는 특히 천체를 관측할 때 갖가지 형태로 드러난다네. 별을 최대한 선명하게 보고 싶다면 망막의 주변부(중심부에 비해 약한 빛을 더 잘 감지하지)를 사용해서 흘기듯이 비스듬한 각도로 봐야 한다네. 그렇게 해야 별빛의 밝기를 가장 잘 파악할 수 있어. **똑바로 바라볼수록 별빛은 어두워지거든.** 정면으로 관측하면 더 많은 양의 빛이 눈에 들어오긴 하지만, 실제로는 측면으로 관측하는 편이 더 정확하다네. 깊이에 지나치게 몰두하다 보면 정신은 교란되고 약화되는 법이지. 너무 오래, 너무 집중해서, 너무 똑바로 바라보면 금성조차도 밤하늘에서 모습을 감춰버릴 걸세.

판단을 내리기에 앞서 우리가 직접 사건 현장을

살펴보는 게 좋겠네. 재미있는 탐험이 될 걸세." 나는 그의 단어 선택이 매우 이상하다고 생각했지만, 아무 말도 하지 않았다 "더군다나 르봉한테는 나도 잊지 못할 신세를 진 적이 있다네. 저택에 가서 우리 눈으로 직접 상황을 보도록 하지. 경찰국장 G와는 인연이 있으니, 필요한 출입증을 얻는 건 어렵지 않을 거야."

우리는 출입증을 받는 즉시 모르그 가로 향했다. 이곳은 리슐리외 가와 생로슈 가 사이에 껴 있는 초라한 거리 중 하나다. 우리가 도착한 건 늦은 오후였다. 이 지구는 우리 거처로부터 상당히 멀리 떨어져 있었다. 문제의 저택을 찾는 건 어렵지 않았다. 여전히 많은 사람이 반대편 보도에 모여들어 호기심 어린 눈길로 저택의 닫힌 덧창들을 올려다보고 있었다. 저택은 평범한 파리식 건물로, 대문 옆에는 유리창이 달린 초소가 하나 있었고, 미닫이 덧창에는 **수위실**이라는 문구가 적혀 있었다. 우리는 안에 들어가지 않고 그대로 저택을 지나쳐서 골목길로 들어간 뒤에, 다시 방향을 틀어 저택의 뒤편을 지나쳤다—그러는 동안 뒤팽은 저택뿐만 아니라 그 부근까지 주의 깊게 살펴보는 듯했지만, 나로서는 그가 도대체 뭘 보고 있는지 알 수 없었다.

지나온 길을 따라서 우리는 다시 저택의 대문 앞으로 돌아왔다. 종을 울리고 출입증을 보여준 후에 담당자의 안내를 받아 내부로 들어갈 수 있었다. 우리는 계단을 올라 레스파나에 양이 처음 발견되었던 방으로 갔다. 두 사람의 시체는 여전히 그곳에 놓여 있었다. 방은 어질러진 상태로 보존되어 있었다. 나는 "가제트 데 트리뷔노"에 보도된 것 이외에는 아무것도 새로 발견하지 못했다. 뒤팽은 모든 것을 꼼꼼히 조사했다 — 시체도 예외는 아니었다. 우리는 다른 방들과 뒷마당까지 살펴봤다. 그러는 내내 **경찰관** 하나가 우리 곁을 지켰다. 조사는 어두워질 때까지 계속되었다. 집에 돌아가는 길에 나의 친구는 어느 일간지 사무실에 들렀다.

앞서 나는 그의 변덕을 종잡을 수 없다고 얘기한 바 있는데, 나로 말하자면 언제나 Je les ménageais[19]였다 — 이 문장은 번역이 불가능하다. 웬일인지 그는 그 살인사건에 관해 한마디도 하지 않으려 했다. 그런데 다음날 정오 무렵 그는 갑자기 내게 혹시 그 잔혹한 현장에서 뭔가 **이상한** 것을 발견하지 못했느냐고 물었

---

19. 내가 그의 기분을 섬세하게 맞춰주고 있다.

다.

그는 "이상한"이라는 단어를 일부러 강조하는 듯했는데, 이유는 모르겠지만 나는 그 말이 굉장히 무서웠다.

"아니, **이상한** 건 없었어." 나는 말했다. "우리가 신문에서 읽은 것 말고는 전혀 없었네."

"안타깝게도 가제트는 이 사건의 예외적인 참혹함을 제대로 건드리지 못하고 있어." 그가 대답했다. "그러니 그 게으른 기사는 생각하지 말도록 하게. 수수께끼를 어려워 보이게 만드는 바로 그 요인이, 그러니까 **상궤를 벗어난** 그 기이함이 내게는 오히려 이 사건의 해결을 용이하게 해주는 단서로 보인다네. 경찰은 범행 동기를 찾지 못해서 애를 먹고 있지. 살인 그 자체가 아니라 살인의 흉측함에 집착하고 있는 거야. 계단을 올라갈 때는 분명히 다투는 목소리들이 들렸네. 그리고 계단을 올라오는 사람들의 눈을 피해서 탈출할 방법 같은 건 어디에도 없었지. 그런데 방에는 살해당한 레스파나예 양의 시체뿐이었어. 도저히 납득 불가능해 보이는 이 상황은 그들을 무력하게 만들었네. 마구잡이로 어질러진 방, 굴뚝 속에 거꾸로 처박힌 시체, 끔찍하게 절단된

모르그 가의 살인
....
119

노부인의 몸. 거기에 내가 앞서 언급한 내용, 그리고 굳이 언급하지 않은 내용까지 모두 합치면 **명민함**을 자부하는 저 공무원들을 완벽한 무력감에 빠뜨리기에 충분하지. 그들은 특이한 것을 난해한 것으로 혼동하는 오류를 저질렀어. 치명적이면서도 흔한 오류야. 하지만 훌륭한 이성은 이런 기이한 탈선을 길잡이 삼아서 진실을 추적한다네. 지금과 같은 사건을 해결하고자 한다면 '무슨 일이 일어났는가'를 묻기보다는 '이전까지 한 번도 일어난 적이 없는 일이 무엇인가'를 물어야 하지. 그렇게 나는 경찰의 눈에 이 사건이 어려워 보이는 정도에 정비례해서 그것을 쉽게 해결할 수 있었던 거라네."

나는 놀라서 아무 말도 못 하고 그의 얼굴을 빤히 바라봤다.

"나는 어떤 사람을 기다리고 있다네." 그가 우리 거처의 문을 바라보며 말을 이었다. "그는 직접 살육을 저지르지는 않았지만, 어떤 형태로든 이 사건에 관계되어 있는 사람이지. 이 범죄의 가장 끔찍한 부분에 관해서라면, 그는 죄가 없을 걸세. 부디 내 가정이 맞았으면 좋겠군. 사실 나는 이 가정에 모든 걸 걸고 있거든.

언제가 될지는 모르겠지만 그 남자는 여기로, 바로 이 방으로 올 걸세. 물론 오지 않을지도 모르지. 하지만 올 가능성이 더 크다고 생각하네. 혹시 그가 온다면 도망가지 못하게 막아야 한다네. 여기 권총을 받게나. 어쩌면 우린 이걸 사용해야 할지도 몰라."

나는 무심코 권총을 집어 들긴 했지만, 내가 무슨 짓을 하고 있는지도 몰랐고, 방금 들은 말을 믿을 수도 없었다. 뒤팽은 독백을 하듯이 말을 쏟아내고 있었다. 앞서 말했다시피 그는 이런 순간이 되면 넋이 나간 사람처럼 변했다. 그는 나에게 말을 하고 있는 게 분명했지만, 목소리가 전혀 크지 않았음에도 불구하고 마치 아주 멀리 떨어져 있는 사람에게 말을 하는 것 같았다. 초점을 잃은 그의 눈동자는 벽을 향해 있었다.

"사람들이 계단에서 들었다던 다투는 목소리들은." 그가 말했다. "살해당한 두 여자의 것이 아니었음이 충분히 입증되었네. 그러므로 노파가 딸을 죽이고 나서 자살을 했을지도 모른다는 의혹은 사라지지. 내가 이 사실을 지적하는 건 순전히 요식 절차에 지나지 않아. 레스파나예 부인의 완력으로 딸의 시체를 굴뚝에 처박는다는 건 아예 불가능한 일이지. 게다가 자해로는

절대 자기 몸에 그런 상처를 입힐 수 없다네. 그 말인즉
슨, 살인을 저지른 건 제삼자들이라는 걸세. 사람들이
계단에서 들었다던 다투는 목소리들도 바로 그자들의
것이지. 나는 이 목소리들에 대한 증언 자체가 아니라,
그중에서 유독 **이상한** 부분에 주목했다네. 자네는 뭔가
이상한 점을 못 찾았나?"

걸걸한 목소리가 프랑스인이라는 데에는 모두가 동
의했지만, 새된 목소리, 혹은 (증인 한 사람의 표현에
따르면) 째진 목소리에 관해서는 의견이 분분하다는
게 나의 대답이었다.

"그건 그저 증언 자체에 대한 지적일 뿐이라네."
뒤팽이 말했다. "그걸 이상한 점이라고는 할 수는 없지.
자네는 이상한 점을 하나도 발견하지 못했군. 하지만
반드시 주목해야 할 부분이 있다네. 자네 말대로 걸걸한
목소리에 관해서는 모두가 동의하고 있지. 그야말로
만장일치라네. 문제는 새된 목소리인데, 여기서 이상한
점은 모두의 의견이 갈린다는 사실이 아니라, 이탈리아
인, 영국인, 스페인인, 네덜란드인, 프랑스인이 하나같
이 그걸 **외국인**의 목소리라고 증언하고 있다는 사실이
야. 모두 그게 자기네 나라 사람의 목소리가 아니라고

확신하고 있지. 자신들에게 익숙한 언어를 사용하는 사람의 목소리가 아니라고, 오히려 그 반대라고 생각한다는 걸세. 프랑스인은 그게 스페인인의 목소리라고 추정하며 '만일 스페인어를 좀 알았더라면 몇 마디쯤 알아들었을지도 모른다'고 덧붙이고 있지. 네덜란드인은 그게 프랑스인의 목소리라고 주장한다네. 하지만 그는 '프랑스어를 할 줄 몰라서 통역관을 곁에 두고 조사를 받았'고 했지. 영국인은 그게 독일인의 목소리라고 생각하지만 정작 자신은 '독일어는 못 한다'고 했네. 스페인인은 그게 영국인의 목소리였다고 '확신' 하지만 '영어는 잘 몰라서' 그저 '억양으로 판단할 수밖에 없었다'고 했어. 이탈리아인은 그게 러시아인의 목소리였다고 믿지만 '러시아인과 대화해 본 적은 한 번도 없다'고 했다네. 두 번째 프랑스인은 첫 번째와는 달리 그걸 이탈리아인의 목소리라고 판단한다네. '이탈리아어는 잘 모르지만' 스페인인과 마찬가지로 '억양으로 보고' 그렇게 확신한다고 했지. 그 목소리가 오죽 이상하고 해괴했으면 이런 증언들이 나올 수 있었겠는가! 유럽의 다섯 개 국가 사람 중 어느 누구도 알아듣지 못할 정도라니! 자네는 그게 아시아인이나 아프리카인의 목소리였을지도 모른다고 생각할 걸세. 그런데 파리에는 아시아인이나 아프리카인이 그다지 많지 않아. 그렇다고 해서 그 가능성을 완전히 부정할 생각은 없다네. 나는 그저 자네가 다음과 같은 세 가지 사실을 기억해 뒀으면 좋겠어. 한 사람의 목격자가 그 목소리를 '새된 목소리라기보다는 째진 목소리에 훨씬 가까웠다'고 증언했다는 점, 두 사람의 목격자가 그 목소리를 '빠르고 높낮이가 심했다'고 증언했다는 점, 그리고 단 한 사람의 목격자도 거기서 의미가 통하는 단어를, 단어 비슷한 소리조차도, 알아듣지 못했다는 점을 말일세."

"내 얘기가 자네에게 어떤 인상을 남겼는지 모르겠군." 뒤팽이 계속했다. "어쨌든 나는 이 부분에 대한 증언(걸걸한 목소리와 새된 목소리)을 갖고 타당한 추론을 시도하는 것만으로도 이 난감한 수사에 결정적 방향을 제시할 어떤 의혹을 품기 충분하다고 단언한다네. 나는 방금 '타당한 추론'이라고 말했네만, 사실 그런 표현으로는 충분하지 않아. 내가 생각하기에는 오로지 그것만이 제대로 된 추론이고, 그 필연적인 결과로서 어떤 의혹이 발생하는 걸세. 하지만 그 의혹이 무엇인지는 아직 밝히지 않겠네. 그저 그것이 나의 현장 조사에 선명한 윤곽이나 확실한 경향을 부여했다는 점을 명심해 두게.

우리가 지금 그 방에 있다고 상상해봄세. 여기서 제일 먼저 찾아야 하는 게 뭘까? 살인자들의 탈출 방법이지. 첨언할 필요도 없겠지만, 우리는 둘 다 초자연적 현상 따위는 믿지 않는다네. 레스파나예 모녀를 죽인 건 유령이 아니라는 말일세. 그들은 물리적인 방법으로 범행을 저질렀고, 물리적인 방법으로 탈출했다네. 도대체 어떻게 했을까? 다행히도 여기서 유효한 추론 방법은 단 하나뿐이라네. 그리고 그 방법은 **틀림없이** 우리를 확고한 결론으로 인도해줄 걸세. 그럼 이제 가능한 탈출 수단을 하나씩 검토해 보도록 하지. 사람들이 계단을 오르고 있을 때 살인자들은 레스파나예 양의 시체가 발견된 방, 아니면 적어도 그곳과 연결된 방에 있었던 게 분명하다네. 따라서 우리는 조사 범위를 이 두 방으로 좁힐 수 있지. 경찰은 바닥과 천장부터 벽돌까지 샅샅이 뒤졌어. 어떠한 **비밀** 출구도 그들의 눈을 피해갈 수는 없었을 걸세. 하지만 나는 그들의 눈을 믿지 않고 내 눈으로 직접 확인해봤다네. 그리고 정말로 아무런 비밀 출구도 찾지 못했지. 방에서 복도로 나가는 문은 열쇠가 안쪽에 걸린 채로 확실히 잠겨 있었어. 그렇다면 다음 차례는 굴뚝일세. 벽난로 바로 위쪽은 평범한 굴뚝과 너비가 비슷하지만, 여덟아홉 피트 정도를 더 올라가면 살찐 고양이 한 마리도 통과할 수 없을 정도로 좁아지지. 이제까지 언급한 방법들로 탈출한다는 게 절대적으로 불가능하다면, 남는 건 창문 밖에 없어. 바깥쪽 방 창문으로 탈출하면서 거리의 사람들 눈을 피한다는 건 불가능하지. 따라서 살인자들은 안쪽 방 창문으로 탈출한 게 **틀림없다**네. 명백한 절차에 따라 이와 같은 결론을 얻어 낸 이상, 그저 불가능해 보인다는 이유만으로 그 결론을 파기하는 건 추론가의 본분이 아닐세. 얼핏 보기에는 불가능해 보이지만, 실제로는 그렇지 않다는 사실을 증명하는 게 우리에게 남은 유일한 과제라네.

그 방에는 창문이 두 개 있지. 그중 하나는 가구에 가려져 있지 않아서 완전히 드러나 있고, 다른 하나는 벽에 밀착된 대형 침대의 머리판 때문에 아래쪽이 반쯤 가려져 있다네. 드러난 창문은 안쪽에서 단단히 잠겨 있었어. 힘을 줘서 들어 올려 봤지만 열리지 않았지.

창틀 좌측에는 커다란 못 구멍이 하나 뚫려 있고, 커다란 못 하나가 거의 대가리 부분까지 박혀 들어가 있었네. 나머지 창문도 같은 방식으로 창틀에 못이 박혀 있었어. 힘을 줘서 이 내리닫이창을 열어보려 했지만, 이번에도 실패였지. 경찰은 이쪽으로 탈출하는 게 불가능하다고 결론짓고 만족했을 걸세. 그러니 굳이 못을 뽑고 창문을 열어 볼 필요도 없다고 생각했겠지.

나는 경찰보다 훨씬 철저하게 조사했다네. 그 이유는 앞에서도 말한 바 있는데, 겉으로 보기에 불가능해 보이는 것들이 실제로는 그렇지 않다는 사실을 **증명해 야** 한다고 생각했던 걸세.

나는 **귀납적**으로 사고를 전개시켜 나갔다네. 살인자들은 두 창문 중 하나로 **탈출했어.** 탈출한 사람이 그런 식으로 안쪽에서 내리닫이창을 다시 잠가 놓는다는 건 불가능하지. 이 명백한 사실 때문에 경찰은 창문 쪽을 더 조사할 필요가 없다고 판단한 걸세. 그럼에도 불구하고 내리닫이창은 **잠겼어.** 그렇다면 창문에는 **반드시** 자체적인 잠금 기능이 있어야 하네. 이 결론에는 이론의 여지가 없었지. 나는 가려지지 않은 창문 앞에 가서 어렵사리 못을 뽑아내고 내리닫이창을 들어 올려

봤어. 예상대로 창문은 아무리 힘을 줘도 열리지 않았다
네. 그러므로 어딘가에 반드시 용수철이 감춰져 있어야
하지. 여기까지 확인되자 나는 모든 가설이 맞아떨어지
고 있다는 확신을 갖게 되었네. 아직 못에 관해서는
납득할 수 없는 부분이 많았지만 말이야. 결국 세심한
조사 끝에 숨겨진 용수철을 발견했지. 나는 용수철을
눌러보긴 했지만, 발견 그 자체로 만족하고, 내리닫이
창을 여는 건 잠시 후로 미뤘다네.

　나는 창틀 구멍에 다시 못을 박아 넣고 주의 깊게
살펴봤어. 누군가가 탈출하면서 창문을 닫았을 수도
있고, 용수철로 인해 창문이 저절로 잠겼을 수도 있겠지
만, 아무리 생각해도 못이 혼자서 원래 상태로 되돌아간
다는 건 있을 수 없는 일이었다네. 그로 인한 결론은
명백했어. 조사 범위도 더욱 줄어들었지. 살인자들은
반드시 그 방의 다른 창문으로 탈출했어야 하네. 그리고
그 내리닫이창에도 똑같은 용수철이 감춰져 있다면
반드시 못에 문제가 있거나, 못이 박혀 있는 방식에
문제가 있어야 하지. 나는 침대에 깔린 삼베 위에 올라가
서 머리판 너머로 두 번째 창문의 창틀을 꼼꼼히 살펴봤
어. 그리고 머리판 뒤로 손을 넣어서 금방 용수철을

찾아냈지. 짐작했던 대로 그건 첫 번째 창문의 용수철과 동일한 것이더군. 그 후에 나는 못을 살펴봤다네. 첫 번째 창틀과 거의 똑같은 방식으로 큼직한 못이 거의 대가리 부분까지 박혀 들어가 있었어.

자네는 내가 당황했으리라고 생각할 걸세. 하지만 그렇게 생각한다면 자네는 귀납의 본질을 이해하지 못하고 있는 거야. 사냥 용어를 빌리자면, 나는 아직 '목표물을 잃은' 적이 없다네. 한순간도 사냥감의 냄새를 놓치지 않았다는 말일세. 사슬의 연결고리에는 흠이 전혀 없었어. 나는 비밀을 끝까지 추적했고, 그곳에 있는 건 바로 못이었다네. 아무리 봐도 그건 다른 창문에 있는 것과 똑같은 모습이었어. 하지만 그 사실은 전혀 중요치 않았지. 누군가의 눈에는 결정적인 사실로 보였을지도 모르겠네만. 왜냐하면 여기가 내 모든 실타래의 끝이었으니까 말이야. '반드시 못에 문제가 있어야 한다.' 나는 그렇게 생각하며 손으로 못을 뽑아 봤다네. 그런데 몸통이 1/4인치쯤 딸린 못대가리가 그냥 쑥 빠지더군. 나머지 부분은 못 구멍 속에 그대로 박혀 있었어. 아주 오래전에 부서진 모양인지 절단부에 녹이 슬어 있었다네. 망치질 때문에 부러진 못의 대가리

부분이 내리닫이창 아래쪽 윗부분에 그대로 박힌 거였지. 나는 못대가리를 조심스럽게 원래 자리에 놓았어. 그렇게 놓고 보니 아주 말짱한 못 같았다네. 절단부는 전혀 보이지 않았지. 나는 용수철을 누른 채로 내리닫이창을 몇 인치쯤 들어 올려 보았어. 그러자 못대가리가 창틀 구멍에 박힌 채로 함께 딸려 올라오더군. 다시 창문을 닫아 놓고 보니, 이번에도 못은 지극히 말짱하게만 보였지.

수수께끼는 풀렸어. 살인자는 침대 쪽 창문으로 탈출했다네. 창문은 혼자서 닫혔고(살인자가 일부러 닫았을 가능성도 있네), 용수철로 인해 단단히 잠겼지. 경찰은 창문을 고정하고 있는 게 용수철이 아니라 못이라고 착각했어. 그 때문에 더 이상의 조사가 불필요하다고 간주했던 걸세.

다음에 생각해볼 문제는 밑으로 내려간 방법이라네. 사실 나는 자네와 함께 저택을 한 바퀴 돌 적에 이미 만족할 만한 답을 찾았다네. 문제의 창문으로부터 5피트 반쯤 떨어진 자리에 피뢰침이 있었어. 거기서 창문까지 팔이 닿는 사람은 아무도 없을 걸세. 하물며 안에 들어간다는 건 말할 필요도 없지. 그런데 4층의 덧창은 모양이 독특하더군. 파리의 목수들은 그걸 **페라드** 양식이라고 부르는데, 요즘에는 잘 쓰지 않지만, 리용과 보르도의 아주 오래된 건축물에서 자주 볼 수 있는 양식이지. 그 형태는 평범한 여닫이문(양쪽으로 여는 문이 아니라 한 쪽짜리 문)과 같았지만, 위쪽 절반에는 격자무늬, 아니 격자 구멍이 있었어. 손잡이가 되기에 제격이었지. 공교롭게도 이 덧창의 폭은 거의 3피트 반쯤 되었다네. 우리가 저택 뒤쪽에서 봤을 때 덧창은 반쯤 열려 있었지. 즉, 벽면과 직각을 이루고 있었다는 얘기야. 경찰도 나처럼 저택 뒤쪽을 조사하긴 했을 거야. 하지만 그래봤자 그들은 반쯤 열려 있는 **페라드**를 아래쪽에서 눈짐작으로만 대충 살펴보고(그랬을 거라고 확신하네) **페라드**의 폭이 그렇게 넓다는 건 미처 인지하지 못했을 걸세. 이미 창문으로는 탈출이 불가능했으리라고 결론을 내린 마당이니, 당연히 그쪽 조사는 소홀히 했겠지. 하지만 내가 보기에는 침대 쪽 창문의 덧창을 완전히 열어젖히면 피뢰침과 덧창 사이의 거리가 2피트도 채 안 되겠더군. 매우 비상한 행동력과 용기를 발휘한다면 피뢰침에서 창문으로 뛰어 들어가는 게 아주 불가능해 보이지도 않았어. 침입자는 한쪽

팔을 2피트 반만 뻗어도 덧창의 격자식 구멍을 단단히 붙잡을 수 있었을 걸세. 나는 덧창이 완전히 열려 있다고 가정하고 있다네. 그런 다음, 피뢰침을 잡고 있던 손을 놓고, 벽면에 안정적으로 발을 디뎌 힘차게 구르면, 그 덧창을 닫히게 할 수 있었을 테고, 때마침 창문이 열려 있었다면, 창문 안쪽으로 몸을 던질 수도 있었을 거야.

그토록 위험하고 어려운 재주를 부리려면 매우 비상한 행동력이 필요했을 거라는 나의 지적을 꼭 기억해두게. 내가 자네에게 하고 싶었던 말은 두 가지라네. 첫째는 그게 완전히 불가능한 일은 아니었다는 것이고, **그보다 중요한 둘째는 침입자의 날렵함이 대단히 놀라**운 수준, 거의 초인적인 수준이었다는 것일세.

어쩌면 자네는 내가 '이 주장의 정당성을 입증하려면' 침입자에게 필요한 행동력을 나의 추정대로 강조하기보다는 차라리 조금 낮게 평가하는 편이 유리할 거라고 법률 용어까지 사용해서 얘기할지도 모르지. 법정에서는 그게 관례인지도 모르겠네만, 이성의 영역에서는 그렇지 않다네. 내가 원하는 건 오로지 진실뿐이야. 지금 나는 자네가 그저 침입자의 행동력이 매우 비상하다는 점, 그 목소리가 기괴할 정도로 새되고(혹은 째지고) 높낮이가 심하다는 점, 그의 국적에 관한 증언이 전혀 일치하고 있지 않을뿐더러, 그의 말을 알아들은 사람조차 없다는 점을 나란히 놓고 생각해주기를 바라는 거라네."

뒤팽의 말뜻은 뿌옇고 윤곽이 불분명한 형태로 내 머리 위를 스쳐 지나갔다. 나는 완전히 이해할 능력이 없는 상태로 이해의 가장자리 위에 간신히 서 있었다 —마치 뭔가를 기억해 낼 수 있을 것 같지만 결국에는 기억해내지 못하는 사람처럼 말이다. 내 친구는 말을 계속했다.

"자네도 눈치챘겠지만." 그가 말했다. "나는 탈출 방법에서 침입 방법으로 화제를 바꿨다네. 그 두 행위가 같은 위치에서 같은 방법으로 이루어졌다는 걸 알려주고 싶었거든. 다시 방 안쪽으로 돌아가 봄세. 먼저 외관을 살피도록 하지. 서랍장 안쪽에는 옷가지가 몇 벌 놓여 있긴 하지만, 몇 벌은 도둑맞았다고 하더군. 말도 안 되는 소리야. 그건 그냥 추측에 지나지 않는다네. 그것도 지독하게 어리석은 추측이지. 원래 서랍장 속에 그것보다 더 많은 옷이 있었다는 걸 어떻게 증명하지? 레스파나예 모녀는 극도로 폐쇄된 삶을 살고 있었어. 좀처럼 사람을 만나지도 않았고, 외출하지도 않았지. 그러니 옷을 많이 갖고 있지 않았을 걸세. 장롱속에 남아 있는 건 이런 여성들에게 어울릴 법한 고급스러운 옷이었다네. 도둑이 뭔가를 훔쳐 갔다면, 어째서 가장 좋은 걸 훔치지 않았을까? 어째서 전부 훔치지 않았을까? 더 간단히 말하면, 어째서 4,000프랑을 그냥 놔두고 옷가지 따위를 훔쳤을까? 금화는 **그대로** 놔두고 갔어. 방바닥에 굴러다니는 가방 속에서 은행가 미노 씨가 얘기한 금액이 거의 전부 발견되었지. 돈을 저택까지 운반해준 사람이 있다는 증언 때문에 경찰의 머릿속은 온통 **범행 동기**라는 멍청한 생각으로 가득 찼지만, 자네는 부디 그렇게 생각하지 말길 바라네. 아무도 눈치채지 못하는 사이에 이것보다 열 배는 더 절묘한 우연들이 우리 주변에서 매일같이 일어나고 있어. 이런 우연들은 확률 이론을 배우지 못한 사람들의 생각을 가로막는 거대한 장애물이라네. 인간의 가장 눈부신 연구 대상을 가장 눈부시게 설명해주는 바로 그 이론 말일세. 만약에 금화가 전부 사라졌다면, 3일 전에 누군가가 돈을 저택까지 운반해줬다는 사실을 단순한 우연으로 치부할 수는 없었겠지. 그런 경우에는 범행 동기에 집착하는 경찰의 수사는 유효했을 거야. 하지만 실상은 전혀 그렇지가 않다네. 이 잔학무도한 범행의 동기가 돈이라고 한다면, 범인은 한순간에 돈과 동기를 포기해 버린 변덕스러운 백치가 되어버리지.

내가 지금껏 지적한 사실들—목소리가 기괴하다는 점, 믿기 어려울 정도로 날렵하다는 점, 이토록 잔혹한 살인에 이상하게도 동기가 전혀 없다는 점—을 염두에 두고, 살육 그 자체로 눈을 돌려 봄세. 여기에 완력으로 교살당하고 굴뚝에 거꾸로 처박힌 여자가 있다네. 보통 살인자는 이런 식으로 사람을 죽이지 않아. 최소한 이런 식으로 시체를 처리하지는 않지. 이렇게 시체를 굴뚝에 처넣은 걸 보면, 상궤를 벗어나도 **한참을 벗어난** 뭔가가 있음을, 인간에 대한 우리의 보편적 상식과 완전히 위배되는 뭔가가 있음을 인정하지 않을 수 없을 걸세. 아무리 타락한 인간이라도 이렇게까지 행동하지는 않거든. 게다가 몇 사람이 힘을 합쳐야 겨우 끄집어 **내릴 수** 있을 정도였다면, 시체를 굴뚝에 처박아 올린 힘이 얼마나 강력했다는 건가!

가공할 힘이 발휘되었음을 암시해주는 증거가 몇

가지 더 있다네. 벽난로에서 사람의 회색 머리카락이 몇 뭉텅이 발견되었지. 굉장히 두툼하더군. 뿌리까지 뽑혀 있었어. 머리카락을 한 번에 이삼십 가닥 뽑는 데만 해도 얼마나 큰 힘이 필요한지 자네는 알 걸세. 자네도 그 머리카락 뭉텅이를 봤겠지. 두피에서 떨어져 나온 살점이 모근에 엉겨 있었다네. 얼마나 끔찍한 광경인가! 그건 거의 수십만 가닥의 머리카락을 한 번에 뽑아 버릴 정도로 강력한 힘이 발휘되었다는 증거일세. 노부인의 목은 단순히 잘린 게 아니라, 몸통에서 완전히 절단되어 있었다네. 고작 면도칼 한 자루로 그렇게 했다는 뜻이야. 나는 자네가 이 범행의 비인간적인 잔혹함에 주목했으면 한다네. 레스파나예 부인의 몸에 생긴 멍을 두고 하는 말은 아니라네. 뒤마 씨와 그의 절친한 동료 에티엔 씨는 그것이 둔기에 맞아서 생긴 상처라는 소견을 냈지. 거기까지는 제법 정확했다네. 사실 그 둔기란 다름이 아니라 정원 바닥에 깔린 포석이었어. 희생자는 침대 쪽 창문에서 그 위로 추락한 걸세. 경찰이 그토록 간단한 사실을 알아차리지 못한 건, 덧창의 폭을 알아차리지 못했던 것과 같은 이유에서였다네. 창틀에 못이 박혀 있는 걸 봤으니까, 창문이 열렸을지도 모른다는 가능성 자체를 원천적으로 배제 해버린 거야.

이 모든 것에 더해서, 그 방의 기묘한 무질서까지 제대로 계산에 넣었다면, 이제 우리는 그 놀라운 날렵함, 초인적인 힘, 짐승 같은 잔혹함, 동기 없는 살육, 인간성과는 거리가 먼 무시무시한 **기행**, 단 한 사람의 외국인도 그 국적을 식별하지 못했을 뿐만 아니라 음절 조차 제대로 구분되지 않는 목소리를 하나로 결합해볼 수 있을 걸세. 자, 뭐가 떠오르는가? 내 말이 자네의 머릿속에 어떤 인상을 남겼지?"

뒤팽의 말을 듣고 나는 갑자기 소름이 돋았다. "범인 은 정신병자야." 내가 말했다. "근처의 **정신병원**에서 탈출한 어느 광인의 소행이 틀림없네."

"아주 터무니없는 추측은 아니라네." 그가 대답했다. "하지만 아무리 심한 발작 증세를 보이는 정신병자라 도, 사람들이 계단에서 들었다던 그런 이상한 목소리를 내지는 않아. 정신병자도 일정한 국가에 속해서 그곳의 언어를 사용하는 사람이지. 의미를 파악할 수 없는 말을 할지언정, 언어의 음절만큼은 또렷하게 발음한다 네. 게다가 지금 내 손에 들려 있는 걸 정신병자의 머리카락이라고 할 수는 없을 걸세. 레스파나예 부인의 굳게 움켜쥔 손에서 발견한 작은 털 뭉치라네. 자네가 보기에는 이게 뭐 같은가?"

"뒤팽!" 나는 완전히 힘이 풀린 채로 말했다. "이 머리카락은 이상하기 짝이 없어. 아니, 이건 **사람** 머리카락이 아니잖은가."

"난 한 번도 그렇다고 말한 적 없네." 그가 대답했다. "하지만 그게 사람 머리카락인지 아닌지 판단하기에 앞서서 내가 종이에 그린 그림을 하나 봐주게나. 어느 목격자의 표현을 빌리자면 이건 레스파나예 양의 목에 있던 '시꺼먼 멍 자국과 깊게 파고든 손톱자국'을 실제 크기로 **모사한** 걸세. 또 다른 목격자(뒤마 씨와 에티엔 씨)는 그걸 '손가락 자국으로 보이는 선명한 반점들'이라고 표현했지."

"자네도 이 그림을 보면 말이야." 그는 종이를 탁자 위에 펼치며 말했다. "정말 흔들림 없이 강하게 목을 졸랐다는 생각이 들 걸세. 손가락이 단 한 번도 **미끄러지지** 않았어. 손가락은 각기 처음에 움켜쥐었던 위치를 피해자가 죽음에 이를 때까지 정확하게 파고들었다네. 그럼 이제 자네의 손가락을 종이의 자국에 맞게 펼쳐서

포와 란포
····
138

한꺼번에 대보게나."

나는 그렇게 해보려고 했지만 잘 되지 않았다.

"아무래도 실험 방법이 잘못된 것 같군." 그가 말했다. "종이는 평평한 탁자 위에 펼쳐져 있지만, 사람의 목은 원통형이니까. 여기 사람의 목과 둘레가 비슷한 통나무가 있다네. 나무에 종이를 감싼 다음에 다시 실험해보도록 하지."

나는 그렇게 했지만, 오히려 전보다 더 힘들었다. "이건." 나는 말했다. "사람의 손자국이 아니군."

"이제 이걸 읽어보게." 뒤팽이 대답했다. "퀴비에[20]의 글에서 발췌한 걸세."

그것은 동인도 제도의 커다란 황갈색 오랑우탄에 관한 전반적 묘사와 상세한 해부학적 설명으로 이루어진 글이었다. 이 포유류의 거대한 몸집, 비범한 힘과 행동력, 걷잡을 수 없는 흉포함, 모방을 좋아하는 성향은 익히 알려져 있었다. 한순간에 나는 이 살인사건이 그토록 끔찍했던 이유를 완전히 이해했다.

"여기 손가락을 묘사한 부분은." 나는 글을 다 읽고

---

20. 조르주 퀴비에(1769~1832). 동물학자.

말했다. "자네의 그림과 정확히 일치하는군. 이런 종류의 오랑우탄이 아니라면 그 어떠한 동물도 자네가 본뜬 것과 똑같은 자국을 남길 수 없었을 거야. 황갈색 털 뭉치 역시 퀴비에의 설명과 정확히 일치하고 있어. 하지만 아직도 납득할 수 없는 것투성이라네. 게다가, 다투는 목소리는 둘이었고, 그중 하나는 의심의 여지 없이 프랑스인의 목소리였다고 하지 않았는가."

"그렇다네. 자네도 기억하고 있겠지만, 그 목소리가 **'맙소사!'**라고 외쳤다는 점에 관해서는 증언이 거의 완전히 일치하고 있지. 그것이 상대를 타이르거나 혼내는 소리처럼 들렸다는 목격자 중 한 사람(제과사 몬타니)의 증언은 상당히 적절한 것이었다네. 나는 수수께끼를 풀 모든 실마리가 바로 여기에 있다고 생각했어. 프랑스인은 살인이 일어났다는 사실을 알고 있었을 거야. 하지만 그날 벌어진 잔혹한 살육의 범인은 아닐 가능성이 크다네. 거의 확실하지. 아마도 오랑우탄은 그에게서 도망쳤을 거야. 그는 오랑우탄을 잡으러 그 방까지 쫓아갔겠지. 하지만 그 안에서 벌어지는 무시무시한 광경을 보게 된 그는 오랑우탄을 다시 포획할 엄두를 내지 못했을 걸세. 하지만 이건 그저 추측에 불과해. 이런 추측(그 이상의 표현을 사용할 권리가 내게는 없다네)을 계속 밀고 나갈 생각은 없어. 그 추측의 바탕이 되는 사유의 음영이 아직은 스스로 납득할 수 있을 정도로 충분한 농도를 갖추지 못한 형편인데, 하물며 그걸 어떻게 다른 사람에게 납득시킬 수 있겠는가. 일단은 말 그대로 추측하듯이 얘기해보겠네. 만일 나의 짐작대로 프랑스인이 이 살육의 범인이 아니라면, 그는 내가 어젯밤 집에 돌아오는 길에 '르몽드'(해양 관련 신문으로, 선원들이 많이 본다네) 사무실에 맡긴 공고를 읽고 우리 집으로 찾아올 걸세."

그는 나에게 쪽지 하나를 건넸는데, 거기에는 이렇게 적혀 있었다.

포획 공고 — 금월 XX일(살인이 일어난 날) 이른 아침 볼로뉴 숲에서 거대한 황갈색 보르네오 종 오랑우탄을 포획했음. 보호자는 몰타 선박의 선원으로 추정됨. 보호자의 신원이 충분히 확인되면 소정의 포획 및 보호 비용을 받고 동물을 양도할 계획임. 포부르 생제르맹 XX가 XX번지로 방문 요망.

"자네는 도대체 어떻게 그 남자가 선원이라는 걸, 그것도 몰타 선박의 선원이라는 걸 알고 있는 건가?" 내가 물었다.

"알고 있는 건 아니라네" 뒤팽이 말했다. "나도 장담은 못 해. 하지만 여기 이 작은 끈을 보게나. 형태로 보나 기름진 상태로 보나 이건 선원들이 머리를 길게 땋아 묶을 때 즐겨 사용하는 끈이야. 게다가 매듭을 이렇게 묶을 수 있는 건 선원들, 그중에서도 몰타 선박의 선원들뿐이지. 나는 이 끈을 피뢰침 바로 아래서 발견했다네. 이게 죽은 모녀의 물건이 아니라는 건 확실해 보여. 설령 그 프랑스인이 몰타 선박 소속의 선원이라는 나의 추정이 틀렸다고 하더라도, 신문에 그런 내용을 싣는다고 해서 손해될 건 없지. 내가 틀렸더라도 그는 내가 어쩌다가 착각을 했겠거니 생각할 뿐 굳이 자세한 사정을 따져 묻지는 않을 걸세. 하지만 만약 내가 옳았다면 우리는 더욱 유리한 입장에 서게 된다네. 범인은 아니지만 사건과 연관된 사람으로서 그는 쉽사리 공고에 응해서 오랑우탄을 요구할 수는 없을 거라네. 하지만 그는 이렇게 생각하겠지. '나는 죄가 없다. 나는 가난하다. 내 오랑우탄의 값어치는 엄청나다. 나 같은 사람에게는 큰 재산이 된다. 위험할지도 모른다는 어리석은 두려움 때문에 녀석을 포기해야 하나? 이제 녀석을 되찾은 거나 마찬가지다. 녀석이 발견된 곳은 볼로뉴 숲이다 — 살육이 일어난 현장과는 한참 떨어진 곳이다. 녀석 같은 짐승이 그런 짓을 저질렀을 거라고 감히 누가 짐작이나 하겠는가? 경찰은 속수무책이다 — 작은 단서조차 발견하지 못하고 있다. 경찰이 녀석을 붙잡는다고 해도, 내가 그 사건의 진상을 안다는 사실은 밝히지 못할 것이다. 설령 밝힌다고 해도, 그게 죄가 될 수는 없다. 더군다나 지금은 내 신원이 **노출된** 상태다. 신문에 공고를 낸 사람은 나를 녀석의 주인으로 지목했다. 그가 어디까지 알고 있는지 모르겠다. 내가 그토록 값비싼 재산을 되찾아가지 않는다면, 적어도 녀석에게는 의심의 화살이 향할 것이다. 나 자신이나 녀석에게 관심이 쏟아지는 상황만큼은 어떻게든 피하고 싶다. 이 공고에 응해서 오랑우탄을 되찾아야 한다. 상황이 진정될 때까지는 녀석을 숨겨놓아야 한다.'"

바로 그 순간 계단 쪽에서 발소리가 들렸다.

"총을 준비하게." 뒤팽이 말했다. "하지만 내가 신호를 보내기 전까지는 절대로 총을 내보이거나 쏘면 안 된다네."

현관문은 열려 있었다. 방문객은 현관의 종을 울리지 않고 집으로 들어와 계단을 몇 걸음 올라왔다. 하지만 그는 망설이고 있는 모양이었다. 다시 계단을 내려가는 소리가 들렸다. 뒤팽은 방문 쪽으로 재빠르게 몸을 움직였다. 그때 다시 계단을 올라오는 소리가 들렸다. 방문객은 더 이상 되돌아가지 않고, 망설임 없이 계단을 올라왔다. 그리고 방문을 두들겼다.

"들어오십시오." 뒤팽이 활기차고 다정한 목소리로 말했다.

한 남자가 들어왔다. 선원이 분명해 보였다 — 키가 크고 덩치가 있고 몸에 근육이 잡혀 있었다. 얼굴은 무척 대담해 보였는데, 아주 매력이 없지는 않았다. 햇볕에 짙게 그을린 그의 얼굴은 턱수염과 **콧수염**으로 반쯤 가려져 있었다. 커다란 떡갈나무 곤봉을 들고 있었지만, 다른 무기는 없는 듯했다. 그는 어색하게 고개를 숙이며 프랑스 억양으로 인사했다. "좋은 밤입니다." 뇌샤텔 말씨[21]가 살짝 배어 있긴 했지만, 파리

---

21. 스위스 서부 도시. 프랑스와 국경을 접하고 있어서 대부분의 주민이 프랑스어를 사용한다.

사람이 분명했다.

"앉으십시오." 뒤팽이 말했다. "오랑우탄 때문에 오셨지요? 그런 녀석을 소유하고 계신다니 정말 부럽습니다. 눈을 뗄 수 없을 만큼 멋지고, 두말할 것도 없이 매우 값어치 있는 동물이지요. 혹시 몇 살인지 알고 계십니까?"

선원은 아주 무거운 짐을 내려놓은 사람처럼 안도의 한숨을 길게 내쉰 다음, 자신 있게 대답했다.

"정확한 나이는 저도 잘 모르겠습니다만, 네다섯 살을 넘지는 않았을 겁니다. 녀석은 여기에 있나요?"

"아닙니다. 이곳에는 녀석을 보호할 만한 공간이 없거든요. 녀석은 지금 뒤브르 가의 가까운 말 보관소에 있습니다. 아침이면 데려가실 수 있을 겁니다. 물론 본인 확인은 가능하시겠지요?"

"당연하지요."

"녀석과 헤어지려니 섭섭하군요." 뒤팽이 말했다.

"불편을 끼쳐 드려 정말 죄송합니다." 남자가 말했다. "이런 일이 벌어질 거라고는 생각지도 못했습니다. 녀석을 찾아주신 데 대한 보상은 충분히, 그러니까 합리적인 선에 맞춰서 충분히 해드릴 생각입니다."

"좋습니다." 내 친구가 대답했다. "저도 그래야 마땅하다고 생각합니다. 어디 보자! 뭘 받아야 좋을까? 오! 그렇지. 제가 원하는 보상은 바로 이겁니다. 모르그 가의 살인에 관해서 알고 계신 모든 사실을 제게 털어놓으십시오."

뒤팽은 이 마지막 말을 대단히 낮은 어조로, 아주 조용히 내뱉었다. 그리고 마찬가지로 아주 조용히 출구 쪽으로 발걸음을 옮겨 방문을 걸어 잠그고는 열쇠를 주머니에 넣었다. 그러고 나서 그는 가슴팍에서 권총을 꺼내더니, 아무 일도 없다는 듯이 탁자 위에 올려놓았다.

선원의 얼굴은 질식할 것처럼 빨개졌다. 그는 벌떡 일어나서 곤봉을 집어 들었지만, 곧장 시체 같은 얼굴로 거세게 몸을 떨며 자리에 주저앉고 말았다. 그는 한마디도 하지 않았다. 나는 그가 진심으로 가여웠다.

"그렇게까지 두려워하실 필요는 없습니다." 뒤팽이 나긋하게 말했다. "정말입니다. 우리는 당신에게 해를 입힐 생각이 전혀 없습니다. 신사의 이름을 걸고, 프랑스인의 명예를 걸고 약속합니다. 저희가 당신을 다치게 하는 일은 결코 없을 겁니다. 모르그 가에서 벌어진 살육의 범인이 당신이 아니라는 건 아주 잘 알고 있습니다. 하지만 당신이 어떤 방식으로든 거기에 연루되어 있다는 건 부인할 수 없는 사실입니다. 지금까지 제 얘기를 들었다면 아시겠지만, 저는 여러 가지 방법으로 정보를 얻고 있습니다. 당신은 상상도 못 할 방법이지요. 당신에게 벌어진 일은 불가피한 것이었습니다. 당신은 책임질 것이 전혀 없습니다. 감쪽같이 도둑질을 할 수도 있었지만, 그러지도 않았습니다. 당신은 아무 것도 감출 게 없습니다. 감출 이유가 없지요. 하지만 당신에게는 당신이 알고 있는 모든 것을 털어놓을 의무가 있습니다. 어느 무고한 사람이 지금 그 사건의 용의자로 체포되어 있고, 당신만이 진짜 범인을 알고 있기 때문입니다."

뒤팽이 이렇게 말하는 동안, 선원은 눈에 띄게 차분해져 갔다. 하지만 최초의 대담함은 온데간데없었다.

"제가 아는 건 전부 말씀드리겠습니다. 하지만 절반도 믿지 못하실 겁니다. 이걸 믿을 거로 생각한다면 제가 바보지요. 어쨌든 저는 죄가 없으니, 죽는 한이 있더라도 모든 걸 밝히겠습니다."

그의 설명을 요약하자면 이렇다. 최근에 그는 인도

제도로 항해를 떠났다. 일행은 보르네오에 상륙했고, 섬 내부를 탐험했다. 그는 동료 한 사람과 힘을 합쳐 오랑우탄을 잡았다. 동료는 죽었고, 오랑우탄은 그의 차지가 되었다. 귀항 도중에 포획물이 난동을 부려 꽤나 고생을 하기는 했지만, 결국 그는 녀석을 파리에 있는 거처까지 무사히 옮기는 데 성공했다. 배에서 난동을 부리다가 가시가 박힌 녀석의 발이 회복될 때까지는 호기심 많은 이웃들의 눈을 피해서 녀석을 조용히 가둬 두기로 했다. 그의 최종 목표는 녀석을 팔아버리는 것이었다.

그는 늦은 밤이나 이른 새벽까지 선원들과 떠들썩하게 놀다가 집에 돌아왔는데, 곁방에 얌전히 갇혀 있을 거로 생각했던 녀석이 문을 부수고 탈출해서 그의 침실을 차지하고 있었다. 면도를 해보려는 생각인지, 손에는 면도칼을 들고, 얼굴에 비누 거품을 묻힌 채, 거울 앞에 앉아 있었다. 그전에 곁방의 열쇠 구멍을 통해 주인이 면도하는 모습을 엿본 게 분명했다. 그토록 위험한 무기가 그 사나운 동물의 손에 들려 있는 것만으로도 모자라, 심지어 그 동물이 그 무기를 사용할 줄 안다는 데까지 생각이 미치자, 잠깐 동안 그는 공포에 질려서 어쩔 줄을 몰랐다. 하지만 그는 녀석이 극심하게 난동을 부릴 때조차도 채찍을 사용해 진정시키는 방법을 알고 있었다. 그는 이 방법에 기대를 걸어보기로 했다. 그런데 오랑우탄은 주인이 채찍을 꺼내는 걸 보고 화들짝 놀라서는 침실 문으로 뛰쳐나가 계단을 내려가더니, 하필이면 그 순간 열려 있었던 창문을 통해 거리로 사라져 버렸다.

프랑스인은 절망에 빠져서 녀석의 뒤를 쫓았다. 면도 칼을 손에 든 오랑우탄은 한 번씩 멈춰서서 뒤를 돌아보며 주인을 향해 손짓, 발짓을 했다. 주인이 녀석을 따라잡을 때쯤 되면, 녀석은 다시 주인을 따돌렸다. 그런 식으로 꽤 오랫동안 추적이 이어졌다. 새벽 3시의 거리는 쥐 죽은 듯 조용했다. 그런데 레스파나예 부인의 창문이 열린 4층 방에서 흘러나오는 불빛이 모르그 가의 뒷골목을 지나던 오랑우탄의 눈길을 사로잡았다. 다짜고짜 저택으로 달려간 녀석은 피뢰침을 발견하자마자 거의 눈에도 보이지 않는 속도로 4층까지 올라가더니, 벽에 닿을 정도로 활짝 열려 있던 덧창을 붙잡고 침대의 머리판 위로 몸을 던졌다. 이 모든 일이 벌어지는 데는 채 1분도 걸리지 않았다. 덧창은 방으로 들어간 오랑우탄의 발에 맞아서 다시 열렸다.

　그걸 본 선원은 기쁘면서도 난처한 심경이 되었다. 그는 이제 녀석을 붙잡을 수 있을 거라는 강한 희망을 품었다. 녀석은 제 발로 덫에 들어갔고, 오로지 피뢰침을 통해서만 거기서 빠져나올 수 있으니, 그 밑에서 기다리다가 녀석을 포획하기만 하면 될 터였다. 그러나 한편으로는 녀석이 그 집 안에서 무슨 짓을 저지를지 몰라 크게 걱정되었다. 이 걱정 때문에 그는 오랑우탄을 쫓아가지 않을 수 없었다. 선원에게 피뢰침을 오르는 건 어려운 일이 아니었다. 하지만 4층 높이까지 올라간 뒤에는 창문이 너무 멀리 떨어져 있어 아무것도 할 수 없었다. 상체를 창문 쪽으로 뻗어 실내를 들여다보는 게 고작이었다. 그렇게 방안을 들여다본 그는 놀라서 떨어질 뻔했다. 무서운 비명소리가 모르그 가의 주민들을 잠에서 깨운 것도 바로 이 순간이었다. 잠옷을 입은 레스파나예 부인과 그녀의 딸은 앞서 말했던 금고를 방 한가운데 옮겨 놓고 그 속의 서류를 정리하느라 여념이 없었다. 금고는 열려 있었고, 그 내용물은 바닥에 놓여 있었다. 희생자들은 창문을 등지고 앉아 있었던 게 틀림없다. 녀석이 침입한 순간부터 비명이 터져

나올 때까지는 어느 정도 간격이 있었는데, 그동안
두 여자는 녀석의 존재를 의식하지 못했던 것으로 보인
다. 덧창은 원래 바람만 불어도 흔들리곤 했으니까.

선원이 방안을 들여다봤을 때, 그 거대한 동물은
레스파나예 부인의 머리채를 잡고(그녀는 빗질을 하느

라 머리를 풀어 놓은 상태였다) 이발사 흉내를 내며 그녀의 얼굴에 면도칼을 휘두르고 있었다. 딸은 꼼짝도 하지 않고 누워 있었다. 기절한 것이었다. 노파가 비명을 지르며 몸부림을 치자(그러는 동안 그녀의 머리카락이 뽑혀 나갔다) 오랑우탄의 호의는 분노로 바뀌고 말았다. 큼직한 팔을 한 번 세게 휘두르는 것만으로도 그녀의 머리통과 몸통을 분리하기에 충분했다. 녀석은 피를 한번 보더니 더욱 미쳐 날뛰기 시작했다. 이를 빠득빠득 갈고 눈을 부라리며 딸의 몸을 덮쳐 누른 뒤, 그 무시무시한 발톱을 그녀의 목에 박아 넣고, 완전히 숨이 멎을 때까지 놓지 않았다. 녀석의 사나운 눈길은 방안을 배회하다가 침대의 머리판 쪽에서 멈췄다. 그 위에는 공포에 질린 주인의 얼굴이 있었다. 녀석은 무서운 채찍질을 떠올렸다. 분노는 순식간에 두려움으로 바뀌었다. 혼날 만한 짓을 했다고 생각한 모양인지, 녀석은 자신의 잔인한 범행을 숨기고 싶어서 어쩔 줄 몰라 하며 방안을 뛰어다녔다. 그러는 와중에 방안의 가구가 쓰러지거나 부서졌고, 침구도 널브러졌다. 결국 녀석은 우리가 알고 있는 대로 딸의 시체를 집어서 굴뚝 속에 처박고, 노파의 시체는 창밖으로

황급히 집어 던졌다.

오랑우탄이 절단된 시체를 들고 창문 쪽으로 다가오자, 놀란 선원은 피뢰침 쪽으로 몸을 움츠리고, 거의 미끄러지듯이 밑으로 내려가 곧장 집으로 내뺐다—그는 이 끔찍한 살인이 초래할 결과가 두려운 나머지, 오랑우탄의 운명에 대한 걱정 따위는 멀리 떨쳐버릴 수 있었다. 사람들이 계단을 올라가면서 들었다던 말소리는 충격과 공포에 빠진 프랑스인의 절규와 오랑우탄의 괴물 같은 울부짖음이었다.

나는 더 이상 보탤 말이 없다. 오랑우탄은 사람들이 문을 억지로 열고 들어가기 직전에 피뢰침을 통해 도망친 게 분명했다. 창문은 녀석이 도망칠 때 닫힌 것이다. 결국 선원은 녀석을 다시 포획해서 자르뎅 데 플랑트에 큰돈을 받고 넘겼다. 우리가 국장에게 가서 상황을 얘기하자(뒤팽이 거기에 몇 마디 말을 더 보탰다) 르봉은 즉시 풀려났다. 평소에 내 친구에게 좋은 감정을 갖고 있었다고는 해도, 국장은 사건의 방향이 전환된 데 대해 언짢음을 감추지 못했다. 남의 일에 간섭하지 말고 자기 할 일이나 열심히 하면 얼마나 좋겠냐는 식으로 두어 차례 빈정거리기까지 했다.

"마음대로 떠들라지." 뒤팽은 말했다. 딱히 뭐라고 대꾸할 필요가 없다고 생각하는 모양이었다. "그렇게 해서 마음이 편해진다면 마음대로 떠들어대라고 하게. 나는 그의 성城에서 그를 쓰러뜨린 것만으로 만족한다네. 하지만 그가 이번 사건을 해결하지 못한 건, 그가 생각하는 것만큼 놀라운 일은 아니라네. 사실 우리의 경찰국장 나리는 재간만 부릴 줄 알지 깊이라는 게 전혀 없는 인간이거든. 그의 지력에는 암술만 있고 수술이 없지. 라베르나 여신의 그림처럼 머리만 있고 몸은 없다네. 아니면 대구처럼 머리만 있고 어깨는 없다고 말하는 편이 더 나을지도 모르겠군. 어쨌든 그는 멋진 친구야. 특히 나는 명민하다는 명성을 그에게 가져다준 그 대단한 기교를 좋아한다네. **'있는 건 없는 것처럼 만들고, 없는 건 있는 것처럼 만드는'** 그의 기교 말일세."[22]

---

22. [원주] 루소의 『신엘로이즈』에서 인용.

암호 이야기

오직 두 사람만 이해할 수 있는 방식으로 정보를 전달할 필요가, 혹은 욕구가 없었던 시대를 상상한다는 건 거의 불가능하다. 인간이 암호로 글을 쓰기 시작한 것은 아주 오래전 일로 짐작된다. 『고대와 현대의 라케다이몬』에서 들라 귀티에르는 암호술을 처음으로 만든 것이 스파르타인들이라고 주장했지만, 그것은 사실이 아니다. 스키테일이 최초의 암호술이라고 말하려면, 기록이 닿는 한에서 그렇다는 단서를 붙여야 한다. 스키테일은 똑같이 생긴 두 개의 원통을 가리킨다. 장관은 파병을 나가는 지휘관에게 첫 번째 원통을 내어

주고, 두 번째 원통은 직접 보관했다. 양측이 멀리서 통신해야 할 때는 긴 가죽띠로 원통 전체를 휘감았다. 이 가죽띠 위에 세로로 통신 내용을 적고, 그것을 다시 풀어서 펼쳤다. 도중에 전령이 가죽띠를 빼앗겨도 적들은 그 내용을 읽을 수 없었다. 하지만 전령이 무사히 목적지에 도착하면 수신자는 두 번째 원통에 가죽띠를 휘감기만 하면 가죽띠에 적힌 내용을 읽을 수 있었다. 이 기록이 지금까지 전해 내려온 것은 그저 스키테일이 **공적인** 영역에서 활용되었기 때문이다. 사실 그와 유사한 암호 작성 방식은 글자가 탄생한 순간부터 존재했을 것이다.

본지와 동일한 주제를 다룬 저자 중 어느 누구도 아직 스키테일 암호의 해독법을 제시하지 못한 것으로 보인다 — 그들은 그저 암호 일반에 적용되는 원칙 정도를 언급하고 있을 뿐이다. 훔친 스키테일 암호를 해독한 사례가 없는 건 아니지만, 그저 운이 좋아서 그렇게 된 게 전부였다. 그러나 필자는 스키테일 암호를 해독하는 가장 확실한 방법을 알고 있다. 글자가 적힌 가죽띠를 손에 넣었다면, 우선 6피트 높이의 커다란 원뿔을 준비한다 — 밑면의 둘레는 가죽띠의 길이와 거의 같아야 한다. 이제 가죽띠를 원뿔 아랫부분에 휘감는다. 가죽띠를 원뿔에 바짝 감은 채로 조금씩 꼭짓점을 향해 밀어 올린다. 원뿔의 지름이 스키테일 원통과 일치하는 지점이 되면, 최초에 의도된 단어나 음절, 혹은 글자가 모습을 드러낼 것이다. 밑면부터 출발해 꼭짓점까지 올라가는 동안 가죽띠는 반드시 스키테일 원통과 둘레가 일치하는 지점을 통과하게 되기 때문이다. 일단 스키테일 원통의 둘레를 구하고 나면, 그것과 똑같은 원통을 제작해서 암호를 해독하는 건 식은 죽 먹기나 다름없다.

풀기 어려운 암호 작성법을 발명하는 게 쉬운 일이 아니라는 걸 사람들은 잘 모른다. 물론 인간의 머리로 만든 암호 중에 인간의 머리로 풀지 못할 것은 없다는 사실은 익히 알려져 있다. 그러나 사람에 따라 암호를 푸는 능력은 천차만별이다. 거의 동등한 수준의 지력을 갖춘 두 사람 중에서도 한 사람은 흔해 빠진 암호조차 풀지 못하는 반면, 다른 한 사람은 가장 어려운 암호를 한 치의 망설임도 없이 풀어 버린다. 암호를 푸는 데는 강한 분석력이 요구된다. 어쩌면 암호 풀이를 교육 과정에 접목해서 인간에게 가장 중요한 정신적 자질을 발달시키는 수단으로 삼는 것이 현명할지도 모르겠다.

암호술을 공부한 적이 전혀 없는 두 사람이 편지를 통해서 오로지 그들만 이해할 수 있도록 통신을 하고자 한다면, 그들은 두 사람만의 비밀 알파벳을 만들 가능성이 가장 크다. a 대신 z를, b 대신 y를, c 대신 x를, d 대신 w를, 즉 알파벳의 순서를 거꾸로 뒤집어서 쓰는 것이다. 하지만 이것이 너무 간단하다고 생각한다면, 그들은 좀 더 복잡한 방법을 채택할지도 모른다.

n	o	p	q	r	s	t	u	v	w	x	y	z
a	b	c	d	e	f	g	h	i	j	k	l	m

이렇게 알파벳의 뒷부분 13글자 밑에 앞부분 13글자를 쓰고, 그 순서에 맞춰서 a 대신 n을, n 대신 a를, b 대신 o를, o 대신 b를 쓰는 것이다. 여기서도 규칙을 발견하기가 어렵지 않다고 생각한다면, 다음과 같이 열쇠 알파벳을 임의로 지정할 수도 있다.

a 대신 쓰이는 글자는 p
b 대신 쓰이는 글자는 x

c 대신 쓰이는 글자는 u

d 대신 쓰이는 글자는 o

두 사람은 누군가 그들의 암호를 해독해서 그들의 코를 납작하게 만들어주기 전까지는 이 방법을 철석같이 믿고 고수할 것이다. 하지만 새로운 방법을 만들어야 하는 상황이 온다면, 글자의 자리에 다음과 같이 임의의 부호를 넣을 수도 있다.

(가 뜻하는 것은 a

. 가 뜻하는 것은 b

: 가 뜻하는 것은 c

; 가 뜻하는 것은 d

) 가 뜻하는 것은 e

이처럼 부호를 이용해서 쓴 편지는 굉장히 난해해 보일 것이다. 이 방법으로도 만족하지 못한다면, 끊임없이 움직이는 알파벳이라도 만드는 수밖에 없다. 불가능한 일은 아니다. 원판 두 개를 준비한다. 하나의 원판은 다른 하나의 원판보다 반 인치 정도 커야 한다.

큰 원판의 중심에 작은 원판을 놓는다. 원판이 미끄러지지 않도록 잘 붙잡고 있어야 한다. 작은 원판의 중심에서 테두리까지, 그리고 큰 원판의 테두리까지 연결되는 26개의 직선을 그린다. 이렇게 하면 원판은 26개의 공간으로 분할된다. 큰 원판의 각 공간을 알파벳으로 채운다 — 순서를 뒤섞으면 더 좋다. 작은 원판도 똑같이 알파벳으로 채운다. 원의 중심에 바늘을 꽂는다. 큰 원판을 단단히 고정한 상태에서 작은 원판을 회전시킨다. 회전이 멈추면 편지를 쓴다. a 대신 큰 원판의 a와 나란히 놓인 작은 원판 위의 글자를 쓰고, b 대신 큰 원판의 b와 나란히 놓인 작은 원판 위의 글자를 쓴다. 이 편지를 읽기 위해서는 발신자가 사용한 원판을 갖고 있어야 한다. 그리고 발신자가 편지를 쓸 때 원판 위에 (하나는 큰 원판에, 나머지 하나는 작은 원판에) 나란히 놓여 있었던 두 개의 글자를 알아야 한다. 암호의 열쇠는 편지의 첫 두 글자다. 편지가 a m으로 시작한다면, 이 두 글자가 나란히 놓이도록 원판을 회전시켜서 열쇠 알파벳을 구할 수 있다.

이런 방식으로 만들어진 암호는 굉장히 어려워 보인다. 어떤 사람들에게는 그토록 복잡한 암호를 푸는 것이 거의 불가능한 일로 여겨질지도 모른다. 하지만 어떤 사람들 — 암호해독에 숙련된 사람들 — 에게 그와 같은 수수께끼는 간단한 과제에 지나지 않는다. 암호해독의 근간은 특정 암호의 구성 원리나 열쇠 알파벳의 구성 원리가 아니라 언어 그 자체의 구성 원리라는 점을 명심해야 한다. 공들여 만든 기발한 암호라고 해서 반드시 해독하기 어려운 건 아니다. 열쇠로 암호를 푸는 사람은 오로지 그 암호의 수신자뿐이다. 제삼자는 열쇠 없이 암호를 해독한다. 자물쇠를 부숴야 하는 것이다. 앞에서 필자는 다양한 암호술들을 소개했는데, 어쩌면 그것들은 뒤로 갈수록 복잡해지는 것처럼 보였을지도 모른다. 하지만 이 복잡함은 껍데기에 불과하다. 거기에는 내용물이 없다. 복잡함은 형태에만 적용될 뿐, 암호의 풀이와는 아무런 관계가 없다. 마지막에 언급된 암호는 결코 첫 번째 암호보다 어렵지 않다 — 그 두 암호가 그 자체로 얼마나 어렵든 간에 말이다.

18개월 전 필라델피아의 어느 주간지에서 이와 유사한 주제로 글을 쓰던 필자는 모든 형태의 정신적 활동에 적용되는 어떤 엄밀한 **방법**에 관해서 — 그 방법의 가치에 관해서 — 순수한 공상으로 간주되는 활동, 즉 암호해독의 영역에까지 그 방법을 접목시킬 가능성에 관해서 논할 기회가 있었다. 거기서 필자는 앞서 소개한 종류의 암호라면 무엇을 보내건 풀어 보일 자신이 있다고 썼다. 이 선언은 뜻밖에도 수많은 독자의 관심을 끌었다. 필라델피아 각지에서 편지가 쏟아져 들어왔다. 그들은 대부분 필자가 자신들의 암호를 풀지 못하리라 확신했고, 개중에는 내기를 하자고 제안하는 사람도 있었다. 그들이 모두 규칙을 철저히 지킨 건 아니었다. 당초에 필자가 제시한 규칙의 범위를 한참 벗어난 암호도 적지 않았다. 외국어를 사용하기도 하고, 띄어쓰기를 완전히 무시하기도 하고, 하나의 암호 안에 여러 종류의 알파벳을 섞어 놓기도 했다. 어느 조심성 넘치는 신사분께서는 세상에서 제일 대담한 식자공조차도 흉내 내지 못할 꾸불꾸불한 악필로 띄어쓰기나 **행 구분도** 없이 **일곱 가지 알파벳**을 뒤섞어서 만든 암호를 보내왔다. 암호의 발신지는 대부분 필라델피아였고, 내기를 제안한 몇몇 사람도 이 도시의 신사들이었다. 그렇게 배달된 100개가량의 암호 중에서 필자가 풀지 못한 암호는 하나뿐이었다. 그 하나는 의미도 없는 글자를 아무렇게나 섞어 놓은 가짜 암호임이 **증명**되었다. 일곱 가지 알파벳을 뒤섞어 만든 암호로 말하자면, 필자는 편지를 받는 즉시 완전히 만족할 만한 답을 찾아내 그 신사분을 당황케 했다.

문제의 주간지는 상형문자처럼 기이한 형태의 암호 해설을 몇 달간 연재했다. 그런데 암호를 보낸 사람들을 제외한 거의 모두가 그것을 요란한 조작극 정도로 치부해 버렸다. 아무도 필자의 해설을 믿지 않았다. 혹자는 주간지의 필진이 **기묘한** 분위기의 미스터리한 문자들을 끼워 넣어서 대중의 관심을 끌고 있다고 주장했다. 또 어떤 이들은 필자가 그 모든 암호를 풀었을 뿐만 아니라, 직접 만들기까지 했다고 주장했다. 당분간은 강령술에 관해서 다루지 못하겠다는 생각이 들 정도였다. 이 자리를 빌려 필자는 해당 주간지의 결백을 주장하며, 세간에 떠돌고 있는 장황한 소문과는 달리 암호를 만든 사람과 암호를 해독한 사람 모두가 순수한 의도를 갖고 있었음을 밝혀 둔다.

매우 흔하고 다소 노골적인 비밀 통신 방법을 하나 소개할까 한다. 카드 한 장을 준비한다. 카드 곳곳에 일정하지 않은 간격으로 직사각형 구멍들을 뚫는다.

직사각형의 크기는 부르주아[23]로 3음절짜리 단어 하나가 들어갈 정도여야 한다. 그것과 완전히 똑같은 카드를 하나 더 만든다. 두 사람이 카드를 한 장씩 나눠 갖는다. 편지를 쓸 때는 종이 위에 열쇠 카드를 올려놓은 뒤, 전하고자 하는 단어들을 직사각형 안에 채워 넣는다. 그런 다음 카드를 치우고, 완전히 다른 내용이 되도록 단어들 사이의 빈 공간을 채운다. 수신자는 열쇠 카드를 편지 위에 갖다 대기만 하면 무의미한 단어들을 지우고 필요한 내용을 파악할 수 있다. 이 암호술의 단점은 어색하지 않은 문장을 만들기가 힘들다는 것이다. 게다가 민감한 사람은 처음 쓴 단어와 나중에 쓴 단어의 필체가 다르다는 걸 금세 알아차린다.

카드 한 뭉치를 전부 암호 쓰기에 동원할 수도 있다. 우선 카드 쌓는 순서를 정한다. 예를 들면 편지를 쓰기 전에 스페이드를 맨 위에, 하트를 그 아래, 다이아몬드를 그 아래, 클로버를 그 아래 두는 것이다. 순서를 정하고 나면 발신자는 맨 위 카드에 편지의 첫 번째 글자를 쓰고, 그 아래 카드에 두 번째 글자를, 그 아래

---

23. 대략 9포인트의 글자 크기를 의미한다.

카드에 세 번째 글자를 쓴다. 당연히 52자를 쓰면 카드는 바닥난다. 이제 정해진 규칙에 맞게 카드를 섞는다. 예를 들면 맨 아래 카드 세 장을 맨 위에 올리고, 맨 위 카드 한 장을 맨 아래로 내리는 행위를 정해진 횟수만큼 반복하는 것이다. 그러고 나면 다시 맨 위에서부터 52자를 쓴다. 편지를 다 쓸 때까지 이 모든 것을 반복한다. 카드 뭉치를 받은 수신자는 최초에 정해진 순서에 따라 카드를 쌓고 첫 번째 52글자를 읽으면 된다. 그런 다음 정해진 규칙에 맞게 카드를 섞은 뒤에 두 번째 52글자를 읽는다. 편지를 전부 읽을 때까지 이 모든 것을 반복한다. 이 암호술의 단점은 그것이 카드로 되어 있다는 사실 그 자체다. 두 사람 사이를 오가는 카드 한 뭉치는 의심의 눈길을 피하기 어렵다. 풀기 어려운 암호를 만드느라 시간을 낭비하는 것보다는 애초에 암호처럼 보이지 않는 암호를 만드는 게 훨씬 낫다는 건 누구도 부정할 수 없다. 아무리 정교하게 만들어진 암호라도 일단 의심을 받기 시작하면 언젠가는 해독되기 마련이다.

그보다 훨씬 안전한 통신 방법도 있다. 두 사람이 같은 판본의 책을 한 권씩 나눠 갖는다—구하기 힘든

책이라면 좋고, 구하기 힘든 판본이라면 더 좋다. 이 암호는 오로지 숫자로만 이루어져 있다. 숫자는 글자의 위치를 가리킨다. 예를 들면 어떤 암호는 121-8-6이라는 숫자로 시작한다. 이것은 121쪽 위에서 8번째 줄에 있는 6번째 단어를 가리킨다. 그게 바로 편지의 첫 번째 단어다. 이렇게 만들어진 암호는 대단히 안전하지만, 그렇다고 해독이 완전히 불가능한 건 아니다. 게다가 이 암호술에는 치명적인 단점이 하나 있는데, 열쇠 판본을 갖고 있는 경우에도 암호를 해독하는 데 너무 많은 시간이 걸린다는 것이다.

현대에는 더 이상 암호술이 중요한 정보를 전달하기 위한 수단으로 사용되지 않는다고 생각하는 것은 큰 오산이다. 여전히 암호술은 정치와 외교의 영역에서 적극적으로 활용되고 있다. 외국 정부의 눈에는 평범한 행정 업무를 하는 것처럼 보이지만 실제로는 암호해독을 전담하는 사람들이 있다. 앞서 말했다시피 암호를 해독하는 데는 — 적어도 수준 높은 암호를 해독하는 데는 — 특수한 자질이 필요하다. 뛰어난 해독자는 드물다. 그만한 실력을 요하는 일이 많은 건 아니지만, 그들은 언제나 상당한 보수를 받는다.

최근 필라델피아에서 출간된 리와 블랑샤르의 책 『프랑스 현존 명사 일람』에서는 오늘날 암호가 어떻게 사용되고 있는지 확인할 수 있다. 브리에 항목에서 드 베리 공작 부인은 파리 왕당파들에게 그녀의 도착을 알리는 암호를 보내는데, 실수로 열쇠 알파벳을 빠뜨리고 만다. 저자의 표현에 따르면 "브리에는 예리한 통찰력으로 곧장 열쇠 알파벳을 알아냈다. 스물네 개의 알파벳을 대체한 것은 바로 이 문구였다 — Le gouvernement provisoire."[24]

브리에가 "곧장 열쇠 알파벳을 알아냈다"는 주장은 이 작가가 암호술에 관해 아무것도 모른다는 것을 증명할 따름이다. 브리에가 열쇠 문구를 찾아낸 것은 틀림없는 사실이다. 하지만 그는 **암호를 전부 해독한 이후에** 순전히 호기심을 충족시킬 목적으로 열쇠 문구를 찾아낸 것이다. 그는 열쇠를 사용하지 않고 암호를 풀었다. 자물쇠를 부쉈다는 뜻이다.

필자는 이 책을 읽고 (본지 4월호에서) 다음과 같이 썼다.

---

24. 프랑스 임시 정부.

"Le gouvernement provisoire. 이것은 프랑스어다. 편지의 수신자는 프랑스인이었다. 열쇠 문구가 외국어로 되어 있는 경우에는 암호를 풀기가 훨씬 어려워진다. 이 주제에 관심이 있는 독자는 저 책에 실린 것과 동일한 방식으로 암호를 만들어서 필자에게 보내 주길 바란다. 열쇠 문구로는 프랑스어, 이탈리아어, 독일어, 라틴어, 그리스어(혹은 해당 언어의 방언) 중 어느 것을 사용해도 좋다. 필자가 그 암호를 풀어 보이겠다."

응모자는 한 사람뿐이었다. 그의 편지는 아래에 실려 있다. 문제는 그가 이름을 밝히지 않았다는 것이다. 필자는 이 자리를 빌려 그분께서 직접 본명을 밝혀 주시기를, 위에서 언급한 주간지에 쏟아진 의혹 — 암호를 만든 것이 이 잡지의 필자라는 의혹을 차단해 주시기를 간청한다. 편지에는 **코네티컷 스토닝턴**의 소인이 찍혀 있다.

1841년 4월 21일. 코네티컷 S 마을.
그레이엄 매거진의 편집자님께

월시 씨가 번역한 『프랑스 현존 명사 일람』을 소개하면

포와 란포
....
168

서 편집자님께서 "열쇠 문구로는 프랑스어, 이탈리아어,
독일어, 라틴어, 그리스어 중 어느 것을 사용해도 좋으니"
암호를 만들어 보내면 직접 풀어 보이겠다고 쓰신 것을
봤습니다. 편집자님의 글을 읽고 관심이 생겨서 재미 삼아
암호를 두 개 만들었습니다. 첫 번째 암호의 열쇠 문구는
영어로 되어 있고, 두 번째는 라틴어로 되어 있습니다.
귀사의 5월호를 보니 아무도 투고를 하지 않은 것으로
보여서 마음 놓고 편지를 써 부칩니다. 대단한 문제는
아닐지 몰라도 심심풀이 정도는 되리라 믿습니다.

S. D. L. 올림.

문제 1.

Cauhiif aud ftd sdftirf ithot tacd wdde rdchfdr
tiu fuacfshffheo fdoudf hetmsafhie tuis ied
herhchriai fi aeiftdu wn sdaef it iuhfheo hii-
dohwid wn aen deodsf ths tiu itis hf iaf iuho-
heaiin rdffhedr; aer ftd auf it ftif fdoudfin ois-
siehoafheo hefdiihodeod taf wdde odeduaiin

fdusdr ounsfiouastn. Saen fsdohdf it fdoudf
ihufheo idud weiie fi ftd aeohdeff; fisdfhsdf, A
fiacdf tdar ief ftacdr aer ftd ouiie iuhff de isie
ihft fisd herd hwid oiiiuheo tiihr, atfdu ithot
tahu wdheo sdushffdr fi ouii aoahe, hetiusafhie
oiiir wd fuaefshffdr ihft ihffid raeoeu ft af
rhfoicdun iiiir hefid iefhi ftd aswiiafiun dshffid
fatdin udaotdr hff rdffheafhil. Ounsfiouastn
tiidcdu siud suisduin dswuaodf ftifd sirdf it
iuhfheo ithot aud uderdudr idohwid iein wn
sdaef it fied desiaeafiun wdn ithot sawdf weiie
ftd udai fhoehthoafhie it ftd onstduf dssiindr
fi hff siffdffiu.

문제 2.

Ofoiioiiaso ortsiii sov eodisoioe afduiostifoi ft
iftvi si tri oistoiv oiniafetsorit ifeov rsri inotiiiiv
ridiiot, irio rivvio eovit atrotfetsoria aioriti iitri
tf oitovin tri aetifei ioreitit sov usttoi oioittstifo

dfti afdooitior trso ifeov tri dfit otftfeov sof-
triedi ft oistoiv oriofiforiti suitteii viireiiitifoi
ft tri iarfoisiti, iiti trir net otiiiotiv uitfti rid
io tri eoviieeiiiv rfasueostr tf rii dftrit tfoeei.

첫 번째 암호는 그다지 어렵지 않았다. 두 번째 암호
는 지나칠 정도로 어려웠다. 필자는 본인이 가진 능력을
모조리 쏟아부은 끝에야 비로소 그 내용을 읽을 수
있었다. 첫 번째 암호의 내용은 다음과 같다.

"Various are the methods which have been devised
for transmitting secret information from one in-
dividual to another by means of writing, illegible
to any except him for whom it was originally de-
signed; and the art of thus secretly communicating
intelligence has been generally termed cryptogra-
phy. Many species of secret writing were known
to the ancients. Sometimes a slave's head was shaved
and the crown written upon with some indelible
coloring fluid; after which the hair being permitted

to grow again, information could be transmitted
with little danger that discovery would ensue until
the ambulatory epistle safely reached its destina-
tion. Cryptography, however, pure, properly embraces
those modes of writing which are rendered legible
only by means of some explanatory key which makes
known the real signification of the ciphers employed
to its possessor."[25]

이 암호의 열쇠 문구는 다음과 같다 — "A word to
the wise is sufficient."[26]

---

25. 미리 지정된 인물을 제외한 어느 누구도 해독하지 못하는 비밀
    정보를, 글쓰기라는 수단을 통해 한 개인에게서 다른 개인에게
    로 전달하기 위한 여러 가지 방법이 고안되어 왔다. 그와 같은
    비밀 통신 기법은 일반적으로 암호술이라고 일컬어진다. 고대
    인들은 다양한 종류의 비밀 글쓰기 방법을 알고 있었다. 그들은
    노예의 머리를 밀고, 지워지지 않는 물감으로 두피에 글을
    썼다. 다시 머리를 기른 노예는 걸어다니는 편지가 되어서
    안전하게 목적지까지 도착해 정보를 전달할 수 있었다. 하지만
    진짜 암호술이라 함은 해독의 열쇠를 소지한 사람만이 그것을
    사용함으로써 암호의 진짜 의미를 알 수 있게 되는 여러 가지
    글쓰기 방법을 가리킨다고 보는 편이 합당하다.
26. 현명한 사람에게는 말 한마디면 충분하다.

두 번째 암호의 내용은 다음과 같다.

"Nonsensical phrases and unmeaning combina-
tions of words, as the learned lexicographer would
have confessed himself, when hidden under crypto-
graphic ciphers, serve to **perpdex** the curious
enquirer, and baffle penetration more completely
than would the most profound **apothems** of
learned philosophers. Abstruse disquisitions of the
scho liasts, were they but presented before him
in the undisguised vocabulary of his mother tongue
__"27

마지막 문장은 (보다시피) 미완성이다. 철자는 임의
로 고치지 않고 그대로 옮겼다. perplex에는 l 대신

---

27. 암호학적 기호로 위장한 터무니없는 어구와 무의미하게 결합된
    단어는, 박식한 사전편찬가도 고백했다시피, 호기심 왕성한
    연구자를 좌절시키고, 천재적인 철학자의 심오한 경구만큼이나
    간파하기 어렵다. 주석학자들의 현학적인 연구조차도 그에게는
    그저 모국어로 된 꾸밈없는 어휘에 지나지 않았지만.

d가 들어가 있다.

열쇠 문구는 다음과 같다 — "Suaviter in modo, fortiter in re."[28]

앞에서 제시된 대부분의 사례를 보면 알 수 있듯이, 일반적인 암호의 경우 쌍방의 합의로 만들어진 알파벳은 본래의 자연스러운 알파벳과 일대일로 대응한다. 예를 들면 양측은 비밀 통신을 하기에 앞서 다음과 같이 결정할 수 있다.

암호어	지시어	암호어	지시어
)	a	'	n
(	b	†	o
—	c	‡	p
*	d	¶	q
.	e	☞	r
,	f	]	s
;	g	[	t
:	h	£	u 또는 v
?	i 또는 j	$	w
!	k	¿	x
&	l	¡	y
0	m	☜	z

28. 태도는 부드럽게, 행동은 단단하게.

다음과 같은 글을 써야 한다고 가정해보자.

"We must see you immediately upon a matter
of great importance. Plots have been discovered,
and the conspirators are in our hands. Hasten!"[29]

이 글을 암호로 바꾸면 이렇게 된다.

$. 0 £] [ ] . . ¡ † £ ? 0 0 . * ?) [. & ¡ £
‡ † ') 0) [[. ☞ † ' ; ☞ .) [? 0 ‡ † ☞ [
) ' ─ . ‡ & † [ ] :) £ . (. . ' * .] ─ † £ . ☞
. *) ' * ─ † '] ‡ ? ☞) [† ☞]) ☞ . ? ' †
£ ☞ :) ' *] :)] [. '

확실히 이런 암호는 풀기 어려워 보인다. 암호술에
관한 지식이 전혀 없는 사람에게는 해독이 불가능해
보일지도 모른다. 하지만 여기서 ')'가 뜻하는 글자는
오로지 a뿐이고, '('가 뜻하는 글자는 오로지 b뿐이다.

---

29. 심각한 문제가 생겨서 당장 자네를 만나야겠어. 음모가 드러났
     고, 공모자들은 우리 손에 있다네. 서두르게!

어떤 방법으로든 한 글자를 알아내기만 하면, 편지를 중간에서 가로챈 사람은 확고하고 영구적 이익을 취할 수 있다. 암호에서 해당 글자가 등장할 때마다 그것을 본래의 글자로 치환하면 되기 때문이다.

하지만 스토닝턴에서 발신된 암호, 그리고 브리에가 해독한 그와 동일한 구조의 암호에서는 그와 같은 영구적 이익을 취하는 게 불가능하다.

다시 두 번째 암호로 돌아가 보자. 열쇠 문구는 다음과 같다.

Suaviter in modo, fortiter in re.

이 문구 밑에 알파벳을 늘어놓는다.

S | u | a | v | i | t | e | r | i | n | m | o | d
 | o | f | o | r | t | i | t | e | r | i | n | r | e

A | b | c | d | e | f | g | h | i | j | k | l | m
 | n | o | p | q | r | s | t | u | v | w | x | y | z

암호어	지시어	암호어	지시어
a	c	o	l, n, p
d	m	r	h, q, v, y
e	g, u, z	s	a
f	o	t	f, r, t
i	e, i, s, w	u	b
m	k	v	d
n	j, x		

여기서 n은 두 개의 글자를, e, o, t는 각각 세 개의 글자를, i, r은 각각 네 개의 글자를 대신해서 사용된다. 13개의 글자가 알파벳 전체를 대체하고 있다. 이와 같은 열쇠 문구를 사용해서 만든 암호는 거의 e와 o와 t와 r, 그리고 i로만 이루어져 있는 것처럼 보인다. 문제의 암호에서는 특히 i가 자주 등장하는데, 그것은 i가 대부분의 언어에서 지나칠 정도로 빈번하게 사용되는 글자, 즉 e와 i를 대신해서 사용되고 있기 때문이다.

누가 중간에서 편지를 가로챘다면, 그런데 열쇠 문구를 알지 못한다면, 그는 특정한 글자(예를 들면 i)가

e를 뜻한다고 짐작하거나 확신할 것이다. 그는 그것을 검증하기 위해 암호를 전부 뜯어보고, 결국 자신의 생각이 틀렸다는 사실만을 깨닫게 될 것이다. 도저히 그 글자가 e일 수 없는 상황에 맞닥뜨리게 되는 것이다. 예컨대 그는 네 개의 i가 다른 글자의 개입 없이 하나의 단어를 이루고 있는 걸 보고 당황할 것이다. 당연히 그 네 글자가 전부 e일 수는 없다. 그것은 wise 같은 단어가 될 수도 있다. 지금처럼 열쇠 문구를 손에 쥐고 있는 경우라면 이것이 자명해 보일지도 모른다. 하지만 열쇠 문구가 없다면, 그리고 암호의 본래 글자를 하나도 알지 못한다면, 암호를 가로챈 사람은 도대체 어떻게 iiii 같은 단어를 해독할까?

다시 생각해보자. 하나의 글자가 일곱 개나 여덟 개, 혹은 열 개의 글자를 대체하는 열쇠 문구를 만드는 것은 어려운 일이 아니다. 그렇다면 열쇠 문구 없이 iiiiiiiii를 해독해야 한다고 상상해보자. 이것이 지나치게 어렵다면, 열쇠 문구를 갖고 있는 수신자가 그것을 해독해야 한다고 상상해보자. 그는 iiiiiiiii를 어떻게 처리해야 할까? 시중에 판매되는 대수 교과서를 펼치면 m개의 글자 중 n개의 글자를 뽑아서 배열하는 경우의 수를 구하는 매우 간결한 **공식**을 찾아볼 수 있다(적당한 활자를 구하지 못해서 여기에 그 공식을 소개하지는 못하게 되었다). 물론 열 개의 i를 배열하는 경우의 수가 얼마나 큰지 모르는 독자는 없으리라 생각한다. 재수가 없으면 암호의 수신자는 iiiiiiiiii가 될 수 있는 모든 단어를 수첩에 적어야 한다. 심지어 그것을 전부 적었다고 하더라도, 그렇게 많은 단어 사이에서 적합한 단어를 골라낸다는 건 결코 쉬운 일이 아니다.

열쇠 문구를 갖고 있는 사람이 좀 더 쉽게 암호를 해독할 수 있도록 하려면, 그리고 암호의 수신자가 아닌 사람은 여전히 암호를 쉽게 풀지 못하도록 하려면, 암호를 주고받는 양측은 글자를 읽는 **규칙** ― 하나 이상의 글자를 대체하는 글자들을 읽는 규칙 ― 을 결정하고, 발신자는 이 **규칙**에 맞게 암호를 작성해야 한다. 예를 들면 암호에서 **첫 번째**로 등장한 i는 열쇠 문구의 첫 번째 i와 동일한 것으로 간주한다. 암호에서 **두 번째**로 등장한 i는 열쇠 문구의 **두 번째** i와 동일한 것으로 간주한다. 단어의 정확한 의미를 파악하려면 암호 내의 **위치**를 고려해서 글자를 읽어야 한다.

열쇠를 갖고 있는 사람조차도 암호를 풀기가 어려워지

는 사태를 방지하기 위해서는 이처럼 미리 **규칙**을 정해 둘 필요가 있다. 물론 스토닝턴에서 암호를 보낸 사람은 그런 규칙을 **전혀** 따르지 않았다. 그는 하나 이상의 글자를 대체하는 글자들을 아무렇게나 배치했다. 필자가 4월에 어떤 암호든 풀어 보이겠다고 선언했을 때, 그는 필자가 허풍을 떤다고 생각했을지도 모른다. 하지만 이제 그것이 단순한 허풍이 아니었음을 인정하지 않을 수 없을 것이다. 그때의 **태도가 부드럽지는** 않았을지언정, 지금의 **행동은 단단하기** 때문이다.

이 글은 겉핥기에 지나지 않는다. 암호라는 주제를 충분히 다루려면 책 한 권을 써야 할 것이다. 필자는 그저 몇 가지 유형의 암호를 소개했을 뿐이다. 2천 년 전에 아이네이아스 탁티쿠스는 암호를 만드는 스무 가지 방법을 자세히 다룬 바 있다. 지금은 그것보다 훨씬 많은 종류의 암호가 존재한다. 필자는 그저 흥미를 유발해보려 했지만, 어쩌면 벌써 독자들을 지루하게 만들었는지도 모르겠다. 이 주제에 관해 더 많은 정보를 얻고 싶다면 트리테미우스, 포르타, 비제네르, 니세롱의 논문을 참고하라. 마지막 두 논문은 하버드 대학교 도서관에 비치되어 있다. 하지만 그들에게서 **암호의 해독법을**

배우려 하는 독자는 실망할 가능성이 크다. 언어의 일반 구조를 분석하는 몇 가지 요령과 적용 사례를 제외하면, 여태까지 몰랐던 새로운 사실을 발견하지는 못할 것이다.

사기는 일종의 정밀과학이다

고양이가 현악기를 연주한다니,

그건 사기다 사기.

유사 이래로 두 사람의 제레미가 있었다. 그중 한
사람은 이자 놀이의 예레미야를 노래한 제레미 벤담[30]
이다. 그는 어떤 면에서는 위대한 인물이었고, 존 닐[31]

---

30. 제레미 벤담(1748~1832). 영국 철학자. 공리주의를 제창했다.
     고리대금업이 시장에 긍정적 영향을 끼친다고 주장하며 『고리
     대금을 위한 변론』이라는 책을 썼다.
31. 존 닐(1793~1876). 미국 저술가.

에게 적잖은 영향을 끼치기도 했다. 나머지 한 사람은 정밀과학의 가장 중요한 분과에 명칭을 부여한 제레미 디들러[32]다. 그는 여러모로 위대한 인물, 아니 가장 위대한 인물이었다.

사기diddling — 혹은 "사기 치다diddle"라는 동사가 품고 있는 추상적 관념을 이해하는 건 어렵지 않다. 하지만 사기를 친다는 사실이나 행위 그 자체를 정의하는 건 다소 어려운 일이다. 사기라는 행위 그 자체를 정의하려 하기보다는, 차라리 인간이 어떤 동물인지 정의하는 편이 유리할지도 모른다. 인간은 사기를 치는 동물이다. 만약에 플라톤이 이 사실을 알았다면, 깃털 뽑힌 닭 때문에 모욕을 당하는 일도 없었을 것이다.

플라톤은 인간을 "깃털 없고 두 발 달린 동물"이라고 정의했고, 그렇다면 어째서 깃털 뽑힌 닭은 인간이 아니냐는 날카로운 질문을 받았다. 하지만 나는 그런 공격에 당하지 않는다. 인간은 사기를 치는 동물이다. 사기를 치는 동물은 오로지 인간뿐이다. 세상 모든

32. 영국 극작가 제임스 케니(1780~1849)의 희곡 「바람을 잡다」에 등장하는 인물. 디들러(Diddler)는 오늘날 영어에서 사기꾼이라는 의미로 사용된다.

닭의 깃털을 뽑는다고 하더라도 그 사실을 부정할 수는 없다.

사기의 구조와 본질에 걸맞은 특성을 갖추고 있는 것은 오로지 코트와 판탈롱을 입는 족속뿐이다. 까마귀는 훔치고, 여우는 꾀를 부리고, 족제비는 약점을 찌르고, 인간은 사기를 친다. 사기는 인간의 숙명이다. "인간은 슬퍼하는 존재다." 어떤 시인은 말했다. 하지만 그렇지 않다. 인간은 사기 치는 존재다. 사기는 인간의 임무이자 과업이자 목적이다. 사기를 쳤을 때 "끝장봤다"는 표현을 사용하는 것도 바로 그 때문이다.

정확히 말하자면 사기는 소박함, 사리사욕, 인내심, 명민함, 호탕함, 태연함, 독창성, 뻔뻔함, 그리고 히죽거림의 결합체다.

소박함: 사기꾼은 소박하다. 그는 작은 물에서 논다. 눈에 보이는 현금이나 문서만 취급한다. 큰물에 뛰어드는 순간 그는 사기꾼이 아니라 이른바 "금융업자"가 된다. 사실 그 둘은 거의 같다. 노는 규모가 다를 뿐이다. 사기꾼은 난쟁이가 된 금융업자다. 금융업자는 거인국의 사기꾼이다. 금융업자가 호메로스라면 사기꾼은

플라쿠스다.[33] 금융업자가 매머드라면 사기꾼은 개미핥기다. 금융업자가 혜성의 꼬리라면 사기꾼은 돼지꼬리다.

사리사욕: 사기꾼은 사리사욕으로 움직인다. 그의 사전에 사기를 위한 사기 따위는 없다. 그는 자신의 지갑을 채우기 위해서 남의 지갑을 턴다는 분명한 목적의식을 갖고 있다. 그는 언제나 눈을 까뒤집고 있다. 그는 자기 자신을 제일 먼저 생각한다. 그다음에 남의 지갑을 노린다. 어찌 되었든 지갑 간수는 잘해야 할 것이다.

인내심: 사기꾼은 인내심이 강하다. 그는 쉽게 포기하지 않는다. 은행이 무너진다 해도 사기꾼은 무너지지 않는다. 그는 꾸준히 목표물을 향해 다가간다. **기름진 피부도 개의 이빨을 막지는 못한다.**[34] 그는 사냥감을 놓치는 법이 없다.

---

33. 고대 로마의 무명 시인.
34. 호라티우스(B.C. 65~B.C. 8)의 「풍자시」 2권 5절에서 인용.

명민함: 사기꾼은 명민하다. 그는 멀리까지 내다보고 전략을 짠다. 그의 계획은 기발하고 절묘하다. 알렉산더까지는 아니더라도 디오게네스 정도는 된다. 사기꾼이 되지 않았다면 그는 쥐덫 제작자나 송어 낚시꾼이 되었을 것이다.

호탕함: 사기꾼은 호탕하고 대담하다. 그는 정복자의 기질을 갖추고 있다. 기회만 된다면 그는 아프리카로 진군할 것이다. 그는 프레이 헤런의 칼침을 두려워하지 않는다. 조금만 더 신중했다면 딕 터핀[35]은 괜찮은 사기꾼이 되었을 것이다. 조금만 더 줏대가 강했다면 대니얼 오코넬[36]은 쓸만한 사기꾼이 되었을 것이다. 조금만 더 똑똑했다면 칼 12세[37]는 잘나가는 사기꾼이 되었을 것이다.

---

35. 딕 터핀(1705~1739). 영국의 유명한 노상강도. 소설가 윌리엄 해리슨 에인즈워스(1805~1882)는 딕 터핀의 이야기를 담은 소설 『루크우드』로 크게 성공했다.
36. 대니얼 오코넬(1775~1847). 아일랜드 정치가. 가톨릭 해방 운동에 힘썼다.
37. 칼 12세(1682~1718). 스웨덴 국왕.

태연함: 사기꾼은 태연하다. 그는 사소한 일에 신경을 쓰지 않는다. 아니, 그에게는 신경이 없다. 그는 결코 동요하지 않는다. 문전박대를 당해도 당황하지 않는다. 그는 오이처럼 쿨하고, "베리 부인의 미소처럼" 침착하다. 그는 고대 도시 바이아의 아가씨들처럼, 오래된 장갑처럼 여유롭다.

독창성: 사기꾼은 독창적이다. 그렇게 되기 위해 노력한다. 그는 자기 머리로 직접 생각한다. 진부한 속임수를 기피한다. 남을 따라 하는 건 죽어도 못 참는다. 독창적이지 못한 방법으로 손에 넣은 물건은 주인에게 돌려줘 버릴 게 분명하다.

뻔뻔함: 사기꾼은 뻔뻔하다. 그는 으스대며 걷는다. 남의 어깨에 팔을 올린다. 주머니에 손을 넣고 다닌다. 그는 남의 얼굴에 침을 뱉는다. 남의 텃밭을 짓밟는다. 남의 음식을 먹고, 남의 포도주를 마시고, 남의 돈을 쓰고, 남의 코를 비틀고, 남의 강아지를 발로 차고, 남의 여자에게 입을 맞춘다.

히죽거림: 진짜 사기꾼은 항상 마지막에 히죽거린다. 하지만 그걸 아는 사람은 아무도 없다. 그는 하루치 작업을 마치면 — 그날의 목표를 달성하면 — 한밤중에 자기 방에서 혼자 히죽거린다. 그는 집으로 가서 문을 잠근다. 옷을 벗고 불을 끈다. 침대에 누워서 베개에 머리를 댄다. 그리고 히죽거린다. 이것은 가정이 아니라 사실이다. 선험적 판단에 의하면 히죽거리지 않는 사기꾼은 사기꾼이 아니다.

사기는 인류가 탄생한 순간부터 존재했을 것이다. 어쩌면 최초의 사기꾼은 아담이었는지도 모른다. 원한다면 우리는 태곳적의 사기에 관해 이야기해볼 수도 있다. 하지만 현대인들은 저 아둔한 선조들이 상상도 못 했던 경지까지 이 정밀과학을 발전시켰다. 따라서 지금은 "옛날이야기"를 접어 두고, 중요한 "현대의 사례들"을 몇 가지 소개하는 것으로 만족해야 할 것 같다.

다음은 매우 효과적인 사기다. 하녀가 소파를 사려고 가구점 몇 군데를 둘러보고 있다. 마침내 그녀는 마음에 드는 가구점을 발견한다. 공손하고 입심 좋은 점원이 입구에서 그녀를 맞이한다. 그곳에 마침 그녀가 찾던 소파가 있다. 그녀는 예상했던 것보다 20퍼센트쯤 낮은 가격을 듣고 화들짝 놀란다. 서둘러 결제를 하고, 최대한 빨리 물건을 집으로 보내달라며 주소를 남긴다. 그녀는 점원의 깍듯한 인사를 받으며 집으로 돌아간다. 밤늦도록 소파는 오지 않는다. 하루가 더 지나도 소파는 오지 않는다. 하인이 점주를 찾아가 왜 소파를 보내지 않느냐고 따진다. 점주는 그런 소파를 판매한 적이 없다고 말한다. 어느 누구도 소파를 팔지 않았다 — 돈을 받지도 않았다 — 슬쩍 점원 행세를 한 사기꾼을 제외하면 말이다.

요즘 가구점은 상주 인원이 없어서 이런 종류의 사기를 치기에 제격이다. 방문객은 아무도 모르게 들어가서 가구를 둘러보다가 아무도 모르게 나간다. 가구를 구매하고 싶다거나 가격을 묻고 싶을 때는 가까운 곳에 있는 초인종을 누르게 되어 있다.

다음은 상당히 수준 높은 사기다. 잘 빼입은 신사가 가게에 들어와 1달러짜리 물건을 구입한다. 그런데 그는 지갑을 다른 코트에 넣어 뒀다는 걸 깨닫고 당황한다. 그는 점원에게 이렇게 말한다.

"문제없습니다. 물건을 제집으로 보내 주시죠. 가만

있자! 그러고 보니 거기에도 5달러짜리 지폐밖에 없었던 것 같군요. 물건과 함께 거스름돈 4달러를 가져다주시면 될 것 같습니다."

"알겠습니다, 그렇게 하지요." 점원은 손님의 배려심에 감탄하며 대답한다. 그는 속으로 이렇게 생각한다. "돈은 오후에 주겠다고 말하면서 덥석 물건을 집어들고 나가 버리는 사람들에 비하면 얼마나 신사적인가!"

어린 심부름꾼이 물건과 거스름돈을 들고 그의 집으로 향한다. 그런데 그 아이는 공교롭게도 아까 그 손님과 마주친다.

"어이! 그게 내 물건이냐? 훨씬 빨리 도착할 거로 생각했는데 말이야. 어서 가거라! 트로터 부인이 네게 5달러를 줄 거다. 아내에게 전부 얘기해 두었다. 거스름돈은 나에게 주도록 해라. 우체국에 가는 길인데 잔돈이 필요할지도 모르니까. 어디 보자! 하나, 둘 — 그런데 물건은 확실하겠지? — 셋, 넷 — 좋다! 길에서 나를 만났다고 트로터 부인에게 말하거라. 서둘러! 꾸물거리면 혼난다!"

심부름꾼은 전혀 꾸물거리지 않지만, 한참 후에야

가게로 돌아온다. 트로터 부인이라는 사람을 어디에서도 찾을 수 없었기 때문이다.[38] 그는 그나마 물건을 끝까지 지켜냈다는 생각에 뿌듯해하며 당당하게 가게에 들어선다. 거스름돈은 어쨌냐는 점원의 말을 듣는 순간, 그의 가슴은 철렁 내려앉는다.

다음은 매우 단순한 사기다. 공무원처럼 생긴 사람이 나타나 이제 막 출항하려는 선장에게 평소보다 훨씬 덜 나온 세금 고지서를 내민다. 선장은 돈이 굳었다는 생각에 기뻐서, 그리고 수많은 일을 처리하느라 바빠서 망설임 없이 돈을 지불한다. 15분쯤 뒤에 또 다른 공무원이 나타나 평소와 다름없는 금액의 세금 고지서를 내민다. 그때서야 선장은 아까 그 수금원이 사기꾼이며, 자신이 세금 사기를 당했다는 사실을 깨닫게 된다.

유사한 사기가 하나 더 있다. 증기선이 출항 준비를 하고 있다. 가방을 든 여행자가 부두를 향해 달린다. 그는 갑자기 멈춰서더니 당황한 얼굴로 뭔가를 줍는다. 그것은 지갑이다. "혹시 지갑 잃어버리신 분 계십니까?" 그가 외친다. 아무도 대답하지 않는다. 지갑이 지폐로

---

38. 트로터(Trotter)는 심부름꾼이라는 뜻이다.

가득하다는 게 밝혀지자 모두가 크게 동요한다. 하지만 출항을 연기하는 것은 불가능하다.

"시간과 파도는 사람을 기다려주지 않는다네." 선장이 말한다.

"제발 조금만 기다려주십시오." 지갑을 주운 여행자가 말한다. "주인이 곧 나타날 겁니다."

"못 기다려!" 선장이 말한다. "우측 밧줄을 풀어라. 들리나?"

"어쩌면 좋지?" 남자는 발을 동동 구른다. "지금 떠나면 몇 년 동안 돌아오지 못할 텐데. 하지만 이런 큰돈을 그대로 가져간다는 건 있을 수 없는 일이야. 저기요, 부탁 좀 합시다." 그는 해안가에 있는 어느 신사에게 말한다. "당신은 정직한 사람처럼 보이는군요. 저를 대신해서 이 지갑의 주인을 찾아주시겠습니까? 믿을 사람은 당신뿐입니다. 지갑 안에는 큰돈이 들어 있습니다. 지갑 주인이 틀림없이 당신에게 사례금을 줄 겁니다."

"나한테요? 아니죠, 사례금은 당신이 받아야 해요! 지갑을 주운 사람은 당신이니까요."

"꼭 그러시겠다면, 저는 조금만 받도록 하겠습니다.

그래야 당신이 만족하신다면요. 어디 보자. 이건 전부 100달러짜리 지폐로군요. 젠장! 100달러는 못 받겠습니다. 너무 큰돈이에요. 50달러 정도면 적당할 것 같은데……"

"좌측 밧줄을 풀어라!" 선장이 말한다.

"하지만 제게는 거스름돈이 없습니다. 역시 관두겠습니다. 그냥 당신이 전부……."

"거기, 후방 밧줄을 풀어라!" 선장이 말한다.

"아닙니다!" 해안가의 신사가 자기 지갑을 뒤적거리며 외친다. "아닙니다! 마침 저한테 돈이 있습니다. 여기 미국 은행에서 발행된 50달러짜리 지폐입니다. 이제 지갑을 던지세요."

양심 있는 여행자는 마지못해 50달러를 받아들고, 바라던 대로 해안가의 신사에게 지갑을 던진다. 바로 그 순간 증기선은 요란하게 연기를 내뿜으며 부두를 떠난다. 그로부터 30분이 지난 후에야 그 "큰돈"이 전부 "위조지폐"라는 사실이 드러난다. 모든 것이 치밀한 사기였던 것이다.

다음은 대담한 사기다. 어떤 장소에서 야외 집회가, 혹은 그 비슷한 게 열린다. 그곳에 가려면 어떤 다리를 건너야만 한다. 사기꾼은 새롭게 제정된 통행법에 따라 이제부터 이 다리를 건너려면 자신에게 통행료를 지불해야 한다고 통보한다. 사람에게는 1센트를, 말과 당나귀에게는 2센트를 받는 식이다. 구시렁대는 사람도 있지만, 결국 모두가 통행료를 낸다. 사기꾼은 오륙십 달러를 챙겨 집으로 돌아간다. 그렇게 많은 사람에게 일일이 통행료는 받는다는 건 나름대로 고된 일이긴 하다.

다음은 감쪽같은 사기다. 사기꾼은 빈 차용증에 빨간색으로 서명하고 친구의 돈을 빌린다. 그리고 똑같은 용지를 일이십 장쯤 구입한다. 사기꾼은 매일 빈 차용증을 한 장씩 꺼내서 수프에 절인다. 그리고 그걸로 개에게 점프 훈련을 시킨다. 훈련을 마치면 수프에 절인 차용증을 개에게 **간식**으로 준다. 돈을 갚아야 할 날짜가 되면 사기꾼은 개를 데리고 친구를 찾아간다. 친구는 돈 얘기를 하며 서랍에서 사기꾼의 차용증을 꺼낸다. 바로 그 순간, 사기꾼의 개는 점프를 해서 차용증을 낚아채고는 그대로 삼켜 버린다. 사기꾼은 화를 내며 버릇없는 개를 나무란다. 그리고 자기가 돈을 빌렸다는 증거가 있으면 언제라도 갚을 의향이 있다고 친구에게 말한다.

다음은 눈물 날 정도로 소박한 사기다. 어떤 아가씨가 길거리에서 괴한에게 추행을 당한다. 사실 그는 사기꾼과 한패다. 그때 사기꾼이 나타나서 그녀를 돕는다. 사기꾼은 동료를 때려눕히고 아가씨를 집까지 바래다준다. 그는 가슴에 손을 얹고 고개를 숙이며 신사적인 작별 인사를 한다. 그녀는 여기까지 온 김에 오라버니와 아버지에게 인사를 하고 가는 게 어떻겠느냐고 말한다. 그는 한숨을 쉬며 사양한다.

"제가 달리 감사의 표시를 할 방법이 있을까요?" 그녀가 말한다.

"있습니다, 아가씨. 혹시 저에게 2실링만 빌려주실 수 있으십니까?"

흥분한 그녀는 거의 기절할 뻔했지만, 마음을 다잡고 지갑에서 돈을 꺼낸다. 앞서 말했듯이 이것은 소박한 사기다. 빌린 돈의 절반은 아가씨를 추행하는 척하고 두들겨 맞은 동료의 몫이기 때문이다.

다음은 소박하긴 해도 제법 논리적인 사기다. 사기꾼이 술집에서 담배를 주문한다. 주문한 담배가 나온다. 그는 잠시 담배를 확인하더니 이렇게 말한다.

"이건 내가 좋아하지 않는 담배요. 도로 가져가시오.

대신 브랜디나 한 잔 가져다주시오."

주문한 브랜디가 나온다. 사기꾼은 브랜디를 비우고
술집을 나선다. 점주가 그를 붙잡는다.

"손님, 아직 술값을 안 내셨습니다."

"술값이라고! 내가 술값 대신 담배를 주지 않았소?
뭘 더 달라는 말이오?"

"그렇지만 손님, 손님께서는 담뱃값도 안 내신 걸로
알고 있습니다."

"지금 도대체 무슨 수작을 부리는 게요? 내가 아까
담배를 돌려주지 않았소? 담배가 저기 그대로 놓여
있지 않소? 나더러 피우지도 않은 담뱃값을 내라는
말이오?"

"그렇지만 손님." 점주는 말을 잇지 못한다. "그렇지
만 손님……"

"그렇지만은 무슨 그렇지만." 사기꾼은 화를 내며
문을 쾅 닫고 나간다. "두 번 다시는 이딴 식으로 손님
등쳐먹을 생각 마시오."

매우 지능적인 사기가 하나 더 있다. 단순하다는
것이 이 사기의 미덕이다. 대체로 지갑이나 가방을
잃어버린 사람은 지역 일간지 중 한 군데에 상세한

광고를 싣게 된다.

사기꾼은 이 광고를 제목과 문장 구조, 그리고 주소만 바꿔서 다른 신문에 싣는다. 진짜 광고는 문장이 장황하고, "지갑을 잃어버렸습니다!"라는 제목이 달려 있고, 획득한 지갑을 가져다줄 주소지가 톰 가 1번지로 되어 있다면, 다시 쓴 광고는 문장이 간결하고, "분실"이라는 짧은 제목이 달려 있고, 주소지는 딕 가 2번지, 혹은 해리 가 3번지로 되어 있다. 사기꾼은 지역 일간지 대여섯 군데에 한꺼번에 광고를 싣는다. 게다가 진짜 광고와의 시간 차이도 얼마 나지 않는다. 설령 진짜 주인이 사기꾼의 광고를 읽는다고 해도 그것이 자신의 광고를 베낀 것이라는 사실을 눈치채지 못한다. 물론 지갑을 습득한 사람이 사기꾼을 찾아갈 확률은 진짜 주인을 찾아갈 확률보다 대여섯 배는 높다. 사기꾼은 사례금을 지급하고 지갑을 챙겨서 사라진다.

다음은 그와 유사한 사기다. 어느 상류층 아가씨가 길거리에서 값비싼 다이아몬드 반지를 잃어버린다. 그녀는 신문에 반지의 세팅과 보석의 특징을 자세히 묘사하고, 습득한 반지를 무슨 무슨 거리 무슨 무슨 번지로 가져다주면 아무것도 묻지 않고 사오십 달러를 즉시 사례금으로 지급하겠다고 광고한다. 그로부터 하루나 이틀 후, 그녀가 집을 비운 사이에 무슨무슨 거리 무슨무슨 번지의 초인종이 울린다. 하인이 문을 연다. 아가씨를 찾아온 손님이다. 그녀가 집에 없다는 얘기를 듣자 손님은 실망한다. 그는 중요한 일로 찾아왔으며, 그녀와 직접 얘기하고 싶다고 한다. 알고 보니 그는 반지를 습득한 사람이다. 손님은 나중에 다시 오겠다고 말한다. "잠깐만요!" 하인이 소리친다. "잠깐만요!" 아가씨의 여동생과 올케도 소리친다. 그들은 요란스럽게 반지를 살펴보고, 사례금을 지급한다. 손님은 떠밀리듯 집을 나선다. 아가씨가 돌아온다. 그녀는 여동생과 올케에게 화를 낸다. 그들이 구리와 아연으로 진품과 비슷하게 모조한 물건에 사오십 달러나 되는 돈을 지불했기 때문이다.

이런 식으로 변종, 혹은 신종 사기를 소개하다 보면, 이 글을 영원히 끝마치지 못할 것이다. 따라서 이제 적당히 마무리를 짓지 않으면 안 되는데, 얼마 전에 우리의 도시에서 벌어진, 그리고 다른 지방 소도시에서도 잇따라 벌어지고 있는 집요하면서도 품격 있는 사기를 하나 소개하는 것으로 이 글을 끝마치는 것만큼

사기는 일종의 정밀과학이다
....
199

좋은 방법은 없으리라 생각된다. 어느 날 갑자기 중년의 신사가 나타난다. 그가 어디서 왔는지는 아무도 모른다. 그는 반듯하고, 조심스럽고, 착실하고, 신중한 사람이다. 그의 차림새는 더없이 깔끔하면서도 소박하다. 사치는 전혀 부리지 않는다. 그는 흰색 크라바트를 매고, 편의성만을 고려해 만든 것처럼 보이는 넉넉한 외투를 걸치고, 밑창이 두툼한 신발을 신고, 끈 달린 판탈롱을 입는다. 그는 정직하고 진지하고 철저하고 존경스러운 "사업가"처럼 보인다. 고급스러운 희극에 등장할 법한, 겉은 엄격하지만 속은 따뜻한 사람 — 그가 하는 말이 곧 서약서가 되는 사람 — 낮에는 한 푼도 손해를 보지 않지만, 밤에는 아낌없이 이웃을 돕는 그런 사람처럼 보인다.

그는 하숙집을 구하느라 고심한다. 그는 아이들을 싫어하고, 조용한 곳을 좋아한다. 그의 생활은 규칙적이다. 그는 신앙심 깊은 소가족의 집을 원한다. 조금 비싸도 괜찮다. 하지만 하숙비는 반드시 매달 1일에 청구되어야 한다(지금은 2일이다). 마음에 드는 집을 발견한 그는 주인아주머니에게 꼭 매달 첫날 오전 10시에 하숙비를 청구 및 영수해 달라고, 그리고 무슨 일이 있어도 계산을 다음 날로 미루지 말아 달라고 당부한다.

거처를 정한 뒤에, 그는 유서 깊은 거리에 사무실을 구한다. 근래에 유행하는 거리는 가급적 피한다. 그는 허례허식을 가장 싫어한다. "껍데기가 화려할수록" 그는 말한다. "실속은 떨어지는 법이지." 깊은 감명을 받은 주인아주머니는 여백이 넓은 가죽 성경을 꺼내서 솔로몬의 잠언 옆에 그의 말을 연필로 적어 넣는다.

다음으로 그는 6펜스짜리 지역 신문에 광고를 싣는다. "명망"이 높지 않은 신문, 광고비를 선불로 받는 신문은 가급적 피한다. 일이 끝날 때까지는 값을 치르면 안 된다는 게 우리 사업가의 신조다.

구인─우리 도시에서 대규모 사업을 시작하기에 앞서 지혜롭고 유능한 직원을 채용하고자 함. 채용 인원은 3~4명. 높은 수준의 급여 보장. 능력과 인성을 겸비한 청년 지원 바람. 해당 직원은 회사의 공금을 관리하는 등 높은 수준의 책임감을 요하는 업무를 담당하게 되므로, 정식 채용에 앞서 회사에 50달러를 예치하여야 함. 50달러를 예치할 수 없거나 도덕적으로 결함이 있는 지원자는 채용 불가. 신앙심 깊은 청년 우대. 오전 10시에서 11시 사이,

오후 4시에서 5시 사이에 지원 바람.

<u>보그스 호그스 로그스 프로그스 상회.</u>
도그 가 11번지.

그달 31일까지 열다섯, 혹은 스무 명가량의 신앙심 깊은 청년들이 보그스 호그스 로그스 프로그스 상회를 찾아온다. 하지만 우리의 사업가는 서둘러 직원을 뽑지 않는다 — 사업가는 매사에 신중해야 한다. 그는 엄격한 교리문답으로 청년들의 도덕성을 검증한 끝에 최종 합격자를 결정하고, **오로지 보그스 호그스 로그스 프로그스 상회의 안전을 위해** 예치금 50달러를 영수한다. 다음 달 1일, 주인아주머니는 "그스"라는 글자가 네 번이나 반복되는 회사의 사장과 했던 약속을 깜빡 잊고 하숙비를 청구하지 **않는다** — 사업가는 틀림없이 그녀를 심하게 꾸짖었을 것이다. 그가 하루 이틀쯤 더 그 집에 머물렀다면 말이다.

경찰들은 이리저리 뛰어다니며 진땀깨나 빼야 했다. 하지만 그들이 할 수 있는 일이라고는 그 사업가를 "hen knee high"[39]라고 부르는 것뿐이었다. 어떤 사람

포와 란포
····
202

들은 경찰의 말을 잘못 알아듣고 그가 n. e. i가 되었다고 생각했다 — 물론 이것은 고대어 non est inventus 의 줄임말이다.[40] 한편, 청년들의 신앙심은 하나같이 예전보다 약해졌고, 주인아주머니는 무려 1실링이나 되는 인도산 고무를 구입해서, 어떤 멍청이가 성경의 솔로몬 잠언 옆에 적어 놓은 글귀를 감쪽같이 지워 버렸다.

---

39. 암탉 무릎. 사람들의 눈을 피해 재빠르게 자취를 감췄음을 뜻한다. 여기서는 사업가를 얕잡아 부르는 표현으로도 읽힌다.
40. "본인 소재 불명"이라는 의미의 라틴어.

마리 로제의 불가사의한 사건

세상에는 현실의 사건과 평행을 이루는 상상의 사건이 존재한다. 그 둘이 완전히 일치하는 경우는 거의 없다. 사람들은 상황에 따라 상상의 사건에 수정을 가한다. 그 때문에 상상의 사건은 불완전해 보이고, 그 결과 역시 불완전해진다. 종교개혁도 마찬가지인데, 그렇게 프로테스탄티즘 대신 루터리즘이 탄생한 것이다.

– 노발리스, 윤리론

그저 우연이라고 치부하기에는 너무나도 절묘한 우

연과 맞닥뜨리게 되면, 아무리 냉정한 사람이라도 그 상황을 머리로 받아들이지 못하고 얼결에 그것을 초자연적 현상이라고 믿어버리고 만다. 그러한 느낌(그것은 판단이라기보다는 느낌에 가깝다)에서 벗어나려면 가능성의 원칙, 기술적인 용어로 말하자면 확률 계산에 의존하는 수밖에 없다. 그런데 이러한 계산은 본질적으로 수학적이다. 따라서 우리는 환영이나 영혼 같은 지극히 불가해한 영역에 과학적 엄밀함을 접목시키는 이상한 체험을 하게 된다.

내가 지금부터 공개할 이야기는 (시기상으로 놓고 보자면) 어느 믿기 어려운 우연의 출발점이 된다. 그리고 그 종착점은 바로 얼마 전 세간을 떠들썩하게 만든 뉴욕의 메리 세실리아 로저스 살인사건이다.[41]

---

41.   [원주] 「마리 로제의 불가사의한 사건」을 처음 발표할 때는 지금과 같은 주석이 필요하지 않을 것으로 생각했다. 하지만 이 소설의 바탕이 된 비극이 벌어진 지도 벌써 몇 년이 흘렀고, 이제는 몇 가지 주석을 달아서 필자의 의도를 설명할 필요가 있겠다는 생각이 든다. 메리 세실리아 로저스라는 담배팔이 아가씨는 뉴욕 근교에서 살해당했다. 그녀의 죽음이 일으킨 파장은 오랫동안 지속되었지만, 이 소설이 처음 발표된 1842년 11월까지도 사건은 해결될 기미를 보이지 않았다. 필자는 죽은 파리 아가씨의 이야기를 쓰면서 중요한 대목은 메리 로저스의 실화를 세세한 부분까지 그대로 따랐다 — 중요하지 않은 부분

일 년 전에 나는 「모르그 가의 살인」이라는 글에서 내 친구 슈발리에[42] C. 오귀스트 뒤팽의 놀라운 정신적 특징을 묘사한 바 있다. 하지만 나는 같은 주제로 새로운 글을 쓸 생각이 전혀 없었다. 본래 나의 목적은 내 친구의 성격을 묘사하는 것이었고, 뒤팽의 개성을 드러낼 만한 몇 가지 사례를 소개함으로써 그 목적을 충분히 달성했다고 판단했기 때문이다. 몇 가지 이야기를 더 할 수도 있었지만, 나로서는 그럴 필요성을 전혀 느끼지 못했다. 그런데 최근에 벌어진 놀라운 사건 때문에 나는 뒤팽의 이야기를 다시 하지 않을 수 없게 되었다. 그런 소식을 들은 뒤에도 내가 오래전 보고 들었던 그 일에 관해 침묵을 지킨다면, 그것이야말로 정말 이상한 일일 것이다.

은 구색을 갖추는 데 그쳤다. 따라서 이 소설의 중심 내용은 전부 현실의 사건과 대응한다. 이것은 진실을 탐구하기 위해서 쓴 소설이다. 필자는 사건 현장과 멀리 떨어진 곳에서 신문만 읽고 「마리 로제의 불가사의한 사건」을 썼다. 직접 발품을 팔아 조사를 하거나 사건 현장을 방문하지는 않았기 때문에, 필자는 많은 정보를 놓쳤을지도 모른다. 그럼에도 불구하고, 이 소설이 발표된 후에 어느 두 사람이 각기 따로 제공한 정보에 따르면, 이 소설의 결론이 사실과 부합했을 뿐만 아니라, 세세한 가정들까지 전부 맞아떨어졌다는 사실을 여기에 밝혀 둔다.

42. 프랑스 기사 작위.

레스파나예 부인과 딸의 죽음에 얽힌 비밀을 풀고 나자 뒤팽은 그 사건에서 완전히 관심을 거두고, 평소처럼 다시 우울한 몽상에 빠져들었다. 나 역시 그와 함께 멍하니 생각에 빠지는 걸 즐겼다. 우리는 여전히 포부르 생제르맹의 은신처에서 미래를 바람에 맡기고 조용히 현재에 잠긴 채 이 나른한 세계를 꿈속으로 흘려보내고 있었다.

하지만 그런 꿈도 가끔은 중단되었다. 짐작하다시피 모르그 가의 비극에서 내 친구가 해낸 역할은 파리 경찰들에게 깊은 인상을 남겼다. 이제 뒤팽의 이름을 모르는 경찰은 없다고 해도 과언이 아니었다. 나를 제외한 어느 누구도, 심지어 경찰국장조차도 그가 얼마나 간단한 추론들로 사건을 해결했는지 알지 못했으므로, 그가 마술을 부렸다거나 직관으로 사건을 해결했다는 식의 오해가 생기는 것도 무리는 아니었다. 모든 걸 솔직히 설명했다면 그런 오해를 불식시킬 수 있었겠지만, 그는 이제 흥밋거리도 못 되는 과거의 일을 놓고 이러쿵저러쿵 설명을 붙이는 게 귀찮은 눈치였다. 그렇게 그는 경찰들의 관심을 한 몸에 받게 되었다. 경찰국이 그의 힘을 빌리려 한 적도 몇 차례 있었다. 마리 로제라

는 여자의 죽음은 그중에서도 가장 주목할 만한 사건이
었다.

이 사건은 모르그 가의 참극으로부터 2년쯤 후에
일어났다. 마리는 미망인 에스텔 로제의 외동딸이었는
데, 우선은 그녀의 세례명과 성이 저 불행한 "담배팔이 아가씨"와 비슷하다는 점이 적잖이 놀랍다. 그녀는 일찍이 아버지를 여의고, 그때부터 줄곧, 그러니까 지금 이야기할 살인사건이 벌어지기 18개월 전까지 줄곧 어머니와 함께 파베 생탕드레 가[43]에서 살았다. 부인은 그곳에서 하숙집을 운영했고, 마리도 어머니를 도왔다. 그런데 그녀가 스물한 살이 되자 그 빼어난 미모가 어느 향수 가게 주인의 눈을 끌었다. 그는 팔레 루아얄의 상가에서 향수를 팔고 있었고, 주요 고객은 그 근방에 모여드는 눈 뒤집힌 채굴꾼들이었다. 르블랑 씨[44]는 예쁜 마리를 점원으로 고용하면 장사에 큰 도움이 되리라고 생각하고 그녀에게 후한 임금을 제시했다. 부인은 마뜩잖아했지만, 마리는 그 제안을 기쁘게 받아들였다.

주인의 기대는 현실이 되었다. 아리따운 아가씨를 점원으로 고용하자마자 손님이 부쩍 늘었다. 그런데 가게에서 일을 시작한 지 일 년쯤 되었을 무렵, 그녀는 갑자기 자취를 감춰서 애타는 남성들을 놀라게 했다. 르블랑 씨는 전혀 사정을 알지 못했으며, 로제 부인은

43. [원주] 나소 스트리트.
44. [원주] 앤더슨.

불안과 공포로 잠을 설쳤다. 신문사들은 즉시 실종 기사를 냈고, 경찰도 본격적으로 수사에 착수하려 했다. 그러던 어느 날 아침, 그러니까 사라진 지 일주일 만에, 마리는 멀쩡한 모습으로, 하지만 약간 수심에 잠긴 듯한 얼굴로 예전처럼 향수 가게에 출근했다. 모든 수사는 그날로 종결되었지만, 사적인 질문은 계속 되었다. 르블랑 씨는 여전히 아무것도 알지 못했다. 마리와 부인은 그녀가 시골에 있는 친척 집에 다녀왔다 고 해명했다. 더 이상 불필요한 관심을 받고 싶지 않다는 구실로 마리는 향수 가게를 그만두고 다시 파베 생탕드 레 가의 어머니 거처로 들어갔다. 그렇게 일은 마무리되 었고, 거의 완전히 잊혔다.

그녀가 또다시 사라져서 주변을 떠들썩하게 만든 것은 그로부터 3년쯤 후의 일이었다. 그대로 사흘이 지났지만, 아무런 소식도 들리지 않았다. 그리고 나흘 째에 센 강[45]에 떠 있는 그녀의 시체가 발견되었다. 그곳은 생탕드레 지구 건너편 강기슭 근처로, 룰 관문[46] 근방의 한적한 숲과 가까웠다.

---

45.   [원주] 허드슨 강.
46.   [원주] 위호켄.

살인 방법이 잔혹하다는 점, 피해자가 젊고 아름답다는 점, 그리고 무엇보다도 그녀의 이름이 전부터 널리 알려져 있었다는 점 때문에 사건은 커다란 파장을 일으켰다. 몇 주 동안은 모두가 이 사건에 빠져 있어서, 중요한 정치적 문제들조차도 잊고 지나칠 정도였다. 국장은 필사적이었다. 파리 경찰국의 전 병력이 동원되었다.

처음 시체가 발견되었을 때만 해도, 살인범은 금방 잡힐 것처럼 보였다. 수사가 재빠르게 시작되었기 때문이다. 일주일이 지난 뒤에야 상금이 걸렸지만, 액수는 1,000프랑에 불과했다. 방법은 틀렸는지 몰라도 수사는 열띠게 진행되었고, 별다른 성과는 없었지만 꽤 여러 사람이 조사를 받았다. 경찰이 계속 실마리를 찾지 못하자 대중의 분노는 점차 거세졌다. 열흘이 지난 뒤에는 상금을 두 배로 올려야 했다. 결국 아무런 소득 없이 2주일이 흐르고, 경찰에 대한 불신이 파리 곳곳에서 **폭동**의 형태로 표출되기 시작하자, 국장은 "살인범을 찾아낸 사람" 혹은 "살인범 중 한 명이라도 찾아낸 사람"에게 20,000프랑의 상금을 주겠다고 공표했다. 또한 자백하는 공범에게는 상금과 함께 완전한 사면을 약속했다. 그뿐만 아니라 경찰의 현상수배 전단이 붙어 있는 곳마다 10,000프랑의 상금을 추가로 지급하겠다는 시민단체의 벽보가 함께 걸렸다. 그렇게 해서 상금은 총 30,000프랑이 되었는데, 생전에 그 아가씨의 생활이 그다지 호화롭지 않았다는 점과 파리에서는 이런 참사가 일상적으로 벌어진다는 점을 고려하면 매우 이례적인 액수라고 하지 않을 수 없었다.

이 사건의 비밀은 머지않아 만천하에 드러날 것처럼 보였다. 하지만 의심을 받고 체포된 몇몇 용의자는 모두 증거불충분으로 풀려났다. 납득하기 어려운 일이지만, 시체가 발견되고 3주가 지나도록 수사는 진척을 보이지 않았고, 대중을 자극한 소문은 마침내 뒤팽과 나의 귀에까지 닿기에 이르렀다. 우리는 여러 가지 연구에 몰두해 있어서 거의 한 달째 집에만 틀어박혀 있었다. 손님도 받지 않았고, 중요한 정치 기사가 아니라면 신문도 읽지 않았다. 처음으로 우리 거처에 찾아와 마리의 살해 소식을 알린 것은 G 국장이었다. 18XX년 7월 13일 이른 오후에 그는 갑자기 찾아와 밤늦게까지 돌아가지 않았다. 그는 연이은 검거 실패로 신경이 곤두서 있었다. (그가 파리 억양으로 힘주어 말한 대로라면) 그의 **평판**은 땅에 떨어지려는 참이었다. 그야말로 명예가 걸린 문제였다. 대중의 이목은 온통 그에게 집중되어 있었다. 무슨 수를 써서라도 이 사건을 해결해야 했다. 그는 뒤팽이 발휘한 예의 그 놀라운 **재주**를 칭찬하며 다소 우스꽝스러운 연설을 마치고는, 단도직입적으로 후한 보상을 제안했다(그게 어떠한 보상이었는지 밝히는 것은 부적절할뿐더러 불필요한 일로 보인다).

내 친구는 칭찬을 극구 부인했지만, 보상까지 마다하지는 않았다(그것이 당장 받을 수 있는 보상은 아니었지만 말이다). 계약이 성사되자 국장은 사건에 대한 자신의 견해뿐만 아니라, 우리가 알지도 못하는 증거들에 대한 갖가지 부연 설명까지 덧붙였다. 그는 지적인 생각을 많이도 늘어놓았다. 참다못한 나는 밤이 많이 늦었으니 이제 돌아가라는 눈치까지 주고 말았다. 오래된 팔걸이의자에 미동도 없이 앉아 있는 뒤팽은 그야말로 집중력의 화신 같았다. 그런데 나의 시선이 우연히 그의 녹색 안경 쪽으로 향했을 때(그는 국장과 대화를 하는 동안 계속 이 안경을 쓰고 있었다) 나는 그가 소리 없이 깊은 잠에 빠져 있음을 알아챘다. 그는 국장이 떠나기 직전까지의 지루한 일고여덟 시간을 잠으로 보낸 것이었다.

아침에 나는 경찰국에 가서 현재까지 밝혀진 모든 증거 자료를 넘겨받고, 여러 신문사에 들러서 이 안타까운 사건과 관련된 결정적 정보가 실린 모든 신문을 날짜별로 취합했다. 틀린 것으로 판명된 정보를 모두 제외하고 나면, 전체적인 내용은 다음과 같았다.

18XX년 6월 22일 일요일 아침 9시쯤, 마리 로제는 어머니의 거처를 나섰다. 자크 생테스타슈[47] 씨에게는 드로메 가에 사는 이모를 만나러 간다고 얘기했고, 다른 사람들에게는 아무런 말도 남기지 않았다. 드로메 가는 작고 비좁지만 붐비는 거리다. 강둑에서 멀지 않고, 지름길을 거치면 로제 부인의 하숙집에서도 2마일 거리밖에 안 된다. 생테스타슈는 마리에게 구혼해서 승낙받은 남자로, 로제 부인의 하숙집에서 숙식을 해결하고 있었다. 그는 해 질 무렵에 드로메 가까지 약혼자를 마중 나가기로 했는데, 오후에 갑자기 비가 쏟아졌다. 그는 그녀가 이모의 집에서 밤을 보낼 거라고 짐작하고

47.　[원주] 페인.

(전에도 몇 번이나 그랬다) 약속을 지킬 필요가 없겠다고 생각했다. 밤이 찾아오자 로제 부인은 "마리를 다시는 못 볼 것 같다"며 무서워했다. 하지만 그때는 아무도 부인의 말에 귀 기울이지 않았다.

월요일이 되어서야 마리가 드로메 가에 가지 않았음이 밝혀졌다. 하루가 지나도록 그녀가 나타나지 않자, 파리부터 시작해서 그 근교까지 뒤늦은 수색이 이루어졌다. 하지만 실종 나흘째까지는 아무것도 찾지 못했다. 그날(6월 25일 수요일)이 되어서야, 친구와 함께 생탕드레 지구 건너편 강기슭 근처의 룰 관문 쪽에서 마리를 찾던 보베[48] 씨는 강에 떠오른 시체를 건져 왔다는 어부들의 이야기를 듣게 되었다. 시체를 본 보베는 잠시 주춤하다가 그게 마리라는 걸 깨달았다. 그의 친구는 그보다 빨리 알아봤다.

새까만 피가 얼굴을 뒤덮고 있었다. 그중 일부는 입에서 흘러나온 것이었다. 거품이 없는 것으로 보아 단순한 익사는 아니었다. 피부 변색은 없었다. 목에는 멍과 손가락 자국이 있었다. 팔은 가슴 쪽으로 구부러진

---

48. [원주] 크로멜린.

채 굳어 있었다. 오른손은 단단히 접혀 있었고, 왼손은 약간 펼쳐져 있었다. 왼쪽 손목에는 동그란 찰과상이 두 개 있었다. 밧줄 여러 개를(혹은 하나의 밧줄을 여러 번) 감은 흔적 같았다. 등과 오른쪽 손목 전체에도 쓸린 자국이 있었지만, 가장 심하게 쓸린 건 어깨였다. 시체를 강변으로 옮기는 과정에서 어부가 밧줄을 사용하긴 했지만, 그때 생긴 상처는 아니었다. 목 주변은 살갗이 심하게 부어 있었다. 자상이나 타박상은 없었다. 끈이 목에 단단히 묶여 있었지만, 살에 완전히 파묻혀서 보이지 않았다. 매듭은 왼쪽 귀밑에 있었다. 이 끈 하나만으로도 사람을 죽이기에는 충분했다. 의사의 판단에 따르면 사망자는 순결을 지키려다가 심한 폭행을 당한 것으로 보였다. 시체는 신원을 확인하기에 큰 무리가 없는 상태로 발견되었다.

옷은 심하게 찢어지고 헝클어져 있었다. 외투는 밑자락에서부터 허리까지 1피트 폭으로 찢겨 올라갔지만, 완전히 뜯겨 나가지는 않았다. 찢겨 올라간 부분이 허리를 세 바퀴 감쌌다. 매듭은 등 쪽에 있었다. 외투 바로 안쪽 치마는 고급스러운 모슬린 드레스였는데, 여기서는 18인치 너비의 천 조각이 완전히 — 매우 반듯하고 조심스럽게 ─ 뜯겨 나가 있었다. 이렇게 뜯겨 나간 천 조각은 그녀의 목에 헐겁게 묶여 있었는데, 그 매듭은 단단했다. 목에 묶여 있던 끈과 이 천 조각에는 보닛 턱끈이 결속되어 있었다. 이 매듭은 여성의 매듭이라기보다는 밧줄 매듭, 혹은 선박 매듭에 가까웠다.

신원이 확인된 후에 평소처럼 시체를 모르그 가로 옮기지 않고(어차피 그것은 형식적인 절차에 불과했다), 강기슭에서 멀지 않은 곳에 바로 묻었다. 보베가 발 벗고 나선 덕분에 모든 것이 더없이 신속하게 진행되었다. 그렇게 며칠은 조용히 흘러갔다. 하지만 결국 어느 주간지[49]가 이 문제를 건드렸다. 무덤을 다시 파헤쳤고, 재조사가 시작되었다. 옷은 사망자의 어머니와 친지들에게 전달되었다. 그것은 그녀가 외출할 때 입었던 옷으로 확인되었다.

시간이 갈수록 대중의 흥분은 거세졌다. 몇 사람이 체포되었다가 금방 풀려났다. 가장 큰 의심을 받은 사람은 생테스타슈였다. 처음 조사를 받을 때 그는

---

49. [원주] 뉴욕 머큐리.

마리가 사라진 일요일에 어디서 뭘 했냐는 질문에 제대로 답하지 못했다. 하지만 얼마 후 그는 그날 있었던 일들을 완벽하게 시간 별로 정리한 진술서를 G 국장에게 제출했다. 새로운 발견 없이 시간만 계속 흘러가자, 서로 모순되는 오만가지 소문이 나돌기 시작했고, 기자들은 너나 할 것 없이 추측성 기사를 써 댔다. 마리가 아직 살아 있으며, 센 강에서 발견된 것은 다른 사람의 시체라는 골자의 기사는 대중의 큰 관심을 받았다. 여기서 그와 같은 기사 몇 구절을 함께 살펴보는 게 좋을 듯하다. 다음은 파리 굴지의 신문사 중 하나인 레트왈[50]의 기사를 있는 그대로 옮긴 것이다.

18XX년 6월 22일 일요일 아침, 마리 양은 드로메 가에서 이모, 혹은 다른 친지를 만나겠다는 구실로 어머니의 집을 나섰다. 그 시각 이후로 그녀를 본 사람은 아무도 없다. 아무런 흔적도 남지 않았다. (…) 그녀가 어머니의 집을 나선 이후로 그녀를 봤다는 사람은 현재까지 나오지 않고 있다. (…) 6월 22일 일요일 9시 이후로 마리 로제가

---

50.   [원주] 뉴욕 브라더 조너선. H. 헤이스팅스 웰드 발행.

살아 있었다는 증거는 없지만, 일단 그 시각까지 살아 있었던 건 확실하다. 수요일 정오, 룰 관문 강가에 여자 시체가 떠올랐다. 마리 로제가 집을 나선 지 3시간 만에 강에 던져졌다손 치더라도, 정확히 3일밖에 지나지 않은 셈이었다. 하지만 아무리 멍청한 사람이라도, 자정 전에 시체를 강에 던지는 게 가능할 정도로 이른 시각에 살인이 일어났다고 생각하지는 않을 것이다. 이처럼 끔찍한 범죄를 저지르는 사람들은 밝은 시간보다는 어두운 시간을 택한다. (…) 강가에서 발견된 시체가 마리라고 한다면, 그녀가 물속에 잠겨 있었던 기간이 이틀 반, 기껏해야 사흘밖에 안 된다는 얘기가 된다. 익사한 시체, 혹은 살해 직후에 물에 던져진 시체가 부패하여 수면으로 떠오르기까지 엿새에서 열흘이 걸린다는 사실은 지금까지의 모든 경험이 말해준다. 강에 대포를 쏘면 닷새나 엿새가 지나기 전에 시체가 떠오르기도 하지만, 그대로 놔두면 금방 다시 가라앉는다. 이번 경우라고 뭐가 그렇게 다를까? 만일 시체가 화요일 밤까지 강기슭 쪽에 방치되어 있었다면, 그 부근에서 살인범의 흔적이 발견되었을 것이다. 사망 이틀 후에 물에 잠긴 시체가 단 하루 만에 떠올랐으리라고 생각하기도 어렵다. 더군다나 이런 살인을 저질렀다는 악당이 무게추 하나 매달지 않고 시체를 그냥 강에 던졌다는 건 도저히 말이 안 된다. 그게 그렇게 어려운 일도 아닌데 말이다.

기자는 시체가 물에 잠겨 있었던 기간이 "사흘이 아니라, 적어도 그 다섯 배는 될 거라고" 주장하며, 보베가 시체를 금방 알아보지 못할 정도로 부패가 진행되어 있었다는 점을 그 근거로 들었다. 하지만 이것은 사실이 아닌 것으로 판명되었다. 기사를 계속 옮기겠다.

그렇다면 보베 씨는 무슨 근거로 그게 마리 로제의 시체라고 주장하는 걸까? 그는 시체의 소매를 걷어 올리고, 그 속에서 그녀의 신원을 확인할 만한 흔적을 발견했다고 말한다. 뭔가 상처 같은 것이라도 발견했나 싶겠지만, 시체의 팔을 몇 번 문지르고 그가 발견한 것은 털이 전부였다. 그것은 소매를 걷었더니 팔이 있었다는 것만큼이나 실없고 무의미한 증언이 아닐 수 없다. 보베 씨는 그날 밤 집에 돌아가지 않았고, 오후 7시경 로제 부인에게 딸에 관한 조사가 아직 진행 중이라는 소식을 전했다. 로제

마리 로제의 불가사의한 사건
.....
221

부인이 현장에 가지 못한 것은 (백번 양보해서) 노쇠한 몸과 딸을 잃은 충격 때문이었다고 치자. 아무리 그래도 한 사람쯤은 현장에 입회해서 조사 과정을 지켜봐야 했다. 그게 정말로 마리의 시체라고 생각했다면 말이다. 하지만 아무도 가지 않았다. 같은 건물의 주민들은 파베 생탕드레에서 그 문제가 화제에 오르는 걸 전혀 듣지 못했다고 말한다. 마리의 연인이자 약혼자, 그리고 로제 부인의 하숙인인 생테스타슈 씨는 약혼자의 시체가 발견되었다는 소식을 미처 듣지 못했다고 진술한다. 다음 날 아침에야 그의 방에 찾아온 보베 씨를 통해 얘기를 들었다는 것이다. 이와 같은 소식을 그토록 무심하게 받아들였다는 건 상당히 충격적인 일이다.

이런 식으로 레트왈의 기자는 마리의 친지들이 그녀의 죽음에 무관심했던 것처럼 보이게 만들려고 애썼다. 그게 정말로 마리의 시체라고 믿었다면 그들이 그렇게 무관심했을 리가 없다는 것이었다. 명예롭지 못한 이유로 마리가 친지들의 묵인하에 도시를 떠났다는 것, 때마침 센 강에서 마리를 닮은 시체가 발견되자 친지들이 그것을 마치 그녀의 시체인 양 꾸몄다는 것이 기자의 생각이었다. 하지만 레트왈의 주장은 과장된 것으로 판명되었다. 실제로 무관심한 사람은 아무도 없었다. 노부인은 몸이 극도로 약해져서 손가락 하나도 까딱 못할 지경이었다. 생테스타슈는 소식을 냉담하게 받아들이기는커녕 정신을 잃을 정도로 슬픔에 빠졌고, 결국 보베 씨가 친구와 친척에게 부탁해서 그를 사체 발굴 현장에 가지 못하도록 막았다. 조사가 끝난 후에는 시체가 공동묘지에 다시 묻혔으며(시체를 가족 묘지에 묻는 게 좋지 않겠느냐는 당연한 제안을 가족들이 극구 거부했다는 것이었다), 가족 중 어느 누구도 장례식에 참석하지 않았다는 레트왈의 주장은 ― 무슨 의도로 그런 주장을 했는지는 알겠지만 ― 전부 거짓으로 밝혀졌다. 뒤이은 기사는 다름 아닌 보베에게 의심의 시선을 던진다.

최근에 새로운 사실이 밝혀졌다. 외출하기 전에 보베 씨가 로제 부인의 집에 있던 B 부인에게 혹시 **경찰**이 오더라도 자신이 돌아오기 전까지는 **경찰**에게 아무 말도 하지 말고, 자신이 직접 일을 처리하게 놔두라고 말했다는 것이다. (…) 현재로서는 보베 씨가 모든 것을 통제하고 있는 것처럼 보인다. 보베 씨 없이는 한 발자국도 앞으로 나갈 수 없다. 어느 길을 선택하든 그 끝에는 그가 버티고 서 있다. (…) 무슨 이유에서인지 그는 자신을 제외한 어느 누구도 조사에 관여하지 못하게 하고 있다. 특히 남자 친척들을 경계하고 있는데, 그들은 그런 그의 태도가 몹시 이상하다고 말한다. 그는 어떻게 해서든 친척들이 그 시체를 보지 못하게 하려는 것처럼 보인다.

보베를 향한 의혹은 다음과 같은 사실로 인해 더욱 짙어진다. 그녀가 실종되기 며칠 전, 그가 자리를 비운 사이에 그의 사무실을 찾아온 어느 방문객이 열쇠 구멍에 꽂힌 장미 한 송이를 발견했는데, 바로 옆에 걸린 석판에 "마리"라는 이름이 적혀 있었다는 것이다.

우리가 신문에서 읽은 내용을 종합해 보면 사람들은 대부분 마리가 난폭한 깡패들에게 희생되었다고 — 강으로 끌려가서 끔찍한 폭행을 당한 뒤에 살해되었다고 생각하는 모양이었다. 하지만 상당히 영향력 있는 신문 중 하나인 르코메르시엘[51]은 이와 같은 대중적

51.　[원주] 뉴욕 저널 오브 커머스.

의견에 대해 적극적으로 반박했다. 그와 관련된 기사를 한두 단락 소개하겠다.

우리는 여태까지의 조사 방향이 잘못되었음을 깨닫게 되었다. 룰 관문은 이번 사건과 관계가 없다. 그녀 같은 유명인이 누구의 눈에도 띄지 않고 세 블록을 이동했다는 건 도저히 말이 안 된다. 그녀는 모두의 관심을 한 몸에 받고 있었으므로, 누군가 그녀를 봤다면 틀림없이 그 사실을 기억했을 것이다. 그녀가 외출한 시각은 거리가 사람들로 한창 붐비는 때였다. (…) 그녀가 그 많은 사람의 눈을 피해서 룰 관문이나 드로메 가까지 간다는 건 불가능한 일이다. 하지만 부인의 집 바깥에서 그녀를 봤다는 사람은 하나도 없다. 그녀가 행선지를 밝혔다는 증언은 있지만, 실제로 외출을 했다는 증거는 전혀 없다. 시체를 감싸고 있는 건 찢어진 외투였다. 그걸 손잡이 삼아서 시체를 짐처럼 옮긴 것이다. 만약에 룰 관문에서 살인이 일어났다면, 그런 수고까지 할 필요는 없었을 것이다. 시체가 관문 근처에서 떠올랐다고 해도, 시체를 물에 던진 장소까지 그곳이라고 볼 수는 없다. (…) 이 불행한 아가씨의 외투에서 뜯어낸 길이 2피트 너비 1피트짜리 천 조각이 그녀의

뒤통수를 감고 턱 밑에 묶여 있었다. 소리를 지르지 못하게
하려고 입을 틀어막은 것으로 보인다. 이것은 손수건을
갖고 있지 않은 자들의 소행인 듯하다.

그런데 국장이 우리를 찾아오기 하루 이틀 전쯤,
르코메르시엘의 핵심 주장을 뒤엎을 만한 중요한 정보
가 경찰국의 손에 들어갔다. 드뤼크 부인의 두 어린
아들이 룰 관문 근처 숲속에서 놀다가 빽빽한 덤불숲으
로 들어가게 되었다. 그곳에는 마치 등받이와 발 받침대
가 달린 의자처럼 보이는 서너 개의 바위가 있었다.
위쪽 바위에는 하얀색 외투가, 두 번째 바위에는 실크
스카프가 놓여 있었다. 양산과 장갑, 그리고 손수건도
이곳에서 발견되었다. 손수건에는 "마리 로제"라고 적
혀 있었다. 근방의 가시덤불에는 찢어진 옷 조각들이
걸쳐져 있었다. 아무렇게나 짓밟힌 땅바닥과 부서진
나뭇가지들은 몸싸움의 흔적으로 보였다. 덤불숲과
강 사이에 놓인 울타리는 무너져 있었고, 바닥에는
무거운 짐을 끌고 지나간 흔적이 남아 있었다.
주간지 르솔레이[52]는 이 발견에 관해 다음과 같은
기사를 냈다(사실 이것은 파리의 다른 신문사들이 다룬

내용을 그대로 반복한 것에 지나지 않는다).

　그 물건들은 적어도 삼사 주는 그 자리에 놓여 있었음이 틀림없다. 비 때문에 곰팡이가 잔뜩 슬어서 곰팡이로 거의 떡이 져 있었고, 길게 자란 잡초들이 그것들을 뒤덮고 있었다. 양산은 튼튼한 천으로 되어 있었지만, 안쪽은 전부 해진 상태였다. 접혀 있던 양산을 펼치자, 온통 녹이 슬고 곰팡이가 낀 윗부분이 부서졌다. (…) 가시에 걸려 외투에서 뜯겨 나간 천 조각들은 너비가 3인치, 길이가 6인치쯤 되었다. 그중 하나는 외투 밑단에서 뜯겨 나간 것이었는데, 수선한 흔적이 남아 있었고, 나머지 하나는 밑단이 아니라 윗부분에서 뜯겨 나간 것이었다. 그것들은 지면으로부터 1피트 정도 높이의 부러진 덤불 위에 걸쳐져 있었고, 얼핏 보기에 우연히 뜯겨 나간 것 같았다. (…) 드디어 그 끔찍한 사건이 벌어진 장소가 발견되었다는 점에는 의심의 여지가 없다.

　이 발견에 이어서 새로운 사실이 드러났다. 드뤼크

52.　[원주] 필라델피아 새터데이 이브닝 포스트. C. J. 피터슨 발행.

부인은 룰 관문 반대편 강둑으로부터 멀지 않은 길가에서 여관을 운영하고 있었다. 그 주변은 매우 괴괴했다. 그곳은 불한당들이 일요일마다 도시에서 보트를 타고 건너와 휴식을 취하는 곳이기도 했다. 문제의 일요일 오후 세 시쯤, 어느 아가씨가 여관에 들어왔다. 얼굴이 햇볕에 검게 탄 남자도 함께였다. 두 사람은 얼마간 여관에서 쉬다가 근처의 울창한 숲 쪽으로 길을 떠났다. 드뤼크 부인은 그 아가씨가 입고 있던 치마를 눈여겨봤다. 죽은 친척이 입고 다니던 것과 비슷했기 때문이다. 목에 두른 스카프도 눈에 띄었다. 두 사람이 떠난 직후에 흉악해 보이는 깡패들이 나타나서 돈도 내지 않고 소란을 피우며 먹고 마시다가, 두 남녀가 향한 길로 몰려가서 해 질 무렵에야 여관 쪽으로 돌아오더니, 서둘러서 강을 건넜다.

드뤼크 부인과 큰아들이 여자 비명소리를 들은 건 해가 진 직후였다. 비명소리는 짧고 격렬했다. 드뤼크 부인은 덤불숲에서 발견된 스카프뿐만 아니라 시체가 걸치고 있던 치마까지 알아봤다. 마부 발랑스[53]는 문제

---

53. [원주] 애덤.

의 일요일에 마리가 어느 짙은 피부의 남자와 함께 센 강을 건너는 걸 봤다고 증언했다. 발랑스는 전부터 마리를 알고 있었으므로 다른 사람과 착각했을 리가 없었다. 마리의 친척들은 덤불숲에서 발견된 물건들이 그녀의 것임을 확인했다.

내가 신문에서 수집한 증거와 정보에는 한 가지 사실이 더 포함되는데, 이것은 매우 중요한 문제로 보인다. 앞서 언급한 옷가지들이 발견된 직후, 그 폭행의 현장으로 여겨지는 장소 근처에서 생테스타슈가 거의 죽은 채로 발견되었다. 그의 곁에는 '아편제'라고 적힌 텅 빈 약병 하나가 떨어져 있었고, 그의 입에서는 약물 냄새가 났다. 그는 아무 말 없이 숨을 거두었다. 그의 몸에서는 쪽지 하나가 발견되었는데, 자살을 택하겠다는 문장과 함께 마리를 향한 짧은 인사가 적혀 있었다.

"자네도 이미 알아챘겠지만." 내가 수집한 자료를 모두 읽은 뒤 뒤팽이 말했다. "이건 모르그 가 때와는 비교도 못 할 정도로 난해한 사건이라네. 두 사건 사이에는 한 가지 중요한 차이점이 있어. 끔찍한 범죄라는 건 부정할 수 없지만, 이 사건은 **평범**하다네. 탈선이라고 할 만한 게 전혀 없지. 바로 그렇기 때문에 난해한 거라네. 얼핏 보면 별것 없어 보이지. 처음에는 상금조차 내걸지 않았더군. G 국장의 미르미돈[54]들은 이 끔찍한 살인의 방법과 동기를 손쉽게 짐작할 수 있었을 걸세. 수많은 방법과 수많은 동기를 떠올릴 수 있었겠지. 그 모든 방법과 동기가 하나같이 그럴듯하기 때문에, 적어도 그중 하나는 반드시 진실일 거로 생각했을 거야. 하지만 그 모든 손쉬움과 그럴듯함은 문제 해결에 도움이 되기보다는 오히려 방해가 된다네. 내가 예전에 말했듯이 훌륭한 이성은 기이한 탈선을 길잡이 삼아서 진실을 추적하는 법이고, 지금과 같은 사건을 해결하고자 한다면 '무슨 일이 일어났는가'를 묻기보다는 '이전까지 한 번도 일어난 적이 없는 일이 무엇인가'를 물어야 하지. 레스파나예 부인[55]의 저택을 조사할 때, G 국장의 수하들은 그 사건의 기이함에 당황하고 전의를 상실했지만, 잘 훈련된 지성을 갖춘 사람에게 그런 기이함은 가장 확실한 성공의 단초인 걸세. 한편, 이 향수 가게

54.　그리스 신화에 등장하는 개미 종족. 명령에 복종하는 충실한 부하를 뜻한다.
55.　[원주] 「모르그 가의 살인」 참조.

아가씨 사건의 평범함은 훈련된 지성인을 절망에 빠뜨리지만, 국장의 공무원들에게는 성급한 승리감을 안겨줬지.

레스파나예 모녀가 타살을 당했다는 건 처음부터 확실했어. 애초에 자살의 가능성은 배제되었지. 이번 사건 역시 자살은 아니라네. 룰 관문에서 처음 발견되었을 때의 시체 상태만 보더라도 의심의 여지가 없지. 그런데 갑자기 그게 마리 로제의 시체가 아니라는 주장이 제기된 걸세. 상금을 받으려면 마리를 죽인 사람(혹은 사람들)을 잡아야 하고, 국장과도 그렇게 약속이 되어 있어. 자네도 국장이 어떤 사람인지 잘 알 거야. 그를 너무 믿어서는 안 돼. 그게 마리 로제의 시체가 아니라면, 힘든 조사 끝에 살인범을 잡는다거나 아직 살아 있는 마리를 찾아서 데려오는 게 도대체 무슨 소용이 있겠나? 어느 쪽이든 헛수고에 지나지 않는다네. 결국 우리가 담판을 지을 상대는 G 국장이니 말일세. 우리의 목표가 정의 구현은 아니니만큼, 우리는 먼저 그 시체가 마리 로제가 맞는지부터 확인해야 한다네.

대중은 레트왈의 주장에 무게를 두고 있어. 어느 기사의 첫머리를 보니 그들도 자기네 기사가 매우 파급

력 있다고 생각하는 모양이더군. 그들은 이렇게 썼다네. '금일 조간신문들은 월요일 자 레트왈에 실린 **결정적 내용**을 앞다퉈 다루고 있다.' 하지만 내가 보기에 그 기사에서 결정적으로 드러난 건 기자 양반의 과욕뿐이야. 명심하게. 오늘날 언론이 가장 원하는 건 진실이 아니라 대중의 관심이라네. 진실을 추구하는 건 오로지 대중의 관심이 담보된 이후의 일이지. 평범한 기사만 내는 신문은 (그게 아무리 훌륭한 기사라도) 대중의 관심을 받지 못한다네. 대중은 평범한 견해와 각을 세우는 기사를 심오하다고 생각하거든. 결국은 문학뿐만 아니라 추론의 영역에서까지 **경구**가 득세하는 거지. 어느 쪽에서 쓰이건 간에, 경구는 저급하기 짝이 없는 양식이라네.

마리 로제가 아직 살아 있다는 생각이 레트왈을 거쳐 대중의 환호를 받은 것은 그것이 진실에 가깝기 때문이 아니라, 경구와 치정으로 범벅되어 있기 때문이라네. 이자들이 도대체 무슨 얘기를 하려는 건지 되짚어 봄세. 말이 안 되는 부분은 되도록 잘라 내면서 말이야.

우선 마리가 실종된 시간과 시체가 떠오른 시간 사이의 간격이 지나치게 짧으므로 그것은 마리의 시체가 아니라는 게 기자의 주장이라네. 그는 어떻게 해서든 이 간격을 줄여보려 애쓰고 있지. 그 목표를 달성하기 위해서 그는 매우 성급한 가정을 내세우고 있어. '아무리 어리석은 사람이라도, 자정 전에 시체를 강에 던지는 게 가능할 정도로 이른 시각에 살인이 일어났다고 생각하지는 않을 것이다.' 여기서 우리는 자연스럽게 이런 질문을 던지게 된다네. 어째서? 외출한 지 5분 만에 살해당했을지도 모른다고 생각하는 게 어째서 어리석다는 거지? 살인은 어느 시간에든 일어날 수 있다고 생각하는 게 어째서 어리석다는 거지? 실제로 살인은 시간을 가리지 않고 일어난다네. 일요일 아침 9시에서 오후 11시 45분 사이에 살인이 일어났다면 '자정 전에 시체를 강에 던지는 건' 얼마든지 가능한 일이지. 살인이 일어난 건 일요일이 아니다 — 기자가 말하고자 하는 바는 바로 이것일세. 하지만 이런 가정을 용납한다면, 우리는 그야말로 세상 모든 가정을 용납해야 한다네. '아무리 어리석은 사람이라도'라고 시작되는 문장은 (실제로 그렇게 인쇄되지는 않았지만) 기자의 머릿속에서는 다음과 같은 형태로 존재했을지도 몰라. '아무리 어리석은 사람이라도, 자정 전에 시체를 강에 던지는 게 가능할 정도로 이른 시각에 살인이 일어났다고 생각하지는 않을 것이고, 또한 아무리 어리석은 사람이라도 자정 **이후까지도** 시체가 물에 던져지지 않았을 거로 생각하지는 않을 것이다(우리의 입장은 이쪽에 더 가깝겠군).' 이것은 매우 이상한 문장이지만, 실제로 신문에 인쇄된 문장보다는 훨씬 봐줄 만하지."

"그저 레트왈의 엉성한 주장을 반박하는 게 나의 임무였다면." 뒤팽이 계속했다. "여기서 그만두는 게 가장 좋을 걸세. 하지만 우리의 목표물은 레트왈이 아니라 진실 그 자체라네. 문제가 되는 문장은 오로지 한 가지 의미로밖에 해석될 수 없다네. 그 의미는 내가 방금 말한 바와 같지. 하지만 우리는 표면적 의미를 넘어서 그 안에 숨어 있는 생각을 발견해야 한다네. 기자가 전하고자 했지만 전하지 못한 그 생각을 말일세. 사실 그는 살인범이 자정 전까지 시체를 강으로 옮기는 게 불가능한 일이었다는 말을 하고 싶었던 거겠지(살인이 일어난 게 일요일 낮이든 밤이든 관계없이 말이야). 하지만 나는 그런 가정 자체가 말이 안 된다고 생각하는 거라네. 어째서 살인이 일어난 곳이 시체를 강으로 **옮길** 필요가 있는 장소라고 생각하는 거지? 살인은 강둑에서 일어났을 수도 있고, 강 위에서 일어났을 수도 있다네. 그렇다면 그냥 강에 던지는 것이 (그게 낮이든 밤이든 관계없이) 시체를 처분하는 가장 확실하고 빠른 방법이었을 걸세. 물론 이것이 내가 생각하는 진실은 아니라네. 이건 진실과는 아무런 관계가 없어. 나는 그저 레트왈의 시야가 처음부터 매우 협소했다는 걸 자네가 알아주길 바라는 거야.

그들은 정해진 결론에 도달하기 위해서 일부러 협소한 길을 선택한다네. 만약에 그게 마리의 시체라고 한다면, 시체가 물속에 잠겨 있었던 시간은 대단히 짧았을 거라고 가정하고 있지. 그들은 이렇게 쓰고 있다네.

익사한 시체, 혹은 살해 직후에 물에 던진 시체가 부패하여 수면으로 떠오르기까지 엿새에서 열흘이 걸린다는 사실은 지금까지의 모든 경험이 말해준다. 강에 대포를 쏘면 닷새나 엿새가 지나기 전에 시체가 떠오르기도 하지만, 그대로 놔두면 금방 다시 가라앉는다.

파리에서 이 주장에 토를 다는 신문은 르모니퇴르[56]

뿐이었지. 그들은 '익사한 시체'에 관한 내용을 반박하기 위해, 레트왈이 주장한 것보다 짧은 시간 내에 익사체가 떠오른 사례를 대여섯 가지 들었다네. 하지만 레트왈의 일반 법칙을 무너뜨릴 목적으로 그에 반하는 특수한 사례를 내세우려는 르모니퇴르의 전략에는 어딘가 매우 비합리적인 면이 있어. 시체가 이틀, 혹은 사흘 만에 떠오른 사례를 다섯 개가 아니라 쉰 개쯤 들 수 있다고 하더라도, 레트왈의 일반 법칙 자체가 무너지기 전까지 그것은 여전히 예외적 사례에 불과하다네. 우리가 이 일반 법칙을 인정하는 한 (르모니퇴르 역시 그걸 부정하지 않았어, 그저 예외적인 사례를 제시하고 있을 뿐이지) 레트왈의 주장은 조금도 힘을 잃지 않는다네. 여기서 문제가 되는 건 시체가 사흘 이내에 떠오를 **확률**뿐이거든. 그리고 그 확률은 여전히 레트왈의 편이지. 유치하게 제기된 르모니퇴르의 예외적 사례가 수적으로 일반 법칙 자체를 전복할 만큼 많아지기 전까지는 말일세.

레트왈의 주장에 맞서고자 한다면 그 법칙 자체를

---

56. [원주] 뉴욕 커머셜 어드버타이저, 스톤 대령 발행.

부정하는 수밖에 없다네. 그러려면 일단 그 법칙의 타당성부터 검토해야 하겠지. 인간의 몸은 강물보다 크게 무겁지도 가볍지도 않아. 즉, 자연 상태에서 인간의 몸은 동일한 부피의 물과 비중이 거의 같다는 말일세. 지방이 많고 골격이 작은 사람(일반적으로 여성)은 지방이 적고 골격이 큰 사람(일반적으로 남성)보다 더 가볍다네. 그리고 강물의 비중은 조수간만의 차에도 영향을 받지(이것은 논외로 함세). 그런데 어떤 물에서든 인간의 몸이 저절로 가라앉는 경우는 거의 없어. 몸을 최대한 물에 잠기게 만들어서 몸과 물 사이의 비중만 맞춘다면, 강에 빠지더라도 누구나 수면 위로 떠오를 수 있지. 수영을 못하는 사람은 땅 위를 걷는 사람처럼 몸을 곧게 세우고 입과 콧구멍만 수면 위에 남긴 채로 머리를 완전히 뒤로 젖히는 게 좋다네. 그렇게만 하면 우리는 별다른 수고나 어려움 없이 물 위에 떠 있을 수 있어. 하지만 몸과 물 사이의 비중 균형은 아주 작은 변화만으로도 무너지지. 예를 들면, 팔 하나만 물 밖으로 빼도 그만큼의 무게가 더해져 머리가 완전히 가라앉고 마는 거야. 그러다가 아주 작은 목판 하나라도 붙잡으면, 다시 물 밖으로 머리를 꺼낼 수 있지. 수영을 못 하는 사람은 두 팔을 들고 허우적거리면서 어떻게든 머리를 똑바로 들어 올리려고 한다네. 그렇게 하면 입과 콧구멍이 가라앉는데, 그 상태로 숨을 쉬려고 애쓰면 복부와 허파로 물이 들어가지. 원래 공기로 채워져 있던 자리에 물이 들어갔으니, 그만큼 몸이 무거워져서 물속으로 가라앉는 걸세. 하지만 골격이 작고 체지방률이 아주 높은 사람은 그렇지 않다네. 그런 사람은 익사한 뒤에도 물 위에 떠오르지.

몇 가지 이유로 시체의 비중이 그와 동일한 부피의 물보다 낮아지게 되면, 시체는 다시 수면으로 떠오르지. 이런 결과를 초래하는 현상 중 하나가 바로 부패라네. 시체가 부패되고 가스가 생성되어 세포와 체강體腔이 팽창하면, 그 겉모습 역시 끔찍할 정도로 **부풀어** 오르지. 이런 팽창이 어느 정도 진행되어 시체의 **질량**이나 무게는 변하지 않고 부피만 증가하면, 시체의 비중이 그와 동일한 부피의 물보다 낮아져서 시체가 다시 수면으로 떠오르게 되는 걸세. 그런데 부패는 수많은 요인의 영향을 받는다네. 수많은 요인으로 인해 가속화되기도 하고 지연되기도 하지. 날씨가 추운가 더운가, 물에 불순물이 섞여 있는가 깨끗한가, 물이 깊은가 얕은가,

흐르고 있는가 고여 있는가, 체온이 높은가 낮은가, 사망자가 죽기 전에 질병을 앓았는가, 건강했는가에 따라 달라진다는 얘기야. 따라서 시체가 정확히 언제 부패하여 수면으로 떠오를지 예측한다는 건 불가능하다네. 한 시간 만에 떠오르는 경우도 있고, 아예 떠오르지 않는 경우도 있거든. 동물의 사체를 부패로부터 **영구히** 보호하는 화학 약품도 있지. 염화수은도 그중 하나일세.

하지만 부패가 아니라 식물질의 초산 발효로 인한 복부 내의 가스 생성만으로도 (혹은 다른 요인으로 인한 여타 체강 내의 가스 생성만으로도) 시체는 수면에 떠오르기에 충분할 만큼 부풀어 오른다네. 강에 대포를 쏘는 건 순전히 진동을 일으키기 위해서지. 부드러운 진흙이나 개흙 같은 곳에 박혀 있던 시체가 (다른 조건이 충족된 경우에) 이 진동으로 인해 수면에 떠오르는 걸세. 혹은 엉겨 붙은 세포들이 그 진동으로 인해 분리되어 체강 내부의 가스 생성이 활성화되기도 한다네.

이제 필요한 분석을 모두 마쳤으니, 레트왈의 주장을 다시 검토해보도록 함세. 그들은 이렇게 쓰고 있다네. '익사한 시체, 혹은 살해 직후에 물에 던진 시체가 부패하여 수면으로 떠오르기까지 엿새에서 열흘이 걸린다는 사실은 지금까지의 모든 경험이 말해준다. 강에 대포를 쏘면 닷새나 엿새가 지나기 전에 시체가 떠오르기도 하지만, 그대로 놔두면 금방 다시 가라앉는다.'

이것은 온통 모순과 억지로 보이는군. '익사한 시체'가 부패하여 수면으로 떠오르기까지 엿새에서 열흘이 걸린다는 사실을 지금까지의 모든 경험이 말해주고 있는 건 아니라네. 실제로 과학과 경험이 말해주고 있는 건 시체가 언제 떠오를지 결코 예측할 수 없다는 사실뿐이지. 또한, 강에 대포를 쏴서 시체가 떠올랐을 때, 그대로 놔둔다고 해서 '금방 다시 가라앉지'는 **않는** 다네. 몸에서 가스가 전부 빠져나갈 정도로 부패가 진행되기 전까지는 말이야. 그런데 여기서 나는 자네가 '익사한 시체'와 '살해 직후에 물에 던져진 시체' 사이의 구분에 주의해 줬으면 좋겠어. 기자는 그 둘을 구분하면서도 동일한 범주에 넣어 버리고 있지. 조금 전에 나는 물에 빠진 사람의 몸이 어떤 과정을 거쳐서 물보다 무거워지게 되는지 설명했다네. 팔을 들고 허우적거리거나 수면 아래서 숨을 쉬려고 하지 않는 이상에는(그 결과, 공기로 채워져 있던 허파에 물이 들어가지 않는 이상에는) 물에 빠져도 가라앉지 않는다고도 했지. 하지만 '살해 직후에 물에 던진' 시체는 팔을 들고 허우적거리거나 수면 아래서 숨을 쉬려고 하지 않는다네. 따라서 후자의 경우에는 애초에 시체가 가라앉지 않아야 정상이야. 레트왈은 이 사실을 완전히 간과하고 있어. 뼈와 살이 분리될 정도로 부패가 심하게 진행되면 시체가 가라앉겠지만, 그전까지는 아니라네.

그렇다면 이 시체는 마리가 사라진 지 사흘 만에 발견되었으므로 마리의 시체가 아니라는 주장은 어떻게 받아들여야 할까? 여성은 익사해도 물에 잘 가라앉지 않지. 설령 가라앉더라도 24시간 이내에 다시 떠오를 확률이 높아. 하지만 그녀가 익사했다고 생각하는 사람은 아무도 없다네. 그리고 죽은 채로 물에 던졌다면, 언제 떠올라도 이상할 게 없지.

레트왈은 이렇게도 쓰고 있다네. '만일 시체가 화요일 밤까지 강기슭 쪽에 방치되어 있었다면, 그 부근에서 살인범의 흔적이 발견되었을 것이다.' 도대체 기자가 왜 이런 얘기를 하고 있는지 잘 이해되지 않을 걸세. 그는 자신의 이론에 대한 반박을 예상한 거라네 — 시체가 이틀간 강기슭에 놓여 있었다면 부패가 **훨씬**

빠르게 — 물에 잠긴 시체보다 훨씬 빠르게 진행되었을 거라는 반박 말이야. 그는 만에 하나 시체가 떠올랐다고 하더라도, 그것은 수요일이지 결코 다른 날일 수는 없을 거라고 주장하고 있지. 만일 그랬다면 '그 부근에서 살인범의 흔적이 발견되었을 것'이라는 다소 섣부른 주장까지 하면서 말이야. 자네는 그의 추론에 실소를 금치 못할 걸세. 시체가 강기슭에 놓여 있었던 기간이 길어진다고 해서 어떻게 살인범의 흔적이 늘어난다는 건지 자네는 이해가 되는가? 나는 안 된다네.

레트왈은 이런 얘기도 한다네. '더군다나 이런 살인을 저질렀다는 악당이 무게추 하나 매달지 않고 시체를 그냥 강에 던졌다는 건 도저히 말이 안 된다. 그게 그렇게 어려운 일도 아닌데 말이다.' 여기서 기자가 얼마나 우스꽝스러운 혼동을 일으키고 있는지 보게나! 어느 누구도(심지어 레트왈조차도) 그것이 살해당한 여자의 시체라는 사실에 이의를 제기하지는 않는다네. 폭행의 흔적이 그만큼 또렷하게 남아 있으니 말이야. 그는 그것이 마리의 시체가 아니라는 사실을 증명하려고 했던 거라네 — 그것이 살해당한 시체가 아니라는 사실을 증명하려고 했던 게 아니라. 하지만 그가 증명한 건 전자가 아니라 후자일세. 무게추가 매달려 있지 않은 시체가 발견되었다. 살인범이 무게추 하나 매달지 않고 시체를 강에 던졌을 리가 없다. 따라서 시체를 강에 던진 것은 살인범이 아니다. 기자가 증명한 것은 이것이 전부라네. 시체의 정체에 관한 문제는 건드리지도 않았지. 레트왈은 그저 자신의 주장을 애써 부정하고 있는 꼴이라네. 그들은 그 전에 이렇게 썼거든. '이것은 살해당한 여자의 시체가 분명하다.'

이 부분만 해도 기자는 거듭해서 자신의 의도와 모순되는 주장을 내세우고 있다네. 앞서 말했다시피 그는 어떻게 해서든 마리가 실종된 시간과 시체가 떠오른 시간 사이의 간격을 줄여보려고 애쓰고 있지. 즉, 그녀가 어머니의 집을 떠난 이후로 아무도 그녀를 본 사람이 없다는 점을 **강조**하고 있어. '6월 22일 일요일 9시 이후로 마리 로제가 살아 있었다는 증거는 없다.' 기왕 **편향된** 주장을 하기로 했다면, 적어도 이런 문장은 쓰지 말았어야 했네. 월요일이나 화요일에 마리를 본 사람이 있었다면, 문제의 시간 간격은 훨씬 줄어들었을 테고, 그의 논리대로라면 그것이 **그녀의** 시체일 가능성도 훨씬 줄어들었을 테니까 말이야. 하지만 우스꽝스럽게도 레트왈은 그 점을 힘주어 강조하고 있지.

이번에는 시체의 신원을 확인한 보베 씨에 대해 레트왈이 어떻게 이야기하고 있는지 살펴봄세. 시체의 털에 관해서는 레트왈이 날조하고 있는 게 분명하다네. 보베 씨가 바보가 아닌 이상에야 팔에 털이 있다는 이유만으로 그것이 마리의 시체라고 주장했을 리는 없지 않은가? 팔에 털이 없는 사람은 없다네. 레트왈은 증인의 구체적인 진술을 대충 뭉뚱그린 거야. 그는 분명 털의 특징을 지적했을 거라네. 그 색깔이나 양, 혹은 길이나 위치 같은 구체적 특징 말일세.

그들은 이런 이야기도 했다네. '그녀는 발이 작았다 — 발이 작은 사람은 수도 없이 많다. 그녀의 가터는 증거가 되지 못한다 — 신발도 마찬가지다 — 가터나 신발은 가게에서 파는 물건이다. 모자에 달려 있던 꽃들이라고 해서 다를 건 없다. 보베 씨는 가터에 조임쇠가 채워져 있었다는 점을 강조했다. 거기에는 아무런 의미도 없다. 여성들은 가게에서 가터를 입어보지 않는다. 대부분 집에 가져가서 치수를 조정한다.' 여기서 기자가 진심으로 이런 이야기를 하고 있다고 보기는 어려워. 사라진 마리를 찾고 있던 보베 씨가 그녀와 체격도 외형도 비슷한 시체를 발견했다면, 보베 씨로서는 (그녀가 착용하고 있던 물건이 무엇인지 따질 것도 없이) 그녀를 찾아냈다고 생각하는 게 당연하지. 체격과 외형이 비슷할 뿐만 아니라 팔에 난 털까지 흡사하다면, 그의 견해는 설득력을 얻는다네. 그 털이 독특하고 이상할수록 설득력은 더욱 커지지. 발까지 작다면 그것이 마리의 시체일 가능성은 산술급수가 아니라 기하급수적으로 누적되어 증가하는 걸세. 거기다가 그 신발이 마리가 외출할 때 신었던 것과 같다면 (그게 아무리 '가게에서 파는 물건'이라 하더라도) 추정은 거의 확신으로 바뀐다네. 그 자체로는 증거 능력이 거의 없는 물건조차도 상황만 맞으면 가장 확실한 증거가 되는 법이거든. 그런데 사라진 아가씨가 모자에 꽃들까지 달고 있었다면, 더 이상 이 문제를 놓고 왈가왈부할 이유가 없어지지. 꽃이 한 송이만 되어도 그럴 텐데, 두세 송이, 혹은 그 이상이 발견되었다면 어떻겠는가? 연속된 증거는 서로의 증거 능력을 배가시킨다네. 하나의 증거는 다른 증거에 더해지는 것이 아니라 곱해져서 백이 되고 천이 되니까. 그걸로도 모자라 시체에서 그녀가 사용하던 것과 똑같은 가터까지 발견되었다면,

백치가 아닌 이상에야 의심을 계속할 리가 없지. 그런데 마리가 외출하기 직전에 그랬던 것처럼 시체의 가터에 조임쇠가 채워져 있었다면? 상황이 이런데도 계속 의심을 한다면 미치광이거나 거짓말쟁이거나 둘 중 하나일 걸세. 레트왈은 가터의 치수를 줄이는 게 흔한 일이라고 주장하면서 더 깊은 오류의 수렁 속으로 빠져들고 있어. 가터는 원래 신축성이 높은 물건이라서 줄여 입는 경우가 거의 없다네. 자체적으로 늘어났다 줄어들었다 하는 물건에 조임쇠까지 채우는 사람이 얼마나 되겠는가? 엄밀히 말하자면 마리의 가터 착용 방식은 대단히 이례적이지. 가터에 조임쇠가 채워져 있었다는 그 사실 하나만으로도 충분한 증거가 된다는 말일세. 하지만 정말 중요한 건 가터도, 신발도, 보닛도, 보닛의 꽃들도, 발 치수도, 팔에 난 털도, 체격도, 외형도 아니라네 —정말 중요한 건 시체가 그 모든 것을 하나씩 전부 갖고 있었다는 사실이라네. 이런 상황에서 레트왈의 기자가 진심으로 의심을 품었다면, 우리는 그를 위한 **정신감정**을 준비할 필요조차 없을 걸세. 그는 법정에서 직사각형 조문을 그대로 읽는 변호사의 화법을 구사하기로 작정한 모양이야. 하지만 진짜로 분별력 있는 사람들은 법정에서 폐기된 증거 속에서 최상의 증거를 찾아낸다네. 법정은 증거를 채택할 때 오로지 보편적 원칙만을 ─ 공인되고 **성문화된** 원칙만을 따르며, 그 원칙에서 벗어나는 증거는 모조리 부정하지. 길게 보자면 이처럼 예외를 용납하지 않는 완고한 원칙주의는 **최대한** 많은 진실의 획득을 보장한다네. **넓은** 관점에서는 가장 합리적인 방법이야. 하지만 거기서 수많은 착오가 생긴다는 것은 부인할 수 없지.[57]

보베를 향한 의심에 관해서는 생각할 가치조차 없다네. 자네도 벌써 그가 어떤 사람인지 알아챘을 거야. 그는 **오지랖이** 넓은 사람일세. 사랑은 넘치지만 요령은 부족하지. 그런 사람이 흥분하면 예민하고 날카로운 사람들의 의심을 살 만한 행동을 하기 십상이라네. 보베 씨는 (자네가 가져온 자료에도 나와 있는 사실이지만) 기자와의 면담에서 그 시체가 마리라는 주장으로

---

57. [원주] "목적의 성질에 집착하는 이론은 목적을 향해 다가가지 않는다. 오로지 원인에 의거해 주제를 분류하는 사람은 결과를 제대로 판단하지 못한다. 법이 과학이자 체계가 되는 순간 공정함을 잃는다는 사실은 이미 전 세계의 법리학이 증명하고 있다. 분류의 원칙에 눈먼 사람들이 어떤 오류를 저질렀는지 알고 싶다면, 입법부의 계획이 실패한 사례들을 보면 된다." ─ 랜더.

레트왈의 이론을 반박하며 기자 양반의 심기를 건드렸지. 레트왈은 이렇게 썼다네. '그는 앞서 언급된 사실 이외에 사람들이 납득할 만한 증거도 제시하지 못하면서 그것이 마리의 시체라고 우기고 있다.' 여기서 '사람들이 납득할 만한' 증거를 제시하는 게 불가능하다는 점은 차치하더라도, 애초에 우리는 이런 경우 다른 사람이 납득할 만한 이유를 전혀 제시하지 않고서도 얼마든지 그런 주장을 할 수 있다네. 사람을 알아본다는 것만큼 모호한 일은 없지. 우리는 옆집 사람을 금방 알아보지만, 그가 우리의 옆집 사람인 증거를 대기는 힘들어. 레트왈의 기자는 보베 씨의 근거 없는 주장에 화를 낼 권리가 없다네.

그를 둘러싼 갖가지 의심스러운 정황으로 보건대, 그가 살인범일지도 모른다는 기자의 추측보다는 그것이 사랑의 오지랖이었다는 나의 가정이 훨씬 설득력 있다네. 이 관대한 해석을 받아들이면 여러 가지 의문이 단박에 해결되지. 열쇠 구멍에 장미가 꽂혀 있었던 것, 석판에 '마리'라고 적혀 있었던 것, '남자 친척들을 경계한 것,' '어떻게 해서든 친척들이 그 시체를 보지 못하게 하려 했던 것' B 부인에게 혹시 경찰이 오더라도

포와 란포
····
248

자신(보베)이 돌아오기 전까지는 아무 말도 하지 말라고 당부했던 것, 그리고 마지막으로 자신을 제외한 누구도 조사에 관여하지 못하게 했던 것까지 전부 말일세. 보베가 마리의 구혼자였다는 건 명백해 보인다네. 마리도 거기에 어느 정도 장단을 맞춰준 모양이야. 그는 자신이 마리와 긴밀하고 특별한 사이였다는 사실을 뽐내고 싶었던 걸세. 이 문제에 관해서는 더 이상 할 말이 없군. 마리의 어머니와 친척들이 그녀의 죽음에 **무관심**했다는 레트왈의 주장(그리고 정말로 그게 마리의 시체였다면 그렇게 무관심했을 리가 없다는 주장)은 이로써 완전히 논파된다네. 죽은 사람의 **정체**에 관한 의문이 완전히 해결되었으니, 이제 다음 문제로 넘어가도록 하지."

"르코메르시엘의 주장은 어떤가?" 내가 물었다.

"개중에서는 그나마 들어줄 만하다네. 장소에 관한 추론은 제법 논리적이고 날카롭지. 하지만 잘못된 관찰을 토대로 전제를 세우고 있어. 르코메르시엘은 마리가 어머니의 집 근처에서 질 나쁜 깡패들에게 붙잡혔다는 주장을 펼치려 한다네. 그들은 이렇게 말하고 있지. '그녀 같은 유명인이 누구의 눈에도 띄지 않고 세 블록을

마리 로제의 불가사의한 사건
....
249

이동했다는 건 도저히 말이 안 된다.' 파리에서 오래 거주한 공인이자, 행동 범위가 공공업무 지구에 한정된 사람이라면 이런 생각을 할 법도 하지. 그로서는 아는 사람과 마주치지 않고 사무실에서 열 블록 이상을 이동한다는 게 거의 불가능할 거야. 그가 알고 있는 사람과 그를 알고 있는 사람이 얼마나 되는지 가늠해보고, 파리에서 그 자신과 향수 가게 아가씨 중 누가 더 유명한지 비교한 끝에, 그는 둘 사이에 큰 차이가 없다고 생각하고 그녀가 여러 사람의 눈에 띄었을 거라는 결론을 내렸을 걸세. 그녀가 그와 비슷한 종류의 한정된 지구를 변함없이 매일 걸었다면 그랬을 수도 있겠지. 그는 좁은 지역을 규칙적으로 지나다닌다네. 그리고 그 지역은 그를 잘 알고 있는 동종 업계 사람들로 가득하지. 반면 마리는 마음 내키는 대로 길을 선택할 수 있었을 걸세. 특히 이번 경우에는 평소에 잘 다니지 않았던 길을 골랐을 가능성이 커. 두 사람이 똑같이 파리 전체를 가로질러 걷는다면 르코메르시엘의 비교는 유효할지도 모른다네. 두 사람이 파리에서 알고 지내는 사람의 수가 동일하다면, 걷다가 누군가의 눈에 띌 확률도 동일하겠지. 하지만 내가 생각하기에 마리가 그녀의 거처와 이모의 집 사이에 놓인 수많은 길 중하나를 지나는 동안 어느 누구의 눈에도 띄지 않았을 가능성은 없지 않을 뿐만 아니라 상당히 높다네. 이 문제를 공정하게 다루고자 한다면, 마리를 아는 사람이 아무리 많다고 하더라도 파리 전체의 인구는 그와 비교도 못 할 정도로 많다는 점을 잊어서는 안 되지.

아가씨의 외출 시각까지 고려하면 르코메르시엘의 설득력은 더 떨어진다네. 르코메르시엘은 이렇게 썼거든. '그녀가 외출한 시각은 거리가 사람들로 한창 붐비는 때였다.' 하지만 이건 사실이 아니야. 때는 아침 9시 정각이었다네. 실제로 아침 9시의 거리는 사람들로 붐비지. **일요일은 빼고 말이야.** 일요일 9시는 사람들이 집안에서 한창 교회에 갈 준비를 하고 있을 시간이거든. 관찰이라는 걸 할 줄 아는 사람이라면 일요일 아침 8시부터 10시까지는 거리가 썰렁하다는 걸 모를 리가 없지. 10시부터 11시 사이에는 거리가 사람들로 붐비지만, 그전까지는 아니라네.

르코메르시엘의 부족한 관찰력이 드러나는 대목이 한 군데 더 있어. 바로 이 부분일세. '이 불행한 아가씨의 외투에서 뜯어낸 길이 2피트 너비 1피트짜리 천조각이 그녀의 뒤통수를 감고 턱 밑에 묶여 있었다. 소리를 지르지 못하게 하려고 입을 틀어막은 것으로 보인다. 이것은 손수건을 갖고 있지 않은 자들의 소행인 듯하다.' 이 주장 자체의 타당성은 나중에 따져보도록 하지. 사실 여기서 암시되고 있는 깡패라는 족속은 셔츠를 못 입는 한이 있더라도 손수건만큼은 반드시 들고 다닌다네. 요즘 불한당들 사이에서 손수건을 휴대하는 게 유행이라는 건 자네도 익히 들어서 알고 있을 걸세."

"르솔레이의 기사에 관해서는 어떻게 생각하나?"

"기자가 앵무새로 태어나지 않은 게 안타까울 따름이라네. 그랬다면 세상에서 가장 유명한 앵무새가 될 수 있었을 텐데 말이야. 그는 다른 신문사의 기사들을 거의 그대로 받아 적고 있지. 이 신문 저 신문 다 뒤적거리며 열심히 짜깁기한 거야. 기사는 이렇게 되어 있다네. '그 물건들이 적어도 삼사 주는 그 자리에 놓여 있었음이 **틀림없다.** 드디어 그 끔찍한 사건이 벌어진 장소가 발견되었다는 점에는 **의심의 여지가 없다.**' 르솔레이가 받아 적은 내용만으로는 나의 의심이 전혀 사라지지 않아. 이 문제는 나중에 사건 현장에 관한 이야기를 할 때 더욱 자세히 다루도록 하지.

지금 우리는 다른 문제를 살펴야 한다네. 자네도 그들이 시체 조사를 얼마나 소홀히 했는지 알 거야. 사망자의 정체에 관해서는 애초부터 이론의 여지가 별로 없었지. 하지만 아직 따져봐야 할 문제가 몇 가지 더 있다네. 뭔가 **도둑맞은 물건**은 없었을까? 사망자는 외출할 때 값비싼 물건을 몸에 지니고 있었을까? 만일 그랬다면 시체에서도 그 물건이 발견되었을까? 아무도 이 중요한 문제를 건드리지 않았어. 그리고 아직 다뤄지지 않은 중요한 문제가 몇 가지 더 있다네. 그건 우리가 직접 조사를 하는 수밖에 없지. 우선 생테스타슈에 관한 재조사가 필요하다네. 물론 내가 이 사람을 의심하고 있는 건 아닐세. 이것은 일종의 요식 절차지. 우리는 일요일에 그에게 일어났던 일들을 정리한 진술서에 뭔가 잘못된 부분이 없는지 확인해야 한다네. 이런 종류의 진술서에는 거짓이 섞여 있기 십상이거든. 하지만 진술서에 문제가 없다면 생테스타슈는 완전히 논외로 해도 좋아. 진술서가 거짓이라면 그가 죽은 이유를 의심하지 않을 수 없겠지만, 그게 아니라면 그의 자살은 특별히 이상할 게 없는 일이라서 별다른 분석이 필요치 않다네.

이제부터 우리는 이 비극의 중심부에서 주변부로 시선을 옮겨볼 걸세. 이런 경우에는 방계傍系를 완전히 잊고 직계直系에만 조사를 한정하는 오류가 심심찮게 벌어지거든. 모든 증거와 심리를 오로지 사건과 직접 연관 있어 보이는 부분에만 제한하는 건 법정의 오래된 악습이야. 누적된 경험이 여태까지 보여줬고, 정확한 사유가 지금도 계속 보여주고 있다시피, 진실은 대부분(혹은 거의 전부) 그것과 별 상관없어 보이는 곳에서 발견된다네. 현대 과학이 **보이지 않는 것들을 계산에 넣기** 시작한 건 바로 이와 동일한 원칙을 따른 것일세(물론 완전히 동일한 것은 아니겠지만). 지금은 내가 무슨 말을 하고 있는지 잘 이해가 안 될 거야. 인류의 지성사는 대부분의 위대한 발견들이 중심 주제의 바깥에서 부수적으로, 혹은 어쩌다 보니 이루어진 것이라는 사실을 어김없이 보여준다네. 앞으로 계속 나아가고 싶다면, 예상치 못했던 곳에서 새로운 것이 발명될 가능성이 있다는 것을(어쩌면 그럴 가능성이 더욱 크다는 것을) 염두에 둬야 하지. 여태까지 있었던 일을 바탕으로 앞으로 벌어질 일을 예측하는 것은 이제 그다지 합리적인 방법이 아니야. **우연도 기반 구조의 일부분이지.**

포와 란포
‥‥
254

우리는 우연을 계산하고, 아직 발견되지 않은 미지의 존재를 수식數式에 포함시킨다네.

거듭 말하네만, 진실 대부분이 사건의 주변부에서 발견된다는 것은 분명한 사실일세. 이 원칙에 따라 나는 모두가 열심히 조사했지만 아무런 실마리도 찾아내지 못한 사건 그 자체에서 잠시 벗어나, 그 주변부의 상황을 살펴볼 계획이라네. 우선 자네는 진술서에 문제가 없는지 확인해주게나. 그동안 나는 자네가 여태까지 조사한 신문들을 더욱 상세히 검토해볼 테니 말이야. 우리는 기존에 수사한 부분을 중심으로 논의를 진행해왔다네. 하지만 신문을 더욱 포괄적으로 검토하다 보면 반드시 새로운 방향을 찾을 수 있을 걸세."

뒤팽의 제안대로 나는 진술서를 꼼꼼히 살폈다. 문제가 될 만한 부분은 전혀 없었다. 생테스타슈는 무죄가 확실했다. 내 친구는 여러 신문을 쌓아 두고, 도대체 왜 그렇게까지 해야 하는지 알 수 없을 정도로 세밀하게 검토했다. 일주일간의 검토 끝에 그는 신문에서 다음과 같은 단락들을 추려냈다.

3년 반쯤 전에도 팔레 루아얄에 있는 르블랑 씨의 향수

가게에서 마리 로제가 실종되어 지금과 흡사한 소동이 일어났다. 하지만 그녀는 일주일 만에 다시 가게에 나왔다. 얼굴이 조금 창백하다는 것만 제외하면 평소와 다르지 않은 모습이었다. 그녀의 어머니와 르블랑 씨는 그녀가 시골에 사는 친구를 만나고 온 것이라고 해명했다. 소란은 금세 사그라들었다. 이번 실종도 그때와 같은 것일 가능성이 커 보인다. 일주일 후, 혹은 한 달 후면 우리는 그녀를 다시 볼 수 있을 것이다.

— 〈이브닝 페이퍼〉,[58] 6월 23일 월요일.

어제 자의 어느 석간신문은 로제 양의 첫 번째 실종을 다뤘다. 르블랑 씨의 향수 가게에서 자취를 감춘 일주일간 그녀가 어느 방탕한 젊은 해군 장교와 함께 있었다는 건 공공연한 비밀이다. 그때는 둘 사이에 다툼이 생겨서 그녀가 집으로 돌아올 수 있었던 것으로 보인다. 현재 파리에서 근무 중인 이 난봉꾼의 이름을 여기서 밝히는 건 부적절할 듯하다.

— 〈르메르퀴리〉,[59] 6월 24일 화요일 아침.

---

58. [원주] 뉴욕 익스프레스.
59. [원주] 뉴욕 헤럴드.

그제 파리 근교에서 이루 말할 수 없을 정도로 잔혹한 사건이 벌어졌다.

어느 신사와 그의 아내, 그리고 딸이 보트를 얻어 타고 센 강을 건넜다. 보트 위에서는 남자 여섯 명이 한가하게 노를 젓고 있었다. 신사의 가족은 건너편 강기슭에서 내렸다. 타고 온 보트가 더 이상 보이지 않게 되었을 때쯤, 그의 딸은 보트에 양산을 두고 내렸다는 걸 알게 되었다. 그녀는 양산을 가지러 돌아갔다. 악당들은 그녀를 보트에 태우고 재갈을 물려서 끔찍한 짓을 저지르고는, 처음 그녀가 부모와 함께 보트에 올라탔던 강기슭에 시체를 던져 버렸다. 악당들은 현재 도주 중이지만, 경찰의 추적을 끝까지 피할 수는 없을 것으로 보인다.

— 〈모닝 페이퍼〉,[60] 6월 25일.

우리는 최근에 벌어진 끔찍한 사건의 범인이 므네[61]라는 제보를 한두 건 정도 받았다. 그러나 경찰 조사 결과

---

60. [원주] 뉴욕 쿠리어 & 인콰이어러.
61. [원주] 므네는 초기에 체포되었다가 증거불충분으로 풀려난 사람 중 하나였다.

이 남자는 무죄로 밝혀졌으며, 제보 내용 역시 이성보다는 감정에 치우쳐 있으므로, 굳이 그것을 여기에 소개할 필요는 없어 보인다.

— 〈모닝 페이퍼〉,[62] 6월 28일.

우리는 여러 사람이 쓴 것으로 보이는 단호한 어조의 제보를 몇 건 받았다. 일요일마다 파리 근교에 모여드는 깡패 중 한 무리가 불쌍한 마리 로제를 죽인 게 분명하다는 내용이었다. 우리는 이 가능성에 무게를 두고 조사를 진행할 계획이다.

— 〈이브닝 페이퍼〉,[63] 6월 31일 화요일.

월요일, 세관 업무를 하는 선원 한 사람이 센 강에 떠 있는 빈 보트를 발견했다. 돛은 보트 바닥에 떨어져 있었다. 선원은 그 보트를 선박 사무소로 옮겼다. 그런데 다음 날 아침 보트가 감쪽같이 사라졌다. 누가 보트를 가져갔는지 아는 사람은 아무도 없다. 키는 선박 사무소에 남아 있다.

---

62.   [원주] 뉴욕 쿠리어 & 인콰이어러.
63.   [원주] 뉴욕 이브닝 포스트.

나는 이 기사들이 서로 무슨 관계가 있는지 알 수
없었을 뿐만 아니라, 그것들이 이번 사건과 무슨 관계가
있는지도 알 수 없었다. 나는 잠자코 뒤팽의 설명을
기다렸다.

"일단 지금은 첫 번째와 두 번째 기사에 관해서 자세
히 얘기하지는 않겠네. 어쨌든 국장의 얘기를 종합해보
면 경찰은 이 기사에 언급된 해군 장교를 조사하지
않은 게 분명해. 부주의하기 짝이 없는 일이지. 어리석
게도 그들은 첫 번째 실종과 두 번째 실종 사이에
연결고리가 있을지도 모른다는 생각을 전혀 하지 않은
모양이야. 짐작건대 첫 번째 도피 중에 두 사람 사이에
다툼이 생겼을 거고, 배신당한 아가씨는 집으로 돌아왔
을 걸세. 그렇다면 두 번째 도피가 성사된 것은 (정말로
도피가 있었다면) 새로운 사람이 구애했기 때문이 아니
라 그 배신자가 그녀를 다시 유혹했기 때문이라고 보는
게 더 타당하다네. 그것은 새로운 사랑의 시작이 아니라

64.　[원주] 뉴욕 스탠더드.

지나간 사랑의 '재개再開'라는 걸세. 이미 다른 사람과 도피를 했던 마리에게 누군가 새로이 도피를 제안했을 가능성보다는 예전에 그녀와 도피를 했던 사람이 다시금 도피를 제안했을 가능성이 훨씬 크다는 얘기야. 두 사람이 처음 도피했던 시기와 다시 도피했을 것으로 추정되는 시기 사이의 공백에 주목해주게. 프랑스 해군의 일반적 항해 기간과 거의 일치하지. 이 남자가 첫 작업에 실패한 것은 항해를 나갈 때가 되어서가 아니었을까? 그리고 항해가 끝난 뒤에 다시 나타나선 예전에 달성하지 못한 일(적어도 그 자신의 손으로는 달성하지 못한 일)을 재개한 게 아닐까? 물론 아직 정확히 알 수는 없다네.

두 번째 도피 같은 건 없었다고 말하는 사람도 있겠지. 나름대로 타당한 주장일세. 하지만 과연 그런 의도조차 없었다고 말할 수 있을까? 생테스타슈(그리고 어쩌면 보베)를 제외하면 마리에게 대놓고 구애를 한 사람은 없는 듯하다네. 다른 구애자가 있다는 이야기는 아직 들어보지 못했거든. 그렇다면 그 비밀의 남성은 누구일까? 친척들도(적어도 그들 중 대부분은) 모르는 그 남성, 하지만 마리가 일요일 아침에 아무도 모르게 만나서 해가 질 때까지 룰 관문의 외딴 숲속을 함께 거닐었던 그 남성은 과연 누구일까? **대부분의 지인조차** 정체를 모르는 그는 과연 누구일까? 그리고 "마리를 다시는 못 볼 것 같다"는 로제 부인의 이상한 예언은 도대체 뭐였을까?

로제 부인이 그 사정을 알고 있었는지는 모르겠지만, 적어도 마리는 미리 도피 계획을 세워 두지 않았을까? 집을 나설 때 그녀는 드로메 가에 사는 이모를 만나러 간다며, 생테스타슈에게 밤에 자신을 데리러 와 달라고 부탁했다네. 얼핏 보면 이것은 나의 주장과 상충하는 사실로 보일 걸세. 하지만 생각을 해보게나. 오후 3시쯤 에 그녀가 누군가를 만나서 함께 강을 건너 룰 관문까지 갔다는 건 이미 알려졌지. 그 사람과 떠나기로 했을 때 (그 목적이 무엇이든, 그리고 그녀의 어머니가 그 사정을 알든 모르든) 그녀는 외출의 구실을 생각했을 거라네. 그리고 약속된 시간에 드로메 가로 그녀를 마중 나간 생테스타슈가 바람만 맞고 하숙집으로 돌아 온 뒤 그녀가 어디에도 없다는 사실을 알았을 때 그의 가슴 속에 어떤 충격과 의심이 일어날지도 잘 알고 있었을 걸세. 그녀는 이 모든 것을 예상했을 거라는

마리 로제의 불가사의한 사건
····
261

뜻이라네. 생테스타슈의 분노와 그 모든 의심까지 말이야. 그녀는 일상으로 돌아와 그 모든 의심을 감당하는 일은 엄두도 내지 못했을 걸세. 하지만 아예 돌아오지 않을 생각이었다면, 그런 의심 따위는 전혀 개의치 않았겠지.

그녀는 어쩌면 이렇게 생각했을지도 모른다네. '나는 도피를 하기 위해서, 혹은 오직 나만이 알고 있는 모종의 계획을 실행하기 위해서 어떤 사람을 만날 거야. 그러려면 방해 요소를 없애야 해. 도피하려면 충분한 시간이 필요하니까. 드로메 가에 사는 이모를 만나러 가는 걸로 해 두자. 생테스타슈한테는 밤 시간에 맞춰서 와 달라고 하는 거야. 그렇게 하면 아무런 의심을 사지 않고 최대한 긴 시간을 확보할 수 있겠지. 밤 시간에 오라고 못을 박아 놓으면, 해가 지기 전까지는 나를 찾지 않을 테니까. 하지만 내가 아무런 말도 하지 않고 떠나 버리면 생테스타슈는 일찍부터 나를 찾아다닐 거고, 내가 사라졌다는 사실도 금방 알아채겠지. 그렇게 되면 시간이 부족해질지도 몰라. 문제의 그 사람과 한나절 산책을 하다가 다시 돌아올 생각이었다면, 생테스타슈에게 그런 거짓말을 할 이유가 없어. **결국** 그는 그게 거짓말이었다는 걸 알게 될 테니까. 차라리 그에게 아무 말도 하지 않고 나갔다가 어두워지기 전에 슬그머니 들어와서 드로메 가의 이모를 만나고 왔다고 둘러대는 편이 훨씬 낫지. 하지만 나는 다시 돌아올 생각이 전혀 없어. 적어도 몇 주 동안은, 혹은 상황이 완전히 정리되기 전까지는 돌아오지 않을 거야. 그러니까 지금은 시간을 버는 게 최우선이야.'

자네도 기사를 읽어서 알겠지만, 지금까지 대중의 가장 큰 호응을 얻은 것은 마리가 **깡패들**에게 살해당했다는 주장일세. 대중의 견해를 쉽게 무시해서는 안 된다네. 그 견해가 완전히 자발적으로 형성된 경우라면 그것은 천재적인 개인의 **직관**과 유사한 성격을 띠지. 그와 같은 대중의 견해라면 나는 거의 언제나 받아들일 준비가 되어 있다네. 하지만 뭔가가 그 견해의 형성에 **영향**을 끼쳤다면 얘기가 다르지. 그 견해는 반드시 대중 속에서 **자체적으로** 형성된 것이어야 한다네. 그 둘 사이의 차이를 파악하고 설명한다는 건 극히 어려운 일이야. 이번 경우에는 세 번째 기사에서 다루고 있는 부수적 사건이 **깡패들**에 관한 '대중적 견해'의 형성에 영향을 끼친 것으로 보인다네. 젊고 아름다운 데다가 유명하기까지 한 마리의 시체가 발견되자 파리 전체가 발칵 뒤집혔지. 강에서 발견된 이 시체에는 타살의 흔적이 남아 있었어. 그런데 그녀가 살해당한 것으로 추정되는 바로 그 무렵에 어느 깡패들이 (조금 덜 잔혹하긴 하지만) 그와 매우 흡사한 방식으로 또 다른 아가씨를 살해했다네. 어느 기지既知의 사건이 다른 미지未知의 사건에 대한 대중적 판단에 영향을 끼친다는 건 정말 이상한 일이 아닌가? 사람들이 갈피를 못 잡고 방황하고 있을 때, 이 기지의 사건이 새로운 방향을 제시해 줬다는 말일세! 마리의 시체는 강에서 발견되었지. 그리고 바로 이 강에서 그 기지의 사건이 벌어졌다네. 두 사건을 연결 짓는 것은 너무나도 자연스러운 일이라서 대중의 입장에서는 그 공통점을 무시하는 것이야말로 정말 이상한 일이었을 거야. 하지만 하나의 살인이 그와 같은 방식으로 저질러졌다는 것은, 그와 거의 비슷한 시기에 벌어진 나머지 하나의 살인이 그런 방식으로 저질러지지 않았다는 것을 증명할 따름이라네. 어느 깡패들이 어떤 장소에서 듣도 보도 못한 악행을 저질렀는데, 그와 유사한 깡패들이, 그와 유사한 상황과 장소에서, 그와 유사한 방법으로, 그와 유사한 시기에, 그와 유사한 악행을 저질렀다고 한다면, 그것이야말로 기적이 아니겠는가! 하지만 우발적으로 **영향을 받은** 대중의 견해는 이 놀라운 기적을 믿으라고 말하고 있지 않은가?

다음 문제로 넘어가기에 앞서 사건 현장으로 지목된 룰 관문의 덤불숲에 관한 이야기를 해야겠어. 꽤 무성하긴 하지만, 이 덤불숲은 사람들이 많이 다니는 길과 멀지 않다네. 그곳에는 등받이와 발 받침대가 달린 의자처럼 보이는 서너 개의 바위가 있지. 위쪽 바위에는 하얀색 외투가, 두 번째 바위에는 실크 스카프가 놓여 있었어. 양산과 장갑, 그리고 손수건도 이곳에서 발견되었지. 손수건에는 '마리 로제'라고 적혀 있었다네. 찢어진 옷 조각들은 주변의 나뭇가지에 걸쳐져 있었어. 난잡하게 짓밟힌 땅바닥과 부러진 나뭇가지들은 몸싸움의 흔적처럼 보인다네.

신문사는 덤불숲의 발견에 환호하며 그곳이 사건 현장임을 확신했지만, 아직은 의심의 여지가 충분히 남아 있어. 나는 그곳이 **진짜** 사건 현장일 수도 있고 그렇지 않을 수도 있다고 본다네. 중요한 건 아직 의심의 여지가 남아 있다는 사실 그 자체일세. 정말 르코메르시엘의 주장대로 파베 생탕드레 가 부근에서 살인이 일어났다면, 범인들은 (그들이 파리에 살고 있다는 가정하에) 대중의 관심이 제대로 된 방향으로 향하는 걸 두려워했을 거야. 그 관심을 다른 곳으로 돌릴 필요성을 느꼈겠지. 이미 관심의 대상이 된 룰 관문의 덤불숲에 물건들을 가져다 놓아야겠다는 생각이 들었다고 해도 이상할 게 전혀 없어. 르솔레이의 주장과는 달리 그 물건들이 덤불숲에 며칠 이상 방치되어 있었다는 증거는 존재하지 않는다네. 반면 그녀가 사라진 일요일부터 아이들이 현장을 발견한 날 오후까지의 20일 동안 그 물건들이 어느 누구의 눈에도 띄지 않고 그대로 방치되어 있었을 수는 없다는 걸 보여주는 정황 증거는 차고 넘치지. 르솔레이는 다른 신문사들의 기사를 짜깁기해서 이렇게 썼다네. '비 때문에 **곰팡이**가 잔뜩 슬어서 **곰팡이**로 거의 떡이 져 있었고, 길게 자란 잡초들이 그것들을 뒤덮고 있었다. 양산은 튼튼한 천으로 되어 있었지만, 안쪽은 전부 해진 상태였다. 접혀 있던 양산을 펼치자, 온통 녹이 슬고 **곰팡이**가 낀 윗부분이 부서졌다.' '물건들을 완전히 뒤덮고 있던' 길게 자란 잡초에 관해서는 두 아이의 기억과 증언에 의존할 수밖에 없다네. 제삼자의 사실 확인이 있기도 전에 아이들이 물건들을 몽땅 집에 가져가 버렸거든. 어쨌든 살인이 일어났던 무렵처럼 날씨가 덥고 습하다면 잡초는 하루에도 2~3인치씩 자라지. 매끈한 땅에 양산을 내려놓아도 일주일이면 잡초가 자라서 양산을 완전히 뒤덮어 버린다네. 저 짧은 단락만 해도 무려 세 차례나 등장한 **곰팡**이에 관해 말하자면, 르솔레이의 기자가 정말 곰팡이의 특성을 제대로 알고 있는지 의문스럽다네. 어떤 종류의 곰팡이는 처음 생겨나서 죽기까지 24시간도 채 안 걸린다는 걸 모르고 있는 걸까?

몇 가지 증거는 그 물건들이 '적어도 삼사 주일 동안' 덤불숲에 방치되어 있었다는 주장을 당당하게 뒷받침하고 있지만, 따지고 보면 거기에는 증거로서의 효력이 거의 없다네. 그것들이 일주일(마리가 사라진 일요일부터 그다음 주 일요일까지) 이상 그곳에 놓여 있었다고 생각하기는 매우 어려워. 한참 멀리 나가지 않는 이상 파리 근방에서 인적이 드문 곳을 찾는다는 게 거의 불가능한 일이라는 건 파리의 교외 생활에 익숙한 사람이라면 누구나 알고 있는 사실이야. 사람의 발길이 닿지 않는 곳은커녕, 잠시 혼자 있을 만한 곳을 찾기도 힘들지. 자연을 깊이 사랑하지만 도시의 먼지와 열기에 발이 묶인 사람이 있다고 치세. 그런 그가 주말도 아니고 주중에 근교로 나가 아름다운 자연 풍경 속에서 고독을 만끽하기로 했다고 치세. 결국은 그가 가는 곳마다 시끄러운 불량배와 취객이 나타나서 그의 환상을 깨부술 거라네. 울창한 숲속으로 몸을 피하려 해도 소용이 없지. 그런 곳은 지저분한 부랑자들의 은신처 — 타락한 자들의 성소聖所거든. 그는 마음의 상처를 안고 다시금 도시로 돌아가야 할 걸세. 파리는 적어도 그곳보다는 깨끗하고 참을 만하니까 말이야. 주중인데도 그 지경이라면 주말에는 어떻겠는가! 도시에서 더 이상 노동을 하지 않거나 범죄를 저지를 기회를 잃은 불한당들은 교외로 모여든다네. 농촌을 사랑해서가 아니라(그들은 속으로 농촌을 경멸하지) 사회적 제약과 관습에서 벗어나기 위해서야. 그가 원하는 건 신선한 공기와 푸르른 나무가 아니라 완전한 자유인 걸세. 길가의 여관이나 숲속에서 그는 유쾌한 동료들을 제외한 어느 누구의 시선에도 얽매이지 않고 자유와 럼주에 도취해 과도한 정신적 환희에 빠져든다네. 파리 근교의 그 어느 덤불숲에서든 문제의 물건들이 일주일 이상 방치된다는 건 거의 기적에 가까운 일이라고 나는 거듭 주장하네만, 냉정한 관찰자라면 누구나 그렇게 생각할 걸세.

범인이 진짜 사건 현장에서 다른 엉뚱한 곳으로 사람들의 관심을 돌리려고 그 물건들을 덤불숲에 가져다 놓았을지도 모른다는 의심에는 또 다른 근거가 있다네. 우선 그 물건들이 발견된 날짜에 주목해주게나. 그런 다음 내가 뽑은 다섯 번째 기사가 발행된 날짜를 보게나. 그러면 신문사에 제보가 쏟아져 들어온 직후에 그 물건들이 발견되었다는 걸 알게 될 걸세. 여러 사람이 쓴 것으로 보이지만 그 제보들은 모두 하나의 결론, 즉 범행을 저지른 것은 깡패들이며, 범행 장소는 룰 관문이라는 결론에 이르고 있어. 물론 그런 제보 때문에, 혹은 그것이 대중의 관심을 끌었기 때문에 비로소 그 물건들이 발견될 수 있었다고 말하려는 게 아니라네. 내가 정말 하고 싶은 말은, 그날 아이들이 숲에 들어가기 전까지는 그 물건들이 그곳에 존재하지 않았을지도 모른다는 것, 저 수상한 제보자들이 그날, 혹은 그 바로 전날에 그 물건들을 그곳에 가져다 놓았을지도 모른다는 것일세.

이 덤불숲은 매우 이상한 곳이라네. 그렇게 빽빽한

숲은 보기 드물지. 나무로 이루어진 성벽 안에 **등받이와 발 받침대**가 달린 의자처럼 보이는 세 개의 바위가 숨겨져 있어. 자연의 기교가 빚어낸 이 숲은 드뤼크 부인의 거처에서 **몇** 걸음 떨어져 있지 않다네. 그녀의 아이들은 숲에서 관목을 헤치며 사사프라스 나무껍질을 채집하곤 했지. 그 밀폐된 숲에, 혹은 자연의 왕좌에 놓여 있는 물건이 그런 아이들의 눈에 띄지 않고 **하루 이상** 방치되어 있었을 가능성은 없다고 단언한다면, 이길 수 없는 성급한 도박일까? 어린 시절을 보낸 적이 없거나, 자신의 어린 시절을 완전히 망각한 사람이 아니라면 누구든 그 도박에 뛰어들기를 주저하지 않을 걸세. 거듭 말하네만 그 물건들이 덤불숲에 하루나 이틀 이상 방치되어 있었다는 주장은 납득하기 어렵다네. 르솔레이의 무지한 단언과는 달리, 그 물건들은 생각보다 늦게 그 자리에 놓였을 가능성이 크다는 걸세.

그런데 그 물건들이 사후에 그 자리에 놓였다는 주장을 뒷받침할 만한 더 강력한 근거는 따로 있다네. 일단 그 물건들의 배치가 대단히 부자연스러웠다는 점에 주목해주게나. **위쪽** 바위에는 하얀색 외투가, **두 번째** 바위에는 실크 스카프가 걸려 있었지. 그 주변에는 양산과 장갑, 그리고 '마리 로제'라고 적힌 손수건이 놓여 있었어. 그다지 섬세하지 못한 인간이 그런 물건들을 자연스러워 보이게 배치하려고 애쓰다 보면 자연스럽게 그런 결과가 나타난다네. 그런데 그것은 사실 전혀 자연스럽지 못하지. 차라리 모든 것이 아무렇게나 짓밟힌 채로 땅바닥에 굴러다니고 있었다면 납득이 되었을 걸세. 그렇게 좁은 공간에서 격렬한 몸싸움이 벌어졌는데도 외투와 스카프가 바위 위에 반듯하게 걸려 있다는 건 말이 안 되거든. 르솔레이는 이렇게 썼지. '난잡하게 짓밟힌 땅바닥과 부서진 나뭇가지들은 몸싸움의 흔적처럼 보였다.' 하지만 외투와 스카프는 마치 선반 위에 정리된 것처럼 깨끗하게 보존되어 있었네. '가시에 걸려 외투에서 뜯겨 나간 천 조각들은 너비가 3인치 길이가 6인치쯤 되었다. 그중 하나는 외투 밑단에서 뜯겨 나간 것이었는데, 수선한 흔적이 남아 있었다. 얼핏 보기에 우연히 뜯겨 나간 것 같았다.' 여기서 르솔레이는 무심코 대단히 의미심장한 말을 했다네. 천 조각은 그들의 말처럼 '얼핏 보기에 우연히 뜯겨 나간 것 같지만' 사실은 손으로 직접 뜯어낸 걸세. 가시 때문에 옷에서 천 조각이 '뜯겨 나간다'는 건 불가능에 가깝거든. 그런 재질의 옷에 가시가 걸리면 직각으로 찢어지지. 길게 갈라진 두 부분은 가시가 걸려 들어간 지점에서 직각으로 만난다네. 하지만 아예 천조각이 '뜯겨 나간다'는 건 상상하기 어려워. 나는 그런 걸 본 적이 없고, 자네도 그럴 걸세. 그런 식으로 천조각을 완전히 뜯어내려면, 서로 다른 방향으로 작용하는 두 개의 힘이 필요하다네. 모서리가 양쪽으로 나 있는 의류(예를 들자면, 손수건)의 경우, 오로지 그런 경우에만 한 방향의 힘으로 천 조각을 뜯어낼 수 있지. 하지만 여기서 문제가 되는 옷은 모서리가 한쪽으로만 나 있어. 순전히 가시의 힘만으로 외투의 끝부분이 아닌 윗부분에서 천 조각이 뜯겨 나간다는 건 그야말로 기적에 가까운 일이라네. 게다가 하나의 가시로는 절대 그렇게 될 수 없지. 끝부분에서 천 조각을 뜯어내려고 해도 두 개의 가시가 필요한데, 가시 하나가 두 방향으로, 나머지 하나는 다른 방향으로 작용해야 한다네. 그나마도 밑단이 접혀 있지 않았을 때 얘기고, 밑단이 접혀 있다면 더 생각할 여지도 없지. 순전히 '가시'의 힘만으로 천 조각이 '뜯겨 나간다'는 게 이토록 어려운 일이라는 걸세. 그런데 한 조각도 아니고 여러 조각이 뜯겨 나갔다고? 그중 한 조각은 **외투의 수선된 끝단에**서, 다른 하나는 **끝부분도 아니고 윗부분에서 뜯겨**나갔다고? 미치지 않고서야 어떻게 그걸 믿을 수 있겠는가? 하지만 이 모든 것보다도 더 의심스러운 건, 시체를 처리할 정도의 조심성을 발휘한 **살인자들이** 그 물건들은 덤불숲에 그냥 두고 갔다는 사실일세. 혹시 자네가 오해할지도 몰라서 밝혀 두지만, 나는 이 덤불숲이 살해 장소가 **아니라는** 주장을 펼칠 생각은 없다네. 이곳에서 살인이 일어났을 가능성은 얼마든지 있어. 드뤼크 부인의 여관에서 일어났을 가능성 또한 무시할 수 없지. 하지만 이건 그다지 중요한 문제가 아니야. 우리의 임무는 사건 현장을 체포하는 게 아니라 범인을 체포하는 거니까 말일세. 설명이 꽤나 길어지긴 했지만, 결국 그 첫 번째 목표는 르솔레이의 무모하고 성급한 주장의 결점을 포착하는 것이었고, 그보다 더 중요한 두 번째 목표는 이것이 **깽패들의** 소행이 아닐지도 모른다는 의혹을 자연스럽게 제기하는 것이었다네.

시체 검시를 맡은 외과 의사의 구역질 날 정도로 구체적인 설명을 보게나. 파리의 명망 높은 해부학자들은 불한당들의 머릿수에 관한 그의 공식적 **소견을** 부정확하고 비논리적이라며 조롱하고 있는 형편이라네. 문제는 그런 소견을 냈다는 사실 자체가 아니라, 그 소견에 근거가 부족하다는 점일세. 얼마든지 다른 방향으로 생각할 수 있었을 텐데 말이야.

'몸싸움의 흔적'에 관해서도 생각해 봐야 한다네. 사람들은 이 흔적이 깡패의 존재를 증명한다고 믿고 있어. 하지만 그것이 증명하는 건 오히려 깡패의 부재가 아닐까? 무방비 상태의 연약한 아가씨와 난폭한 **깡패들** 사이에서 **몸싸움**이, 그것도 사방에 '흔적'을 남길 정도로 길고 격한 몸싸움이 벌어졌다는 게 말이 된다고 생각하나? 몇 사람이 조용히 팔을 뻗는 것만으로도 상황은 종료되었을 걸세. 그들은 희생자를 자기들 마음대로 할 수 있었을 거라는 말이네. 덤불숲이 실제 사건 현장이라는 주장을 내세우려면, 그 사건에 가담한 것이 **한 사람 이상**이라는 주장은 포기해야 하는 셈이야. 범인이 **한 사람**인 경우, 오로지 그런 경우에만 그와 같은 '흔적'이 남을 만큼 격하고 힘든 몸싸움이 벌어질 수 있다는 말일세.

조금 전에도 말했지만, 그 물건들이 덤불숲에 **그대로** 남아 있었다는 건 상당히 의아한 대목이라네. 그런 증거를 깜빡 잊고 그냥 갔을 리가 없거든. 시체를 처리할 경황은 있었으면서(그랬던 것으로 보인다네), 시체보다 더 치명적인 증거(시체는 빠르게 부패해서 신원 파악이 어려워지지만, 숲에 남은 손수건에는 사망자의 이름이 적혀 있지 않았는가)를 현장에 두고 간다는 건 말이 안 되지. 설령 그것이 실수라고 해도, 결코 깡패들의 실수는 아니라네. 혼자서 범행을 저질렀을 때 이런 실수가 벌어지지. 잘 생각해보게나. 누가 혼자서 사람을 죽였다고 치세. 그는 죽은 자의 유령과 단둘이 남게 된다네. 자기 앞에서 서서히 굳어 가는 시체를 보면 온몸이 파르르 떨리기 시작하지. 조금 전까지 그를 사로잡았던 분노는 흔적도 없이 사라지고, 자기가 저지른 짓에 대한 공포감만이 가슴을 움켜쥔다네. 곁에 공범이 함께 있다면 어느 정도 대담해질 수 있지만, 그의 곁에 있는 건 오로지 죽은 사람뿐일세. 그는 공포에 질려서 아무것도 할 수 없다네. 그래도 시체는 어떻게든 처리해야 하지. 그는 시체를 끌고 강으로 간다네. 하지만 다른 증거는 그냥 두고 갈 수밖에 없어. 모든 짐을 한꺼번에 옮기는 것보다는 일단 시체를 처리하고 다시 돌아오는 편이 나으니까. 그런데 강으로 시체를 옮기는 동안 그의 공포감은 몇 배로 커지지. 온갖 이상한 소리가 그의 길을 가득 메운다네. 사람의 발자국소리 같은 게 멈추지 않고 들려온다네. 멀리 도시에서 반짝이는 희미한 빛마저도 그를 얼어붙게 만들지. 그는 끔찍한 고통 때문에 몇 번이나 발걸음을 멈춰 가면서도 이내 강둑에 도착한다네. 그리고 아마도 보트를 이용해서 그 무시무시한 짐을 강에 던질 걸세. 하지만 이제는 억만금을 준다고 해도, 무슨 벌을 받게 된다고 해도 저 끔찍하고 공포스러운 길을 되짚어서 그 소름 돋는 물건들이 있는 숲으로 돌아갈 수는 없다네. 그는 돌아가지 않는다네. 나중에 무슨 일이 일어난다고 하더라도 돌아가지 않을 걸세. 아니, 돌아갈 수 없어. 그의 머릿속에는 최대한 빨리 이 상황에서 벗어나야겠다는 생각밖에 없거든. 그는 그 끔찍한 숲에서 영원히 등을 돌리고, 그를 쫓아오는 듯한 악령으로부터 도망칠 걸세.

그렇다면 깡패들의 경우는 어떨까? 머릿수가 많을수록 인간은 대담해지는 법이라네. 평소에는 대담함이라고는 전혀 없는 사람이라도, 그리고 온통 그런 사람들만 모여 있다고 하더라도, 일단 머릿수가 많으면 대담해지지. 한 사람의 정신을 마비시킬 만한 놀랍고 터무니없는

공포조차도 여러 사람을 한꺼번에 무너뜨리지는 못한
다네. 한두 사람, 혹은 세 사람이 실수를 저지르더라도,
네 번째 사람은 반드시 이 실수를 바로잡지. 그들은
현장에 아무것도 남겨 두지 않았을 걸세. 그만한 인원이
라면 한꺼번에 모든 것을 다 옮길 수 있을 테니까.

애초에 다시 돌아올 필요조차 없겠지.

이제 시체가 처음 발견되었을 때의 모습을 다시 생각해봄세. '외투는 밑자락에서부터 허리까지 1피트 폭으로 찢겨 올라갔지만, 완전히 뜯겨 나가지는 않았다. 찢겨 올라간 부분이 허리를 세 바퀴 감쌌고, 그 매듭은 등 쪽에 있었다.' 아무리 봐도 이것은 시체를 옮길 목적으로 만든 손잡이라네. 그런데 범인이 여러 사람이었다면 과연 그런 수고를 들일 필요가 있었을까? 서너 사람이 팔다리를 하나씩만 맡아도 충분했을 걸세. 그보다 더 좋은 방법은 없었겠지. 그 손잡이는 혼자서 시체를 옮기기 위해 만든 장치라네. 여기서 우리는 자연스레 다음과 같은 사실을 떠올리게 된다네. '덤불숲과 강 사이에 놓인 울타리는 무너져 있었고, 바닥에는 무거운 짐을 끌고 지나간 흔적이 남아 있었다.' 범인이 여러 사람이었다면 과연 울타리를 무너뜨리고 그 사이로 시체를 끌고 지나가는 번거로운 짓을 했을까? 시체를 울타리 위로 들어 올릴 수도 있었을 텐데? 애초에 범인이 여러 사람이었다면 시체를 바닥에 질질 끌어서 불필요한 흔적을 남겼을까?

앞서 언급한 바 있는 르코메르시엘의 주장을 여기서

다시 살펴보도록 하지. 그들은 이렇게 썼다네. '이 불행한 아가씨의 외투에서 뜯어낸 천조각이 그녀의 뒤통수를 감고 턱 밑에 묶여 있었다. 소리를 지르지 못하게 하려고 입을 틀어막은 것으로 보인다. 이것은 손수건을 갖고 있지 않은 자들의 소행인 듯하다.'

전에도 말했다시피 요즘 손수건 없는 불량배는 불량배로 쳐주지도 않는다네. 하지만 중요한 사실은 그게 아닐세. 르코메르시엘의 상상처럼 입을 막으려 하는데 손수건이 없어서 옷을 찢어 묶은 게 아니라는 사실은 덤불숲에 손수건이 있었다는 사실만으로 충분히 증명된다네. 그리고 그저 '입을 틀어막는 것'이 목적이었다면 굳이 그런 식으로 옷을 묶을 필요가 없었을 걸세. 경찰의 증거 자료는 문제의 천 조각이 '목 주위에 느슨하게 걸쳐져 있으며, 매듭은 단단했다'고 말해주고 있다네. 이 역시 대단히 모호한 표현이긴 하지만, 르코메르시엘의 주장과는 본질적으로 다르지. 그 천 조각은 너비가 18인치에 달했어. 모슬린이라도 세로로 길게 접거나 구기면 꽤나 단단한 끈이 된다네. 실제로 천 조각은 그렇게 구겨진 채로 발견되었지. 내 생각은 이렇다네. 이 단독범은 시체의 허리 부분에 만든 **매듭**을 손잡이 삼아서 (덤불숲에서부터, 혹은 어딘가 다른 곳에서부터) 얼마쯤 시체를 들어 옮겼지만, 그런 식으로는 너무 무거워서 시체를 강둑까지 옮길 수 없다고 판단했을 걸세. 결국 그는 시체를 끌고 가기로 했다네 (시체가 **끌려갔다**는 사실은 이미 증거로 남아 있지). 그러려면 밧줄 같은 것을 시체의 한쪽 끝에 매달아야 하는데, 제일 좋은 건 목에 매다는 걸세. 머리통 덕분에 밧줄이 안 빠지거든. 그 순간 살인범은 허리에 묶어 놓은 천 조각을 떠올렸을 걸세. 그것이 허리에 여러 차례 감겨서 **매듭**으로 묶여 있지만 않았더라도 그는 이 천 조각을 사용했을지도 몰라. 그 천 조각은 아직 옷에서 '뜯겨 나가지' 않은 상태였으니, 차라리 외투에서 천 조각 하나를 새로 뜯어내는 편이 쉬웠을 거야. 결국 그는 천 조각을 새로 뜯어내서 시체의 목에 감고, 그것을 강둑까지 **끌고** 갔다네. 사실 이런 식으로 천조각을 '묶는' 건 힘들고 시간도 오래 걸릴뿐더러 원하는 목적에도 **딱히** 부합하지 않아. 이것은 손수건이 없는 상황에서, 즉 덤불숲(덤불숲이 사건 현장이라면)을 벗어나 강둑으로 향하는 길에서 벌어진 일이 틀림없다네.

어쩌면 자네는 드뤼크 부인의 진술(!)이 사건 발생

시각이나 그 무렵 덤불숲 근처에 깡패들이 있었음을 증명해주고 있지 않으냐고 반문할지도 모르네. 그건 맞는 말일세. 나 역시 드뤼크 부인이 말했던 대로 사건 발생 시각이나 그 무렵 룰 관문 근처에 깡패가 여럿 있었을 거로 생각하고 있어. 사실 드뤼크 부인의 의심스럽고 때늦은 증언 때문에 깡패들이 대중의 분노를 사고 있지만, 정작 그들이 저지른 일이라고는 정직하고 선량한 노부인이 내놓은 케이크와 브랜디를 돈도 내지 않고 먹은 게 전부라네. **분노의 원인은 거기에 있는 게 아닌가?**

드뤼크 부인의 진술이 정확히 뭐였지? '두 사람이 떠난 직후에 악랄한 깡패들이 나타나서 돈도 내지 않고 소란을 피우며 먹고 마시다가, 두 남녀가 향한 길로 몰려가서 해 질 무렵에야 여관 쪽으로 돌아오더니, 서둘러서 강을 건넜다.'

드뤼크 부인은 케이크와 맥주가 순식간에 사라져 버렸다는 사실에 허탈해하면서도, 혹시 깡패들이 돌아와 계산하고 갈지도 모른다는 일말의 희망을 놓지 않았을 걸세. 그런 그녀에게는 그들이 아주 서두르는 것처럼 보였겠지. 그게 아니라면 해 질 무렵에 서두르는 게 그녀의 관심을 끌 리가 없지 않은가? 아무리 깡패라고 해도 서둘러 집에 돌아가고 싶을 때가 있는 법이라네. 더군다나 작은 보트로 커다란 강을 건너야 하는데 날씨가 나빠지고 밤이 가까워지고 있다면 더욱 그렇겠지.

지금 나는 가까워지고 있다고 말했네. 그때는 아직 밤이 아니었거든. 이 '악당들'의 야속한 서두름이 드뤼크 부인의 마음을 쓰리게 만든 건 해 질 무렵이었다네. 하지만 드뤼크 부인과 큰아들이 '여관 근처에서 여자 비명소리를 들은 건' 그날 밤이었어. 비명소리가 들린 시간을 드뤼크 부인은 정확히 뭐라고 표현했지? 바로 '해가 진 직후'일세. 아무리 직후라고 해도 밤이었다는 뜻이라네. 반면 '해 질 무렵'이라는 건 낮에 가깝지. 드뤼크 부인이 비명을 듣기 이전에 깡패들이 룰 관문을 떠났다는 건 명백하다네. 증거를 다룬 모든 매체가 이처럼 시간을 분명하게 구분해서 기록하고 있지만, 기자나 국장의 미르미돈 중 누구도 그 중대한 차이에 주목하지 않았어.

살인을 저지른 게 깡패가 아니라는 증거가 하나 더 있다네. 그런데 적어도 내가 보기에는 이 하나의 증거가 다른 무엇보다 더 강한 설득력을 갖고 있어.

커다란 현상금과 완전한 사면까지 약속된 상황에서 비열한 깡패 중 어느 한 사람도 지금껏 동료들을 배신하지 않았다는 건 도저히 있을 수 없는 일이라네. 이런 상황에 놓인 사람에게는 현상금이나 사면에 대한 욕심보다는 배신당할지도 모른다는 두려움이 더욱 크게 작용하지. 그는 배신당하지 않기 위해서 누구보다 재빠르게 배신한다네. 아직 아무것도 밝혀지지 않았다는 건 그것이 완전한 비밀이라는 증거일세. 이 사악한 범행의 진상을 알고 있는 것은 오로지 한 사람, 그리고 하느님뿐이라는 뜻이야.

지금까지의 기나긴 분석을 통해 우리는 얼마 안 되지만 분명한 결실을 얻었다네. 우선 우리는 사망자의 연인, 혹은 그녀의 비밀스러운 친구가 드뤼크 부인의 여관이나 룰 관문의 덤불숲에서 끔찍한 일을 저질렀다는 사실을 알게 되었네. 그 친구의 얼굴은 검게 그을려 있었지. 이렇게 검게 탄 피부와 천 조각의 결속 방식, 그리고 보닛 턱 끈을 묶은 선원식 매듭으로 판단컨대 그는 뱃사람이 확실하다네. 그리고 죽은 아가씨는 조금 문란할지언정 결코 신분이 낮은 남자와는 어울리지 않았지. 그는 일반 선원이 아니라는 뜻이야. 신문사에

접수된 제보가 매우 급박하면서도 정돈된 문장으로 작성되었다는 점 역시 의미심장하다네. 이 뱃사람은 르메르퀴리가 지목했던 '해군 장교'일 가능성이 매우 크다네. 저 불행한 아가씨를 첫 번째 도피에 끌어들여 타락시키려 했던 바로 그 남자 말일세.

그렇다면 도대체 이 새까만 남자는 어디로 사라졌느냐 하는 문제가 남는다네. 이 남자의 얼굴이 어둡고 가무잡잡하다는 점은 주목할 가치가 있어. 그는 틀림없이 보통 사람보다 훨씬 검게 그은 피부를 갖고 있을 걸세. 발랑스와 드뤼크 부인 역시 그의 얼굴이 매우 검다는 점 이외에는 아무것도 기억하지 못할 정도였으니까. 그런데 어째서 이 남자는 사라진 걸까? 깡패들에게 살해당했을까? 그렇다면 어째서 여자의 흔적밖에 남지 않았을까? 두 사람이 살해당했다면 똑같은 흔적이 두 개 남아야 한다네. 그의 시체는 어디 있는 걸까? 범인들은 두 시체를 똑같은 방식으로 처리했을 텐데 말이야. 이 남자가 살아 있을 가능성은 얼마든지 있어. 살인범으로 몰릴까 봐 두려워 몸을 숨기고 있는지도 모르지. 그가 마리와 함께 있었다는 사실이 세간에 알려진 지금과 같은 상황이라면 충분히 그럴 만도 하다네. 하지만 사건이 벌어진 당시로서는 그럴 이유가 전혀 없었어. 그가 정말 선량한 사람이었다면 제일 먼저 나서 증언하고 범인 검거를 도왔을 걸세. **생각**이라는 게 있는 사람이라면 그렇게 했을 거야. 그가 그녀와 함께 있는 모습은 여러 사람에게 노출되었다네. 함께 보트를 타고 넓은 강을 건너기까지 했지. 진범을 고발하는 것이 자신의 결백을 증명하는 유일하면서도 가장 확실한 방법이라는 건 백치라고 해도 모를 리 없을 걸세. 참사가 벌어진 일요일 밤에 그가 아무런 범행을 저지르지 않았다거나 범행과 관련해서 아무것도 알지 못했다는 건 아무리 생각해도 말이 안 된다네. 그런데 그 두 가지 경우가 아니라면(그리고 죽은 게 아니라면) 지금처럼 몸을 감추고 아무런 증언도 하지 않을 이유가 없지.

이제 어떤 방법으로 진실에 다가갈까? 우리가 앞으로 나아갈수록 진실은 더 커지고 선명해질 걸세. 우선 첫 번째 도피의 진상을 파헤쳐야 한다네. 그리고 '그 장교'가 어떤 사람인지, 현재 뭘 하고 있는지, 그리고 사건 발생 시각에 어디에 있었는지 조사해야 한다네. **깡패**들에게 죄를 뒤집어씌우려고 석간신문에 보낸 제보를 서로 비교해봐야 한다네. 그러고 나서 이 제보의 문체와 필적을 그 전날 므녜를 고발하려고 조간신문에 보낸 제보들과도 비교해봐야 한다네. 마지막으로 이 모든 제보를 그 장교의 필적과 비교해봐야 한다네. 드뤼크 부인과 그녀의 아들, 그리고 마부 발랑스에게 그 '얼굴이 그을린 남자'의 생김새와 행동에 관해 거듭 질문해야 한다네. 적절한 질문을 던지다 보면 그들에게서 그 부분에 관한(혹은 다른 부분에 관한) 정보를 —그들 자신도 미처 의식하지 못했던 정보를 얻을 수 있을 걸세. 그다음에는 6월 23일 월요일 아침에 선원이 발견한 보트를 찾아야 한다네. 시체가 발견되기 얼마 전에 키만 빼고 감쪽같이 사라진 바로 그 **보트** 말이야. 인내심을 갖고 집중해서 조사하다 보면 반드시 찾을 수 있을 걸세. 처음 보트를 발견한 선원이 그 보트의 특징을 잘 알고 있을 뿐만 아니라 키까지 갖고 있으니까. 켕길 게 없는 사람이라면 키가 어디 있는지 물어보지도 않고 **보트만** 가져갔을 리가 없지. 거기다가 의문점이 하나 더 있어. 아무도 이 보트가 선박 사무소에 보관되어 있다는 광고를 낸 적이 없는데, 누군가 조용히 사무소로 찾아와서 슬그머니 보트를 가져갔다는 걸세.

보트의 주인(혹은 소유자)은 월요일에 보트가 그곳으로 옮겨졌다는 사실을 **어떻게** 다음 날 아침에 바로 알 수 있었던 걸까? 선박과 관련된 문제라면 사소한 것까지 모두 파악할 수 있는 해군 관계자가 아닌 이상에야 도저히 불가능한 일이지.

혼자서 짐을 끌고 강가에 도착한 그가 **보트**를 이용했을 거라는 이야기는 조금 전에도 했지. 마리 로제는 보트 위에서 **던져졌을** 거라네. 그게 가장 자연스러운 방법이니까. 수심이 얕은 강가에 시체를 버리기는 불안했을 걸세. 시체의 어깨와 등에 남은 이상한 자국은 보트 바닥의 늑골에 찍혀서 생긴 거겠지. 무게추가 발견되지 않았다는 점도 시체가 배에서 던져졌다는 사실을 증명해준다네. 강가에서 시체를 던졌다면 반드시 무게추를 매달았을 걸세. 배를 띄울 때 무게추를 깜빡 잊고 챙기지 못했다고밖에 생각할 수 없어. 강에 시체를 빠뜨리려 할 때야 실수를 깨달았겠지만, 돌이키기에는 이미 너무 늦었겠지. 무슨 일이 있어도 저 빌어먹을 강둑으로는 돌아가고 싶지 않았을 걸세. 그 소름 돋는 짐짝을 제거하자마자 서둘러 도시로 도망쳐 버렸을 거야. 그는 어느 외딴 부두에 배를 대고 하선했을 거라네. 그렇다면 배는 어떻게 했을까? 배를 묶어 둘 겨를조차 없었겠지. 게다가 그는 부두에 배를 남겨 두면 그것이 자신에게 불리한 증거로 작용하리라고 생각했을 걸세. 범죄와 관련된 것이라면 무엇이든 눈앞에서 멀리 치워버리고 싶었을 거야. 그는 일 초라도 부두에 더 있고 싶지 않았을 거고, 보트를 그 자리에 남겨 두고 싶지도 않았을 거라네. 그는 보트를 강물에 떠내려 보냈겠지. 그 이후의 일도 상상해보겠네. 그는 아침에 그가 제집처럼 드나드는 곳(어쩌면 직업상의 이유로 자주 방문해야 했던 곳)에다 누군가 자신의 보트를 가져다 놓은 걸 보고는 말로 표현할 수 없는 공포를 느꼈을 걸세. 그리고 밤이 되기를 기다렸다가 키가 어디 있는지 묻지도 않고 보트를 치워버렸을 거야. 그 키 없는 보트는 지금 어디에 있을까? 우리의 첫 번째 임무는 그 보트를 찾는 거라네. 그 첫 번째 임무를 달성하는 순간, 성공의 여명이 우리의 앞길을 밝혀 줄 걸세. 이 보트는 믿기 어려울 만큼 빠른 속도로 우리를 그 사람에게 — 저 무시무시한 일요일 밤에 그것을 사용했던 바로 그 사람에게 데려다줄 거라네. 진실은 또 다른 진실을 밝혀 줄 것이며, 결국은 살인범의

포와 란포
....
288

정체까지 밝혀줄 거라네."

[여기에 밝히기는 어렵지만 독자 여러분이 충분히 짐작할 만한 몇 가지 이유로 인해, 우리는 뒤팽이 사소한 실마리를 추적해 나가는 부분을 원고에서 빼기로 했다. 여기서는 그저 뒤팽이 성공적으로 사건을 해결했으며, 국장은 다소 마뜩잖아하면서도 뒤팽과의 계약을 제대로 이행했다는 사실을 밝히는 것만으로 충분할 듯하다. 포 씨의 원고는 다음과 같은 사설로 마무리되고 있다. ― 편집자 일동.][65]

내가 이야기한 것은 그저 우연이지 그 이상은 아니라는 점을 이해해주길 바란다. 이 문제에 관해서는 이미 앞에서 충분한 설명을 했다고 생각한다. 내 사전에 초자연적 현상이라는 건 존재하지 않는다. 생각이 있는 사람이라면 자연과 신이 별개라는 사실을 부정하지 않을 것이다. 신이 자연을 만들었으며, 원한다면 언제든 자연을 통제하고 수정할 수 있다는 사실 역시 명백하

65.　[원주] 이 소설을 처음 발표한 잡지의 편집자들.

다. 나는 방금 '원한다면'이라고 했다. 간혹 정신 나간 작자들이 생각하는 것과는 달리, 그것은 의지의 문제이지 능력의 문제가 아니라는 뜻이다. 신에게는 그의 법칙을 수정할 **능력**이 없다고 생각하는 사람도 있지만, 그런 수정이 필요하다고 생각하는 것 자체가 신에 대한 모욕이다. 신의 법칙은 미래에 벌어질 우연까지 전부 포용한다. 신에게는 모든 순간이 **현재**인 것이다.

거듭 말하지만 이 모든 것은 우연에 지나지 않는다. 현재까지 알려진 불행한 메리 세실리아 로저스의 운명, 그리고 특정한 시점까지의 마리 로제의 운명은 이성을 교란시킬 정도로 놀라운 평행선을 그리는 것처럼 보일 것이다. 그게 그렇게 보일 거라는 사실은 나도 알고 있다. 하지만 특정한 기간 동안 마리 로제에게 벌어진 안타까운 사건을 이야기하는 과정에서, 그리고 그 불가사의를 **마지막**까지 추적하는 과정에서, 내가 그 평행선을 연장하려 한다거나, 파리에서 마리의 살인범을 찾는 데 적용된 방법, 혹은 그와 유사한 추리를 기반으로 한 방법이 이번에도 그와 유사한 결과를 가져올 수 있다는 암시를 하려 한다고 생각하지는 말기 바란다.

두 번째 문제와 관련해서는, 가장 사소한 차이가

두 사건의 양상을 완전히 바꿔서 더없이 치명적인 오류를 야기한다는 점을 명심할 필요가 있다. 수학에서도, 거의 눈에 띄지 않는 작은 오차 하나가 몇 차례의 곱셈을 거치다 보면 진실에서 멀리 떨어진 결과를 야기하는 경우를 종종 볼 수 있다. 첫 번째 문제와 관련해서는, 확률 계산이 평행선의 연장을 불허한다는 사실 — 이미 길고 정확한 평행선이 그려진 경우라면 더욱 강력하고 단호하게 불허한다는 사실을 명심해야 한다. 이것은 수학적인 것과는 거리가 멀어 보이지만, 사실은 오로지 수학자만이 완전히 이해할 수 있는 기이한 문제다. 예컨대, 누군가 주사위를 던져 연속으로 두 번이나 6이 나왔다면, 그 다음번에는 6이 나오지 않을 거라는 데 판돈을 모두 걸어도 좋다는 사실을 평범한 독자에게 납득시키기란 어려운 일이다. 이런 주장은 대체로 단박에 거부당한다. 이미 완전히 과거가 되어 버린 두 개의 주사위 눈금이, 미래에 던져질 주사위 눈금에 영향을 준다고는 생각하기 어렵다. 6이 나올 가능성은 언제나 동일하다 — 그 가능성은 오로지 주사위에 새겨진 나머지 눈금의 개수에 따라 결정될 뿐이다. 이와 같은 지극히 당연한 사실을 부정하는 사람은 진지한 관심을 받기보다는 비웃음만 살 가능성이 크다. 거의 해악에 가까운 그런 오류에 관해서는 더 이야기하기 힘들 것 같다. 하지만 지혜로운 사람들에게는 굳이 그런 이야기를 할 필요도 없다고 생각한다. 여기서는 그저 그것이 세부 속에서 진실을 찾으려는 경향 때문에 생겨나는 무수한 오류 중 하나라고 밝히는 것만으로도 충분할 것 같다.

바나비 러지에 관하여

그런 제안은 이론상으로는 훌륭하지만 현실에는 맞지 않는다고 말하는 사람들이 있다. 머리가 텅 빈 인간들은 우아하게 윗입술을 말아 올리며 그런 식으로 비평을 비웃곤 한다. 이 초라한 천재들 — 문학계의 박새들은 오로지 **결과**만으로 모든 것을 판단할 수 있다고 믿으며, 자신들의 기준이 세상에서 가장 확실하고 명료하며 완전무결하다고 자부한다. 그들은 작품의 가치를 가늠할 수 있는 가장 정확한 잣대가 판매량이라고 주장한다. "그 책은 잘 팔리는가?" 그들에게 이것은 작품의 가치를 논의하는 데 있어서 가장 중요한 질문이다. 지난 500일간 『런던 어슈어런스』[66]라는 작품을 통해 더욱 확고해진 그 견해에 반박하는 것은 "눈은 검은색이다."라는 아낙 사고라스의 **격언**[67]을 저들에게 납득시키는 일만큼이나 어려워 보인다. "비평적 규범이라는 게 도대체 우리에게, 그리고 사람들에게 무슨 의미가 있는가?" 그들은 외친다. "그런 걸 철저하게 지킨다고 해서 반드시 좋은 작품이 나오는 건 아니다." — 현재로서는 여기에 토를 달지 않겠다. "결과를 가져오라." 그들이 호통을 친다. "우리는 상식을 갖춘 반듯한 사람들이다. 우리는 공상보다는 증거를 — 이론보다는 실천을 선호한다."

하지만 이 순진한 박새들은 실수를 저지르고 있다. 그들은 실천을 찬양하고 이론을 혐오하면서 그 둘을 억지로 분리하고 있다. 어린 시절에 잘못된 교육을 받은 그들은 이론과 실천이 하나라는 사실, 전자는 후자를 함의하거나 내포하고 있다는 사실을 아직까지도 배우지 못한 것이다. 좋은 이론은 현실에서도 효력을

---

66. 영국 극작가 디온 부시콜트(1820~1890)의 출세작. 그의 작품은 대부분 통속극이다.

67. 고대 그리스 철학자 아낙사고라스(BC 500?~428)는 인간의 지각 능력의 한계를 지적하며 우리에게 흰색으로 보이는 눈이 실제로는 검은색에 가깝다고 말한다.

발휘한다. 실행 단계에서 실패했다는 건 그것이 애초에 부실한 이론이었다는 뜻이다. 그들이 습관적으로 내뱉는 말 — 이러이러한 것은 이론상으로는 훌륭하지만 현실에는 맞지 않는다는 말은 췌언이자 역설이며 자가당착, 쉽게 말하면 거짓말이다. 박새보다 머리가 커다란 동물에게는 눈에 빤히 보이는 그런 거짓말 말이다.

하지만 여기서 이 박새들의 주장을 지나치게 엄중히 따질 생각은 없다. **귀류법** 같은 잔인한 무기로 그들을 괴롭힌다거나, 판매량이 작품의 가치를 가늠하는 척도라면 뉴턴의 『프린키피아』가 호일의 『게임북』보다 못하냐는, 『어니스트 멀트레이버스』가 『거인을 죽인 잭』이나 『잭 셰퍼드』 혹은 『잭 브래그』보다 못하냐는, 딕의 『기독교 사상가』가 『샬롯 템플』이나 『그라몽 백작의 기억』혹은 그 밖에 이름도 기억나지 않는 수많은 작품보다 못하냐는 곤란한 질문[68]을 던질 생각은 없다는 뜻이다. 지금은 그저 어떤 책 한 권에 관해서 이야기하고자 한다. 이 책은 박새들이 무시하지 못할 정도로 많은 사람에게 읽혔지만, 한편으로는 그들이 그토록 좋아하

---

68. 비교한 두 작품 중 전자는 인간 지성의 발전에 공헌한 작품, 후자는 많이 팔린 대중적 작품이다.

는 현실적 증거, 즉 그들의 교리가 틀렸다는 사실에 대한 현실적 증거를 제시해주고 있기 때문이다. 그 교리란 다름이 아니라 어떠한 문학 작품도 비평적 기준과 대중적 기준을 동시에 만족시킬 수는 없으며, 소수의 독자가 아닌 폭넓은 대중을 사로잡기 위해서는 비평적 규칙을 무시하거나 위반할 필요가 있다는 것이다. 우선 손에 잡히는 대로 살펴보더라도(지금으로서는 체계적인 분석을 할 만한 여유가 없으므로) 『바나비 러지』의 대중적 성공은 그 작품의 가치에 대한 척도가 아니라 비평적 명제를 완벽하게 소화해서 실천한 필연적 결과라는 사실이 증명되겠지만, 사실 그것은 이미 골드스미스의 『웨이크필드의 목사』[69]나 디포의 『로빈슨 크루소』를 통해서 아주 오래전에 증명되었다. 그걸 모르고 있는 건 오로지 저 박새들뿐이다.

그렇다고 여기서 『바나비 러지』를 향한 찬사를 잔뜩 늘어놓을 생각은 없다. 어쩌면 이 글은 그것과는 완전히

---

69. 영국 기독교 작가 올리버 골드스미스(1728~1774)의 대표 소설. 기독교 문학사에서 중요한 위치를 차지하고 있다. 괴테에게 영향을 끼쳤다고 알려져 있으며, 대중적으로도 큰 성공을 거두었다.

상반된 목적으로 쓰인 것처럼 보일지도 모른다. 보칼리니[70]의 『파르나소스로부터 온 편지』에서 어느 비평가는 아폴로를 앞에 두고 그의 훌륭한 시를 신랄하게 비판한다. 아폴로는 그에게 장점도 좀 말해달라고 요구한다. 비평가는 자신은 오로지 단점만을 다룬다고 대답한다. 아폴로는 그에게 겨가 섞인 밀 한 더미를 주며, 밀에서 겨나 골라내라고 말한다. 과연 아폴로의 처사가 현명했다고 말할 수 있을까? 비평의 의무는 종종 잘못 이해되어왔다. 작품의 탁월함은 분명하고 정확하게 배치될수록 더욱 명백해진다. 탁월함이 마땅한 방식으로 존재하고 있다면 그에 대한 설명은 전혀 필요 없다. 설명해야 이해할 수 있다면 그건 탁월함이 아니다. 어떤 작품의 아름다움을 콕 집어서 설명한다는 건 그 아름다움이 그리 대단하지 않다고 인정하는 것과 마찬가지다. 자기 존재를 스스로 드러내는 게 탁월함의 성질이라면, 비평가가 할 일은 그 탁월함이 언제, 어디서, 어떻게 자기 존재를 드러내는 데 실패하는지를 포착하는 것뿐이다. 어떤 작품에서 아름다움이 적합한 방식으로 배치되어

70.   트라야노 보칼리니(1556~1613). 이탈리아 풍자문학가.

있지 않다면, 그것은 그 작품의 결함이라고 할 수 있을 것이다. 이 문제를 둘러싼 온갖 한심한 위선을 제쳐 두고, 우리는 다음과 같은 결론을 내리고자 한다. 어떤 작품의 탁월함을 다루고자 할 때 비평가가 할 수 있는 일은 그 작품의 결점을 솔직하게 지적하는 게 전부라는 것이다. 완벽한 것이 무엇인지 설명하는 가장 좋은 방법은 완벽하지 않은 것이 무엇인지 보여주는 게 아니 겠는가?

『바나비 러지』의 줄거리는 다음과 같다. 100년 전 영국, 제프리 헤어데일과 존 체스터는 같은 학교를 다녔다 — 헤어데일은 체스터의 뒤치다꺼리와 심부름을 했다. 오랫동안 얼굴을 보며 지내던 두 사람은 졸업한 뒤에 친구가 된다. 헤어데일은 사랑에 빠진다. 체스터가 헤어데일의 여자를 빼앗는다. 헤어데일은 체스터를 마음속 깊이 증오한다. 체스터는 헤어데일을 경멸하며 피해 다닌다. 두 사람은 서로 완전히 다른 길을 거쳐서 어른이 된다. 헤어데일은 옛사랑을 잊지 못하고 체스터를 원망하며 가난한 독신 생활을 한다. 방탕하게 살던 체스터는 어느 집시 여자를 유혹해서 농락하다가 냉정하게 버리는데, 그녀는 그에게 버림받은 뒤에 아들을 낳고 나쁜 길에 들어서서 결국 교수형을 당한다. 그녀가 남긴 아들은 런던에서 12마일쯤 떨어진 에핑 숲 변두리의 메이폴 여관에 맡겨진다. 이 여관의 주인은 굉장히 우둔하고 머리가 큼직한 남자 존 윌레트로, 그에게는 아들 하나가 있다. 그의 피후견인이자 체스터의 아들인 휴는 여관 마부로 일한다. 한편 휴의 아버지 체스터는 어느 졸부와 결혼하는데, 그녀는 아들 에드워드를 낳고 죽는다. 체스터는 (그는 체스터필드 백작[71]을 본뜬 인물로, 이기적이고 세속적이다) 에드워드를 먼 곳에 보내교육시켰는데, 아들을 만나러 가는 일은 거의 없었다. 에드워드는 스물네다섯쯤 되었을 때야 아버지의 부름을 받고 런던으로 간다. 그의 아버지는 아내가 남긴 재산을 오래전에 탕진하고 8년 전부터 소액의 연금으로 근근이 살아가고 있다. 그가 아들을 런던으로 부른 가장 큰 목적은 아들의 매력과 자신의 이름을 이용해서 돈 많은 집안의 며느리를 얻고, 그로써 더욱 명예롭고 편안한 노후를 보내는 것이다. 하지만 에드워드는 런던

71.　필립 도머 스탠호프 체스터필드 4세(1694~1773). 영국 정치가이자 문필가. 처세에 능하고 철두철미한 인물로 유명하다.

에 온 지 삼사 년이 지나도록 아버지의 속내나 집안 형편에 대해 알지 못한다. 체스터는 그 무렵 아들이 부적절한 사랑을 하고 있다는 사실을 알게 되고, 그제야 집안 형편과 자신의 진짜 계획을 아들에게 털어놓는다.

체스터가 아들의 사랑을 부적절하다고 생각하는 이유는 두 가지다 ─ 첫째는 아들의 연인이 그의 오래된 원수 헤어데일의 고아 조카라는 것이고, 둘째는 헤어데일이 (22년 전에 뜻밖에도 커다란 재산을 갖게 되긴 했지만) 체스터의 기준에서는 그다지 부자가 아니라는 것이다.

그로부터 22년 전에 헤어데일의 신상에는 예기치 못한 변화가 있었다. 그에게는 큰형 루벤이 있다. 그는 헤어데일 가문의 상속자로 "워렌"이라는 이름의 저택에 살고 있고, 그로부터 멀리 떨어져 있지 않은 메이폴 여관 역시 그의 소유다. 그는 **홀아비**로, 외동딸 에마와 함께 살고 있다. 그 밖에도 그의 집에는 정원사 한 명과 집사 한 명(그의 이름이 러지다), 그리고 하녀 **두 명**이 있다(그중 한 사람이 러지 부인이다). 1733년 3월 19일 밤, 러지는 돈을 노리고 주인을 살해하려 한다.

러지와 몸싸움을 하는 동안 루벤은 간신히 초인종 줄을 잡아당기지만, 범인이 칼로 줄을 끊어 버리는 바람에 종은 한두 번밖에 울리지 않는다. 결국 범인은 주인을 살해하고 돈을 챙겨 방을 나선다. 그러다가 그는 정원사와 마주치고 만다. 정원사의 표정은 의심으로 가득하다. 범인은 자신의 동료였던 정원사를 죽인다. 그는 문득 자신의 죄를 정원사에게 뒤집어씌울 수 있을지도 모르겠다는 생각을 하게 된다. 그는 입고 있던 옷을 벗어서 정원사의 시체에 입히고, 끼고 있던 반지를 빼서 시체의 손가락에 끼우고, 차고 있던 시계를 시체의 주머니에 넣는다 — 그리고 나서 시체를 정원으로 옮긴 뒤에 연못에 던져 넣는다. 그는 자기 방으로 돌아가서 아내에게 모든 것을 털어놓고는 함께 도망가자고 한다. 겁에 질린 그녀는 바닥에 주저앉는다. 그는 그녀를 일으켜 세우려 한다. 그때 그녀가 그의 손목을 잡는데 그 과정에서 그녀의 손에 피가 묻는다. 그녀는 앞으로 더 이상 그를 보지 않기로 하지만, 비밀은 반드시 지키겠다고 약속한다. 그는 혼자서 도시를 떠난다. 다음 날 아침, 루벤은 죽은 채 발견된다. 사라진 집사와 정원사가 의심을 받는다. 러지 부인은 사건 바로 다음날

바나비 러지에 관하여
....
301

아들 바나비 러지를 낳는다. 그는 백치인데, 태어났을 때부터 손목에 붉은색 반점이 있었고, 피를 강박적으로 무서워한다. 러지 부인은 워렌을 떠나 런던의 어느 외딴 오두막에 숨는다(그곳에서 그녀는 헤어데일이 주는 돈으로 생활한다).

살인사건이 벌어진 지 몇 달쯤 후에 러지의 것으로 짐작되는 시체가 발견된다. 분노는 정원사에게로 향한다. 하지만 모든 분노가 정원사에게로 향한 건 아니다. 형이 죽음으로써 가장 큰 이득을 보는 사람은 제프리 헤어데일이므로 그가 사건에 가담했을지도 모른다고 의심하는 사람이 없지 않았던 것이다(특히 체스터가 그랬다). 우울한 기질을 타고난 헤어데일은 형의 죽음으로 인한 슬픔과 공포, 그리고 사람들의 의심을 받게 되었다는 충격 때문에 평생을 괴로워하며 지낸다. 워렌에 칩거한 그의 쓸쓸한 기분을 조금이나마 누그러뜨려 주는 건 그의 아름다운 조카뿐이다.

시간이 흐른다. 22년이 지났다. 조카는 숙녀가 되고, 에드워드와 사랑에 빠진다. 자신의 삼촌과 에드워드의 아버지 사이에 무슨 일이 있었는지 알지 못한 채로 말이다. 휴는 건장한 청년으로 자란다 — 그의 아버지가 도시형 인간이라면 그는 **동물형** 인간이다. 한편 살인자 러지는 운명의 부름에 이끌려 최악의 길로 들어선다. 그는 다시 메이폴로 돌아와 자신이 없는 동안 워렌에 무슨 일이 있었는지를 몰래 알아본다. 그는 런던 시내로 가서 아내의 거처를 찾아내고, 백치 아들을 타락시키겠다고 협박하며 그녀에게서 헤어데일의 돈을 뜯어낸다. 그녀는 그와 같은 패륜에 치를 떨며 바나비와 함께 워렌에 찾아가, 이유는 말할 수 없지만 앞으로는 일절 돈을 받지 않을 것이며, 다시는 런던으로 돌아오지 않고 아무도 모르는 곳에 숨어 지낼 생각이라고, 그러니 부디 자신이 있는 곳을 찾지 말아 달라고 헤어데일에게 말한다. 다음날 헤어데일은 런던을 샅샅이 뒤져 그녀를 찾으려 하지만, 그녀는 사라지고 없다. **그로부터 5년이 지날 때까지**, 그러니까 유명한 조지 고든[72]의 "반反가톨릭" 폭동이 일어날 때까지 그녀와 바나비는 나타나지 않는다.

한편 러지가 다시 나타난 직후에 헤어데일과 체스터는 에드워드와 에마의 결합을 막기 위한 모종의 약속을

---

72.   로드 조지 고든(1751~1793). 영국 정치가. 1778년 신교도 연합을 조직했으며, 1780년 런던에서 반反가톨릭 운동을 일으켰다.

한다. 헤어데일의 묵인하에 체스터는 거짓말로 두 사람의 사이를 멀어지게 만든다. 여관주인 윌레트의 아들조는 돌리 바든(런던 클러큰웰의 열쇠공 게이브리얼 바든의 예쁘장한 딸)에게 농락당하고 집에서도 학대당하다가 영국 육군에 입대해 미국으로 떠난 뒤 폭동이끝날 무렵에야 돌아온다. 폭동이 시작되기 전, 러지는한밤중에 사건 현장을 배회하다가, 워렌에 살던 시절에잘 알고 지내던 사람과 마주치고 만다. 그 사람은 그것이죽은 러지의 유령이라고 생각하고 그 목격담을 메이폴의 친구들에게 전한다. 존 윌레트는 그 사실을 즉시헤어데일에게 고한다. 그 순간 러지 부인의 이상한행동을 떠올린 헤어데일은 살인사건의 범인이 러지일지도 모른다는 의심을 하게 된다. 이 의심은(아직 누구에게도 털어놓지 않았지만) 바든에게 일어났던 어느사건 때문에 한층 더 강화된다. 그 열쇠공은 어느 늦은밤 러지 부인을 방문했다가 그녀가 도둑으로 보이는이름 모를 남자와 조용한 대화를 나누는 것을 목격했던것이다. 그는 이 도둑을 붙잡으려 했지만 러지 부인에게제지당한다. 바든을 심문한 헤어데일은 도둑의 인상착의가 러지와 일치한다는 걸 알게 된다. 앞서 밝혔듯이 그 도둑은 실제로 러지 자신이다. 헤어데일은 러지 부인이 버린 집을 밤마다 혼자서 감시하고, 러지를 찾아내기 위해 백방으로 노력하지만 전부 실패한다.

5년이 지난 뒤 아무도 알지 못하는 러지 부인의 거처에 편지가 한 통 날아든다. 돈을 요구하는 남편의 편지다. 그는 우연히 부인의 은신처를 알게 된 것이다. 가진 돈을 그에게 모두 줘 버리고, 그녀는 더 멀리 떠날 준비가 될 때까지 시간을 벌기 위해 바나비와 함께 런던에 숨는다. 그때 갑자기 폭동이 시작된다. 백치 바나비는 사람들의 꾐에 넘어가 폭동에 참가해서 어머니와 떨어진다(그녀는 슬픔으로 몸져누워 병원 신세를 진다). 그는 어릴 적 친구 휴를 만나고, 두 사람은 반란의 주동자가 된다.

폭동은 계속된다. 돌리의 사랑을 차지하려 했던 조 윌레트의 연적이자 바든의 철없고 거만한 도제인 사이먼 태퍼티트가 폭동에서 눈에 띄는 활약을 한다. 사형 집행인 데니스도 폭도들 사이를 바쁘게 뛰어다닌다. 물론 조지 고든과 수행원 개시포드, 그리고 그의 하인 존 그루비도 등장한다. 체스터는 지난 5년 사이에 존경이 되었다. 그는 헤어데일에게 개인적 모욕을 당한 개시포드를 꼬드겨서 워렌을 불태우고 그 혼란을 틈타 에마를 납치하도록 만든다(헤어데일은 가톨릭 교도이므로 폭도들의 적이다). 저택은 불타고(휴는 헤어데일이 자신의 원수라고 생각하고 방화에 적극 가담한다) 에마는 납치당한다. 오래전부터 그녀와 함께 살았던 돌리도 태퍼티트에게 잡혀간다. 한편 러지는 헤어데일이 자신을 찾고 있다는 걸 알아채고(헤어데일이 러지 부인의 집을 밤마다 감시하고 있다는 걸 알게 된 것이다) 두려움에 사로잡힌다. 그는 자신의 안전을 확보하려면 폭동에 참여하는 수밖에 없다고 생각하고 그들을 쫓아서 워렌으로 향한다. 하지만 그가 도착했을 때 그곳에는 이미 아무도 없다. 그는 폐허를 배회하다가 헤어데일과 마주친다. 오래전 범행을 저지른 바로 그 방의 불타는 잔해 속에서 그는 맥없이 붙잡힌다. 그는 감옥에 갇히고, 그곳에서 반역죄로 붙잡힌 바나비를 만난다. 폭도들은 감옥을 습격하고 불태운다. 아버지와 아들은 탈출한다. 데니스의 배신으로 인해 두 사람은 다시 붙잡히고, 휴도 그들과 운명을 같이한다. 뉴게이트에서 데니스는 우연히 휴의 아버지를 알게 되고, 체스터를 설득해 그의 아들을 구출해보려 하지만 실패한다. 바든은 바나비의 사면을 얻어 낸다. 하지만 휴와 러지, 그리고 데니스는 교수형을 당한다. 그 무렵 미국에서 팔 한쪽을 잃은 조가 돌아온다. 그는 에드워드 체스터와 함께 마지막 폭동에 맞선다. 두 사람은 헤어데일과 바든의 도움을 받아 에마와 돌리를 구출한다. 그 결과로 두 쌍의 부부가 탄생한다. 돌리는 조에 대한 과거의 오만한 행동을 반성하고, 헤어데일은 편견을 버린다. 그는 결투로 체스터를 죽이고 영국을 떠나 이탈리아의 어느 수도원에서 생을 마감한다. 거기에 단역들의 후일담이 짧게 덧붙고 『바나비 러지』는 **대단원**의 막을 내린다.

보다시피 이것은 매우 간결한 요약이다. 여기서 줄거리는 자연스러운 시간의 흐름에 따라 간추려져 있다. 사건이 발생한 순서에 맞게 이야기를 재배열했다는 뜻이다. 하지만 이 순서는 소설의 본래 목적에 부합하지 않는다. 디킨스의 의도는 살인사건의 비밀을 감추고, 헤어데일이 진실을 밝힐 때까지 러지와 러지 부인의 행동을 미스터리로 남겨 두는 것이었다. 이 소설의 **핵심**은 궁금증에 있다. 메이폴에 처음 나타난 러지, 그가 던지는 질문들, 부인에 대한 학대, 메이폴의 단골 손님이 봤다는 유령, 그리고 헤어데일의 알 수 없는 행동. 그 모든 것이 독자를 깜짝 놀라게 만들고, 비밀을 알고 싶다는 욕구를 자극하도록 설계되어 있다. 필자가 요약한 줄거리와는 달리, 정원사가 입고 있던 옷에 관한 비밀은 감옥에 갇힌 러지가 자기 입으로 사실을 털어놓을 때까지 **교묘하게** 감춰진다. 방금 필자는 **교묘**하다고 말했는데, 그것은 일단 작가의 의도를 알고 나면 작품의 구석구석에서 그 의도의 **흔적**을 발견할 수 있기 때문이다. 145쪽에서 솔로몬 데이지가 유령 이야기를 하는 장면은 놀라울 만큼 정교하게 구성되어 있다.

"그건 유령이었어. 혼령 말일세." 데이지가 외쳤다.

"누구의 유령이란 말인가?" 세 사람이 한꺼번에 물었다.

그는 공포에 짓눌려 있었고(그는 의자 끄트머리에 걸터 앉은 채, 마치 더 이상 질문을 하지 말라는 듯이 손을 흔들며 말했다) 제일 가까이에 앉아 있던 존 윌레트를 제외하면 그의 대답을 제대로 들은 사람은 아무도 없었다.

"이보게들" 잠자코 있던 윌레트가 드디어 말을 꺼냈다.

"이건 더 얘기할 필요도 없다네. 죽은 사람과 그렇게 닮았
다면 말이야. 게다가 오늘은 3월 19일이잖나."

　깊은 침묵이 뒤따랐다.

　여기서 작가는 교묘하게 그것이 루벤 헤어데일의
유령이라는 인상을 심어주고 있다. 그 때문에 둔감한
독자들의 관심은 사건의 진실로부터 ― 살아 있는 살인
자 러지로부터 멀어지게 된다.

　요약된 줄거리로 읽어서는 그다지 재미가 없는 장면
들도, 심지어 순서에 맞춰 읽는 경우에는 원문으로
읽어도 그다지 재미가 없는 장면들마저도 이런 전략을
사용하면 미스터리의 색채가 가미되어 대단히 흥미로
워진다는 점에는 의문의 여지가 없다. 하지만 비밀을
모르는 사람에게는 아무런 효과나 의미가 없는 장면들
도 많다는 점 역시 부인할 수 없다. 모든 비밀을 알고
있는 작가에게는 글을 쓰는 동안에도 이러한 의식이
끊임없이 작용한다. 그는 모든 것을 알고 있는 **자기
자신**을 염두에 두고 글을 썼으며, 자신에게 아무리
효과적인 장면이라도 충분한 정보를 갖추지 못한 사람
에게는 무의미해지리라는 것을 예상치 못했던 것이다.

그에게는 이와 같은 문제를 실험해볼 기회가 없었다. 하지만 독자는 그것을 얼마든지 실험해볼 수 있다. 『바나비 러지』를 두 번 읽게 되면, 그전에는 전혀 의미가 없어 보였던 장면들이 마치 별처럼 반짝이며 이야기에 눈부신 광채를— 정확한 감식안을 갖춘 독자가 보기에는 미스터리의 제단에 억울하게 제물로 바쳐진 광채를 부여하고 있다는 사실을 알게 될 것이다.

일단 작품에 **미스터리적 요소**를 넣기로 결정했다면 작가는 절대 과장되고 어설픈 방법으로 구성의 비밀을 감춰서는 안 된다. 그러면서도 비밀을 끝까지 지켜야 한다. 16쪽에서는 "**불쌍한 집사 러지의 시체가 발견되었다.**"라는 문장이 나오지만, 여기서 디킨스는 사실이 아닌 것을 말하면 안 된다는 법칙을 어기지 않았다. 거짓은 솔로몬 데이지의 입을 통해 제시된다. 이것은 한 인물의, 혹은 집단의 견해에 불과하다. 작가는 그 견해(거짓이지만 이야기의 효과적인 진행에 반드시 필요한 견해)를 자신의 입이 아닌 인물의 입을 빌려서 드러낸 것이다. 하지만 러지 부인을 "미망인"이라고 표현한 것은 얘기가 다르다. 그녀를 그렇게 부른 것은 작가 자신이다. 이것은 부주의하고 어설픈 실수다.

여기서 필자는 그저 논의를 위한 사례를 들고자 디킨스의 불찰을 지적한 것이다.

비밀을 잘 지키는 것은 분명 중요한 일이다. **대단원**까지 비밀을 제대로 지키지 못하면 모든 것이 혼란에 빠진다. 쓰는 사람이 모르는 사이에 비밀이 새어 나가면 계획은 전부 엉망이 된다. 그는 독자가 특정한 인상을 갖고 있다고 가정하고 이야기를 진행하지만, 실제로 독자는 그런 인상을 갖고 있지 않기 때문이다. 러지가 저지른 살인의 비밀을, 그리고 메이폴의 도둑이 바로 러지라는 사실을, 작가가 의도한 것보다 일찍, 그러니까 작가가 의도한 재미를 느끼지 못할 정도로 일찍 알아채는 독자가 얼마나 많을지 정확하게 예상하기는 어렵다. 말하기 조심스럽지만, 꽤 많을 거로 생각한다. 사실 필자는 솔로몬 데이지의 이야기를 읽자마자 소설의 비밀을 알아챘다. 323쪽짜리 책에서 단 일곱 쪽만 읽고 말이다. 1841년 5월 1일자(이 소설이 연재되기 시작한 것이 그맘때쯤이다)『필라델피아 새터데이 이브닝 포스트』에는 이 소설의 **전개를 예측한** 필자의 상당히 긴 글이 실려 있다. 다음은 그 글의 일부를 발췌한 것이다.

바나비의 아버지가 살인자라는 게 독자들의 눈에는 그
다지 명확해 보이지 않을지도 모른다 — 하지만 설명을
듣고 나면 생각이 달라질 것이다. 피해자는 루벤 헤어데일
이다. 그는 침실에서 살해당한 채 발견되었다. 그의 집사
(러지)와 정원사(이름은 밝혀지지 않음)는 사라지고 없다.
처음에는 두 사람 모두 의심을 받는다. 다음은 소설의
일부를 발췌한 것이다. "몇 달 후 가슴에 깊은 자상이
남은 집사의 시체가 정원의 연못 바닥에서 발견되었다오.
몸에 걸친 옷가지와 시계, 그리고 반지가 아니었다면 그게
누구의 시체인지 알아보지도 못했을 거요. 그나마도 옷가
지는 걸치다 만 상태였지. 그의 방에 핏자국이 잔뜩 남아
있었으므로 사람들은 모두 그가 방에 앉아 책을 읽다가
주인 나리보다 먼저 변을 당했을 거로 생각했다오."

여기서 집사의 시체가 **발견되었다**고 주장한 사람이
작가가 아니라는 점에 주목할 필요가 있다. 작가는 일부러
인물의 입을 통해 그 사실을 전한 것이다. 디킨스는 다음과
같은 사실을 밝히며 **대단원**의 막을 내릴 생각일 것이다.
집사 러지는 정원사를 죽인 다음 주인의 방으로 가서 그를
살해했으며, 러지의 아내가 그를 가로막으며 초인종을

울리려고 하자 그는 아내의 손목을 움켜쥐었다 — 원하는 물건을 손에 넣은 그는 다시 정원사의 방으로 가서 죽은 사람과 옷을 바꿔 입고 자신의 시계와 반지를 시체의 손에 떠넘겼다 — 그는 나중에 발견되어도 신원 파악이 불가능하도록 시체를 연못에 던져 넣었다.

방금 소개한 예측과 실제 내용 사이의 차이는 그다지 중요하지 않다. 정원사는 주인이 살해당한 이후에 죽었다. 러지의 아내가 손목을 붙잡은 게 아니라 러지가 아내의 손목을 붙잡았다고 되어 있지만, 사실 이것은 필자의 착각이라기보다는 디킨스의 실수에 가깝다. **임신한** 러지 부인의 손목에 핏자국이 남았다면, 그녀가 살인자의 손목을 붙잡았다기보다는 살인자가 그녀의 손목을 붙잡았다고 생각하는 편이 훨씬 자연스럽다(모두가 여기에 동의할 것이다). 탈레랑[73]은 어느 영국인의 미숙한 프랑스어를 듣고 **"그는 프랑스인은 아니지만, 프랑스인이나 다름없다"**라고 말한 적이 있는데, 그와 마찬가지로 필자는 본인의 예측이 완전한 진실은 아니

---

73.   샤를 모리스 드 탈레랑 페리고르(1754~1838). 프랑스 정치가.

지만, 진실이나 **다름없다**고 주장하고 싶다.

디킨스는 『바나비 러지』의 서문에서 "고든 폭동은 대단히 특이하고 주목할 만한 사건이지만, 그 사건을 다룬 작품이 전혀 없으므로" 그 자신이 "직접 나서서 이 소설을 쓰게 되었다"고 밝히고 있다. 작가가 이처럼 분명하게 못을 박아 두지 않았다면, 필자는 그가 소설을 쓰다가 갑자기 폭동에 관한 내용을 떠올렸다고 생각했을 것이다. 실제로 고든 폭동은 이야기의 진행에 별다른 영향을 끼치지 못한다. 필자는 소설의 줄거리를 요약할 때 **필요한** 내용을 모두 넣으려고 노력했지만, 폭동에 관한 부분은 굳이 넣을 필요가 없었다. 폭동 같은 게 없었더라도 이야기는 잘 굴러갔을 것이다. 어떤 대목에서는 그것을 이야기에 **억지로** 끼워 넣었다는 인상마저 든다. 앞서 소개한 요약에서 필자는 5년이라는 공백을 몇 차례 강조했다. 그때 필자는 바로 이 문제를 염두에 두고 있었다. 그전까지 이야기는 아무런 공백 없이 진행되고 있었고, 공백이 필요해 보이지도 않았지만, 갑자기 모든 인물이 5년 **뒤로** 밀려난다. 왜 그랬을까? 알 수 없다. 사랑에 빠진 인물들이 성숙해질 때까지 기다려야 했던 걸까? 그것 말고는 다른 이유를 떠올릴 수 없다. 하지만 에드워드 체스터는 이미 스물여덟이었고, 에마 헤어데일 역시 미국인이었다면 노처녀의 반열에 올랐을 만한 나이였다. 다른 이유 같은 건 없다. 때는 1775년이었고, 그로부터 5년만 더 지나면 우리의 **등장인물들**을 그 흥미로운 사건, 즉 "반反가톨릭" 폭동에 연루시킬 절호의 기회를 잡을 수 있었다는 것 이외에는 말이다. 이것이 필자가 소설을 읽으면서 품게 된 의심이었다. 그리고 디킨스 자신이 서문에서 그와 상반되는 사실을 힘주어 강조하지 않았더라면, 무엇으로도 그 의심을 불식시키지 못했을 것이다.

연재라는 불합리한 제도가 저자와 독자에게 야기하는 수많은 폐해 중 하나는 작가가 작품의 구성에 관한 충분한 숙고와 판단을 거치지 못한 채 이야기를 시작하게 된다는 것이다. 완성된 작품을 꼼꼼하게 수정할 기회가 있었다면 얼마든지 지울 수 있었을 미결의 흔적들이 작품 곳곳에서 나타난다. 앞서 지적했듯이 5년이라는 공백은 대단히 부자연스럽다. 체스터는 앞부분에서 **매우** 신사적인 인물로 묘사되지만, 이후로는 완전히 다른 모습을 보여준다. 성질이 사나운 바든의 아내는 갑자기 온화한 여자가 된다 ─ 작가의 원래 의도는 그녀를 응징하는 것이었다. 16쪽에서 솔로몬 데이지는 이렇게 이야기한다.

"나는 최대한 기분 좋은 표정을 지으려고 애쓰며, 두꺼운 옷을 걸치고 한 손에는 불 켜진 랜턴을, 다른 한 손에는 교회 열쇠를 들고 밖으로 나갔다네." 바로 이 순간, 그 낯선 사람이 마치 이야기를 더욱 제대로 듣고 싶다는 듯이 옷을 부스럭거렸다.

여기서 작가는 독자로 하여금 이야기의 어떤 부분에 주목하도록 만들고 있지만, 거기에는 아무런 설명도 뒤따르지 않는다. 그리고 다음과 같은 문장이 있다.

문은 전부 닫혀 있었고, 사람들은 문 안에 있었다. 그곳이 얼마나 어두운지 아는 사람은 어쩌면 세상에 단 한 사람뿐일 것이다.

여기서 작가의 의도는 더욱 명백히 드러나지만, 이어지는 설명은 없다. 54쪽에서는 백치가 체스터를 창가로 끌고 가서 마당의 빨랫줄에 걸려 있는 옷가지들을 가리키며 이렇게 말한다.

"저기 좀 보세요." 그가 부드럽게 말했다. "저것들은 펄럭이며 춤추는 척하고 있지만, 사실은 서로의 귀에 뭔가를 속삭이고 있다는 거 아시겠어요? 아무도 지켜보는 사람이 없다고 생각하면 잠시 움직임을 멈추고 자기들끼리 뭔가를 속닥거리는 거예요. 그렇게 음모를 꾸민 다음에는 다시 기분이 좋아서 펄럭이죠. 저것 좀 보세요. 지금도 빙빙 돌면서 펄럭대고 있잖아요. 그리고 방금 다시 춤을 멈추고 뭔가를 속닥거리고 있어요. 저것들은 제가 이곳에서 마당을 내려다보며 자기네들을 관찰하고 있다는 걸 꿈에도 모를 거예요. 그런데 저것들은 도대체 어떤 음모를 꾸미고 있는 걸까요? 혹시 아시겠어요?"

이 부분은 **현실**의 어떤 음모를 가리키고 있다. 아무리 봐도 다른 방식으로는 생각하기 어렵다. 이것은 헤어데일이 살인사건에 연루되어 있으며, 그가 러지와 속닥거리며 음모를 꾸몄을 거라는 암시이다. 작가의 머릿속에 그런 생각이 떠올랐을 가능성은 얼마든지 있다. 32쪽의 바든이 러지 부인의 집에서 살인자를 붙잡으려 하는 장면에도 주목할 필요가 있다.

"그만 하세요. 그만 하세요!" 그녀가 그를 간신히 붙잡
으며 외쳤다. "저 사람을 건드리면 안 돼요. 저 사람은
다른 사람의 생을 손에 쥐고 있단 말이에요."

하지만 이 외침의 의미는 **대단원**의 막이 내릴 때까지
설명되지 않는다.

소설의 앞부분에서 작가는 헤어데일의 하녀 두 사람
과 그의 런던 여행, 그리고 그의 아내에 관해 이야기한
다. 하지만 앞선 요약에서 굵은 글자로 강조했듯이,
작가는 그를 홀아비라고 부르고 있다. 처음에 의도했던
바를 수정한 게 아니라면, 이 모든 불일치를 설명할
방법이 없다.

57쪽에서 헤어데일은 체스터와의 대화에서 자신의
집이 "사정없이 휩쓸리고 짓밟혔다"고 말한다. 그때
독자는 체스터가 어떤 악행, 혹은 여러 악행을 저질렀을
지도 모른다는 추측을 하게 되지만, 그가 무슨 짓을
저질렀는지는 끝까지 알 수 없다. 또한, 체스터는 투박
한 휴를 자기 마음대로 조종하기 위해 각고의 노력을

기울인다 ― 작가도 이 점을 특히 강조한다. 독자는 그것이 소설에서 중대한 결과를 야기하리라 예상한다. 하지만 결과적으로는 편지를 한 통 훔치는 게 전부다. 피를 무서워하는 바나비가 잔혹한 폭동에서 기쁨을 느낀다는 건 이상한 일이다. 바나비의 이야기에 억지로 폭동 사건을 끼워 맞췄을지도 모른다는 의심을 하게 만드는 대목이다. 작품의 제목으로 보나, 섬세하고 날카로운 도입부로 보나, 워렌과 러지 부인에 대한 인상적인 묘사로 보나, 본래 이것은 살해당한 헤어데일 과 살인자 러지에 관한 미스터리 소설이었음이 분명하 다. 하지만 디킨스는 자기 자신을 속이고, 본래의 이야 기를 포기하거나 반反가톨릭 폭동과 뒤섞어 버렸다. 그 결과는 최악에 가깝다. 그 자체로 매우 흥미로웠던 이야기가 혼잡한 역사적 사건과 맞물리면서 완전히 힘을 잃은 것이다. 수많은 사람이 죽어 나가는 폭동의 공포 속에서 헤어데일 한 사람의 죽음은 거의 아무런 무게도 갖지 못한다.

작가가 최초의 기획을 포기한 이유는 명백하다. 그중 하나는 이미 얘기한 바 있다. 그리고 나머지 하나는 작가가 소설의 효과를 예상했기 때문에 그 효과가 사라져 버렸다는 것이다. 이것은 간단한 얘기다. 살인에 관한 내용을 감추고 독자의 **궁금증**을 유발하며 소설은 힘차게 앞으로 나아간다. 여기까지는 작가가 예상했던 대로다. 그런데 그는 궁금증을 유발하려다가 **기대를 지나치게 부풀리는** 오류를 저지르고 만다. 오류라고는 해도, 그것은 대단히 정교하게 구성된 오류다. 예를 들면, 헤어데일의 깊고 오래된 우울 — 피에 대한 백치 바나비의 선천적 공포 — 러지 부인의 의미심장한 얼굴 — "언제나 희미하게 아른거리지만 그녀의 표정에서 결코 사라지지 않는 형언할 수 없는 강렬한 불안의 그림자" 같은 것만큼 미지의 공포감을 생생하게 불러일으킬 수 있는 것이 또 어디 있겠는가? 하지만 그렇게 만들어진 기대감은 결코 완전히 충족될 수 없다. 그것이 상상의 본질이다. 앞서 언급한 필자의 다른 글에서는 이 문제를 다음과 같이 다루고 있다.

이것은 소설의 토대로 여겨지는 사건에 관한 독자의 궁금증을 유발하기 위해 채택된 전략이다. 문제는 그렇게 만들어진 기대감이 현실을 초월해 버린다는 것이다. 러지 부인이 습관적으로 짓는 표정에 관해서 **대단원**에서 아무

포와 란포
·····
320

리 놀라운 비밀이 밝혀진다고 하더라도, 그것은 독자의 기대를 충족시켜 주지 못한다. 독자는 틀림없이 실망할 것이다. 작가가 끔찍한 비밀을 정교하게 암시할수록 결말은 빈약해진다. 이와 같은 암시 — 불확실한 악에 대한 그늘진 암시는 수사학에서 대단히 효과적인 것으로 간주되곤 한다. 하지만 그것은 **결말**이 존재하지 않을 때 — 문제의 해결이 독자의 상상에 맡겨져 있을 때의 이야기다. 그리고 그것은 디킨스가 선택한 길이 아니다.

디킨스는 자신의 불찰을 금방 알아챘다. 그는 자신의 천재성으로도 극복하지 못할 딜레마에 빠져 있었다. 그렇기 때문에 소설의 중심 주제를 바꿔 버린 것이다 — 달리 그가 어떤 선택을 할 수 있었는지 모르겠다. 결과적으로 독자의 관심은 온통 폭동에 쏠리고, 독자에게 충격을 주기로 되어 있었던 본래 이야기는 작가도 모르는 사이에 거의 완전히 힘을 잃고 만다.

특기할 만한 몇 가지 사항 — 디킨스는 순수한 서술의 측면에서도 실패하고 있다. 예를 들면 296쪽에서 휴와 체스터의 관계가 바든에 의해 이야기되는 부분에 주목할 필요가 있다. 『골동품 상점』에서 모든 비밀이 밝혀졌을 때는 형제의 관계를 설명하는 데 지나치게 많은 분량이 할애된다.

디킨스가 인물들의 행동 범위를 런던으로 한정했다면 서술의 효과는 극대화되었을 것이다. 위고의 『파리의 노트르담』은 공간의 집중과 통합이 소설에 얼마나 큰 힘을 부여하는지 보여주는 좋은 사례 중 하나다. 안타깝게도 『바나비 러지』에서는 시간의 통합도 무시되고 있다.

러지처럼 잔인한 사람이 그토록 오랫동안 그토록 깊은 죄책감을 느낀다는 건 납득하기 어려운 일이다.

15쪽에서 러지의 범행과 귀환 사이의 공백은 22년으로 기술되었다가 다시 24년으로 기술된다.

워렌에서 아무도 솔로몬 데이지가 들었던 초인종 소리를 듣지 못했다는 건 이상하다.

마치 사냥개에 쫓기듯이 숨을 곳을 찾아 이곳에서 저곳으로 옮겨 다니는 상황은 디킨스의 소설에서 자주 다뤄진다. 그 효과는 부정하기 어렵다.

러지 부인이 출산 하루 전에 느낀 공포 때문에 바나비의 손목에 얼룩이 생겼다는 건 의학적 관점에서 보자면 매우 황당한 이야기다.

돈을 갖고 감옥에서 탈출한 러지는 아내에게 그의 구제를 위해 위증을 해달라는 부탁을 했다가 거절당하고 괴로워하는데, 그런 식의 구제가 가능하다고 생각한다는 것 자체가 좀 이상하지 않은가?

각 장의 결말 부분(특히 40쪽과 100쪽)은 순전히 마무리를 멋지게 장식하기 위해서 쓴 것처럼 보인다.

디킨스의 유머 감각은 인물의 몸짓이나 행위, 혹은 말투를 묘사하는 데서 그 진가를 발휘한다. 예를 들자면 다음과 같다.

"그들은 서로에게 고개를 끄덕였고, 파크스는 마치 '아무도 내 말에 토를 달지 말게. 나는 어차피 안 믿을 거니까 말이야.'라고 말하는 사람처럼 고개를 흔들며 낮은 목소리로 윌레트가 오늘 밤 놀라울 정도로 감정이 고조되었다는 말을 전했다."

폭동에 대한 일련의 묘사는 타의 추종을 불허할 정도로 생생하다.

17쪽에서 런던과 메이폴을 오가는 길은 끔찍할 정도로 거칠고 위험하다고 되어 있지만, 97쪽에서는 보기 드물 정도로 평탄하고 안락하다고 되어 있다.

116쪽에서 체스터는 러지 부인의 빈집에 들어간다. 도대체 열쇠는 어디서 구한 걸까?

디킨스의 영어 문장은 대체로 훌륭하다. 하지만 그는 'as soon as'가 들어가야 할 자리에 'directly'를 집어넣는 문법적 오류를 자주 저지른다.[74] 예를 들자면 "Directly he arrived, Rudge said, & c." 같은 식이다. 불워[75]도 매번 그와 같은 실수를 한다.

디킨스처럼 독창적인 문장가가 어느 무리한 모조품을 다시금 무리하게 모조하고 있다는 건 주목할 만한 일이다. 그는 라틴어 문체를 흉내 낸 램[76]의 문장을 다음과 같이 모방하고 있다.

"여름에 그곳의 펌프는 목마른 부랑자들에게 다른 우물보다 더 차갑고 청신하고 깊은 샘물을 생각하게 한다. 그들은 넘치는 물통에서 쏟아져 뜨거운 지면 위를 흐르는

---

74. 디킨스는 접속사가 들어가야 할 자리에 부사를 넣고 있다.
75. 에드워드 불워 리턴(1803~1873). 영국 소설가이자 정치가.
76. 찰스 램(1775~1834). 영국 문필가. 수필집으로 널리 알려져 있으며, 누이 메리 램과 함께 어린이를 위한 셰익스피어를 썼다.

깨끗한 물을 따라 걸으며, 그 신선한 향을 맡는다. 그들은 한숨을 내쉬며 템스강 쪽으로 슬픈 시선을 던지고, 물놀이와 뱃놀이를 생각하며, 낙담한 모습으로 터덜터덜 자리를 뜬다."

필자가 갖고 있는 판본에 실린 목판 도안들은 그럭저럭 훌륭하다. 하지만 안타깝게도 동판화는 착상부터 실행까지 제대로 된 것이 하나도 없다. 게다가 이 동판화는 목판 도안이나 본문과도 전혀 어울리지 않는다.

이 소설은 수많은 우연들로 이루어져 있다. 루벤 헤어데일이 죽은 3월 19일에 러지가 나타난다. 바나비가 아버지의 꿈을 꿨을 때 그의 아버지는 실제로 집에 있었다. 헤어데일은 마지막으로 체스터를 만나기 전에 체스터의 꿈을 꾼다. 이것은 평범한 언어로는 표현할수 없는 운명의 작용을 암시하기 위한 것이지만, 과연 작품에 그런 우연들을 포함시키는 게 그것들을 생략함으로써 사실성을 취하는 것보다 더 나은 선택이었는지는 잘 모르겠다.

이 소설의 **등장인물들**은 디킨스가 어째서 인물의 대가라고 불리는지를 여실히 보여준다. 바든의 우울한 하녀 믹스, 그의 고분고분한 도제 태퍼티트, 바든 부인, 사형 집행인 데니스는 가장 독창적인 캐리커처다. 디킨스는 인간에 대한 날카로운 관찰을 바탕으로 그들의 특성을 묘사하고 있지만, 허용 가능한 선에서 그것을 최대한 과장하고 있다. 에마 헤어데일과 에드워드 체스터는 평범한 인물이다 — 그들을 묘사하는 데는 큰 힘이 들어가지 않은 것 같다. 조 윌레트는 진짜 시골 청년처럼 보인다. 스태그는 그저 양념 같은 인물이다. 개시포드와 고든은 실제 인물과 흡사하게 묘사되었다. 돌리 바든은 진실 그 자체. 헤어데일과 러지, 그리고 러지 부인 같은 경우에는 인물 그 자체보다는 그들을 둘러싼 상황이 훨씬 인상적이다. 존 체스터는 독창적인 인물이라고 하기는 어렵지만, 그런 종류의 인물 중에서는 발군이다 — 그의 무심한 성격과 신사적 최후는 대단히 흥미롭다. 휴는 매우 잘 만들어진 인물이다. 동물 같은 힘을 의기양양하게 발휘하는 모습, 신사 체스터를 향한 무조건적 복종, 태퍼티트에 대한 유쾌한 경멸과 생색, 죽음을 맞이하는 순간에 보여준 **야수적**이면서도 확고한 용기는 다이아몬드로 장식해서 보존할 만한 가치가 있다. 존 윌레트는 디킨스의 모든 인물을 통틀어 최고다. 그는 진실 그 자체다―하지만 한 발자국만 더 나갔으면 그는 캐리커처가 되었을지도 모른다. 자만심과 둔감함이 결합된 그의 모습은 형언할 수 없을 정도로 우스꽝스럽다. 그의 활력이 이상한 방향으로 분출될 때만큼 유머러스한 장면은 어디서도 찾아보기 어렵다. 겁먹어서 아무 말도 못 하는 솔로몬 데이지를 붙잡고 흔들어 대며 모닥불에 처넣겠다고 위협하는 그의 모습을 보고 웃음을 터뜨리지 않은 독자는 거의 없을 것이다. 바든은 인간에 대한 애정이 넘치는 자유롭고 쾌활하고 정직한 인물이다. 디킨스는 이 인물을 묘사하는 걸 특히 즐긴다. 마지막으로 소설의 주인공 바나비―그는 사실 조금 실망스럽다. 앞서 말했다시피 그는 피를 무서워하면서도 잔혹한 폭동을 즐긴다. 가장 큰 문제는 피를 무서워한다는 설정 자체가 무의미해졌다는 것이다. 도입부에서 그토록 강조했지만, 나중에는 전혀 언급하지 않는다. 디킨스는 얼마나 좋은 기회를 날려 버렸는가! 피에 대한 알 수 없는 두려움―살인이라는 행위 그 자체 때문에 태아에게 각인된 두려움은 22년이 지난 뒤에 살인자의 정체를 밝히는 데 중요한 역할을 할 수도 있었다. 그랬다면 우리가

'시적 정의Poetic Justice'라고 일컫는 것이 더없이 정교한 방식으로 구현되는 것을 볼 수도 있었을 것이다. 까마귀는 바나비라는 인물과 훨씬 긴밀하게 결합 될 여지가 남아 있었다. 까마귀 울음소리는 극 중에서 **예언적** 장치로 활용될 수도 있었다. 그것은 마치 주선율에 반주가 곁들여지듯이 백치 바나비의 목소리와 어우러졌을 것이다. 그 둘은 서로 다른 별개의 소리를 갖고 있지만, 둘 사이에는 어떤 유사성이 있었을 것이다. 그 둘은 따로 떨어져 존재하기는 하지만, 서로가 없으면 불완전해지는 완벽한 한 쌍이 되었을 것이다.

충분한 숙고를 거치지 못한 이 글을 읽고서(비통하게도 저널리스트에게는 그럴 만한 시간이 주어지지 않는다!) 필자가 디킨스의 명예를 깎아내리려 한다고 생각하는 사람은 없으리라 믿는다. 혹시라도 그런 사람이 있다면 문장학紋章學에서 자주 쓰이는 다음과 같은 말을 들려주고 싶다. "가장 조야한 부분을 당신의 문장으로 내걸어라." 이 말을 이해할 수 있으면 좋겠다. 이해가 안 된다고 해도 좋다. 필자는 탁월한 작품에 대해 그 누구보다 깊은 존경심을 느낀다. 필자가 『바나비 러지』의 탁월함보다는 사소한 결점들에 주목한 까닭은 이미 앞에서 설명한 바 있다. 이제 알 만한 사람은 다 알 거로 생각한다. 이 작품이 디킨스의 전작만큼 뛰어나다고 보기는 어렵다. 하지만 이것보다 나은 작품을 찾아보기 힘든 것도 사실이다. 필자가 정말 하고 싶었던 말은, 디킨스가 이처럼 궁금증을 유발하고 지속시켜야 하는 소설을 쓴 것은 그 자신의 거대하면서도 독특한 자질을 잘못 판단한 결과라는 것이다. 분명 그는 이 작업을 훌륭하게 해냈지만(동시대의 어떠한 작가도 이만큼 잘 해내지 못했을 것이다) 이것은 그의 드높은 명예에 어울리는 작품이 아니다. 디킨스가 이 작품을 쓰느라 고생했다면, 그것은 그가 그에게 어울리지 않는 방향을 선택했기 때문이다. 그만의 독특한 지성이 이끄는 대로 작품을 써 내려갔다면, 그는 유려하고 간결한 구조로 훨씬 위대한 작품을 완성했을 것이다. 시간의 흐름에 맞춰 전개되는 이야기에서는 그를 이길 자가 없다. 그는 거의 모든 재능을 갖추고 있지만 각색에는 별 재능이 없는 것 같다. 미스터리의 핵심인 형이상학적 기법에서도 마찬가지다. 『칼렙 윌리엄스』[77]는 『골동품

---

77. 1794년에 발표된 윌리엄 고드윈(1756~1836)의 장편소설. 살
      인과 누명을 주제로 삼고 있다는 점에서 디킨스의 『바나비

상점』보다 훨씬 못한 작품이지만, 고드윈이 『골동품 상점』 같은 작품을 쓸 수 없는 것처럼, 디킨스는 결코 『칼렙 윌리엄스』 같은 작품을 쓸 수 없다.

러지』와 줄거리가 유사하다.

황금벌레

무슨 일인가! 이게 무슨 일인가!
이 친구 미친 듯이 춤을 추는구먼!
아무래도 타란튤라한테 물린 모양이야.
　　　　　　　–「모두가 엉망진창」에서

몇 년 전, 나는 윌리엄 르그랑이라는 남자와 가까워졌
다. 그는 뼈대 있는 위그노 가문의 자제였고, 한때는
굉장한 부자였는데, 잇따른 불행 때문에 어려운 처지로
내몰렸다고 한다. 그 굴욕감에서 벗어나기 위해, 그는
선조들이 살던 뉴올리언스를 버리고 사우스캐롤라이

나의 찰스턴 부근에 있는 설리번 섬에 터를 잡았다.

이 섬은 매우 독특하다. 모래사장이 그 대부분을 차지하고 있고, 길이는 3마일쯤 된다. 폭은 아무리 넓게 잡아도 1/4마일을 넘지 않는다. 갈대밭과 진흙탕 사이를 지나는 실금 같은 개울이 뭍과 섬을 가르고 있다. 그 근방은 뜸부기들의 천국이다. 이족에서는 큼지막한 초목을 거의 찾아볼 수 없다. 서쪽 끝에는 몰트리 항구가 있다. 그곳에는 여름만 되면 적잖은 사람들이 찰스턴의 모래바람과 열병을 피해 모여드는 초라한 철골 건물들이 있고, 잎사귀가 성긴 딱 한 그루의 팔메토가 있다. 하지만 단단하고 새하얀 해안 지역과 이 서쪽 지역을 제외하면 섬 전체가 온통 향기로운 도금양으로 뒤덮여 있다 해도 과언이 아니다. 영국의 원예가들이 칭찬해 마지않는 이 관목은 15피트에서 20피트까지 자라 숲을 빼곡히 메우며 달콤한 향을 흩뿌린다.

숲길을 따라 동쪽으로, 아니 거의 동쪽 끝으로 깊숙이 들어가면, 르그랑의 작은 오두막이 나온다. 내가 우연한 계기로 그를 처음 만난 무렵부터 그는 이곳에서 살고 있었다. 우리는 금세 가까워졌다 ― 이 은둔자에게는 어딘가 호기심과 존경심을 불러일으키는 구석이 있었다. 그는 지적 수준이 상당했고 집중력도 엄청났지만, 열정과 우울 사이를 수시로 오가는 변덕스러운 기질과 염세적인 인간관의 소유자였다. 그의 집에는 책이 많았지만, 잘 읽지는 않았다. 그는 주로 사냥과 낚시를 하거나, 해변과 관목 숲을 거닐며 조개나 곤충 따위를 채집하며 시간을 보냈다―그의 곤충 컬렉션은 스바메르담[78]마저 울고 갈 정도로 훌륭했다. 나들이를 할 때는 나이 많은 흑인 한 명이 그 곁을 지켰다. 주피터라는 이름의 이 하인은 가문이 몰락하기 전에 이미 노예 신분에서 해방되었지만, 그 어떠한 협박과 회유에도 불구하고 "윌 도련님"의 뒤를 따라다닐 권리를 포기하지 않았다. 어쩌면 르그랑의 머리가 조금 이상하다고 생각한 친척들이 주피터에게 이런 고집스러움을 주입해서 저 철없는 방랑자를 감시하고 보호하도록 만들었는지도 모른다.

설리번 섬은 위도가 낮아서 겨울에도 별로 춥지 않다. 하물며 가을에는 불을 때는 일이 거의 없다.

---

78.   얀 스바메르담(1637~1680). 네덜란드 박물학자. 수천 종의 곤충을 수집한 사람으로 알려져 있다.

그런데 18XX년 10월 중순의 그 날만큼은 추위가 예사롭지 않았다. 나는 해가 저물기 전에 숲을 지나 친구의 오두막에 도착했다. 몇 주일만의 방문이었다 — 내가 살던 곳은 섬과 9마일가량 떨어진 찰스턴이었고, 당시만 해도 교통이 열악해 섬까지 오가기가 쉽지 않았다. 오두막에 도착하자마자 나는 평소 습관대로 문을 두드렸지만 아무런 소리가 들리지 않았다. 나는 열쇠가 어디 숨겨져 있는지 알고 있어서 직접 문을 따고 들어갈 수 있었다. 벽난로에서는 모닥불이 활활 타고 있었다. 보기 드문 광경이었지만 싫지 않았다. 나는 외투를 벗고 팔걸이의자를 모닥불 곁에 옮겨 앉아서, 집주인이 오기만을 기다렸다.

해가 완전히 저물자 그들이 돌아와 나를 다정하게 반겨주었다. 주피터는 입이 귀에 걸려서는 저녁 식사로 뜸부기 요리를 하겠다며 부스럭댔다. 르그랑은 이번에도 발작적인 열광에 휩싸여 있었다 — 그 상태를 달리 뭐라고 표현해야 할지 모르겠다. 그는 학계에 보고되지 않은 신종 조개를 발견했을 뿐만 아니라, 주피터의 도움을 받아 신기한 풍뎅이 한 마리를 잡았다며, 나더러 내일 녀석을 구경하고 소감을 들려달라고 말했다.

"왜 지금이 아니라?" 나는 난롯불에 손을 비비며 말했는데, 사실 풍뎅이 따위는 전부 집어치웠으면 싶은 심정이었다.

"아, 자네가 오는 줄 알았더라면!" 르그랑이 말했다. "하지만 자네를 마지막으로 본 게 언제인지 기억도 잘 안 난다네. 하필이면 오늘 자네가 올 줄 누가 알았겠나? 집에 오는 길에 G 중위를 만났는데, 멍청하게도 중위한테 그 벌레를 빌려줬지 뭔가. 그러니 내일 아침까지는 녀석을 보지 못할 걸세. 오늘은 자고 가게. 내일 아침 일출 시간에 주프를 시켜 벌레를 가져오게 할 테니 말이야. 세상에 그렇게 아름다운 건 없을 걸세!"

"뭐가? 일출 말이야?"

"바보 같은 소리! 아니야! 그 벌레 말이네. 큼직한 호두만 한 것이 황금빛으로 반짝반짝 빛난다네. 등딱지 위쪽에는 검은색 반점이 두 개 있고, 아래쪽에는 기다란 반점이 하나 있어. 더듬이는……."

"제가 더듬이 같은 건 없다고 했잖습니까요, 도련님." 주피터가 끼어들었다. "그 벌거지는 날개만 빼고 속까지 전부 황금으로 들어찬 황금벌거지입죠. 저는 살면서 그놈만큼 무거운 벌거지는 본 적이 없습니다요."

"그래, 자네 말이 맞다 치세, 주프." 르그랑이 필요 이상으로 심각하게 말했다. "그렇다고 뜸부기를 저렇게 타도록 놔두면 어쩌잔 말인가?" 그는 다시 나를 향해 말했다. "그러니까 그 색깔 말인데, 주피터가 저렇게 말하는 것도 무리는 아니라네. 자네가 여태껏 본 그 어떤 금속도 녀석의 껍데기만큼 눈부시진 않을 걸세. 하지만 내일이 오기 전까지는 상상도 못 할 거야. 대신 내가 그림을 그려 주겠네." 이렇게 말하면서 그는 작은 책상 앞에 앉았다. 그 위에는 펜과 잉크가 있었지만, 종이는 없었다. 그는 서랍을 뒤적거렸지만 아무것도 찾지 못했다.

"걱정 말게." 그가 말했다. "이게 있거든." 그는 양피지처럼 보이는 더러운 물건을 외투 주머니에서 꺼내더니 그 위에다 펜으로 쓱싹쓱싹 그림을 그렸다. 그가 그림을 그리는 동안에도 나는 몸이 차가워서 벽난로 곁에 앉아 있었다. 그림이 완성되자 그는 앉은 자리에서 팔을 뻗어 내게 그것을 건넸다. 그림이 내 손에 들어온 순간 갑자기 으르렁거리는 소리와 함께 문을 벅벅 긁는 소리가 들렸다. 주피터가 문을 열자, 르그랑이 기르는 커다란 뉴펀들랜드가 집으로 뛰쳐 들어와 나를 껴안고

핥아 댔다. 내가 예전부터 많이 예뻐하던 녀석이었다. 요란한 환영 인사가 끝나자 나는 종이로 다시 눈을 돌렸다. 사실을 말하자면, 친구가 그린 그림은 나를 적잖이 당혹스럽게 했다.

"그래!" 몇 분 동안 생각에 잠겨 있다가 내가 말했다. "이건 정말 이상한 벌레군. 신기해. 이런 건 생전 처음 봐. 꼭 해골 같아, 두개골 말이야. 이렇게만 봐서는 해골 말고 다른 건 전혀 떠오르지 않아."

"지금 해골이라고 했나!" 르그랑이 소리쳤다. "흠, 그래 맞아. 그렇게 보일지도 모르겠네. 위쪽의 반점 두 개가 눈처럼 보인다는 거지? 아래쪽의 기다란 반점은 입처럼 보인다는 거고 말이야. 더군다나 몸통은 타원형이지."

"그럴지도 몰라." 내가 말했다. "하지만, 르그랑, 내가 보기에 자네 그림 실력은 자랑할 만한 수준이 못 되는 것 같아. 이 벌레가 실제로 어떻게 생겼는지 알려면 내 눈으로 직접 보는 수밖에 없겠어."

"글쎄, 그럴까." 그는 약간 기분이 상한 듯했다. "그래도 보통 이상은 된다네. 그건 확실해. 나는 꽤 훌륭한 선생한테 그림을 배웠거든. 형편없는 수준은 아니라고 자부한다네."

"그렇다면 자네는 지금 농담을 하는 게 분명해." 내가 말했다. "이건 누가 봐도 **해골이야**. 해부학 표본에 관한 지식이 일천한 내가 보기에는 **영락없는 해골로** 보여. 자네의 풍뎅이가 정말로 이렇게 생겼다면, 이건 세상에서 제일 기이한 풍뎅이라고 해도 무리가 없을 걸세. 어쩌면 여기서 영감을 얻어 오싹한 미신을 하나 지어낼 수도 있겠지. **사람머리장수풍뎅이** 따위의 이름 을 붙여도 좋을 거야. 백과사전에 보면 그런 이름의 곤충이 자주 나오잖아. 그런데 자네가 말한 더듬이는 어디 있다는 거야?"

"더듬이가 어디 있냐고!" 르그랑은 뜬금없이 열을 올리며 말했다. "더듬이가 안 보일 리가 없네. 틀림없이 내가 그대로 그려 놨단 말일세. 그 정도면 알아볼 법도 한데 말이야."

"그래, 그래" 내가 말했다. "틀림없이 그렇겠지. 하지 만 나는 아무래도 더듬이를 못 찾겠어." 더 이상 그의 신경을 자극하고 싶지 않아서 나는 별다른 말 없이 그에게 종이를 돌려줬다. 하지만 이미 상황은 엉망이었 다. 뒤틀릴 대로 뒤틀린 그의 심기는 나를 곤란하게 했다— 내가 본 딱정벌레 그림으로 말하자면, 정말 그 어디에도 더듬이는 보이지 않았다. 전체적인 모습은 **처음부터** 해골을 그린 것이라고 해도 이상하지 않을 정도였다.

그는 짜증스럽게 종이를 받아 들고는 사정없이 구겨서 불길 속에 던져 넣으려 했다. 그런데 그때 우연히도 그림의 어떤 부분이 그의 시선을 확 잡아끌었다. 한순간 그의 얼굴이 새빨갛게 물들었고, 그다음 순간 새하얗게 질렸다. 몇 분 동안 그는 앉은 채로 그림을 뚫어져라 쳐다보았다. 그러더니 갑자기 자리를 박차고 일어나선 책상 위의 양초를 집어 들고 방 귀퉁이로 걸어가 나무상자 위에 걸터앉았다. 그곳에서 그는 다시 종이를 앞뒤로 유심히 살펴보기 시작했다. 그는 아무런 말도 하지 않았다. 나는 그런 그의 모습에 크게 당황했다. 하지만 괜한 말을 꺼내서 그의 변덕스러운 성미를 자극하고 싶지는 않았다. 이윽고 그는 외투 주머니에서 꺼낸 지갑에 조심스럽게 종이를 넣고, 그 지갑을 다시 책상 서랍에 넣은 뒤 열쇠로 잠갔다. 그 사이에 그는 제법 차분해져 있었다. 최초의 열정은 자취를 감추고 없었다. 기분이 언짢다기보다는 정신이 완전히 딴 데 팔린 것 같았다. 밤이 어두워질수록 그는 더욱 깊은 생각에 잠겼다. 내가 무슨 농담을 해도 아무런 반응을 보이지 않았다. 당초의 계획은 예전처럼 그의 오두막에서 밤을 보내는 것이었지만, 집주인의 상태를 보니 혼자 있도록 내버려 두는 편이 나을 것 같았다. 그는 애써 나를 붙잡지 않았다. 하지만 내가 집을 나설 때, 그는 평소보다 내 손을 훨씬 세게 잡고 악수했다.

그의 하인 주피터가 나를 찾아 찰스턴에 온 것은 한 달 뒤의 일이었다(그때까지 나는 르그랑을 다시 만나지 않았다). 나는 이 마음씨 좋은 흑인이 그렇게까지 얼이 빠져 있는 모습을 한 번도 본 적이 없었다. 혹시 내 친구에게 안 좋은 일이 생긴 게 아닐까 하는 걱정이 들기 시작했다.

"그래, 주프, 무슨 일이야?" 내가 말했다. "자네 주인은 잘 지내고 있어?"

"아, 나리, 사실을 말씀드리자면요, 잘 못 지내고 계십니다요."

"잘 못 지낸다고! 무슨 끔찍한 소리야? 어디 아픈 데라도 있는 거야?"

"어디가 아픈지 몰라서 문제입죠. 도련님은 아무

말씀을 안 하시지만, 제가 보기에는 심허게 아파 보입니다요."

"심하게 아파 보인다고! 처음부터 그렇게 얘기했어야지. 그럼 지금 침대에서 쉬고 있는 거야?"

"그게, 그렇지가 않습니다요. 한시도 가만히 있는 법이 없습죠. 그게 제일 문제입니다요. 윌 도련님만 보면 제 마음이 천근만근입니다요."

"주피터, 도대체 무슨 말을 하고 있는지 잘 모르겠군. 자네 주인이 그렇게 아픈데, 어디가 아픈지 얘기를 안 해준다는 말이야?"

"도대체 그게 뭐라고 그렇게 미쳐 있는지 모르겠습니다요. 도련님께선 아무것도 아니라고 하시지만, 그렇다면 어째서 그렇게 고개를 푹 숙이고 어깨만 치켜올린 채 유령 같은 창백한 모습으로 이곳저곳 들쑤시고 다닌다는 겁니까요? 종일 아모인지 뭔지 하는 걸 들고 다니시면서……."

"뭘 들고 다닌다고, 주피터?"

"아모 말입죠, 아모. 무슨 이상한 숫자들이 잔뜩 적힌 종이 쪼가리를 들고 다니시는데, 그렇게 괴상망측한 숫자들은 처음 봅니다요. 저는 무섭습니다요. 한시도 도련님한테서 눈을 뗄 수가 없습니다요. 얼마 전에는 해가 뜨기도 전에 저 몰래 집을 나가서는 밤이 다 되어서야 돌아왔습죠. 저는 도련님이 돌아오시는 길로 정신을 차릴 때까지 흠씬 두들겨 패주려고 커다란 몽둥이까지 준비해 뒀지만, 막상 도련님의 불쌍한 몰골을 보니 마음이 약해져서 패주지도 못했습죠."

"뭐, 뭐라고? 그래, 때리지는 않는 게 좋겠어. 그 친구가 견디지 못할 거야. 그런데 자네는 그 친구가 갑자기 이상해진 원인이 뭐라고 생각해? 내가 찾아간 날 이후로 뭔가 안 좋은 일이 있었던 거야?"

"그날 이후로는 의심 가는 일이 하나도 없었습죠. 제가 생각하기에 모든 문제는 바로 그날 시작된 것 같습니다요."

"뭐라고? 그게 무슨 뜻이지?"

"이게 다 그 벌거지 때문이라는 겁니다요."

"뭐라고?"

"벌거지 말입니다요, 벌거지. 윌 도련님이 그 벌거지한테 대가리를 물린 게 확실합니다요."

"왜 그렇게 생각하는 건가, 주피터?"

"나리께서도 그놈의 발톱과 이빨을 보셨으면 저랑

똑같이 생각하셨을 겁니다요. 저는 그렇게 사나운 벌거지를 본 적이 없습죠. 가까이 다가오는 건 뭐든지 닥치는 대로 할퀴고 물어뜯는 녀석이었습니다요. 윌 도련님께서 그놈을 잡았지만, 곧바로 놓쳐 버렸습죠. 도련님은 바로 그때 그놈에게 물린 게 분명합니다요. 저도 그놈의 이빨을 보곤 다리가 후들거려서 도저히 맨손으로는 잡을 수가 없었습죠. 저는 근처에서 찾아낸 종이로 녀석을 잡았습니다요. 그걸로 그놈의 몸통을 감싸고 주둥이를 틀어막은 것입죠."

"그러니까 자네는 그 친구가 정말 벌레한테 물려서 이상해졌다고 생각한다는 거야?"

"제가 그렇게 생각한다는 게 아니라, 사실이 그렇다는 겁니다요. 그 황금벌거지한테 물린 게 아니라면 도대체 왜 도련님께서 밤마다 황금 꿈을 꾼답니까요? 황금벌거지가 그런 요술을 부린다는 건 진작부터 알고 있었습죠."

"그 친구가 황금 꿈을 꾼다고? 그걸 어떻게 알지?"

"어떻게 아냐굽쇼? 그렇게 잠꼬대를 해대시는데 어떻게 모를 수가 있겠습니까요."

"그래, 주프, 무슨 말인지 대충 알겠네. 그런데 오늘 자네를 내 앞에 데려다 놓은 건 또 무슨 조화인가?"

"뭐라굽쇼, 나리?"

"르그랑이 내게 뭔가 할 말이 있다고 하던가?"

"그게요, 나리, 이걸 전하라고 하셨습죠." 주피터는 편지를 꺼내 들었다.

친애하는 XX에게

왜 이렇게 얼굴 보기가 힘든가? 설마하니 내가 조금 쌀쌀맞게 굴었다고 바보처럼 토라진 건 아니겠지? 그러지 말게, 그러면 안 되네. 지난번에 자네가 다녀간 뒤로 내게는 커다란 걱정거리가 생겼다네. 자네에게 할 말이 있는데, 어떻게 말을 꺼내야 좋을지 모르겠네. 사실, 내가 자네에게 이런 말을 하는 게 맞는 건지도 잘 모르겠어.

요즘 나는 상태가 그다지 좋은 편이 아닐세. 멍청한 주프는 참기 힘들 정도로 나를 괴롭히고 있네. 제 딴에는 잘해보겠다고 그러는 모양인데. 얼마 전에 주프가 나를 팔뚝만한 몽둥이로 후려갈기려 했다면 자네는 믿을 수 있겠나? 내가 아무리 저 몰래 집을 빠져나가 혼자서 산과 뭍을 헤집고 다녔기로서니 말이야. 나의 창백한 몰골이 나를 살렸다고밖에는 생각되지 않는다네.

요즘에는 표본 채집도 전혀 못 하고 있네.

가능하다면 주피터와 함께 섬으로 와주게. 꼭 와 줘.

오늘 밤 자네를 만나고 싶네. 중요한 일일세. 나는 이것이

세상에서 가장 중요한 일이라고 확신하네.

자네의 영원한 친구

윌리엄 르그랑

이 쪽지의 어조는 왠지 나를 엄청 불편하게 만들었다.
평상시의 르그랑과는 완전히 다른 사람이 쓴 것 같았다.
그는 도대체 무슨 꿈을 꾸고 있는 것인가? 또 어떤
새로운 발상이 그의 뇌를 자극하고 있는 것인가? "세상
에서 가장 중요한 일"이란 과연 무엇인가? 주피터의
설명은 불안감을 가중했다. 혹시 쉴 틈 없이 들이닥친
불행들이 이윽고 내 친구의 이성을 완전히 파괴해 버린
건 아닌지 걱정되었다. 한 치의 망설임도 없이 나는
그의 하인을 따라나설 채비를 했다.

부두에 도착하자 한 번도 사용하지 않은 듯한 낫
한 자루와 삽 세 자루가 우리의 보트 바닥에 놓여
있는 게 보였다.

"이게 다 뭐지, 주프?" 내가 물었다.

"이건 낫이고, 저건 삽입니다요, 나리."

"그건 나도 알고 있어. 이게 왜 여기 있느냐는 말이야."

"월 도련님께서 사 오라고 시킨 것입죠. 이걸 사느라 돈이 뒤질나게 많이 들었습죠."

"도저히 이해가 안 되는군. 자네의 '월 도련님'은 이 낫이랑 삽을 갖고 도대체 뭘 하려는 생각이지?"

"그건 **저도** 모르겠습니다요. 제가 생각하기에는 도련님도 자기가 이걸로 뭘 하려는지 모를 겁니다요. 이게 전부 다 그 벌거지 때문입죠."

모든 게 "벌거지" 때문이라고 믿는 주피터에게서는 만족할 만한 설명을 듣기가 힘들겠다고 느껴져, 나는 곧장 보트를 출발시켰다. 바람이 좋아서 우리는 금세 몰트리 항구의 북쪽 만에 닿을 수 있었다. 거기서부터 2마일을 걸으면 오두막이었다. 도착한 시각은 오후 3시쯤이었다. 르그랑은 우리를 애타게 기다리고 있었다. 내 손을 꼭 붙잡은 그의 손에는 초조한 **흥분**이 배어 있었다. 나는 깜짝 놀랐고, 의혹은 더욱 깊어졌다. 그의 얼굴은 창백하다 못해 곧 죽을 사람 같았고, 깊은 눈동자는 비정상적인 광채로 반짝였다. 건강에 관한 몇 가지 질문을 던진 뒤에 나는 무슨 말을 해야 할지 몰라서, G 중위한테서 풍뎅이를 돌려받았느냐고 물었다.

"오, 그렇지." 그는 화색을 띠며 대답했다. "다음 날 아침에 바로 돌려받았지. 세상 무엇도 그 풍뎅이와 나를 갈라놓을 수는 없다네. 자네 그거 알고 있나? 주피터가 옳았다는 거 말일세."

"뭐가?" 나는 안쓰러운 감정을 억누르며 물었다.

"그 벌레가 **진짜 황금**이라고 했던 것 말일세." 그는 더없이 진지한 말투로 말했고, 나는 뭐라 표현할 수 없는 커다란 충격에 빠졌다.

"이 벌레는 나를 부자로 만들어 줄 거야." 그는 의기양양하게 미소를 지으며 말을 이었다. "이 벌레로 나는 우리 가문을 부활시킬 걸세. 내가 이 벌레를 손에 넣은 게 기적이라고 생각하지 않나? 행운의 여신이 내게 선물을 준 거야. 이 녀석은 나를 황금이 있는 곳으로 안내해줄 길잡이라네. 주피터, 그 풍뎅이를 가져와 보게나!"

"뭐라굽쇼! 저더러 벌거지를 가져오라는 겁니까요, 도련님? 저는 그 벌거지라면 보기만 해도 치가 떨립니다요. 도련님께서 직접 가져오십쇼." 르그랑은 무게와

위엄을 갖춘 얼굴로 몸을 일으키더니, 유리병에 넣은 딱정벌레를 내게 가져다주었다. 그것은 여태껏, 그 어떠한 박물학자도 접해보지 못했을 아름다운 풍뎅이였다─과학적인 측면에서 굉장한 가치가 있는 발견임에는 틀림이 없었다. 등껍데기 위쪽 끝에는 동그란 검은색 반점이 두 개 있고, 아래쪽 끝에는 기다란 반점이 하나 있었다. 표면은 믿기 어려울 만큼 단단하고 반들반들했다. 한껏 광을 낸 금덩어리처럼 보였다. 무게도 상당했다. 주피터가 그런 식으로 생각하는 것도 무리는 아니었다. 하지만 르그랑까지 거기에 동조하고 있는 이 상황을 나는 어떻게 받아들여야 할지 알 수 없었다.

"내가 이렇게 자네를 부른 것은." 내가 딱정벌레를 내려놓자, 그가 거창한 어조로 말했다. "그 벌레와 나의 운명에 관해 자네의 조언과 도움을 구하기 위해서라네."

"내 친구 르그랑." 나는 거의 울먹이다시피 하며 말했다. "자네는 지금 어디가 아픈 게 분명해. 좀 쉬는 게 좋겠어. 제발 침대에 누워 있도록 하게. 증상이 호전될 때까지 내가 곁에 있어줄 테니 말이야. 자네는 아무래도 열이 좀 있는 것 같아, 게다가……."

"내 이마를 만져 보게." 그가 말했다.

나는 그의 이마에 손을 얹었다. 솔직히 말하자면 열은 전혀 없었다.

"열은 없지만 아무튼 아파 보여. 그러니 이번만큼은 내 말을 듣도록 해. 일단 침대에 눕고, 그다음에는……"

"자네가 틀렸네." 그가 내 말을 끊었다. "물론 나는 몹시 흥분한 상태라네. 하지만 그렇게 흥분한 사람치고는 아주 정상이지. 자네가 정말 나를 돕고 싶다면, 부디 나의 이 흥분을 가라앉혀주게나."

"내가 어떻게 하면 되는데?"

"아주 쉽지. 주피터와 나는 지금부터 뭍에 있는 산으로 탐험을 떠날 걸세. 그리고 이 탐험에는 믿을 만한 사람의 도움이 필요하다네. 우리가 믿을 수 있는 사람은 자네밖에 없어. 탐험이 모두 끝나면 그 성패 여부와 상관없이 나의 이 흥분은 말끔히 가라앉을 걸세."

"나도 어떻게든 자네를 도와주고 싶어." 나는 대답했다. "그런데 한 가지만 묻지. 자네의 탐험은 저 빌어먹을 딱정벌레와 연관된 거야?"

"그렇다네."

"그렇다면, 르그랑, 나는 그런 말도 안 되는 일에

휘말리고 싶지 않아."

"아쉽군. 정말 아쉽지만, 이렇게 된 이상 우리끼리 하는 수밖에 없겠어."

"우리끼리라고! 이 친구 정말 미쳤군! 잠깐! 그래서 얼마나 오래 걸린다는 거야?"

"밤을 새워야 할 걸세. 지금 당장 출발해서 해가 뜨기 전까지는 어떻게든 돌아올 생각이네."

"그렇다면 자네의 명예를 걸고 약속해 줘. 이 미친 짓이 다 끝나고, 자네의 벌레 작전(맙소사!)이 만족스럽게 완수된 다음에는, 집으로 돌아가서 내가 하자는 대로 하겠다고, 그러니까 의사의 상담을 받든지 하겠다고 말이야."

"좋아. 약속하지. 그럼 당장 출발하세. 시간이 별로 없거든."

무거운 마음으로 나는 친구를 따라나섰다. 우리가 출발한 시각은 오후 4시쯤이었다. 일행은 르그랑, 주피터, 개, 그리고 나였다. 주피터가 낫과 삽을 전부 들었다 ─ 그는 한사코 그러겠다고 고집을 부렸는데, 근면성이나 배려심 때문이라기보다는 그저 주인의 손에 이런 물건들을 맡기면 큰일이 날지도 모른다는 두려움 때문인 것 같았다. 그의 표정은 극도로 불안정했으며, 여행 길 내내 그의 입에서 나온 말이라고는 "저 저주받은 벌거지"가 전부였다. 나는 꺼진 랜턴 두 개를 들었다. 르그랑은 기다란 줄 끝에 풍뎅이를 매달고, 그것을 마술사처럼 앞뒤로 흔들며 걸었다. 이것은 그가 제정신 이 아니라는 결정적이면서도 명백한 증거였고, 그걸 본 나는 눈물이 날 것만 같았다. 하지만 적당한 기회가 오기 전까지는 그의 기분을 맞춰주는 게 최선이라고 생각했다. 나는 이 탐험의 목적지가 어디인지 알아내려 고 애썼지만, 그는 쉽사리 입을 열지 않았다. 일단 나를 탐험에 동행시키는 데 성공한 뒤로는 사소한 문제 에 관해서 입씨름할 필요가 없다고 생각하는 모양이었 다. 내가 무슨 질문을 하든 그의 대답은 한결같았다. "어디 두고 보게!"

우리는 섬의 끝에서 작은 보트를 타고 개울을 건넜다. 뭍의 해안가에 오른 뒤로는, 사람의 발길이 닿지 않는 드넓은 황무지를 거쳐 북쪽으로 향했다. 르그랑은 거침 없이 길을 찾아갔다. 지난번에 왔을 때 기억해 두었던 지형지물들을 확인하기 위해 아주 잠깐씩 멈춰 설 뿐이 었다.

우리는 이런 식으로 두 시간을 걸었다. 해가 질 무렵, 우리는 지금까지와는 비교도 못 할 정도로 고적한 지역에 들어섰다. 그곳은 일종의 고원이었다. 기슭부터 봉우리까지 나무로 빼곡히 들어찬, 거의 범접할 수 없을 만큼 높은 산의 정상이 눈에 들어왔다. 그 나무들 사이로 바위가 듬성듬성 놓여 있었다. 나무는 바위가 기슭으로 굴러떨어지지 않도록 받쳐주고 있었다. 주위를 둘러싼 깊은 협곡들은 풍경을 한층 더 장중하게 만들었다.

우리가 올라선 천연 탁상지는 가시덤불 때문에 발 디딜 틈이 없었다. 낫 없이는 한 발자국도 앞으로 나아가지 못할 것 같았다. 주인의 지시에 따라 주피터는 거대한 튤립나무 아래까지 길을 텄다. 그 튤립나무는 잎사귀와 몸체의 아름다움으로 보나, 가지를 뻗은 위세로 보나, 전체적인 장엄함으로 보나 그 고원 위에 있는 여남은 오크나무들뿐 아니라 내가 살면서 본 모든 나무를 압도하고도 남을 정도였다. 나무 아래에 도착하자 르그랑은 이 나무를 오를 수 있겠느냐고 주피터에게 물었다. 하인은 갑작스러운 질문에 당황한 모양인지 잠시 아무 말이 없었다. 그는 나무의 커다란 몸통 가까이 다가가

그 주위를 세심하게 둘러봤다. 그러고 나서 그가 입을
열었다.

"할 수 있습니다요. 사실 주프가 못 오르는 낭구는
본 적이 없습죠."

"그럼 어서 올라가게. 앞도 못 볼 정도로 깜깜해지기
전에 말이야."

"얼마나 높이 올라가야 합니까요, 도련님?" 주피터가
물었다.

"우선은 몸통을 따라서 쭉 올라가게. 나무가 갈라지
면 어느 쪽으로 가야 할지 알려주겠네. 잠깐! 이 딱정벌
레를 가져가게나."

"벌거지 말입니까요, 도련님! 황금벌거지를!" 흑인
이 뒷걸음질을 치며 울먹였다. "뭐 한다고 벌거지를
갖고 낭구에 오른답니까? 저는 죽어도 못 하겠습니다
요!"

"자네같이 덩치 큰 깜둥이가 죽은 딱정벌레 하나를
그렇게 무서워한다니 믿을 수가 없군! 정 그렇다면
이 줄을 잡고 올라가도록 하게. 이것도 저것도 다 무서워
서 못 하겠다면, 그냥 이 삽으로 자네 머리통을 부숴
버리겠네."

"뭐라굽쇼, 나리?" 주프가 꼬리를 내리며 말했다. "언제나 이 불쌍한 깜둥이를 못 잡아먹어서 안달이시라니까요. 말도 안 되는 소리입죠. 제가 왜 벌거지를 무서워합니까요? 하나도 안 무섭습니다요!" 그는 조심스럽게 줄 끄트머리를 잡고, 벌레를 최대한 자기 몸에서 멀리 떨어뜨린 채로 나무에 오를 준비를 했다.

미국에서 가장 큰 나무 중 하나인 튤립나무, 혹은 리리오덴드론 튤리페럼의 유목幼木은 껍질이 반들반들하고, 가지 없이 일직선으로 높이 자란다. 하지만 해가 갈수록 표면이 거칠고 울퉁불퉁해지는 한편, 잔가지들이 군데군데 솟아난다. 이런 나무는 보기보다 올라가기가 어렵지 않다. 주피터는 커다란 줄기를 팔다리로 꼭 껴안은 채 잔가지를 손잡이 겸 발판으로 삼아서 나무를 오르기 시작했다. 중간에 한두 번 정도 추락할 뻔했지만, 이윽고 줄기가 두 개의 가지로 나뉘는 지점까지 올라갔을 때는 일이 거의 끝났다고 여기는 듯했다. 그가 오른 높이는 육칠십 피트에 달했지만, 사실상 위험한 고비는 다 넘긴 것이나 다름없었다.

"이제 어느 쪽으로 가야 합니까요, 윌 도련님?" 그가 물었다.

"제일 큰 가지를 타게. 이쪽 방향에 있는 걸로." 르그랑이 손을 뻗으며 말했다. 흑인은 곧장 주인의 지시에 따랐다. 그는 별다른 어려움 없이 성큼성큼 가지를 밟고 올라갔다. 이제 그의 모습은 촘촘한 잎사귀에 가려 보이지 않았고, 그의 목소리도 한참 멀게 들렸다.

"얼마나 더 가야 합니까요?"

"얼마나 높이 올라갔지?" 르그랑이 물었다.

"제일 높이 올라왔습죠" 흑인이 대답했다. "머리 위의 잎사귀 사이로 하늘이 보입니다요."

"하늘 따위가 문제가 아니라네. 내 얘기 잘 들어. 자네 아래에 가지가 몇 개 있는지 세어보게. 이쪽 방향에 있는 가지 말일세. 자네가 지나쳐 온 가지가 몇 개지?"

"하나, 두울, 서이, 너이, 다섯. 다섯 개입니다요, 도련님. 이쪽에 있는 큰 가지 다섯 개를 밟고 올라왔습죠."

"그렇다면 하나 더 올라가게."

잠시 후에 일곱 번째 가지에 올라왔다는 그의 목소리가 들려왔다.

"좋아, 주프." 르그랑이 몹시 흥분한 목소리로 외쳤다. "그 가지를 타고 최대한 멀리까지 가보게. 그리고 뭔가 이상한 게 보이면 알려주게." 이때 나는 내 친구가 완전히 미친 건 아닐지도 모른다는 기대를 말끔히 접었다. 나는 그가 심각한 광기에 사로잡혀 있다는 결론을 내릴 수밖에 없었으며, 어떻게든 그를 다시 집으로 데려가고 싶었다. 도대체 어떻게 해야 할지 고민하고 있을 때 주피터의 목소리가 다시 들려왔다.

"그렇게 멀리까지는 못 갈 것 같습니다요. 이 가지는 죽은 것 같거든요."

"죽었다고, 주피터?" 르그랑이 떨리는 목소리로 외쳤다.

"네, 도련님, 완전히 죽었습죠. 아주 세상을 떴습니다요."

"젠장, 그럼 이제 어떻게 해야 한단 말인가?" 르그랑이 비탄에 잠겨서 말했다.

"하긴 뭘 해!" 나는 드디어 기회가 왔다는 생각으로 끼어들었다. "집에 가서 잠이나 자게. 얼른 가자고! 그래야 착한 친구지. 밤이 늦었네. 약속한 거 잊지 않았지?"

"주피터." 그는 내 말은 귓등으로도 듣지 않고 외쳤다. "내 목소리 들리는가?"

"네, 윌 도련님, 아주 잘 들립니다요."

"칼로 나뭇가지를 긁어보게. 정말 심하게 썩었는지 확인할 수 있을 걸세."

"썩었습니다요, 도련님, 썩은 건 확실합죠." 흑인이 말을 이었다. "그치만 생각했던 것만큼 심하게 썩지는 않은 것 같습니다요. 저 혼자라면 어떻게든 해볼 수 있겠는뎁쇼."

"자네 혼자라니! 무슨 뜻인가?"

"벌거지 말입죠. 쇳덩어리처럼 무거운 벌거지 말입죠. 이놈만 떨궈 버리면 저 같은 깜둥이 하나쯤은 이 나뭇가지를 탈 수 있을 것 같습니다요."

"이런 잡놈 같으니라고!" 르그랑은 그렇게 외치면서도 약간 안심한 눈치였다. "지금 그걸 말이라고 하는 건가! 자네가 그 딱정벌레를 떨어뜨리는 순간 자네 모가지도 부러지는 줄 알게. 여보게, 주피터, 내 말 들리는가?"

"들립니다요, 도련님. 저처럼 불쌍한 깜둥이에게 어찌 그런 심한 말씀을 하십니까요."

"좋아! 잘 듣게! 만약 자네가 딱정벌레를 떨구지 않고 안전하게 끝까지 가지를 탄다면, 내려오는 대로 자네에게 은화 한 닢을 주겠네."

"지금 가고 있습니다요, 윌 도련님, 정말입죠." 흑인이 몹시 서둘러 대답했다. "실은 벌써 거의 다 왔습죠."

"다 왔다고!" 르그랑이 더 크게 외쳤다. "끝까지 갔단 말인가?"

"곧 도착합니다요, 도련님 – 히이이이익! 사람 살려! 이런 게 왜 나무 위에 있는 겁니까요?"

"그래!" 르그랑이 기쁨에 벅차서 소리 질렀다. "뭘 본 건가?"

"여기 해골이 있습니다요. 누가 사람 머리를 나무에 걸어 놨습죠. 까마귀들이 살을 다 파먹은 것 같습니다요."

"해골이라고! 바로 그거야! 어떤 식으로 걸려 있나? 뭘로 고정되어 있지?"

"세상에, 도련님. 살다살다 이런 건 처음 봅니다요. 커다란 못이 박혀 있습죠. 나무에 해골이 못으로 고정되어 있습니다요."

"좋아, 주피터. 지금부터 내가 시키는 대로 하게. 내 얘기 들리나?"

"네, 도련님."

"그럼 똑바로 듣게! 해골의 왼쪽 눈을 찾아야 하네."

"흠! 호! 알겠습니다요! 그런데 이 해골에는 눈이 없는뎁쇼."

"멍청한 소리! 자네 혹시 오른손과 왼손은 구분할 줄 아나?"

"그럼요, 그 정도는 저도 알고 있습죠. 장작을 패는 손이 왼손입니다요."

"그래! 자네는 왼손잡이야. 자네의 왼쪽 눈도 왼손과 같은 방향에 있다네. 이제 해골의 왼쪽 눈, 아니 왼쪽 눈이 있던 자리를 찾아보게. 찾을 수 있겠나?"

잠시 아무런 대답이 없었다. 그러다 갑자기 흑인이 질문을 던졌다.

"해골의 왼손과 같은 방향에 왼쪽 눈이 있다는 겁니까요? 이놈한테는 손이 아예 없는뎁쇼? 그치만 괜찮습니다요. 드디어 왼쪽 눈을 찾았습죠. 여기가 왼쪽 눈이 틀림없습니다요! 이제 뭘 어떻게 하면 됩니까요?"

"그 구멍으로 딱정벌레를 떨어뜨리게. 줄 끝을 잡은 채로 말일세. 줄을 놓치지 않도록 조심해야 한다네."

"다 됐습죠, 윌 도련님. 구멍 속에 벌거지를 넣는 건 식은 죽 먹기입죠. 제가 늘어뜨린 벌거지가 보이십니까요?"

이렇게 대화가 오가는 동안에도 주피터의 모습은 전혀 보이지 않았다. 하지만 저무는 태양의 마지막 빛줄기가 고원 위로 쏟아지며, 주피터가 위에서 내려준 줄 끝의 딱정벌레를 금덩어리처럼 눈부시게 비추었다. 풍뎅이는 나뭇가지도 없는 허공에 덩그러니 매달려 있었다. 주피터가 줄을 놓는다면 바로 우리의 발밑에 떨어질 것 같았다. 르그랑은 즉시 낫을 집어 들고는, 그 곤충이 매달린 자리 바로 아래에 직경 3~4야드쯤 되는 공간의 덤불을 몽땅 쳐냈다. 작업을 마친 뒤 그는 주피터에게 줄을 놓고 나무에서 내려오라고 말했다.

정확히 딱정벌레가 떨어진 그 위치에 그는 조심스럽게 말뚝을 박은 뒤, 주머니에서 줄자를 꺼냈다. 줄자의 한쪽 끝을 튤립나무 몸통에서 말뚝과 가장 가까운 위치에 결속한 뒤, 줄자를 풀어 말뚝까지 연결했다. 그런 다음에는 나무와 말뚝을 연결한 직선을 따라서 줄자를 50피트 더 풀었다 — 주피터는 낫을 이용해 그 사이의 덤불을 쳐냈다. 그렇게 해서 줄자가 도달한 위치에 두 번째 말뚝이 세워졌고, 이 말뚝을 중심으로 직경 4피트쯤 되는 원이 그려졌다. 르그랑은 자기 삽을 집어

들었다. 그는 주피터와 나의 손에도 삽을 하나씩 들려주면서, 여기를 최대한 빨리 파자고 재촉했다.

솔직히 말하자면 나는 이런 장난에 넌덜머리가 났다. 가능하다면 어떻게든 여기서 빠지고 싶었다. 밤이 오고 있었고, 지금까지의 고생만으로도 이미 심하게 피곤했다. 하지만 빠져나갈 구멍은 보이지 않았다. 괜한 언쟁으로 이 불쌍한 친구를 자극하고 싶지도 않았다. 주피터의 도움을 받을 수만 있었다면, 나는 억지로라도 이 광인을 집까지 끌고 갔을 것이다. 하지만 이 흑인은 자기 주인과 내가 대치하는 상황에서 내 편을 들어줄 만한 위인이 아니었다. 르그랑은 파묻힌 보물에 관한 남부 지방의 하고많은 미신들에 단단히 홀린 게 분명했다. 우연히 발견한 풍뎅이는 그의 망상을 확신으로 바꿔 놓았을 것이다. 그것이 "진짜 황금으로 된 벌거지"라는 주피터의 고집스러운 주장도 한몫했으리라. 광기에 사로잡힌 정신은 그와 같은 암시에 쉽게 휘둘린다 ─그것이 오래전부터 품어 온 희망과 맞아떨어질 경우에는 더더욱 그렇다. 나는 그가 이 딱정벌레를 "행운의 길잡이"라고 불렀던 게 떠올랐다. 나는 눈물이 날 정도로 짜증 나고 혼란스러웠지만, 당장에 필요한 일을 하기로 했다—최대한 빨리 땅을 파서, 꿈에 붙들린 이 친구에게 그의 생각이 얼마나 헛된 것인지를 직접 보여주기로 한 것이다.

랜턴을 켜고, 우리는 차라리 좀 더 의미 있는 일에 쏟았다면 좋았을 열정을 발휘해 삽질을 시작했다. 랜턴 불빛이 우리의 삽질하는 모습을 비추는 가운데, 나는 혹시 누군가 지나가다가 이 장면을 목격한다면 우리의 모습이 얼마나 그의 호기심을 자극할지, 그리고 우리의 노동이 얼마나 기이하고 수상쩍어 보일지 궁금했다.

우리는 두 시간 동안 거의 아무런 말도 없이 땅만 팠다. 우리가 하는 짓이 재미있어 보였는지, 중간에 갑자기 개가 짖었다. 개가 너무 심하게 짖어 우리는 혹시 근방을 지나는 사람이 우리의 존재를 알아차릴까 봐 걱정이 되었다—아니, 사실 걱정을 한 사람은 르그랑뿐이었을지도 모른다—그런 방해 덕분에 이 방랑자를 집에 데려갈 수만 있다면, 나로서는 그만큼 고마운 일도 없었으리라. 주피터는 소란을 매우 효과적으로 잠재웠다. 우울한 걱정에 잠긴 얼굴로 구덩이를 빠져나가더니 자기 멜빵으로 개의 입을 묶고는 귀신 같은 웃음소리를 내며 다시 구덩이로 들어와 땅을 파기 시작한 것이다.

두 시간 동안 우리가 파고 들어간 깊이는 5피트에
달했다. 하지만 보물 같은 건 코빼기도 보이지 않았다.
무거운 정적이 찾아왔고, 나는 드디어 이 광대극의
막을 내릴 때가 되었다는 생각이 들었다. 르그랑은
당황한 기색이 역력했지만, 이마를 훔치고 다시 땅을
파기 시작했다. 우리는 직경 4피트를 전부 파헤친 것으
로도 모자라서, 작업 범위를 약간 넓히고 2피트를 더
파헤쳤다. 하지만 아무것도 나오지 않았다. 이 불쌍한
탐험가는 결국 구덩이에서 올라와, 던져 놓은 외투를
마지못해 꾸역꾸역 챙겨 입었다. 그의 표정과 몸짓
하나하나에는 쓰디쓴 실망감이 배어 있었다. 나는 아무
말도 하지 않았다. 주피터는 주인의 눈치를 보며 연장을
챙기고 개의 입마개를 풀었다. 우리는 깊은 침묵 속에서
집으로 향했다.

집 쪽으로 열 걸음은 걸었을까, 갑자기 르그랑이
욕을 내뱉으며 주피터에게 성큼성큼 다가가 그의 멱살
을 잡았다. 놀란 깜둥이는 눈을 똥그랗게 뜨고 입을
큼직하게 벌리며 거꾸러졌다. 그가 들고 있던 삽들이
바닥에 떨어졌다.

"이런 잡놈 같으니라고." 르그랑은 이를 악다물고 말했다. "시꺼먼 악마 같으니라고! 발뺌하지 말고 당장 대답해, 당장! 어디, 어디가 네놈 왼쪽 눈이지?"

"오, 살려만 주십쇼, 월 도련님! 이게 제 왼쪽 눈 아닙니까요?" 겁에 질린 주피터가 자신의 **오른쪽** 시각 기관에 손을 갖다 대며 울먹였다. 그는 주인이 자기 눈알을 뽑아 버릴까봐 무서웠는지 필사적으로 눈을 가렸다.

"그럴 줄 알았지! 분명 그럴 줄 알았지! 왓호!" 흑인을 놓아준 그는 폴짝폴짝 뛰기도 하고 빙그르르 돌기도 하면서 환호성을 질렀다. 무릎을 펴고 일어난 하인은 주인에게서 나에게로, 그리고 다시 나에게서 주인에게로 시선을 옮기며 멀뚱히 서 있었다.

"이리 오게! 다시 돌아가야 하네." 그가 말했다. "게임 은 아직 끝나지 않았어." 그러면서 그는 다시 튤립나무 쪽으로 갔다.

"주피터." 그가 나무 아래 서서 말했다. "이리 와 보게! 가지에 못 박힌 해골이 나무 바깥쪽을 향해 있었 나, 아니면 가지 쪽을 향해 있었나?"

"바깥쪽을 향해 있었습죠, 도련님. 그래야 까마귀들

이 눈을 쉽게 파먹을 수 있었을 테니 말입죠."

"좋아, 그렇다면 자네가 딱정벌레를 집어넣은 눈이
이쪽이었나, 아니면 이쪽이었나?" 르그랑은 주피터의
양쪽 눈을 번갈아 가리켰다.

"이쪽 눈입죠, 도련님. 도련님이 말씀하셨던 왼쪽
눈입죠." 흑인은 다시 오른쪽 눈을 가리키며 말했다.

"알겠어. 그럼 다시 해보지."

아무리 실성했다지만 내 친구의 행동에는 뭔가 조리
가 있었다(적어도 내 눈에는 그렇게 보였다). 그는 딱정
벌레가 떨어졌던 자리에 박아 둔 말뚝을 왼쪽으로 3인
치 옮겼다. 그런 다음에 줄자를 꺼내 아까처럼 튤립나무
와 말뚝을 최단 거리로 연결하고, 그렇게 만들어진
직선을 따라서 줄자를 50피트 더 풀었다. 그렇게 해서
줄자가 도달한 위치는 우리가 파헤친 구덩이로부터
몇 야드는 떨어져 있었다.

이 새로운 위치를 중심으로 먼젓번보다 조금 더
큰 원이 그려졌고, 우리는 다시 삽질을 시작했다. 나는
심하게 지쳐 있었다. 하지만 무슨 변덕인지는 몰라도,
이제는 이 일이 그다지 싫지 않았다. 기이한 일이지만,
나는 흥미를 느끼고 있었다 — 아니, 거의 흥분해 있었

다. 어쩌면 르그랑의 무모한 행동 속에서 번뜩이는 어떤 신중함과 집요함 같은 게 나를 자극했는지도 모른다. 정성을 들여 땅을 파는 동안, 나는 어떤 기대 비슷한 것을 품고서 환상의 보물을 찾으려 하는 내 모습을 발견했다. 그것은 불행한 내 친구를 홀린 바로 그 환상이었다. 그렇게 내 심정이 급격한 변화를 겪고 있을 때, 그리고 우리가 새로 작업을 시작한 지 한 시간 반쯤 되었을 때, 개 짖는 소리가 다시 우리의 작업을 방해했다. 먼젓번의 짖음이 그저 장난과 호기심 때문이었다면, 이번의 짖음은 훨씬 맹렬하고 사나웠다. 주피터가 다시 멜빵으로 입을 막으려 했지만, 개는 거세게 저항하더니, 이윽고 구덩이 속으로 뛰어들어 발톱으로 미친 듯이 땅을 파기 시작했다. 몇 초도 안 되어 녀석은 사람 뼈를 한 무더기 끄집어냈다. 족히 두 사람분은 될 만한 유골이 금속 단추, 혹은 썩어서 거의 가루가 된 옷가지 따위와 섞여 있었다. 삽질을 한두 번 더 하자 커다란 스페인제 나이프의 칼날이 나왔고, 거기서 더 파고 들어가자 금화와 은화가 한두 닢씩 발견되었다.

주피터는 이 광경을 보고 기쁨을 감추지 못했다. 하지만 주인의 표정은 실망감으로 가득했다. 그는 땅을 조금만 더 파 보자고 했다. 그런데 그의 말이 떨어지기가 무섭게 나는 흙에 반쯤 묻혀 있는 커다란 쇠고리에 발이 걸려 넘어졌다.

그때부터 우리는 전력을 다해 땅을 팠다. 그토록 격렬한 흥분을 느낀 10분은 내 인생에 없었다. 마침내 우리는 커다란 직사각형 나무 상자 하나를 발굴해 냈다. 상자는 보존 상태가 거의 완벽했고, 놀라울 정도로 튼튼했다. 염화수은 같은 것으로 약품 처리를 해둔 게 분명했다. 길이는 3피트 반, 너비는 3피트, 높이는 2피트 반이었다. 물리적인 파손을 막기 위해 강철 띠를 덧댄 데다가 못질까지 되어 있었다. 전체적으로는 조악한 격자무늬가 도드라졌다. 상자의 위쪽에는 양옆으로 세 개씩, 총 여섯 개의 쇠고리가 달려 있었다 — 여섯 사람이 함께 상자를 들도록 제작된 것이었다. 셋이 한꺼번에 달라붙어 봤지만, 상자를 살짝 잡아끄는 게 고작이었다. 다행히도 잠금장치는 빗장 두 개가 전부였다. 우리는 불안한 마음으로 손을 떨고 숨을 헐떡이면서 빗장을 당겨 뚜껑을 열었다. 그 순간, 가치를 짐작할 수 없는 보물이 우리 앞에 모습을 드러냈다. 우리가 가져온 랜턴이 구덩이 안쪽을 비추고 있었는데, 어지러

울 정도로 가득히 쌓인 황금과 보석에 그 불빛이 반사되어 우리의 눈을 부시게 했다.

그 순간의 내 심경을 묘사한다는 건 거의 불가능에 가깝다. 물론 가장 큰 비중을 차지한 감정은 놀라움이었을 것이다. 르그랑은 흥분으로 탈진한 모양인지 거의 아무 말도 하지 못했다. 주피터의 얼굴은 시체처럼 하얗게 질려서, 과연 흑인이 맞나 싶을 정도였다. 그는 벼락 맞은 것처럼 한참 동안 넋을 잃고 망연히 서 있었다. 그러더니 갑자기 구덩이 속에서 털썩 주저앉아 맨 팔을 팔꿈치 깊이까지 보물 상자에 담그고는, 마치 세상에서 가장 호화로운 목욕을 즐기는 사람처럼 그 촉감을 만끽했다. 급기야 그는 깊은 한숨을 내쉬며 마치 독백하는 배우처럼 소리쳤다.

"이게 다 황금벌거지 덕분이라니! 어여쁜 황금벌거지야! 가여운 황금벌거지야! 지금까지 못되게 굴어서 미안해! 너는 부끄럽지도 않으냐, 이 멍청한 깜둥이야! 주둥아리가 있다면 대답을 좀 해보거라!"

나는 아직 보물을 옮기는 일이 남아 있다는 사실을 두 사람에게 상기시키지 않을 수 없었다. 밤은 깊어 가고 있었고, 해가 뜨기 전까지 모든 것을 집으로 옮겨야 했다. 하지만 마땅한 방법을 떠올리지 못한 채 상당한 시간을 흘려보냈다 — 그 정도로 머릿속이 뒤죽박죽이었다. 결국 우리는 상자 속의 내용물을 2/3 정도 덜어내기로 했다. 그렇게 하면 어떻게든 상자를 구덩이 밖으로 들어 올릴 수 있었다. 덜어낸 물건들은 덤불 밑에 숨기

고, 그 앞에 개를 보초로 세웠다. 우리가 돌아올 때까지
는 무슨 일이 있어도 자리를 벗어나거나 짖으면 안
된다고 주피터는 개에게 신신당부했다. 그러고 나서
우리는 상자를 들고 서둘러 집으로 향했다. 엄청난
고생 끝에 오두막에 도착했을 때는 이미 새벽 한 시였다.
그렇게 지친 몸으로 곧장 일을 재개한다는 건 불가능한
일이었다. 우리는 대충 요기를 하고 2시까지 휴식을
취한 뒤에, 운 좋게 집에서 찾아낸 큼지막한 포대 세
자루를 들고 다시 산으로 향했다. 새벽 4시가 조금
못 되어 구덩이에 도착한 우리는, 남아 있는 보물들을
셋이서 똑같이 나눠 들고, 텅 빈 구덩이를 뒤로한 채
다시 오두막으로 향했다. 우리가 다시 집에 도착해
우리의 보물들을 전부 풀어놨을 때는 새벽의 여명이
동쪽의 숲우듬지를 희미하게 비추고 있었다.

　우리는 당장 기절해도 이상하지 않을 정도였다. 하지
만 격한 흥분 때문에 제대로 휴식을 취할 수도 없었다.
우리는 불안한 선잠을 서너 시간쯤 잔 후에 마치 약속이
라도 한 것처럼 함께 일어나 보물을 자세히 살펴보기
시작했다.

　상자는 거의 넘칠 정도로 들어찼다. 우리는 온종일로

도 모자라, 늦은 새벽까지 그 내용물을 조사해야 했다. 질서나 규칙 따위는 찾아볼 수 없었다. 온갖 것이 아무렇게나 쌓여 있었다. 정성을 들여 분류 작업을 마친 후에, 우리는 생각했던 것보다 훨씬 더 큰 부富가 우리 손에 들어왔음을 깨달았다. 동전만 해도 45만 달러가 넘었다 — 이 금액은 주화의 발행 시기에 맞춰 최대한 정확하게 가치를 추산한 결과였다. 은화는 단 한 닢도 없었다. 모두 아주 오래된 금화였고, 국적도 다양했다 — 프랑스, 스페인, 독일이 주를 이루었고, 영국의 기니뿐만 아니라, 생전 처음 보는 경화硬貨까지 섞여 있었다. 아주 커다랗고 무거운 동전도 몇 개 있었는데, 너무 심하게 닳아서 문자 판독이 힘들었다. 미국 주화는 전혀 찾아볼 수 없었다. 보석의 가치를 추산하는 건 훨씬 어려운 일이었다. 다이아몬드가 도합 110개(개중에는 눈이 휘둥그레질 정도로 큼직하고 훌륭한 것도 있었지만, 작다고 할 만한 것은 하나도 없었다), 번쩍이는 루비가 18개, 에메랄드가 310개(하나같이 아름다웠다), 사파이어가 21개, 오팔이 한 개였다. 보석들은 모두 거미발에서 떨어져 나와 상자 속에서 아무렇게나 굴러다니고 있었다. 우리는 금화 더미 안에서 그 보석의 거미발들을 찾을 수 있었지만, 일부러 망치로 짓이겨서 뭐가 뭔지 식별할 수 없게 만들어 놓은 것 같았다. 순금으로 된 장신구도 상당히 많았다 — 반지와 귀걸이가 대략 200개, 목걸이가 30개(내 기억이 맞다면), 묵직한 십자가가 83개, 값진 향로가 5개, 풍성한 잎사귀와 바쿠스의 신자들로 장식된 놀라운 황금 그릇이 하나 있었고, 그 밖에도 내가 기억하지 못하는 자그마한 물건들이 수도 없이 많았다. 이 모든 것을 다 합친 무게는 350파운드를 넘었다. 물론 이것은 최상급 금시계 197개를 제외한 무게였다. 그중 세 개는 족히 500달러는 되어 보였다. 대부분이 심하게 낡고 부식되어 시계로서는 제 기능을 못 했지만, 케이스와 장식만으로도 큰 값어치가 있었다. 그날 밤 우리는 상자 속 내용물의 가치를 150만 달러로 추산했다. 나중에 실제로 장신구와 보석을 처분할 때는(몇 개는 팔지 않고 간직하기로 했다) 우리가 그것을 얼마나 과소평가했는지 알 수 있었다. 상자 속 물건들을 샅샅이 살펴본 후 격한 흥분이 어느 정도 가라앉았을 때, 르그랑은 수수께끼의 해답을 알고 싶어서 미칠 지경인 나를 위해 이 모든 일의 전말을 상세히 털어놓았다.

"자네도 기억할 걸세." 그가 말했다. "그날 밤 내가 자네에게 풍뎅이를 그려 줬지. 내 그림이 해골 같다는 자네의 말을 듣고 내가 깜짝 놀랐던 것도 기억할 거야. 처음에 나는 자네가 농담하는 줄 알았어. 하지만 문득 그놈의 등껍질에 있는 기이한 반점들을 떠올리고는, 자네의 말에도 일리가 있다고 느꼈다네. 내 그림 실력에 대한 자네의 비난은 참을 수 없었지만 말일세. 사실 나는 누가 보더라도 썩 괜찮은 화가거든. 그래서 자네가 내게 그 가죽때기를 되돌려주었을 때, 나는 그걸 곧장 구겨서 불에 태워 버리려고 했다네."

"그때 그 종이를 말하는 거야?" 내가 물었다.

"종이처럼 보였겠지만, 종이가 아니었네. 처음에는 나도 종이인 줄 알았지. 하지만 막상 그림을 그리려고 보니 그건 대단히 얇은 양피지였네. 자네도 기억하다시피 아주 더러운 상태였지. 그걸 그냥 구겨 버리려는 찰나에, 자네가 보고 있던 그림으로 내 눈길이 향했네. 내가 딱정벌레를 그린 바로 그 위치에(내겐 그렇게 보였네) 진짜 해골 그림이 있는 걸 발견했을 때 내가 얼마나 놀랐을지 자네도 짐작할 수 있을 걸세. 나는 너무 큰 충격을 받아서 잠시 정상적인 사고를 할 수 없었다네. 이 해골 그림과 나의 딱정벌레 그림은 세부적인 면에서 매우 달랐어. 전체적인 윤곽은 비슷했지만 말이야. 나는 곧장 양초를 집어 들고 방구석으로 가서 양피지를 유심히 살펴보기 시작했지. 양피지를 뒤집어 보니 내가 그린 딱정벌레가 거기에 그대로 있었네. 처음에 나는 이것이 그저 놀라운 우연의 일치라고만 생각했다네. 정말 우연히도 내가 풍뎅이를 그린 바로 그 뒷면에 내가 미처 발견하지 못한 해골 그림이 있었고, 또 정말 우연히도 이 해골은 윤곽뿐 아니라 크기까지 내 그림과 거의 비슷했던 거라고 말이야. 이 놀라운 우연은 잠시 내 넋을 빼놓았지. 이런 종류의 우연은 사람을 혼미하게 만든다네. 어떻게든 연결고리나 인과 관계를 찾아보려고 애쓰지만 끝내 실패하고, 일종의 마비 상태에 빠지는 거야. 하지만 이 상태에서 회복되자, 한 가지 생각이 서서히 머릿속에 떠올랐어. 이 생각은 나를 더 큰 충격에 빠뜨렸지. 내가 풍뎅이를 그리기 전까지는 양피지에 아무런 그림도 없었다는 사실이 명백하고 분명하게 기억난 거라네. 나는 완벽하게 확신했어. 최대한 깨끗한 자리에 풍뎅이를 그리려고 양피지를 앞뒤로 꼼꼼히 살펴봤던 게 생각난 거야.

처음부터 해골이 거기 있었다면, 내가 그걸 못 봤을 리가 없다네. 나에게 이것은 실로 해명할 수 없는 수수께끼였지. 하지만 이미 이때부터 내 머릿속의 가장 깊고 비밀스러운 방 안쪽에서는, 지난밤의 탐험이 훌륭하게 증명해 낸 저 진실이 마치 반딧불이처럼 희미하게 빛을 내고 있었다네. 나는 자리에서 일어나 양피지를 안전한 곳에 넣어 두고, 혼자가 될 때까지는 잠시 생각을 미뤄두기로 했어.

자네가 가고, 주피터가 잠든 후에, 나는 이 문제를 좀 더 체계적으로 파고들기 시작했네. 우선 이 양피지가 내 손에 들어오게 된 경위부터 되짚어 보았어. 우리가 풍뎅이를 발견한 곳은 섬에서 동쪽으로 1마일 정도 떨어진 뭍의 해안이었네. 간발의 차이로 파도가 닿지 않는 자리였지. 내가 녀석을 잡자마자 녀석이 나를 세게 물었어. 그 탓에 녀석을 놓치고 말았지. 조심성이 많은 주피터는 자신에게 날아드는 벌레를 감싸 잡을 만한 나뭇잎 같은 걸 찾으려고 했네. 바로 그 순간 주피터와 나의 눈에 양피지 조각 하나가 보였다네. 처음에는 종이인 줄 알았어. 모래에 파묻혀서 모서리만 튀어나와 있었지. 그 부근에는 기다란 보트의 잔해 같은 것들이 흩어져 있었다네. 난파된 지 아주 오래된 것 같았어. 그게 보트였다는 걸 거의 못 알아볼 정도였으니 말일세.

주피터는 결국 그 양피지로 딱정벌레를 잡아서 내게 가져다주었네. 우리는 곧장 집으로 향했는데, 가는 길에 G 중위를 만났지. 우리가 잡은 곤충을 그에게 보여줬더니, 그걸 막사에 가져가고 싶다고 애원하더군. 내가 그러라고 했더니, 그걸 자기 외투 주머니에 쏙 넣더라고. 내 손에 들려 있던 양피지는 챙기지도 않고 말일세. 내가 마음을 바꿀까 봐 걱정되어서 재빨리 자기 품속에 넣은 게지. 그 친구가 박물학과 관련된 문제라면 사족을 못 쓴다는 건 자네도 알고 있을 거야. 그때 나는 별생각 없이 그 양피지를 내 주머니 속에 대충 찔러 넣었다네.

자네도 기억하다시피 나는 딱정벌레를 그리려고 책상 앞에 앉았지만, 평상시 종이를 놓아두던 자리에서는 종이를 찾지 못했다네. 서랍 속에도 종이로 쓸 만한 건 없었지. 그래서 혹시 안 쓰는 편지지라도 있을까 싶어 주머니를 뒤적거리다가 그 양피지가 손에 들어온 거라네. 내가 이 양피지를 수중에 넣게 된 경위를 이렇게까지 상세히 설명하는 것은 그 모든 일이 내 정신을 기묘한 힘으로 사로잡았기 때문일세.

자네는 내 상상력이 지나치게 풍부하다고 생각하겠지. 하지만 그때 나는 이미 일종의 **연결고리**를 하나 발견한 상태였다네. 두 개의 고리를 연결해서 하나의 기다란 사슬을 만든 거야. 해변에는 부서진 보트가 있고, 거기서 멀지 않은 곳에 양피지가 있었네. 종이가 아닌 양피지 말일세. 물론 자네는 "거기에 무슨 연결고리가 있느냐"고 묻겠지. 잘 알려져 있다시피 해골은 해적의 상징이라네. 해적들은 언제나 배에 해골 깃발을 걸지.

좀 전에 나는 그게 종이가 아니라 양피지였다고 했네. 양피지는 오래 보관할 수 있다네. 거의 평생 보관할 수 있지. 양피지에 사소한 것을 기록하는 경우는 거의 없어. 평범한 그림을 그리거나 글을 쓸 때는 일반적인 종이를 사용하지, 굳이 양피지를 사용하지는 않아. 생각이 여기까지 다다르면 해골에서 어떤 의미를, 다른 것들과의 연관성을 발견할 수 있지. 나는 양피지의 **모양**을 눈여겨보았다네. 어쩌다 한쪽 모서리가 뜯겨나가긴 했지만, 원래 모양은 타원형이었다는 사실을 알 수 있었어. 그런 양피지는 뭔가 오랫동안 기억하고 보존해야 하는 정보를 기록할 때 쓰인다네.

"잠깐 기다려보게." 내가 끼어들었다. "자네가 딱정벌레를 그리기 전까지는 양피지에 해골 그림이 **없었다**고 하지 않았어? 그렇다면 보트와 해골 사이에 도대체 무슨 연결고리가 있다는 거지? 자네 말대로라면 해골이 그려진 것은 (누가 어떻게 그렸는지는 하나님만이 아시겠지) 자네가 풍뎅이를 그린 이후의 일 아닌가?"

"그래, 바로 거기에 모든 비밀이 숨겨져 있지. 그 비밀을 밝히는 건 그다지 어려운 일이 아니었어. 당시로서 내가 선택할 수 있는 길은 하나뿐이었고, 내릴 수 있는 결론 또한 하나뿐이었지. 내가 풍뎅이를 그릴 때만 해도 양피지에는 해골 그림이 없었다네. 풍뎅이 그림을 완성하자마자 나는 양피지를 자네에게 건넸지. 자네가 내게 양피지를 돌려줄 때까지 나는 자네에게서 눈을 떼지 않았다네. 그러니 자네가 그 해골을 그리지 않았다는 건 확실해. 해골을 그린 사람은 아무도 없네. 그럼에도 불구하고 해골은 그려졌지.

이 단계에서 나는 그 시각에 일어난 모든 일을 선명하게 기억해내려고 애썼고, **실제로** 기억해냈다네. 그날은 날씨가 추워서(이 얼마나 절묘하고 귀중한 우연인가!) 벽난로에 불을 피워 놓았지. 방금 들어온 나는 아직 열기가 몸에 남아서 책상 근처에 앉아 있었어. 하지만 자네는 벽난로 곁에 의자를 끌어다 놓고 앉아 있었네. 나는 자네 손에 양피지를 건넸고, 자네가 그것을 살펴보려는 찰나에 울프가 뛰쳐 들어와서 자네에게 안겼지. 자네가 왼손으로 녀석을 쓰다듬으며 진정시키는 동안, 양피지를 든 자네의 오른손은 자네도 모르게 무릎 쪽으로 내려가 난롯불에 가까워졌다네. 한순간 나는 양피지가 불에 탈 것 같아서 자네에게 주의를 주려고 했지. 하지만 내가 말을 꺼내기도 전에 자네는 다시 손을 올려 양피지를 살펴보기 시작했어. 이 모든 상황을 고려해봤을 때, 양피지 위에 해골 그림이 나타난 것은 난롯불의 열기 때문이라는 사실을 나는 추호도 의심할 수 없었다네. 불에 가져다 댔을 때만 글자가 보이도록 종이나 양피지에 글자를 쓸 수 있게 해주는 화학 약품이 존재한다는 걸 자네도 알 걸세. 왕수에 녹인 산화코발트를 물에 네 배로 희석하면 초록색이 나온다네. 그리고 코발트 침전물을 질산에 용해시키면 빨간색이 나오지. 상온에서 이 물감들로 글자를 쓰면 얼마 후 글자가 사라지지만, 불에 가져다 대면 다시 글자가 나타나는 걸세.

　나는 해골 그림을 주의 깊게 살펴봤어. 그림의 바깥쪽 부분, 즉 양피지 모서리에 가까운 부분이 다른 부분에 비해 유독 선명했다네. 그림에 열기가 제대로 닿지 않았거나 골고루 닿지 않은 게 분명했어. 나는 즉시 양초에 불을 붙여서 양피지에 충분히 열을 가했네. 처음에는 해골의 윤곽이 약간 짙어지는 게 전부였지. 하지만 인내심을 갖고 기다린 결과, 양피지에서 해골과 대각선으로 마주 보는 모서리 쪽에 염소로 보이는 그림이 나타났다네. 하지만 자세히 보니 그냥 염소가 아니었어. 기쁘게도 그것은 새끼 염소kid였지."

　"하! 하!" 나는 말했다. "내게 자네를 비웃을 권리가 없다는 건 알고 있어. 150만 달러를 눈앞에 놓고 어떻게 감히 비웃겠나. 하지만 자네는 사슬의 세 번째 고리를 찾는 데는 실패한 것 같군. 해적과 염소 사이에는 별다른 연결고리가 없을 테니 말이야. 자네도 알다시피 해적은 염소와 아무런 관계가 없잖아. 염소는 바다가 아니라 농장에 있는 동물이지."

　"내가 방금 말하지 않았던가? 그 그림은 염소가 아니

었네."

"그래, 새끼 염소라고 했지. 어차피 거의 비슷한 거 아닌가?"

"거의 비슷하지. 하지만 똑같지는 않네." 르그랑이 말했다. "자네도 키드 선장에 관해 들어본 적이 있을 걸세. 나는 그 그림이 일종의 언어유희, 혹은 상형문자로 된 서명이라고 생각했다네. 그게 서명처럼 보였던 건 그 위치 때문이었어. 마찬가지로, 반대편 모서리에 있는 해골은 마치 인장이나 봉인처럼 보였지. 하지만 나는 내가 상상해 낸 기관의 몸체, 내가 설정한 컨텍스트의 텍스트를 찾을 수 없었네."

"자네는 인장과 서명 사이에 편지가 있을 거로 생각했던 모양이군."

"그 비슷한 걸 기대했지. 사실을 말하자면, 나는 뭔가 엄청난 부가 내 손에 들어오게 될 거라는 예감에 사로잡혀 있었어. 그 이유는 설명할 수 없네. 어쩌면 그건 실제적인 믿음이라기보다는 욕망에 가까웠는지도 몰라. 자네 혹시 아는가? 그 벌레가 진짜 황금으로 되어 있다는 주피터의 바보 같은 말이 나의 환상을 얼마나 크게 자극했는지 말일세. 그 후에 발생한 일련의 사건과 우연은 놀랍기 그지없다네. 이 모든 일이 하고많은 날 중에서도 **하필이면** 그날, 그러니까 유난히도 추워서 불을 때지 않을 수 없었던 바로 그날 벌어졌다는 건 얼마나 기막힌 우연인가? 만일 그날 불을 때지 않았더라면, 혹은 정확히 그 순간에 개가 뛰쳐 들어오지 않았더라면, 나는 해골의 존재를 알아채지도 못했을 거고, 보물을 발견하지도 못했을 걸세."

"이야기를 계속해 줘. 궁금해서 미치겠으니까."

"자네는 키드와 그의 선원들이 대서양의 어느 해안에 돈을 묻어 뒀다는 이야기를 들어 본 적이 있을 걸세. 그 비슷한 소문이 천 가지도 넘게 세상을 떠돌고 있지. 사실 이런 소문에는 나름의 근거가 있다네. 소문이 그렇게까지 오랫동안 지속될 수 있었던 건 **여태까지** 아무도 보물을 발굴하지 못했기 때문이라는 게 나의 판단이었네. 만약에 키드가 자신이 숨겨뒀던 약탈품을 직접 회수했다면, 소문이 지금과 같이 일관된 형태로 우리에게 닿을 수는 없었을 걸세. 자네도 보물을 찾겠다는 사람들의 이야기는 많이 들어 봤겠지만, 보물을 찾았다는 사람들의 이야기는 들어보지 못했을 거야. 키드가 보물을 되찾았다면, 그걸로 모든 이야기는 끝났겠지. 내가 보기에 그는 어떤 불의의 사고 때문에, 이를테면 보물의 위치를 알려주는 메모를 잃어버렸기 때문에, 더 이상 보물을 되찾을 수 없게 되었던 것 같네. 그리고 이 사고 소식이 그의 선원들에게 전해진 걸세. 그게 아니라면 그들이 어떻게 보물의 존재를 알았겠는가? 그들은 무턱대고 보물을 찾아다녔지만 다 허사였지. 그것이 지금 이렇게 널리 퍼져 있는 소문의 근원이라네. 자네는 해안가에서 귀한 보물이 발굴되었다는 소식을 들은 적이 있나?"

"한 번도 없네."

"그런데 키드의 약탈품이 어마어마하다는 건 익히 알려진 사실이지. 따라서 나는 그것이 아직 어딘가 땅속 깊은 곳에 숨겨져 있다고 결론지었네. 그리고 자연스레 나는 보물의 위치가 바로 그 기묘한 양피지에 담겨 있을지도 모른다는 기대를, 거의 확신에 가까운 기대를 품게 되었다네."

"그래서 어떻게 했지?"

"나는 불을 더욱 세게 지핀 뒤에 양피지를 가져다 대 보았네. 하지만 아무것도 나타나지 않았어. 어쩌면 양피지를 뒤덮고 있는 이물질이 문제일지도 모른다는 생각이 들어서 미지근한 물로 조심스럽게 먼지를 닦아 냈지. 그런 다음에는 해골 그림이 있는 면을 아래로 향하게 해서 양피지를 양은냄비에 넣고, 그걸 통째로 벽난로 속에 넣었다네. 그렇게 몇 분에 걸쳐 양은냄비를 가열한 뒤 양피지를 꺼내 보았네. 줄글의 형태로 배열된 문자들이 양피지 위에 듬성듬성 나타난 걸 봤을 때는 말로 표현할 수 없을 만큼 기뻤지. 나는 다시 양은냄비를 불 속에 넣고 몇 분 동안 달구었어. 그 결과물은 자네 눈으로 직접 보게나." 그 자리에서 르그랑은 양피지를 다시 가열해 나에게 보여주었다. 해골과 염소 사이에 다음과 같은 문자들이 빨간색으로 조악하게 적혀 있었다.

53‡‡†305))6*;4826)4‡.)4‡);806*;48†
8¶60))85;;]8*;:‡*8†83(88)5*†;46(;88*96*?;8)*‡
(;485);5*†2:*‡(;4956*2(5*−4)8¶8*;4069285);)6
†8)4‡‡;1(‡9;48081;8:8‡1;48†85;4)485†
528806*81(‡9;48;(88;4(‡?34;48)4‡;161;:188;‡?;

"그런데 말이야." 나는 그에게 양피지를 돌려주며

말했다. "나는 여전히 눈앞이 깜깜해. 이 수수께끼만 해결하면 골콘다[79]의 보석을 전부 준다고 해도 나는 틀림없이 포기하고 말았을 거야."

"그렇지 않다네." 르그랑이 말했다. "얼핏 보기에는 어려워 보여도 이것은 사실 매우 간단한 수수께끼일세. 누구나 한눈에 알 수 있겠지만, 이것은 암호라네. 그 말인즉슨, 이 안에는 의미가 담겨 있다는 뜻이지. 키드에 관해 알려진 바를 종합해 봤을 때, 그에게 그렇게 복잡한 암호를 만들 만한 능력이 있었을 거라고는 생각하지 않았다네. 물론 뱃놈들의 엉성한 머리로는 무슨 일이 있어도 못 풀겠지만, 이건 아무리 봐도 간단한 수준의 암호지."

"그래서 이걸 풀었단 말이야?"

"금방 풀었지. 나는 이것보다 열 배는 더 복잡한 암호들도 풀어봤다네. 이런저런 상황과 개인적인 성향 덕분에 나는 그런 수수께끼에 관심을 갖게 되었거든. 인간의 머리로 만든 수수께끼 중에 인간의 머리로 풀지 못할 것은 없다는 게 나의 지론일세. 누락이 없고 판독이

---

79. 인도 남부의 고대 도시. 다이아몬드 생산지로 유명하다.

가능한 문자들을 손에 넣었다면, 거기서 의미를 도출하는 건 식은 죽 먹기라네.

여타 비밀문서를 해독할 때도 마찬가지겠지만, 지금 같은 경우에는 우선 암호가 어떤 언어로 되어 있는지를 파악해야 한다네. 대체로 암호의 풀이법은 언어의 특성에 의해 좌우되는데, 암호가 쉬울수록 그런 경향은 더욱 강해지지. 결국은 이런 암호를 풀려면 우리가 알고 있는 언어를 하나씩 전부 대입해서 (순전히 확률에 의존해) 해당 언어를 찾아내는 수밖에 없어. 하지만 새끼 염소 서명 덕분에 나는 그런 고생을 피할 수 있었다네. '키드kid'라는 단어를 사용한 언어유희는 영어가 아닌 다른 언어로는 파악이 불가능하지. 이걸 생각지 못했다면 나는 스페인어나 프랑스어부터 시작해야 했을 걸세. 스페인 해적이 비밀문서를 썼다면, 그건 스페인어나 프랑스어로 되어 있을 가능성이 가장 클 테니까. 하지만 나는 이 암호가 영어로 되어 있다고 가정하고 출발했네.

자네도 보다시피 여기에는 띄어쓰기가 없다네. 띄어쓰기가 있었다면 일은 훨씬 쉬웠을 걸세. 그럴 때는 짧은 단어들부터 골라서 분석할 수도 있고, 그 속에서

한 글자짜리 단어만 찾아내도 (예를 들면, 거의 모든 글에는 a나 I가 들어간다네) 암호는 풀린 것이나 다름없지. 하지만 띄어쓰기가 없을 때는 가장 많이 등장하는 문자와 가장 적게 등장하는 문자를 찾아내는 것이 급선무라네. 나는 문자를 하나씩 세어 이런 표를 만들었지."

그는 표를 내밀고 말을 이었다.

사용 문자	빈도수	사용 문자	빈도수
8	33	†와 1	8
;	26	0	6
4	19	9와 2	5
‡와)	16	:과 3	4
*	13	?	3
5	12	¶	2
6	11	]과 −과 .	1

"영어에서 가장 자주 쓰이는 글자는 e일세. a o i d h n r s t u y c f g l m w b k p q x z가 그 뒤를 잇지. e가 얼마나 자주 쓰이냐 하면, 어떤 길이의 문장이든 간에 그 안에서 e보다 다른 글자가 더 많이 쓰이는 경우를 찾아보기가 어려울 정도라네.

이 시점에서 우리는 단순한 추측 이상의 기반을 세운 것일세. 처음부터 끝까지 이 표를 이용해서 문제를 해결하는 것도 가능하겠지만, 이 암호를 푸는 데는 그저 약간의 도움이면 충분했네. 우리의 암호에서 가장 많이 등장하는 문자는 8이므로, 8을 알파벳 e라고 가정하고 시작해 봄세. 이 가정을 증명하기 위해서는 8 두 개가 나란히 놓여 있는지를 확인해 봐야 한다네. 한 단어에서 연속으로 두 번 사용되는 빈도가 가장 높은 알파벳이 e이기 때문이지. 예를 들면 'meet' 'fleet' 'speed' 'seen' 'been' 'agree' 같은 단어가 그렇다네. 이 짧은 암호에서도 8이 다섯 번이나 이중으로 겹쳐서 사용되고 있어.

그러므로 계속 8을 e라고 가정하겠네. 영어에서 가장 자주 쓰이는 단어는 'the'라네. 이제 마지막 문자가 8이면서 같은 배열로 여러 차례 반복되는 문자 세 쌍이 있는지 확인해 봐야 한다네. 그런 식으로 배열된 문자들이 반복적으로 등장한다면, 그건 'the'일 확률이 아주 높지. 실제로 이 암호에서는 ;48이라는 문자 배열이 일곱 번이나 반복된다네. 따라서 우리는 ;이 t를 뜻하고 4가 h를 뜻한다고 가정하고, 마지막 문자 8이 e를 뜻한다고 확정할 수 있어. 이건 대단한 수확이지.

그런데 이렇게 단어 하나를 구하고 나면 대단히

중요한 이정표를 세울 수 있게 된다네. 다른 단어들이 어디서 시작되고 어디서 끝나는지 파악할 수 있는 걸세. 끝에서 두 번째로 등장하는 ;48을 예로 들어보겠네. 우리는 그 뒤에 붙은 ;가 한 단어의 첫 글자라는 걸

즉시 알 수 있지. 그리고 이 'the'의 뒤를 잇는 문자 여섯 개 중에서 무려 다섯 개의 뜻을 이미 알고 있다네. 우리가 뜻을 아는 문자는 알파벳으로 바꿔서 쓰고, 모르는 문자는 여백으로 남겨 둔 채로 단어를 적어 봄세.

t eeth

여기서 마지막 두 글자 th는 이 단어의 일부가 아닌 걸로 간주하고 빼 버릴 수 있다네. 빈자리에 무슨 알파벳을 넣어 봐도 th가 포함된 단어는 구성되지 않기 때문이지. 따라서 남은 건 이것뿐이라네.

t ee

그리고 빈자리에 무슨 알파벳을 넣어봐도, 우리가 얻을 수 있는 단어는 오로지 'tree'뿐일세. 이렇게 해서 우리는 (가 r을 뜻한다는 걸 알게 되었을 뿐 아니라, 연속된 두 단어 'the tree'를 구하게 되었지.

여기서 조금 더 뒤로 가면 다시 ;48이 나온다네.

바로 그 앞에서 단어 하나가 끝났다는 뜻이지. 따라서
우리는 이걸 이런 식으로 배열할 수 있을 걸세.

the tree ;4(‡?34 the

우리가 뜻을 아는 문자를 알파벳으로 바꾸면 이렇게
된다네.

the tree thr‡?3h the

여기서 모르는 문자를 점으로 바꾸면 이렇게 된다네.

the tree thr...h the

이쯤 되면 'through'라는 단어가 자연스럽게 떠오르
지. 이로써 우리는 ‡와 ?와 3이 각기 o와 u와 g를
뜻한다는 걸 알게 되었네.

이제 우리가 뜻을 아는 문자들이 결합되어 있는
부분을 하나씩 찾아보도록 하지. 우선 암호의 첫머리에
서 그리 멀지 않은 곳에 이런 게 있다네.

83(88, 또는 egree

이건 아무리 봐도 'degree'라는 단어의 일부 같네. 따라서 우리는 †가 d를 뜻한다는 걸 알게 되었네.

'degree'에서 뒤로 네 글자를 건너뛰면 이런 게 보인다네.

;46(;88*

뜻을 아는 문자는 알파벳으로 바꾸고, 모르는 문자는 아까처럼 점으로 바꿔 보겠네.

th. rtee.

이걸 보면 곧장 'thirteen'이라는 단어를 떠올리게 되지. 이번에는 6과 *이 각각 i와 n을 뜻한다는 걸 알게 되었네.

이제 암호 첫머리로 가보지. 여기에는 이런 게 있네.

53‡‡†

이걸 바꾸면 이렇게 되지.

.good

그렇다면 이 암호의 첫 글자는 A가 될 수밖에 없어. 따라서 첫 두 단어는 'A good.'이 된다네.

이제 불필요한 혼란을 방지하기 위해 지금까지 알아낸 문자들을 표로 정리해봄세. 그러면 이렇게 되겠지.

5가 뜻하는 글자는 a
†이 뜻하는 글자는 d
8이 뜻하는 글자는 e
3이 뜻하는 글자는 g
4가 뜻하는 글자는 h
6이 뜻하는 글자는 i
*이 뜻하는 글자는 n
‡이 뜻하는 글자는 o
(가 뜻하는 글자는 r

;이 뜻하는 글자는 t

이렇게 우리는 가장 중요한 글자 열 개를 구했다네.
이 암호의 풀이 과정을 더 자세히 설명할 필요는 없을
것 같아. 이제 자네도 이런 암호를 푸는 게 그다지
어려운 일이 아니라는 걸 알았을 테니 말이야. 하지만
명심하게. 이건 암호 중에서도 가장 쉬운 축에 속한다
네. 이제 자네에게 암호의 정답을 보여줄 때가 되었군.
자, 이걸 보게.

A good glass in the bishop's hostel in the devil's
seat twenty-one degrees and thirteen minutes
northeast and by north main branch seventh limb
east side shoot from the left eye of the death's
head a bee line from the tree through the shot
fifty feet out. (악마의 의자에서 주교의 호스텔에서
좋은 유리 이십일 도 십삼 분 북동미북 큰 가지 일곱
번째 가지 동쪽 망자의 머리 왼쪽 눈에서 총알 나무에서
총알을 지나 최단 거리로 50피트)

"하지만 말이야." 내가 말했다. "내가 보기에는 수수께끼를 풀기 전이나 지금이나 별반 차이가 없는 것 같아. 악마의 의자devil's seat니 망자의 머리death's heads니 주교의 호스텔bishop's hostel이니 하는 허튼소리에서 도대체 무슨 의미를 끌어낼 수 있겠어?"

"나도 인정한다네." 르그랑이 대답했다. "아직 갈 길이 멀어 보이지. 어찌 되었든 나는 우선 이 문장을 쪼개 보기로 했다네. 암호를 제작한 사람이 원래 의도했던 대로 말일세."

"여기다가 구두점을 찍으려 했다는 거야?"

"그런 셈이지."

"그게 가능한 일인가?"

"내가 생각하기에 이 글을 쓴 사람은 문장의 의미를 파악하기 어렵게 만들려고 **일부러** 모든 단어를 붙여 쓴 것 같다네. 하지만 극도로 신중한 사람이 아니고서야 그런 일을 할 때는 도를 넘게 마련이지. 평소라면 띄어쓰기를 하거나 구두점을 찍었을 법한 부분에 다다랐을 때, 그는 두 단어를 필요 이상으로 가깝게 붙여 쓴 모양이네. 이 원고를 자세히 보면 두 단어 사이의 공간이 지나치게 좁은 부분이 다섯 군데 있지. 이걸 단서로 삼아서 나는 문장을 이렇게 나눠 보았네."

A good glass in the Bishop's hostel in the Devil's seat—twenty-one degrees and thirteen minutes—northeast and by north—main branch seventh limb east side—shoot from the left eye of the death's head—a bee line from the tree through the shot fifty feet out. (악마의 의자에서 주교의 호스텔에서 좋은 유리—이십일 도 십삼 분—북동미북—큰 가지 일곱 번째 가지 동쪽—망자의 머리 왼쪽 눈에서 총알—나무에서 총알을 지나 최단거리로 50피트)

"이렇게 놓고 봐도 전혀 모르겠군." 내가 말했다.

"그건 나도 마찬가지였다네." 르그랑이 대답했다. "며칠 동안 오리무중 상태였지. '주교의 호텔bishop's hotel'이라는 이름의 건물을 찾겠다고 설리번 섬 부근을 샅샅이 뒤지고 다녔어. '호스텔hostel'은 너무 옛날 말이라서 일부러 사용하지 않았지. 며칠째 아무런 소득을 얻지 못한 나는 탐색 범위를 넓혀서 좀 더 체계적으로 조사를 해보려 했다네. 그러던 어느 날 아침, 이 '주교의 호텔bishop's hotel'이라는 게 어쩌면 섬에서 북쪽으로 4마일 떨어진 곳에 저택을 짓고 살았던 베솝Bessop이라는 이름의 오래된 가문과 관계가 있을지도 모른다는 생각이 내 머릿속을 불현듯 스치고 지나갔어. 곧바로 나는 그쪽에 있는 농장으로 가서 나이 든 흑인 농부들에게 이런저런 질문을 했지. 그리고 마침내 그곳에서 가장 나이 많은 노파에게서 베솝의 성城이라는 곳에 관한 얘기를 들었네. 그녀는 원한다면 나를 그곳에 데려다줄 수도 있지만, 그곳은 성이나 여관이 아니라 그저 높은 바위에 불과하다고 했어.

내가 수고비를 섭섭지 않게 챙겨 주겠다고 말하자, 그녀는 잠깐 망설이더니 나를 거기까지 데려다주겠다고 했다네. 우리는 큰 어려움 없이 목적지에 도착했어. 그녀를 돌려보내고 나는 그 장소를 조사하기 시작했지. '성'은 불규칙하게 뒤섞인 절벽과 바위들로 이루어져 있었어. 그중에서 유난히 높은 데다 외따로 떨어진 채 부자연스러운 외형으로 내 눈길을 잡아끄는 바위가 하나 있었다네. 나는 그 바위 꼭대기까지 올라가 봤지만, 그다음에는 뭘 어떻게 해야 할지 알 수 없었어.

바쁘게 머리를 굴리고 있는 와중에, 나는 내가 서

있는 그 바위의 꼭대기에서 1야드쯤 밑에, 동쪽을 향한 좁은 돌기가 나 있는 걸 발견했다네. 이 돌기는 18인치 정도 튀어나오고, 그 너비가 한 피트도 채 못 되었네. 게다가 돌기 바로 위쪽은 웬일인지 움푹 들어가 있어서, 그 전체적인 모습은 얼핏 보면 옛날 사람들이 사용했던 움푹한 등받이 의자처럼 보였어. 나는 바로 여기가 그 암호에 나온 '악마의 의자'라고 확신했다네. 이걸로 수수께끼는 거의 다 풀린 셈이었지.

'좋은 유리good glass'란 다름 아니라 망원경을 뜻하는 말일세. 뱃사람들이 '유리'라는 말을 다른 의미로 사용하는 경우는 거의 없지. 따라서 나는 지금 이 순간 나에게 망원경이 필요하며, 그 관측 지점은 다른 어느 곳도 아닌 바로 여기라는 사실을 알아챘다네. '이십일 도 십삼 분twenty-one degree and thirteen minutes'과 '북동 미북northeast and by north'이라는 문구가 망원경의 관측 각도를 가리킨다는 건 의심할 여지조차 없었지. 이 발견에 몹시 흥분한 나는 서둘러 집으로 달려와 망원경을 챙겨 다시 바위로 돌아갔다네.

나는 바위 꼭대기에서 내려가 돌기 위에 섰다네. 내가 똑바로 몸을 기대고 서 있을 수 있는 위치는 그 위에서 단 한 곳뿐이었지. 이 사실은 나의 기대를 확신으로 바꿔주었네. 나는 망원경을 꺼내 들었어. '북동미북'이라는 말이 수평 각도를 가리키고 있으니 '이십일 도 십삼 분'은 지평선을 기준으로 한 수직 각도일 수밖에 없었지. 나침반으로 수평 각도를 맞추고, 어림짐작으로 수직 각도를 21도에 맞춘 뒤에 망원경의 방향을 미세하게 조정해 봤다네. 그러다가 나는 마침내 멀리서 보기에도 다른 나무들을 확연히 압도하는 어느 커다란 나무의 우듬지에서 동그란 틈새, 혹은 구멍 같은 것을 발견했다네. 그리고 그 틈새의 중앙에 하얀 점 하나가 있었지. 처음에는 그게 뭔지 알아보지 못했어. 망원경의 초점을 조정하고 난 뒤에야 나는 그게 사람의 머리뼈라는 걸 알게 되었다네.

나는 이 발견으로 인해 모든 수수께끼가 풀렸다고 확신했어. '큰 가지 일곱 번째 가지 동쪽main branch seventh limb east side'은 나무 위 해골의 위치를 가리키는 말이 분명했다네. '망자의 머리 왼쪽 눈에서 총알shoot from the left eye of the death's head' 역시 파묻힌 보물의 위치와 관련지어 해석할 수밖에 없었지. 내가 보기에 이것은 해골의 왼쪽 눈을 통해 총알 하나를 떨어뜨리라는 뜻이었네. 그런 다음에 나무와 '총알'(정확히 말하자면 총알이 떨어진 자리)을 최단 거리의 직선으로 연결하고, 그 직선의 길이를 50피트 더 늘려서 도달하는 자리가 바로 최종적인 목적지라는 얘기였어. 그리고 그 밑에 뭔가 귀중한 물건이 숨겨져 있을지도 모른다는 게 나의 생각이었지."

"이제야 모든 걸 알겠어." 나는 말했다. "정말 교묘하면서도 명료하군. 그래서 주교의 호스텔을 떠난 다음에는 어떻게 했지?"

"나는 그 나무의 위치를 최대한 정확하게 머릿속에 담아 두고 집에 갈 채비를 했어. 그런데 내가 '악마의 의자'에서 벗어난 순간, 그 동그란 틈새도 사라져 버렸다네. 그 틈새는 어느 방향에서도 보이지 않았지. 내가 보기에 이 모든 것을 통틀어 가장 교묘했던 건 그 동그란 구멍이 오로지 바위의 좁은 돌기 위에서만 보인다는 것이었다네(여러 차례의 실험을 통해 나는 그것이 사실임을 확인했지).

'주교의 호텔'에 갔을 때, 나는 주피터와 함께였다네. 분명 몇 주 동안 내 넋이 나가 있는 걸 보고, 나를 혼자 두면 안 된다고 생각했겠지. 하지만 나는 다음날 새벽 일찍 일어나서 몰래 집을 빠져나갔다네. 그 거대한 나무를 찾으러 산에 갔던 걸세. 고생 끝에 나는 결국 그 나무를 찾아냈지. 그런데 밤에 집에 돌아와 보니 내 하인이 주인을 몽둥이로 두들겨 패려 하는 게 아닌가. 그 이후의 모험은 자네가 알고 있는 대로라네."

"이제 알겠어." 내가 말했다. "우리는 주피터가 멍청하게도 해골의 왼쪽 눈이 아니라 오른쪽 눈으로 벌레를 떨어뜨리는 바람에 첫 번째 발굴에 실패했던 거로군."

"그렇다네. 이 실수는 '총알'의 위치에 2.5인치의 오차를 발생시켰지. 다시 말해, 첫 번째 말뚝을 박는 자리가 달라졌다는 걸세. 만약에 '총알'이 떨어진 위치 바로 아래에 보물이 묻혀 있었다면, 그 정도 오차는 별문제가 안 되었을 거야. 하지만 '총알'의 위치는 직선의 방향을 결정짓는 두 개의 점 중 하나에 불과했지. 따라서 2.5인치라는 작은 오차는 우리가 직선을 그려나감에 따라 점점 증가해서 50피트를 이동했을 때는 이미 걷잡을 수 없이 커져 버렸던 걸세. 보물이 그 근처 어딘가에 묻혀 있다는 나의 근본적인 확신이 없었다면, 우리는 결국 실패하고 말았을 거야."

"내가 생각하기에 키드는 해적의 깃발에서 영감을

받고 해골을 써먹기로 한 것 같아. 그렇기 때문에 총알을 눈구멍으로 떨어뜨리기로 한 거야. 그는 이 불길한 상징물을 통해 보물을 되찾고 싶다는 시적 충동을 느꼈던 게 틀림없어."

"그럴지도 몰라. 하지만 나는 그것이 시적 충동인 동시에 이성적 판단의 결과였다고 생각한다네. 하얀색이 아니었다면 악마의 의자처럼 먼 곳에서는 그토록 작은 물체를 식별하는 게 불가능했을 걸세. 그런데 사람의 머리뼈는 거친 비바람을 맞아도 색이 변하지 않아. 오히려 더욱 하얘지기까지 하지."

"그렇다면 자네의 기행은 다 뭐였지? 나는 자네가 딱정벌레를 줄에 매달아 흔드는 걸 보고 정말 미쳤다고 생각했어! 해골의 눈에 총알 대신 벌레 넣어서 떨어뜨린 이유는 또 뭐야?"

"솔직히 말하자면 나는 자네가 내 정신 상태를 의심하고 있다고 느껴서 살짝 기분이 상했어. 그래서 절묘한 속임수를 이용해 자네에게 가벼운 복수를 하기로 결심했지. 딱정벌레를 줄에 매달아 흔든 것도, 나무에서 총알 대신 벌레를 떨어뜨린 것도 모두 나의 속임수였다네. 이 벌레가 굉장히 무겁다는 자네의 말을 듣고 떠올린 생각이었지."

"그렇다면 이제 남은 궁금증은 단 하나뿐이야. 우리가 구덩이에서 발견한 사람 뼈는 다 뭐였지?"

"그 질문에는 나도 확답을 못한다네. 하지만 거기서 벌어졌을 법한 일은 거의 하나뿐일세. 믿고 싶지 않을 만큼 끔찍한 일이지. 이 보물을 묻은 게 키드라면, 나는 그렇다고 확신하네만, 키드 혼자서 보물을 묻지는 않았을 거라네. 그런데 보물을 거의 다 묻은 뒤에 그는 자신의 비밀에 동참한 자들을 모조리 제거하는 편이 낫겠다고 생각했을 거야. 조수들은 구덩이 속에서 일하느라 정신이 없었을 테니 뒤에서 곡괭이를 한두 번 휘두르는 것만으로도 충분했을 걸세. 어쩌면 몇 번 더 휘둘러야 했을지도 모르지. 누가 알겠나?"

네가 범인이다

지금부터 나는 오이디푸스가 되어 래틀버러의 수수께끼를 풀어보려 한다. 이것은 오로지 나만이 할 수 있는 일이다. 래틀버러의 기적에 감춰진 비밀 — 모든 불신에 종말을 고하고, 의심 많던 세속적인 사람들을 우리 할머니만큼 독실하게 만들어 버린, 전례 없고 진실하고 명명백백하고 여태까지 그 누구도 의심한 적 없으며 앞으로도 의심하지 못할 바로 그 기적의 비밀을 여러분 앞에서 낱낱이 파헤쳐 보이겠다는 얘기다.

이 사건은 — 이렇게 경박한 문체로밖에 이야기할

수 없음을 부디 너그러이 이해해주시길 바란다—
18XX년 여름에 벌어졌다. 래틀버러에서 가장 부유하고
존경받는 사람 중 하나인 바나바스 셔틀워디 씨가 며칠
째 모습을 드러내지 않았고, 정황상 피살이 의심되었
다. 어느 토요일 아침 셔틀워디 씨는 15마일 거리의
XX시에서 볼일이 있으니 그날 저녁쯤에 돌아오겠다고
말하곤 댓바람에 말을 타고 래틀버러를 떠났는데, 두
시간 후에 그의 말이 주인도 없이, 그리고 처음 출발할
때 등에 매달았던 짐 가방도 없이 혼자 돌아왔던 것이다.
상처를 입은 그의 말은 온몸이 진흙투성이였다. 실종자
의 친구들은 매우 놀랐다. 일요일 아침까지도 그가
돌아오지 않자 **온 마을**이 그를 찾겠다고 팔을 걷어붙었
다.

　　가장 먼저 나선 사람은 셔틀워디 씨의 절친한 친구
찰스 굿펠로 씨였다—그는 평소에 "찰리 굿펠로 씨"
혹은 "올드 찰리 굿펠로"라고 불렸다. 그저 굉장한
우연에 불과한 것인지, 아니면 정말로 이름이 사람의
성격에 보이지 않는 영향을 끼치는 것인지 모르겠지만,
찰스라는 이름을 가진 사람치고 유연하고 남자답고
솔직하고 친절하고 믿음직스럽지 않은 사람이 없다는

사실만큼은 분명해 보인다. 그들은 부드럽고 풍성하고 맑은 목소리를 가졌으며, 마치 상대방의 얼굴을 똑바로 쳐다보며 "나는 양심에 거리낄 게 없고, 두려워할 사람도 없으며, 사악한 행동 따위와는 거리가 멀지."라고 말하는 듯한 눈을 가졌다. 그래서 그런지는 몰라도, 연극에서 "지나가는 착한 신사" 역할의 이름 역시 언제나 찰스다.

래틀버러에 온 지 반년도 채 안 되었지만, 그리고 그가 그전까지 어디서 무엇을 하다가 왔는지 아무도 알지 못했지만 "올드 찰리 굿펠로"는 래틀버러의 명망 높은 사람들과 친분을 쌓는 데 별다른 어려움을 겪지 않았다. 남자들은 그가 하는 말이라면 무엇이든 믿으려 했으며, 여자들은 그의 호감을 살 수 있다면 무슨 일이든 하려 했다. 그의 천진한 얼굴과 찰스라는 이름은 "최상의 추천장"이나 다름없었다.

내가 앞서 말한 바 있듯이 셔틀워디 씨는 래틀버러에서 가장 존경받는 사람이자, 의심의 여지 없이 가장 부유한 사람이었다. "올드 찰리 굿펠로"는 그와 형제처럼 가깝게 지냈다. 두 사람은 바로 옆집에 살고 있었고, 비록 셔틀워디 씨는 거의 한 번도 "올드 찰리"를 찾아가거나 그 집에서 식사하지 않았지만, 그게 두 사람의 각별한 사이를 갈라놓지는 못했다. "올드 찰리"는 하루에 서너 번씩이나 옆집에 얼굴을 비췄고, 그대로 눌러앉아 아침을 들거나 차를 마시는 일도 더러 있었다. 적어도 저녁 식사만큼은 반드시 그곳에서 했다. 앉은 자리에서 두 사람이 해치우는 와인이 얼마나 되는지는 가늠하기도 힘들 정도였다. 올드 찰리가 가장 좋아하는 와인은 샤토 마고였는데, 셔틀워디 씨는 나이 든 친구가 그것을 시원시원하게 들이켜는 모습에 흐뭇해했다. 어느 날 술이 들어가고 그 당연한 결과로 넋이 조금 나가자 그는 친구의 등을 두드리며 말했다. "올드 찰리, 자네 그거 아는가. 자네는 세상에서 가장 기분 좋은 친구라네. 자네가 이 와인을 그렇게 맛있게 들이켜는 모습을 본 마당에, 내가 자네에게 샤토 마고 한 상자를 선물하지 않는다면 나는 지옥에 끌려가고 말 걸세. 하나님 저를 벌하소서!" (애처롭게도 셔틀워디 씨는 수시로 불경한 소리를 하곤 했는데, 그가 하는 말이라고는 "하나님 저를 벌하소서!"나 "하나님 아버지!" 혹은 "하나님 맙소사!"가 전부였다.) "하나님 저를 벌하소서! 제가 당장 오늘 오후에 최고의 와인 두 상자를 주문해 이 친구에게 선물하지 않는다면 말입니다! 자네는 암말도 말게. 나는 마음을 정했어. 벌써 다 결정되었네. 그러니 기대하게. 전혀 예상치도 못했던 순간에 선물이 도착할 테니 말이야!" 이처럼 내가 셔틀워디 씨의 너그러운 면모에 주목한 까닭은 순전히 이 두 사람이 얼마나 **각별한** 사이인지 보여주기 위함이다.

문제의 일요일 아침, 셔틀워디 씨가 불의의 사고를 당했음이 거의 확실시되었을 때 "올드 찰리 굿펠로"는 세상 그 누구보다도 깊은 동요에 빠진 사람처럼 보였다. 셔틀워디 씨의 말이 주인도 없이, 그리고 주인의 짐가방도 없이, 더군다나 불쌍하게도 탄알이 그 가슴팍을 말끔하게 관통해서 온몸이 피로 물든 채 살아 돌아왔다는 이야기를 들었을 때, 그는 마치 친형제나 친부모를 잃은 사람처럼 얼굴이 창백하게 질려서 학질 환자처럼 사지를 부들부들 떨었다.

처음에 그는 무슨 행동을 하거나 계획을 세울 수도 없을 정도로 슬픔에 짓눌려 있었다. 그래서인지 한동안 그는 괜히 일을 크게 벌이지 말고 조금만 더 — 1주일에서 2주일쯤, 혹은 한 달에서 두 달쯤은 — 기다려보자고, 어쩌면 뭔가 새로운 사실이 드러날지도 모르고,

아무 일도 없었다는 듯이 셔틀워디 씨가 나타나서는 먼저 말을 집에 돌려보내게 된 경위를 설명해줄지도 모르니, 조금만 더 기다려보자고, 셔틀워디 씨의 다른 친구들을 설득했다. 극렬한 슬픔에 잠겨 허우적대는 사람들은 이처럼 주저하거나 망설이는 경향을 보인다. 그들은 정신이 완전히 무감각해져서 감히 아무런 행동도 하지 못하고, 그저 침대에 가만히 누워, 우리 노부인들의 말을 빌리자면 "슬픔을 돌보는 일"—즉 고통을 되새기는 일에 골몰하는 것이다.

래틀버러 사람들은 "올드 찰리"의 지혜와 분별력을 높이 샀으므로, 그들 중 대부분은 이 정직한 노신사의 말대로 "뭔가 새로운 사실이 드러날 때까지" 잠자코 기다리고자 했고, 어쩌면 정말로 그렇게 했을지도 모른다. 셔틀워디 씨의 조카가 갑작스레 개입하지만 않았더라면 말이다. 이 페니페더라는 이름의 사내는 행실이 무척 방탕한, 아니 어쩌면 성격 자체가 악랄하다고 해도 좋을 만한 사람이었다. 그는 "가만히 누워서" 기다린다는 건 말도 안 되며, 지금 당장 "저 살해된 인간의 시체"—정확히 이것이 그가 사용한 표현이다—를 찾아 나서야 한다고 주장했다. 그러자 굿펠로 씨가 "어떻게 그런 식으로 말할 수 있냐"며 날카롭게 받아쳤다. 올드 찰리의 대답 또한 커다란 파문을 일으켰고, 자연스레 누군가가 다음과 같은 중요한 질문을 던지기에 이르렀다. "도대체 어떻게 벌써 페니페더 녀석은 부유한 삼촌의 실종과 관련된 모든 정황을 꿰뚫고, 한 치의 의심이나 망설임도 없이 그가 **살해되었다고** 단언할 수 있는 것인가?" 곳곳에서 작은 소란이 일었다. 사람들은 저마다 엉켜서 실랑이와 다툼을 벌였고, 그중에서도 "올드 찰리"와 페니페더가 특히나 심하게 다투었다—사실 이 둘의 사이가 나쁜 건 어제오늘 일이 아니었다. 두 사람은 서너 달 전부터 서로에게 이를 갈았고, 얼마 전에는 페니페더가 실제로 삼촌의 친구를 때려눕히는 지경까지 이르렀는데, 그 이유란 다름이 아니라 자신이 살고 있는 삼촌의 집에서 그가 주인 행세를 한다는 것이었다. 이때 올드 찰리는 모범적 절제와 종교적 관용으로 대응했다고 평가된다. 그는 자빠진 몸을 일으켜 세우더니, 옷을 제대로 고쳐 입고는, 딱히 반격을 가하려는 기미도 없이 "조만간 기회가 되는 대로 이 빚을 갚아 주겠다"고 짧게 중얼거렸을 뿐이었다고 한다. 물론 이것은 아무런 의미도 없는

평범하고 일상적인 화풀이에 불과해서 애써 기억에
담아 둘 필요조차 없었다.

이런 문제야 어찌 되었든 간에(어차피 현재로서는
그다지 중요한 문제도 아니니까) 순전히 페니페더의
고집 덕분에 래틀버러 사람들은 뿔뿔이 흩어져 마을
주변을 돌며 셔틀워디 씨를 찾아보기로 했다. 적어도
당초의 결정은 그랬다. 실종자를 찾아 나서기로 한
이상, 모두가 뿔뿔이 흩어져서―즉, 여러 조로 나뉘어
서―최대한 넓은 범위를 탐색하는 것이 당연한 이치로
보였던 것이다. 그런데 그 정확한 논거는 기억나지
않지만 "올드 찰리"는 그것이야말로 무모하기 짝이
없는 계획이라고 일갈했다. 결국 페니페더를 제외한
모두가 그에게 설득당해 **다 함께** "올드 찰리"의 인솔을
받아 한 군데씩 차분하고 꼼꼼하게 탐색하기로 했다.

이런 문제에 있어서 "올드 찰리"보다 훌륭한 인솔자
는 있을 수 없었다. 그가 살쾡이의 눈을 가졌다는 건
모두가 아는 사실이었다. 하지만 그렇게 다 함께 그의
뒤를 바짝 따라서, 존재하는지도 몰랐던 길들을 지나,
온갖 외진 틈새와 구석을 살펴봐도, 셔틀워디 씨의
흔적은 전혀 발견되지 않았다. 사실 흔적이 전혀 발견되

지 않았다는 건 정확한 표현이 아니다. 흔적이라고 할 만한 것이 하나 발견되긴 했으니 말이다. 그 기이한 말 발자국은 도시로 향하는 큰길을 따라 래틀버러에서 동쪽으로 3마일 되는 지점까지 이어졌다. 여기서부터 발자국은 숲속의 샛길로 향했다 — 이 샛길을 따라 숲을 통과하면 다시 큰길이 나왔고, 이로써 도시까지의 거리를 반 마일가량 단축시킬 수 있었다. 발자국을 추적하던 일행은 샛길의 우측에서 가시덤불로 반쯤 가려진 물웅덩이 하나를 발견했는데, 이 물웅덩이를 기점으로 말 발자국은 완전히 자취를 감추었다. 하지만 웅덩이 부근에서 뭔가 몸싸움 같은 게 벌어진 흔적, 그리고 어떤 크고 무거운 동물, 인간보다 훨씬 크고 무거운 동물의 육체가 샛길로부터 웅덩이까지 끌려온 흔적을 볼 수 있었다. 조심스럽게 두어 번쯤 웅덩이를 휘저어 봤지만, 걸리는 건 아무것도 없었다. 사람들이 허탕을 친 기분으로 자리를 뜨려는 찰나에, 물을 다 퍼내면 문제가 해결될 거라는 생각이 문득 굿펠로 씨에 게 떠오른 것은 그야말로 신의 도움이었다고밖에 설명할 길이 없다. 사람들은 이 제안에 환호했으며, 현명하고 사려 깊은 "올드 찰리"에게 감탄했다. 땅속에서 시체를 끄집어내야 할 경우를 대비해서 많은 사람이 삽을 들고 왔으므로, 물 퍼내기 작업은 빠르고 수월하게 진행되었다. 그리고 웅덩이 바닥이 드러나기가 무섭게, 진흙 속에 파묻힌 검정색 실크 벨벳 조끼가 발견되었다. 이것이 페니페더의 물건임을 알아보지 못한 사람은 그 자리에 거의 아무도 없었다. 조끼는 못 입을 정도로 찢어지고 피범벅이 되어 있었다. 어떤 사람은 셔틀워디 씨가 도시로 떠나는 날 아침에 페니페더가 이 조끼를 입고 있는 모습을 목격했다고 증언했고, 또 어떤 사람은 **그날 오후**에 페니페더가 이 조끼를 입고 있지 **않았음**을 맹세까지 할 수 있다고 했다. 하지만 셔틀워디 씨가 실종된 이후로 페니페더가 이 조끼를 입은 걸 본 사람은 단 한 명도 없었다.

상황은 페니페더에게 매우 안 좋게 돌아가기 시작했다. 마치 자신에게 걸린 혐의를 입증이라도 하듯이 그는 얼굴이 백지장처럼 하얘졌고, 묻는 말에는 대답 한마디 하지 못했다. 그와 어울려 다니던 경박한 친구들은 마치 처음 보는 사람을 대하듯, 아니 철천지원수를 대하듯 그를 당장 체포하자며 소란을 피웠다. 그럴수록 굿펠로 씨의 관대함은 더욱 빛을 발했다. 그는 따뜻하면

서도 단호하게 페니페더를 변호하고 나섰는데, 그(페니
페더)가 한때 충동에 못 이겨 자신(굿펠로)에게 부당한
모욕을 선사하긴 했지만, 자신은 "훌륭한 셔틀워디
씨의 상속자"인 저 난폭한 청년을 진심으로 용서했노라
고 몇 번이나 힘주어 말했다. "본인(굿펠로)은 마음속
깊은 곳에서부터 그를 용서했습니다." 그가 말했다.
"안타깝게도 의심스러운 정황들이 속속들이 드러나고
있으나, 본인은 극히 당혹스러운 이 사건이 최악의
양상으로 치닫는 것만큼은 어떻게든 피, 피, 피하기
위해 보잘것없는 힘이나마 남김없이 보탤 것입니다."

굿펠로 씨는 이런 식으로 30분 넘게 자신의 진심을
털어놓았다. 하지만 이처럼 마음씨 좋은 사람들은 대체
로 웅변에 실패하고 마는데 —그들은 친구를 도우려는
열정이 지나친 나머지 갖가지 **실책과 불행**, 그리고
잘못을 야기하며 —가장 선량한 의도로 친구를 위험에
빠뜨리는 것이다.

"올드 찰리"의 웅변 역시 마찬가지였다. 그는 진지하
게 용의자를 두둔하고 나섰지만, 직설적이고 여과 없는
그의 발언은 결과적으로 청중을 설득하는 데 실패했으
며, 오히려 그가 두둔하고자 했던 용의자에 대한 의심을

격화시키고 군중들의 분노를 부채질하는 결과만 낳았다.

가장 납득하기 어려운 실수는 용의자를 "훌륭한 셔틀워디 씨의 상속자"라고 부른 것이었다. 이것은 아무도 생각하지 못한 문제였다. 사람들은 일이 년 전쯤에 삼촌이 조카의 상속권을 박탈하겠다고 협박했다는 사실 정도만 기억했고(그에게 혈육은 조카뿐이었다), 그것이 이미 확정된 문제라고 믿고 있었다—래틀버러 주민들은 한 가지 생각밖에 못 하는 단순한 족속이었다. 하지만 "올드 찰리"의 발언 덕분에 그들은 이 문제를 갑자기 상기해 내고, 예의 협박이 그저 **겁주기**에 불과했을지도 모른다고 생각하게 되었다. 그리고 여기서 자연스레 다음과 같은 물음이 떠올랐다. cui bono? 웅덩이 밑바닥에서 발견된 조끼보다도 오히려 이 물음이 청년을 그 끔찍한 범죄에 더욱 긴밀하게 결부시켰다. 극히 짧고 간결한 이 라틴어 문구가 도처에서 오역되거나 오용되고 있음을 잠시 지적하고 넘어가야 할 듯하다. **온갖** 빼어난 소설들에서—예를 들면 칼데아 어에서 치카소 어까지 온갖 외국어를 인용하고, 습작 과정에서 "불가피하게" 벡포드의 체계적 영향을 받은 『세실』의 저자) 고어 부인의 작품들, 혹은 불워와 디킨스에서부터 터너페니와 에인즈워드에 이르는 작가의 작품들에서 이 짧은 두 단어는 "어떤 목적인가?" 혹은 (quo bono라고 쓸 경우) "어째서 좋은가?"라고 번역된다. 하지만 그 진짜 의미는 "누구에게 이익이 되는가?"이다. cui는 누구라는 뜻이고, bono는 이익이라는 뜻이다. 이것은 순전히 법률적인 문구로서, 어떤 범행이 달성되었을 때 누구에게 가장 큰 이익이 돌아가느냐에 따라 그것이 누구에 의한 범행인지 추측할 수 있는 현재 같은 경우에 딱 들어맞는다. 결국 cui bono라는 물음은 페니페더를 날카롭게 겨냥했다. 한때 조카에게 유리한 유언장을 작성해 뒀던 삼촌은 언제부턴가 상속권을 박탈하겠다며 조카를 협박하기 시작했다. 하지만 협박은 현실화되지 않았고, 원래의 유언은 아직 수정되지 않았다. 만일 유언이 수정되었다면, 용의자에게 남는 유일한 살해 동기는 복수뿐이다. 이것은 설득력이 없는 동기다. 복수를 하는 것보다는 차라리 다시 삼촌의 마음을 사려고 노력하는 편이 현실적이다. 하지만 유언이 아직 수정되지 않았다면, 따라서 삼촌의 협박이 줄곧 조카의 머리 위를 맴돌고 있었다면, 끔찍한 짓을 저지를 만한 동기는 충분했고, 래틀버러의 훌륭한 주민들 역시 그렇게 판단했다.

페니페더는 그 자리에서 포박되었고, 사람들은 근방을 조금 더 조사한 뒤에 그를 끌고 마을로 향했다. 그런데 돌아가는 길에 현재까지의 의심을 확신으로 바꿔 줄 만한 새로운 증거가 발견되었다. 열의에 넘쳐서 줄곧 선두를 지키던 굿펠로 씨가 갑자기 몇 걸음 앞으로 급히 뛰쳐나가더니, 몸을 구부리고는 풀밭에서 뭔가 작은 물건을 집어 드는 게 보였고, 그게 뭔지 재빠르게 확인한 뒤에 몰래 자기 외투 주머니에 감추려는 모습까지 목격되었다. 하지만 지켜보던 많은 사람이 그를 가만 놔두지 않았다. 그 작은 물건은 스페인 나이프였고, 그게 페니페더의 물건이라는 걸 여러 사람이 단번에 알아보았다. 아니나 다를까, 손잡이에는 그의 이니셜이 새겨져 있었고, 적나라하게 드러난 칼날에는 피가 잔뜩 묻어 있었다.

조카의 유죄를 의심하는 사람은 아무도 없었다. 래틀버러에 도착하자마자 그는 치안판사의 심문을 받아야 했다.

이제 상황은 최악의 방향으로 치닫기 시작했다. 셔틀

워디 씨가 마을을 떠난 날 아침 어디서 무엇을 했냐는 질문에, 피고는 대담하게도 소총을 들고 사슴 사냥을 나갔다고 인정했다. 심지어 그의 사냥터는 굿펠로 씨가 현명함을 발휘해 피 묻은 조끼를 건져낸 바로 그 물웅덩이 근처였다.

그때 갑자기 굿펠로 씨가 나서더니, 부디 증언하게 해달라고 눈물을 흘리며 애원했다. 이웃들과 창조주에 대한 막중한 의무감 때문에 더 이상은 침묵을 지킬 수 없다는 것이었다. 그는 (비록 자신에게 몹쓸 짓을 하긴 했지만) 이 청년을 진심으로 사랑하기에, 여태까지는 페니페더에게 매우 불리한 증거들이 나타나더라도 상상할 수 있는 모든 가정을 동원해 의심을 잠재워보려 애썼지만, 이제는 이 증거들이 너무나도 확실하고 너무나도 명백해서, 가슴이 찢어질 것 같아도 어쩔 수 없이 자신이 알고 있는 모든 사실을 털어놓아야겠다고 했다. 도시로 떠나기 전날 오후에 그(굿펠로)도 함께 있는 자리에서 셔틀워디 씨가 조카에게 말하길, 자신이 내일 도시에 가는 이유는 "농공은행"에 거액을 예금하기 위함이며, 본래의 유언장을 파기하기로 완전히 마음을 굳혔고, 네 녀석에게는 단 한 푼도 물려주지 않겠다고

네가 범인이다
·····
419

했다는 것이었다. 그(목격자)는 지금 자신이 말한 것이 한 치의 가공도 없는 진실임을 선언하라고 피고에게 엄숙히 요구했다. 뜻밖에도 페니페더는 그것이 사실임을 솔직하게 인정했다.

규정에 따라 치안판사는 피해자의 집에 있는 조카의 방을 수색하도록 수사관 몇 사람을 보냈다. 수색을 나간 지 얼마 되지도 않아서 그들은 죽은 노신사가 오랫동안 품에 지니고 다녔다는 금속 테두리의 적갈색 가죽 지갑을 갖고 돌아왔는데, 그 안에 담겨 있던 귀중품들은 어딘가로 사라지고 없었다. 치안판사는 그것들을 전부 어디에 썼는지, 혹은 어디에 숨겼는지 당장 말하라며 피고를 다그쳤지만, 피고는 그 물건에 대해서 아는바가 전혀 없다고 대답했다. 불행한 피고의 침대와 이불 사이에서도 그의 이니셜이 적힌 셔츠와 손수건이 발견되었고, 두 물건 모두 피해자의 피로 끔찍하게 더럽혀져 있었다.

바로 그때 마구간에서 총상으로 괴로워하던 말이 마침내 죽었다는 소식이 들려왔다. 그러자 굿펠로 씨는 혹시 말의 사체에서 탄알이 발견될지도 모르니 당장 검시를 하자고 제안했다. 이 제안은 즉시 실행에 옮겨졌다. 굿펠로 씨는 말의 가슴팍에 난 탄알 구멍을 한참 동안 휘적거리더니, 마치 피고의 유죄를 증명하듯이 매우 커다란 탄알 하나를 끄집어냈다. 조사 결과 그것은 페니페더의 소총과 규격이 일치했고, 래틀버러나 그 근방 주민들의 총에는 너무 커서 들어가지도 않았다. 하지만 무엇보다 확실한 증거는 탄알의 접합선 우측에 패인 홈이었다. 피고가 자신의 물건이라고 인정한 거푸 집 안에는 볼록 튀어나온 작은 혹 같은 게 있었는데, 이것이 탄알의 홈과 정확히 들어맞았던 것이다. 탄알이 발견되자마자 치안판사는 더 이상의 증언을 들어볼 필요조차 없다며 그 자리에서 피고를 형사 재판에 회부 했고, 보석을 일절 불허했다. 마음씨 좋은 굿펠로 씨는 이것이 너무나도 가혹한 처사라고 항의하며, 얼마가 필요하든 간에 자신이 보증인 역할을 하겠다고 나섰지 만 말이다. 이와 같은 "올드 찰리"의 너그러움은 그동안 그가 래틀버러에 살면서 보여준 상냥하면서도 정의로 운 모습과 궤를 같이하는 것이었다. 다만 이 훌륭한 남자는 젊은 친구의 보증인을 자처할 때 자신의 따뜻한 동정심에 너무 심취한 나머지, 수중에 돈이 한 푼도 없다는 사실을 깜빡 잊어버린 듯했다.

그 결과는 뻔했다. 페니페더는 래틀버러 사람들의 끔찍한 저주를 받으며 다음 정기 형사 재판에 회부되었고, 일련의 정황 증거는 (굿펠로 씨가 양심상 차마 감추지 못했던 치명적인 사실들로 인해 더욱 보강되어) 더없이 완벽하고 결정적인 것으로 간주되었으며, 배심 원단은 엉덩이 한 번 들지 않고 그 자리에서 바로 "일급살인"이라는 평결을 내렸다. 눈 깜빡할 사이에 이 불행한 청년은 사형 선고를 받고 감옥에 갇힌 채 법의 처절한 응징을 기다려야 하는 신세가 되었다.

이번에 보여준 고귀한 행동 덕분에 "올드 찰리 굿펠로"는 정직한 래틀버러 주민들에게 더욱 큰 사랑을 받게 되었다. 그는 전보다 열 배는 더 인기가 많아졌다. 곳곳에서 후한 대접을 받다 보니, 가난 때문에 어쩔 수 없이 유지해야 했던 극도로 검소한 생활 습관으로부터도 조금씩 멀어질 수 있었다. 그의 집에서는 거의 날마다 가벼운 **만찬회**가 열렸다. 대체로 유쾌하고 즐거운 자리였지만, 얼마 전에 안타깝게 죽은 집주인의 친구와 그 조카에게 드리워진 불운하고 슬픈 운명이 생각날 때마다 기분이 다소 가라앉는 건 **어쩔 수 없는** 일이었다.

어느 날, 이 관대한 노신사는 다음과 같은 편지를
받고 깜짝 놀랐다.

보내는 사람 – H.F.B. 상회
받는 사람 – 찰스 굿펠로 님
내용 : 샤토 마고 A. No. 1. 6다스 (1/2 그로스)

찰리 굿펠로 님께.
본사의 소중한 고객 바나바스 셔틀워디 님께서 2달 전
주문하신 샤토 마고 두 상자가 오늘 아침 귀하의 주소로
발송되었음을 알려드립니다. 사슴 문장이 찍힌 보라색
봉인을 확인하시기 바랍니다. 주문 내용은 측면에 안내되
어 있습니다.

언제나 고객님의 편의를 가장 먼저 생각하는
호그스 프로그스 보그스 상회
18XX년 6월 21일 XX시市
추신. 발송된 물건은, 이 편지를 받으신 다음 날 마차
편으로 도착합니다. 셔틀워디 님의 건강을 기원하며,

H.F.B. 상회

사실을 말하자면 굿펠로 씨는 셔틀워디도 죽은 마당에 이렇게 샤토 마고를 받을 수 있을 거라고는 예상조차 못 하고 있었다. 지금 그에게 이것은 마치 신의 선물처럼 느껴졌다. 두말할 것도 없이 그는 무척 기뻤고, 한껏 들뜬 마음으로 내일 열릴 **작은 만찬**에 친구들을 잔뜩 초대하기로 했다. 고마운 셔틀워디 씨의 선물을 개봉하기 위함이었다. 하지만 친구들을 초대하면서도 "고마운 셔틀워디 씨"에 관해서는 **한마디도** 하지 않았다. 깊은 고민 끝에 이 문제에 관해서는 입을 꾹 다물기로 결정했던 것이다. 내 기억이 맞다면 그는 샤토 마고를 선물로 받았다는 사실을 그 누구에게도 말하지 **않았다**. 그저 두 달 전에 주문한 매우 값지고 향 좋은 도시의 와인이 내일 도착할 예정이니 와서 함께 마시자고 제안하는 게 전부였다. 나는 "올드 찰리"가 **어째서** 그 사실을 숨기려 했는지 추측해보려고 애썼지만, 아직까지도 그 정확한 이유를 모르겠는데, 분명히 **뭔가** 고귀하고 속 깊은 이유가 있었으리라고 짐작할 따름이다.

　마침내 다음 날이 되었고, 정말로 훌륭한 사람들이 굿펠로 씨의 집에 잔뜩 모였다. 사실 나를 포함해서 래틀버러 주민의 절반이 그 자리에 있었다고 해도 과언이 아니다. 하지만 집주인으로서는 매우 당혹스럽게도 샤토 마고는 늦은 시각까지 도착하지 않았고, 그 사이에 "올드 찰리"가 준비한 호화로운 식사는 거의 바닥을 보이고 있었다. 그러나 마침내 와인이 담긴 괴물처럼 커다란 상자가 도착했고, 분위기가 한껏 달아오른 가운데, 그것을 식탁에 올려놓고 지금 당장 개봉하기로 의견이 모였다.

말은 곧장 행동으로 옮겨졌다. 나도 일을 거들고 나섰다. 우리는 상자를 번쩍 들어 올려, 여기저기 깨진 술병과 술잔으로 난장판이 된 식탁 한가운데에 내려놓았다. 술에 거나하게 취해 얼굴이 새빨개진 "올드 찰리"는 짐짓 무게를 잡으며 식탁의 상석에 앉더니 디캔터로 상자를 탕탕 두들기며 "보물을 발굴하는 의식이 거행되는 동안" 질서를 유지할 것을 요구했다.

잠시 후 소란은 가라앉고, 완전한 침묵이 찾아왔다. 이런 경우 대개 그렇듯이 아주 깊고 또렷한 정적이 이어졌다. 상자의 뚜껑을 열어 달라는 부탁에 나는 "더할 나위 없이 기꺼운 마음으로" 응했다. 내가 뚜껑 틈 사이로 끌을 쑤셔 넣고, 그것을 망치로 몇 번 두들기자 갑자기 뚜껑이 휙 날아갔다. 그리고 바로 그 안에서 온몸이 멍들고 피범벅이 된 거의 썩어가는 시체, 즉 살해당한 셔틀워디 씨의 시체가 고개를 쳐들며 튀어나와 집주인을 마주 보며 앉았다. 시체는 혼탁하게 썩어가는 눈동자로 굿펠로 씨의 얼굴을 몇 초간 비통하게 응시하더니, 천천히, 그러면서도 잊을 수 없을 정도로 명료하게 "네가 범인이다!"라고 말하곤, 완전히 만족했다는 듯이 식탁 위로 엎어져 사지를 부들부들 떨었다.

그다음 장면은 묘사가 불가능하다. 어떤 사람들은 현관과 창문 쪽을 향해 미친 듯이 내달렸고, 또 어떤 사람들은 평소의 굳은 심지가 무색하게도 그 자리에서 기절해 버렸다. 얼마 후 최초의 격렬하고 떠들썩한 충격이 가신 뒤에, 모두의 시선은 굿펠로 씨를 향했다. 방금까지만 해도 승리감과 취기로 불그스름했던 그의 얼굴은 백지장처럼 하얗게 질려 있었다. 내가 앞으로 천 년을 더 산다고 해도 그 처참하게 일그러진 표정만큼은 결코 잊지 못할 것 같다. 몇 분 동안 그는 대리석 조각상처럼 꼼짝도 하지 않고 앉아 있었다. 초점을 잃은 그의 눈동자는 마치 자기 내부의 비참하고 잔혹한 영혼을 응시하고 있는 듯했다. 그러다 어느 순간 그의 눈동자는 다시 초점을 되찾으며 외부 세계로 향했고, 그는 불쑥 의자에서 몸을 일으키더니 시체 앞으로 다가가 고개와 어깨를 식탁 쪽으로 축 늘어뜨리곤, 페니페더가 범인으로 지목되어 사형 선고까지 받은 그 끔찍한 사건의 진실을 다급하면서도 격렬한 어조로 털어놓았다.

그의 설명은 대략 다음과 같았다. 그는 물웅덩이 근처까지 피해자를 미행했다. 그곳에서 권총으로 말을 쏘고, 권총 손잡이로 피해자를 때려죽였다. 피해자가 갖고 있던 지갑을 챙겼고, 말은 이미 죽었다고 생각해서 물웅덩이 곁의 가시덤불까지 힘들게 끌어다 옮겼다. 그는 자신이 타고 온 말에 셔틀워디 씨의 시체를 실은 뒤, 숲을 지나 아무도 찾지 못할 먼 곳까지 가서 시체를 숨겼다.

조끼, 나이프, 지갑, 탄알은 전부 페니페더에게 복수할 목적으로 그가 직접 그 자리에 놔둔 것이었다. 피 묻은 손수건과 셔츠가 발견된 것도 모두 그가 노린 결과였다.

이 잔인한 이야기가 끝을 향해 갈수록 죄인의 목소리는 조금씩 희미하고 공허해졌다. 고백을 모두 마친

후에 그는 몸을 똑바로 세우곤 식탁에서 몇 걸음 뒤로
물러나더니, 힘없이 쓰러졌고, 그대로 죽었다.

　이토록 시의적절한 고백을 끄집어낸 비법이란 실로
효율적이면서도 간단한 것이었다. 처음부터 나는 굿펠
로의 과장된 천진함이 역겨웠고, 그 인간의 됨됨이
자체가 의심스러웠다. 페니페더가 그를 때려눕혔을
때 나 역시 그 자리에 있었는데, 아주 잠깐이지만 그의
얼굴에 떠오른 악귀 같은 표정을 목격한 순간, 나는
조만간 철저한 복수가 이루어지리라고 예감했다. 그때
부터 나는 래틀버러의 선량한 주민들과는 완전히 다른
관점에서 "올드 찰리"의 **계책**을 바라볼 준비가 되어
있었다. 나는 중요한 증거들이 (직접적으로든 간접적으
로든) 전부 그에 의해서 발견되고 있음을 알아챘다.
하지만 이 사건의 진실에 눈을 뜨게 해준 결정적인
계기는 굿펠로가 말의 사체에서 **찾아낸** 탄알이었다.
말의 몸통에는 탄알이 들어간 구멍뿐 아니라 **빠져나간**
구멍까지 있었다는 사실을 래틀버러 사람들 모두 잊었
을지언정 나는 절대 잊지 않고 있었다. 탄알이 녀석의
몸을 뚫고 지나갔는데도 시체 안에서 탄알이 발견되었

다면, 나로서는 그 탄알을 발견한 사람이 중간에서 뭔가 수작을 부린 것이라고밖에는 생각할 수 없었다. 탄알로 인해 갖게 된 생각을 확신으로 바꿔 준 것은 피 묻은 셔츠와 손수건이었다. 조사 결과 그 피는 최고급 적포도주에 불과했다. 최근 들어 급격히 헤퍼진 굿펠로의 씀씀이 때문에 의심은 더욱 깊어졌다. 하지만 나는 어느 누구에게도 그 의심을 털어놓을 수 없었고, 바로 그래서 의심은 날이 갈수록 더욱 강해져만 갔다.

나는 남몰래 셔틀워디 씨의 시체를 열심히 찾아다녔다. 굿펠로가 사람들을 데리고 탐색했던 장소들은 일부러 피했다. 그 결과 며칠 만에 나는 가시덤불로 입구가 거의 가려진 마른 우물 하나를 발견했다. 그리고 바로 그 바닥에 내가 찾던 것이 있었다.

언젠가 나는 우연히 두 사람의 대화를 엿들은 적이 있는데, 그때 굿펠로는 셔틀워디가 자신에게 샤토 마고를 선물하도록 살살 부추기고 있었다. 나는 그 대화에서 영감을 얻어 본격적인 행동에 착수했다. 우선 나는 기다란 고래 뼈를 구해 시체의 목구멍에 쑤셔 넣고, 그 시체를 낡은 와인 상자에 욱여넣은 뒤, 시체 속에 들어 있는 고래 뼈가 시체와 함께 정확히 반으로 구부러

지도록 심혈을 기울였다. 뚜껑을 고정하기 위해 상자에
못질할 때는 위쪽에서 뚜껑을 세게 내리누르고 있어야
할 정도였다. 내 계산대로라면 상자에서 못이 빠지는
순간 뚜껑이 튕겨 날아가고 시체가 튀어나오게 되어
있었다.

이렇게 준비를 마친 뒤에, 나는 앞서 말한 대로 상표
와 품목과 주소를 상자에 적어 넣고, 셔틀워디 씨가
주로 거래했던 판매업자들의 이름으로 굿펠로에게 편
지를 썼다. 나의 하인에게는 미리 약속해 둔 신호를
보내면 이 상자를 수레에 실어 굿펠로의 현관으로 가져
오라고 일러두었다. 시체가 말을 한 것은 전적으로
나의 복화술 덕분이었다. 그 효과로 말하자면, 나는
살인자의 양심에 기대를 걸고 있었다.

이제 더 이상 보탤 말은 없는 것 같다. 페니페더는
그날로 석방되었고, 삼촌의 재산을 물려받았으며, 지난
경험을 교훈 삼아 새사람이 되어 행복한 삶을 살았다.

도둑맞은 편지

> 지나치게 예민해지는 것만큼 지혜롭지 못한 일
> 도 없다.
>
> — 세네카

18XX년 가을 찬 바람 부는 어느 날 저녁, 어둠이 깔린 직후 파리 포부르 생제르맹 뒤노 가 33번지 3층의 작은 안쪽 서재, 혹은 책 무더기 안에서, 내 친구 C. 오귀스트 뒤팽과 나는 명상과 메르샤움[80]이라는 두

---

80. 광물질의 한 종류. 해포석이라고도 불린다. 여기서는 메르샤움으로 만들어진 고급 파이프를 가리킨다.

가지 사치를 동시에 누리고 있었다. 우리는 한 시간 넘게 아무런 말도 하지 않고 있었다. 모르는 사람이 우리를 봤다면 실내를 담배 연기의 소용돌이로 가득 채우는 일에 골몰하고 있다고 생각했을 것이다. 하지만 나는 조금 전에 뒤팽과 나눴던 대화, 즉 모르그 가의 사건과 마리 로제 살인사건에 관한 대화를 되새기고 있었다. 그런데 공교롭게도 바로 그 순간 파리의 경찰국장 G 씨가 우리의 방문을 활짝 열고 들어왔다.

우리는 그를 진심으로 반겼다. 그의 얼굴을 보는 건 몇 년 만이었다. 그는 조금 재수 없긴 해도 나름대로 흥미로운 인간이었다. 방을 어둡게 해놓고 앉아 있던 참이라 뒤팽은 몸을 일으켜 램프를 켜려 했다. 그때 최근 어떤 공무 때문에 골머리를 앓고 있어서 우리와 상의를 하러 왔다는, 혹은 뒤팽의 의견을 구하러 왔다는 G의 말을 듣고 뒤팽은 불을 켜지 않고 다시 자리에 앉았다.

"생각에 잠길 때는 불을 꺼 두는 게 좋습니다." 뒤팽은 램프를 내버려 둔 채 자리로 돌아가며 말했다.

"자네 또 이상한 소리를 하는군." 국장은 자신이 이해할 수 없는 것은 무엇이든 '이상하다'고 치부했다.

덕분에 그는 온통 '이상한 것들'에 둘러싸인 채 살고
있었다.

"그렇습니까?" 뒤팽은 손님에게 파이프를 건네며
편안한 의자를 내놨다.

"그나저나 무슨 문제인가요?" 내가 물었다. "이제
살인사건은 지긋지긋한데요."

"살인사건은 아니니까 안심하게. 이번 사건은 매우
간단하지. 우리끼리 충분히 해결할 수 있는 일이라고
본다네. 그저 나는 뒤팽이 이 이야기를 들으면 좋아할
거로 생각했어. 이건 몹시 **이상한** 사건이거든."

"간단하고 이상한 사건이라." 뒤팽이 말했다.

"그렇기도 하고, 그렇지 않기도 하지. 이 사건은
너무 **간단해서** 당황스러울 지경이야. 그런데 아직 해결
을 못 하고 있다네."

"어쩌면 간단해서 해결을 못 하고 있는 건지도 모릅니
다." 내 친구가 말했다.

"지금 무슨 똥딴지같은 얘기를 하는 건가!" 국장이
간신히 웃음을 참으며 대답했다.

"너무 단순해서 문제라는 말입니다." 뒤팽이 말했다.

"이런, 세상에! 그런 소리는 처음 들어보는군!"

"지나치게 자명하다는 겁니다."

"하! 하! 하! – 허! 허! 허! – 호! 호! 호!" 손님은 마침내 웃음을 터뜨렸다. "오, 뒤팽, 그만 좀 웃기게. 날 죽일 셈인가!"

"그래서 그게 무슨 사건이죠?" 내가 물었다.

"말해주지." 국장은 생각에 잠긴 듯이 길고 느긋하게 담배 연기를 내뿜고는, 자세를 고쳐 앉았다. "하지만 명심하게. 이건 극비 사항이라네. 이 사실을 발설했다는 게 알려진다면 나는 길바닥에 나앉을 걸세."

"계속하세요." 내가 말했다.

"그만두든지." 뒤팽이 말했다.

"좋아. 시작하지. 얼마 전 어느 높으신 분이 나를 직접 찾아와 왕궁에서 중요한 문서 하나를 도둑맞았다고 털어놓았다네. 훔친 사람이 누군지는 알고 있어. 그건 확실하지. 훔치는 모습이 목격되었거든. 그 문서가 아직 그의 수중에 있다는 것도 확실하다네."

"그걸 어떻게 아는 겁니까?" 뒤팽이 물었다.

"그 문서의 특성 덕분이라네." 국장이 대답했다. "그 문서가 도둑의 손에서 **벗어났을 때** 나타나게 될 어떤 현상이 아직 나타나지 않았거든. 즉, 범인은 그 문서를 사용할 생각으로 훔쳤지만, 아직은 사용하지 않았다는 걸세."

"좀 더 명확하게 말씀해주세요." 내가 말했다.

"그 문서를 소유한 사람은 그 문서가 효력을 발휘하는 어떤 곳에서 커다란 힘을 얻게 된다네." 국장은 정치적 화법의 달인이었다.

"여전히 무슨 말씀인지 잘 모르겠습니다." 뒤팽이 말했다.

"아직도 모르겠다고? 그럼 조금만 더 자세히 설명하지. 이름을 밝힐 수 없는 제삼자에게 그 문서를 보여주는 순간, 가장 높은 위치에 있는 어느 저명한 분의 명예에 금이 가게 된다네. 따라서 그 문서를 소유한 사람은, 명예와 안정에 위협을 느끼는 그 저명한 분에 대한 지배력을 획득하게 되는 걸세."

"하지만 그 지배력이라는 건." 내가 끼어들었다. "도둑맞은 사람이 도둑의 정체를 알고 있다는 사실을 도둑이 알고 있을 때만 성립하는 거 아닌가요? 세상에 누가 그런 대담한 짓을……."

"범인은 바로 D 장관이야." G가 말했다. "인간적인 짓과 비인간적인 짓을 가리지 않고 모두 저지를 수 있는 인물이지. 절도 방법은 교묘하다 못해 과감하기까지 해. 그 저명한 분이 문제의 문서를, 사실 그건 편지였는데, 어쨌든 그걸 받은 건 왕궁 **내실**에 혼자 있을 때였다네. 그녀가 그 편지를 읽고 있을 때, 절대로 그 편지의 존재를 알아서는 안 되는 어떤 높은 사람이 들이닥쳤지. 서둘러서 서랍에 숨기려 했지만, 결국 그녀는 편지를 탁자 위에 내놓은 채로 그 손님을 맞아야 했어. 주소가 적힌 쪽이 위를 향했기 때문에 다행히도 편지의 내용은 보이지 않았지만 말이야. 바로 그때 D 장관이 들어왔지. 그는 살쾡이처럼 날카로운 눈으로 그 문서의 존재를 파악하고, 주소의 필적을 알아보고, 편지 수신자인 그 저명한 분의 긴장한 모습을 포착하고, 그녀에게 뭔가 숨기는 게 있다는 사실을 간파했다네. 평소처럼 신속하게 업무를 처리한 뒤에, 그는 문제의 편지와 비슷하게 생긴 가짜 편지를 만들고, 그것을 펼쳐서 읽는 척하다가 진짜 편지 옆에 슬쩍 내려놓았어. 그런 다음 그는 다른 사람과 십오 분가량 공무에 관한 대화를 나눴지. 그러고는 자신의 것이 아닌 편지를 집어 들고 왕궁을 나섰다네. 편지의 진짜 주인은 그 광경을 목격했지만, 그 편지의 존재를 알아서는 안

되는 제삼자가 그녀의 곁에 있었기 때문에 어떠한 조치도 취하지 못했어. 장관은 아무런 의미도 없는 가짜 편지만 탁자 위에 남겨 놓은 채 그대로 나가버렸지."

"그렇다면." 뒤팽이 내게 말했다. "자네가 말한 지배력의 성립 조건이 충족된 셈이군. 도둑맞은 사람이 도둑의 정체를 알고 있다는 사실을 도둑이 알고 있으니까 말이야."

"그렇다네." 국장이 대답했다. "지난 몇 달 동안 장관은 그렇게 손에 넣은 힘을 자신의 정치적 목적을 위해 휘둘러 왔다네. 그런데 최근 들어 그 정도가 위험하다 싶은 지경에 이르렀고, 그 저명한 분은 어떻게 해서든 그 편지를 되찾아야겠다고 결심하게 되었지. 하지만 편지를 잃어버렸다는 사실이 세간에 알려져서는 안 된다네. 결국 벼랑 끝에 몰린 그녀는 나를 찾아온 거야."

"더 나은 사람을 찾기는 어려웠을 겁니다." 뒤팽이 담배 연기로 멋진 소용돌이를 만들며 말했다.

"과찬일세." 국장이 대답했다. "물론 어느 정도는 사실이지만 말이야."

"국장님 말씀대로라면." 내가 말했다. "편지는 아직 장관의 수중에 있다고 봐도 무방하겠군요. 그 편지는 사용했을 때가 아니라 소지하고 있을 때 힘을 발휘하니까요. 사용하는 순간 힘은 사라져 버리죠."

"자네 말이 맞아." G가 말했다. "나는 그렇게 확신하고 일을 시작했다네. 우선 장관의 저택을 철저히 수색해야 했지. 여기서 가장 큰 문제는 아무도 모르게 수색해야 한다는 점이었어. 장관이 우리의 계획을 알아차렸을 때 벌어지게 될 끔찍한 일에 관해서는 이미 충분한 경고를 받은 바 있었지."

"하지만 그런 일에는 **도**가 트셨잖아요." 내가 말했다. "파리 경찰국은 전에도 그런 일을 몇 번이나 처리했다고 알고 있습니다."

"그래. 바로 그래서 나는 희망을 놓지 않았지. 게다가 장관의 독특한 생활 패턴은 나에게 매우 유리하게 작용했다네. 그는 거의 밤마다 집을 비웠거든. 하인도 결코 많은 편이 아니었어. 그들은 멀리 떨어진 별채에서 잠을 잤고, 대부분 나폴리 출신이라 거의 언제나 술에 취해 있었지. 자네들도 알다시피 나는 파리의 모든 문을 열 수 있는 열쇠를 갖고 있다네. 지난 석 달 동안 나는 매일 밤을 거의 꼬박 새워 가며 D의 저택을 직접 수색했어. 이건 내 명예가 걸린 문제일뿐더러, 솔직히 말하면 보수가 어마어마하거든. 하지만 기나긴 수색 끝에 나는 결국 그가 나보다 철두철미한 인간이라는 사실을 인정하게 되었다네. 그의 저택에서 편지를 숨길 만한 곳은 구석구석 모조리 수색했지만 허사였어."

"장관이 편지를 소유하고 있다곤 해도," 내가 말했다. "저택 바깥에 편지를 숨겨뒀을지도 모르는 일 아닌가요?"

"그럴 가능성은 거의 없다네." 뒤팽이 말했다. "현재 왕궁의 상황이나 D가 얽혀 있는 음모의 특성을 고려해 보면, 그 문서를 즉각 사용할 수 있도록, 즉 필요한 순간이 오면 언제든 내놓을 수 있도록 준비를 해두는 것이 그것을 소유하는 것 못지않게 중요하다는 걸 알 수 있지."

"언제든 내놓을 수 있도록?" 내가 말했다.

"언제든 파기할 수 있도록 말일세." 뒤팽이 말했다.

"그렇다면 문서가 그의 저택에 있다는 건 확실하겠군요." 내가 말했다. "장관이 편지를 몸에 지니고 다닐 리는 없으니까요."

"절대 그럴 리 없어." 국장이 대답했다. "우리는 강도로 위장하고 그를 두 번이나 습격했다네. 내가 직접 그의 몸을 샅샅이 뒤졌지."

"괜한 짓을 하신 듯합니다." 뒤팽이 말했다. "제가 알기로 D는 바보가 아닙니다. 자신이 습격을 받게 되리라는 건 이미 예상을 했을 겁니다."

"바보는 아니지만 시인이지." G가 말했다. "그리고 시인은 거의 바보나 다름없다네."

"그럴지도 모릅니다." 뒤팽이 메르샤움 연기를 명상하듯 길게 내뿜은 뒤에 말했다. "저도 예전에 조악한 시를 몇 편 쓰긴 했지만 말입니다."

"저택을 어떻게 수색하셨는지 말씀해주세요." 내가 말했다.

"정말로 긴 시간을 들여 **모든 곳을** 수색했다네. 이런 일에는 이골이 났어. 방 한 칸에 일주일씩 잡고 저택 전체를 뒤졌지. 우선 각 방에 있는 가구를 조사했다네. 우리는 저택에 존재하는 모든 서랍을 열었어. 자네들도 알다시피 훈련받은 경찰에게 비밀 서랍 같은 건 존재하지 않는다네. 이런 종류의 수색 작전을 펼칠 때는 얼간이가 아니고서야 '비밀' 서랍을 발견하지 못하고 그냥 지나칠 수가 없지. 원리는 **매우 간단해.** 어떤 수납장이든 조사해야 할 부피(공간)는 정해져 있어. 그리고 우리에게는 정확한 자가 있다네. 한 눈금의 50분의 1조차도 우리의 눈을 피할 수 없지. 다음 차례는 의자일세. 내가 뾰족하고 기다란 바늘로 의자 쿠션을 조사하는 모습은 자네들도 본 적이 있을 거야. 그리고 우리는 탁자에서 상판을 들어냈지."

"왜요?"

"물건을 숨길 목적으로 탁자, 혹은 그보다 구조가 단순한 가구의 상판을 들어내는 경우가 종종 있거든. 탁자 다리 위쪽을 파내고, 그 구멍에다가 물건을 쑤셔 넣은 뒤에 다시 상판을 덮는 걸세. 침대 다리 역시 같은 방식으로 이용되지."

"속이 비어 있다면 소리로 분간할 수 있지 않을까요?" 내가 물었다.

"물건을 솜으로 감싸서 숨긴다면 소리만으로는 분간이 어렵지. 게다가 우리는 소리를 내지 않고 조사를 해야 하는 처지였다네."

"하지만 그런 식으로 물건을 감출 수 있는 가구가 한둘이 아닐 텐데요. 그걸 전부 분해하는 것도 불가능할 거고요. 편지를 돌돌 말면 그 모양이나 부피가 뜨개질바늘과 비슷해지죠. 그렇게 되면 의자 가로대 속에 숨기는 것도 가능할 거예요. 설마 저택에 있는 모든 의자를 분해하신 건 아니죠?"

"물론 아니지. 더 좋은 방법이 있거든. 우리는 의자의 가로대뿐만 아니라 저택에 있는 모든 가구의 이음부까지 조사했다네. 세상에서 가장 성능이 뛰어난 현미경으로 말이야. 가구를 분리한 흔적이 남아 있었다면 우리가 그걸 놓쳤을 리가 없지. 작은 톱밥 하나도 사과만큼 커다랗게 보이니까. 떨어져 나간 접착제나 부자연스럽게 벌어져 있는 틈새는 결정적인 단서가 된다네."

"거울의 유리와 뒤판도 분리하셨나요? 커튼과 카펫, 그리고 침대와 침구도 살펴보셨나요?"

"물론이지. 그런 식으로 모든 가구를 뜯어본 뒤에, 우리는 저택 그 자체를 조사하기 시작했다네. 저택을 여러 구획으로 나눈 다음, 착오가 없도록 각 구획에 번호를 매겼어. 그런 다음에 현미경으로 저택의 모든 구획을 순서대로 수색했지. 인접한 저택 두 채까지 포함해서 말일세."

"인접한 저택 두 채까지!" 내가 소리쳤다. "정말 힘드셨겠네요."

"힘들었지. 하지만 보수가 어지간히 커야 말이지."

"저택의 마당도 빼놓지 않으셨겠죠?"

"마당은 벽돌로 포장되어 있었다네. 덕분에 일이 한결 편했지. 벽돌 사이의 이끼만 살펴보면 최근에 그 벽돌을 파헤친 적이 있는지 알 수 있으니까."

"D의 문서함이나 책장도 조사하셨나요?"

"당연한 걸 묻는군. 서류 상자와 문서함을 전부 뒤졌지. 책장에 꽂힌 책도 모조리 펼쳐서 한 장씩 꼼꼼히 넘겨봤다네. 책을 두어 번 흔들어보는 걸로 충분했을지도 모르지만, 경찰의 자존심이 그걸 용납하지 않았어. 우리는 세상에서 가장 정확한 측정기를 사용해서 책 표지의 두께까지 쟀지. 그리고 현미경을 사용해서 책을 하나하나 세밀하게 살펴봤다네. 최근에 다시 제본한 책은 결코 우리의 수색을 피해갈 수 없었어. 새로 제본한 것으로 보이는 책 대여섯 권은 책등에 기다란 바늘을 찔러 넣어보기까지 했지."

"카펫도 들춰보셨나요?"

"말해서 뭐 하겠나. 모든 카펫을 들어내고 현미경으로 바닥을 샅샅이 훑었지."

"벽지도요?"

"그럼."

"지하실도요?"

"물론이지."

"그렇다면 뭔가 착오가 있었던 것 같네요." 내가 말했다. "국장님의 생각과 달리 애초부터 편지는 저택에 없었는지도 몰라요."

"자네 말이 맞을지도 모르겠어." 국장이 말했다. "뒤팽, 내게 뭔가 해줄 말 없는가?"

"저택을 다시 수색하십시오."

"그건 무의미한 일이야." G가 대답했다. "저택에 편지가 없다는 건 내가 지금 숨을 쉬며 살아 있다는 것보다 더 확실하다네."

"그렇다면 저도 드릴 말씀이 없습니다." 뒤팽이 말했다. "편지가 정확히 어떻게 생겼는지는 알고 계십니까?"

"오, 당연하지!" 국장은 품에서 수첩을 꺼내더니 사라진 문서의 상세한 특징, 특히 외향적 특징을 강조해서 읽었다. 결국 그는 수첩을 덮고 터덜터덜 걸어서 방을 나섰다. 그토록 낙담한 모습을 보는 건 처음이었다.

그는 한 달 뒤에 우리를 다시 찾아왔다. 우리는 예전과 같은 모습으로 명상에 잠겨 있었다. 그는 파이프를 집어 들고 의자에 앉아서 우리와 평범한 대화를 나누기 시작했다. 결국 먼저 그 얘기를 꺼낸 건 나였다.

"그런데요, 국장님, 도둑맞은 편지는 어떻게 되었죠? 이제 장관에게 두 손 두 발 다 드신 건가요?"

"빌어먹을 인간. 그래, 내가 졌다네. 뒤팽의 말을 듣고 저택을 처음부터 다시 수색했지만 예상했던 대로 아무것도 찾지 못했어."

"보수가 얼마라고 하셨죠?" 뒤팽이 물었다.

"엄청난, 아주 엄청난 액수라네. 여기서 정확한 액수를 말할 수는 없지만, 이것 하나만큼은 말할 수 있어. 그 편지를 가져오는 사람에게는 내 손으로 5만 프랑짜리 수표를 써 줄 생각이야. 솔직히 말하자면 사태는 날이 갈수록 악화되고 있다네. 그리고 보수는 두 배로 뛰었지. 하지만 세 배의 보수를 준다고 해도 나는 더할 수 있는 게 없어."

"그렇군요." 뒤팽은 축 늘어진 채 메르샤움을 뻐끔거리며 말했다. "하지만 제 생각에는, 국장님은 할 수 있는 일을 다 했다고 볼 수 없습니다. 제가 보기에는, 아직 할 수 있는 일이 남아 있는 듯합니다."

"어떻게? 도대체 뭘 하란 말인가?"

"어디 보자. 뻐끔, 뻐끔. 전문가에게 조언을 구해보시는 게 어떻겠습니까? 뻐끔, 뻐끔, 뻐끔. 혹시 의사 애버네시[81]에 관한 이야기를 기억하십니까?"

"헛소리 말게. 애버네시가 여기서 무슨 상관인가!"

"물론 아무런 상관이 없습니다! 하지만 일단 들어보십시오. 옛날에 의사 애버네시를 속여서 공짜 진료를 받으려 했던 구두쇠가 하나 있었습니다. 사적인 자리에서 그 의사와 일상적인 대화를 나누던 중에 구두쇠는 자신의 증상을 마치 상상의 인물이 앓고 있는 증상인 것처럼 꾸며서 얘기했더랍니다."

"구두쇠는 그 사람에게 이러이러한 증상이 있다고 말합니다. 그러고 나서 이렇게 묻죠. '선생님께서는 그에게 가장 좋은 특효약이 뭐라고 생각하십니까?'"

"'특효약이라!' 애버네시는 이렇게 말했습니다. '가장 좋은 특효약은 물론 의사의 조언이죠.'"

"하지만." 국장은 약간 당황한 눈치였다. "나는 언제든 조언을 구하고 대가를 지급할 의향이 있다네. 나는 편지를 가져오는 사람에게 정말로 5만 프랑을 줄 생각

---

81. 존 애버네시(1764~1831). 영국의 유명한 외과 의사. 19세기 중엽에는 그의 이야기를 다룬 『애버네시 일화집』이 출간되기도 했다.

이야."

"그렇다면." 뒤팽은 서랍에서 수표책을 꺼내며 말했다. "말씀하신 금액의 수표를 써 주십시오. 서명하시면 지금 편지를 드리겠습니다."

나는 깜짝 놀랐다. 국장은 마치 벼락이라도 맞은 사람처럼 보였다. 몇 분 동안 그는 미동도 하지 않고 입을 떡 벌린 채, 튀어나올 것 같은 눈으로 내 친구를 바라봤다. 어느 정도 정신을 되찾자 그는 펜을 부여잡고 멍하니 허공을 바라보며 망설이다가, 결국 5만 프랑짜리 수표에 서명해서 탁자 너머의 뒤팽에게 건넸다. 뒤팽은 수표를 유심히 살펴본 뒤에 수표첩에 넣었다. 그러고 나서 그는 **에스크리트와**[82]를 열고 편지를 꺼내서 국장에게 건넸다. 국장은 숨이 멎을 것처럼 기뻐하며 떨리는 손으로 편지를 열고 그 내용을 빠르게 훑어본 뒤에, 문 쪽으로 부리나케 달려가더니 인사도 없이 문을 열고 집 밖으로 뛰쳐나갔다. 뒤팽이 수표를 써 달라고 한 뒤로 국장은 한마디 말도 하지 않고 그렇게 가 버린 것이다.

---

82. 서랍장과 결합된 형태의 접이식 책상. 피아노 책상이라고도 부른다.

국장이 사라지자 내 친구는 설명을 시작했다.

"파리의 경찰들은 나름대로 매우 뛰어나다네. 그들은 인내력과 재간이 비상하고 행동도 재빠른 데다가 업무에 필요한 지식까지 철저하게 숙지하고 있지. G가 우리에게 저택 수색 절차에 관해서 설명해 줬을 때, 나는 그의 방법이 아주 훌륭하다고 생각했다네. 그의 힘이 닿는 범위 안에서는 말이야."

"그의 힘이 닿는 범위 안에서는?" 내가 말했다.

"그래." 뒤팽이 말했다. "그들은 나름대로 최선의 계획을 세웠고, 그걸 완벽하게 실행에 옮겼다네. 만약에 편지가 그들의 손이 닿는 범위 내에 있었다면 그들은 틀림없이 편지를 손에 넣었을 걸세."

나는 웃고 말았다 ─ 하지만 그는 농담을 하려는 게 아닌 것 같았다.

"그들은 정말 괜찮은 방법을 선택했다네." 그가 계속했다. "문제는 그 방법이 이 상황에, 그리고 이 사람에게 적합하지 않았다는 걸세. 국장은 마치 프로크루스테스의 침대[83]처럼 수단에 억지로 목적을 끼워 맞춘 셈이라

---

83. 그리스 신화에 등장하는 강도. 지나가는 나그네를 집으로 초대해 침대에 눕혀서 침대보다 길면 몸을 잘라 버리고, 짧으면

네. 그는 문제를 너무 깊게, 혹은 너무 얕게 다뤘어. 어떤 면에서는 초등학생보다 못하다고 할 수도 있지. 나는 엄청난 '홀짝' 실력으로 세간의 주목을 받은 여덟 살짜리 아이를 하나 알고 있다네. 규칙은 간단해. 한 사람이 손에 구슬을 여러 개 쥐고 상대방에게 구슬이 홀수인지 짝수인지 묻는 걸세. 맞춘 사람은 구슬 하나를 따는 거고, 틀린 사람은 하나를 뺏기는 거야. 내가 말한 그 여덟 살짜리 아이는 전교생의 구슬을 전부 땄다네. 물론 거기에는 나름의 원칙이 있었어. 그 아이는 상대방의 명민함을 관찰하고 가늠하려 했지. 예컨대 단순하기 짝이 없는 수준의 상대가 손에 구슬을 쥐고 '홀수게 짝수게?' 하고 묻는다면 그 아이는 '홀수'라고 대답하고 패배한다네. 두 번째 판에서 그 아이는 '상대는 첫 번째 판에서 짝수를 냈어. 저 사람은 단순하기 짝이 없으니까 두 번째 판에서는 홀수를 낼 거야. 그러니 이번에 나는 홀수를 고르겠어.'라고 생각하고 홀수를 골라서 승리하지. 그보다는 조금 덜 단순한 사람과 붙는다면 그 아이는 이렇게 생각한다네. '저 사람은

잡아 늘였다.

내가 첫 번째 판에서 홀수를 고른 걸 염두에 두고 두 번째 판에서는 짝수가 아닌 홀수를 내려다가 그건 너무 단순하다고 생각해서 결국은 다시 한 번 짝수를 낼 거야. 그러니 나는 짝수를 고르겠어.' 그리고 짝수를 골라서 승리하지. 사람들은 그 아이가 단순히 '운이 좋았다'고 말하지만, 자네가 보기에는 어떤 것 같나?"

"그 아이는 상대방과 똑같은 방식으로 생각하려 했던 거야."

"바로 그게 승리의 비밀이라네." 뒤팽이 말했다. "내가 그 아이에게 어떻게 그렇게 상대방과 똑같이 생각할 수 있었냐고 물었더니 이렇게 대답하더군. '상대방이 얼마나 똑똑한지, 얼마나 멍청한지, 얼마나 선량한지, 얼마나 교활한지, 혹은 지금 무슨 생각을 하고 있는지 알고 싶을 때 저는 그 사람과 똑같은 표정을 지어보려고 노력해요. 그러고 나서 그 표정에 상응하는 생각이나 감정이 제 머릿속에, 혹은 마음속에 떠오를 때까지 기다려보는 거죠.' 이 아이의 대답은 로슈푸코, 라 브뤼예르, 마키아벨리, 캄파넬라[84]가 만든 것으로 간주되었

84.　토마소 캄파넬라(1568~1639). 이탈리아 철학자. 감정 반사 이론의 창시자로 여겨진다.

던 그럴싸한 이론의 핵심에 가깝다네."

"그리고 상대방과 똑같은 방식으로 생각하려면." 내가 말했다. "우선 상대방의 수준을 정확히 가늠할 수 있어야 한다는 말이군."

"사실상 그 부분에 성패가 달려 있지." 뒤팽이 대답했다. "국장과 그 수하들의 첫 번째 문제점은 상대방과 똑같은 방식으로 생각하지 못한다는 걸세. 그리고 두 번째 문제점은 상대방의 수준을 잘못 가늠하거나, 아예 가늠하지 못한다는 거야. 그들은 오로지 자신들의 뛰어난 지력밖에 생각하지 않는다네. 숨겨진 물건을 찾을 때도 자신들이 숨겼을 법한 곳만 수색하지. 일반적인 경우에는 그런 방식이 그럭저럭 먹혀든다네. 그들의 수준은 보통 사람들과 거의 비슷하니까. 하지만 완전히 다른 수준의 범죄자가 나타나면 그들은 허무하게 무너져 버린다네. 범죄자의 수준이 그들보다 현저하게 높거나 낮을 때는(전자보다는 후자일 가능성이 크겠지만) 여지없이 그렇게 되고 말지. 그들은 절대로 수사의 원칙을 바꾸지 않아. 발등에 불이 떨어지거나 보상이 커지더라도 기껏해야 기존의 방식을 조금 확장하거나 과장하는 정도에서 그친다네. D의 사건에서 그들이 도대체 무슨 원칙을 바꿨는가? 지루하고 끈질기고 철저한 현미경 조사와 숫자별 구획 나누기? 그런 것들은 범죄자의 수준에 대한 국장의 오래된 고정관념에 입각한 원칙(혹은 그런 원칙들)을 과장해서 적용한 것에 불과하지 않은가? 국장은 누구든 편지를 숨길 때, 의자 다리에 구멍을 뚫는 정도까지는 아니더라도, 그것과 유사한 사고방식에 따라서 어딘가 눈에 띄지 않은 구멍이나 구석을 찾을 게 분명하다고 생각하고 있지 않은가? 하지만 그토록 **은밀한** 위치에 물건을 숨긴다는 건 평범한 사람이 평범한 물건을 숨길 때나 있을 법한 일이 아닌가? 그렇게 **은밀한** 방법을 사용하리라는 건 얼마든지 예상이 가능할 수 있다는 말이야. 그렇게 숨긴 물건을 찾아낼 때는 명민함 따위는 필요 없어. 그저 주의력과 인내력, 그리고 결단력만 있으면 충분하지. 사안이 중대하거나 보수가 막대할 때(사실 경찰에게는 그 말이 그 말이지만) 앞서 열거한 자질들은 저절로 갖추어진다네. 만약에 그 도둑맞은 편지가 그들의 손이 닿는 범위 내에 있었다면, 즉 그 편지가 국장이 생각하는 방식으로 숨겨졌다면 그들은 틀림없이 편지를 손에 넣었을 거라는 내 얘기를 이제 자네도 이해할 수 있을 걸세. 하지만 국장은 무참히 패배했지. 그 패배의 근원에는 장관이 시인이고, 그러므로 바보라는 추정이 있다네. 모든 바보는 시인이라는 게 국장의 견해거든. 그는 모든 시인이 바보라고 결론을 내림으로써 **중개념 부주연**[85]의 오류를 저지른 걸세."

"그가 시인이라는 건 사실인가?" 내가 물었다. "그에게는 형제가 둘 있고, 둘 다 문명文名을 날리고 있다고 들었어. 하지만 내가 알기로 장관은 미분학 분야에서 탁월한 논문을 쓴 사람이라네. 그는 시인이 아니라 수학자야."

"그건 자네가 틀렸다네. 나는 그를 잘 알고 있지. 그는 양쪽 다야. 시인인 **동시**에 수학자이기 때문에 그는 경찰을 이길 수 있었던 걸세. 단순한 수학자에 불과했다면 그는 아무것도 못 해보고 국장의 먹이가 되었겠지."

"자네는 상식에 어긋나는 주장을 하고 있군." 내가 말했다. "설마 지난 몇백 년 동안 통용되어 온 생각을 부정하려는 건가? 수학적 판단은 그 어떠한 종류의

---

85. 삼단논법에서 흔히 저질러지는 오류 중 하나.

판단보다도 뛰어난 것으로 간주되어 왔다네."

"다수에게 아첨하는 대중적 견해나 통념은 모두 어리석다고 생각하는 편이 안전하다." 뒤팽이 샹포르[86]를 인용하며 대답했다. "수학자들은 자네가 말한 대중적 오류를 전파하는 데 엄청난 공을 들여왔다네. 하지만 아무리 진실로 포장하려 애써도 오류는 오류지. 그들은 차라리 다른 일에 사용되었으면 좋았을 고도의 책략을 발휘해 분석analysis이라는 단어를 대수algebra와 동일한 의미로 만들어 버렸어. 이 속임수의 원흉은 프랑스 수학자들이라네. 하지만 단어의 활용 가능성 자체에 가치를 부여할 생각이 없다면, 분석을 대수라는 의미로 사용하지 않는 편이 합당할 걸세. 라틴어 **ambitus**를 야망ambition이라는 의미로, **religio**를 종교religion라는 의미로, **homines honesti**를 명예로운 사람들honorable men이라는 의미로 사용하지 않는 것처럼 말이야."

"자네가 파리의 대수학자들과 다투는 모습이 눈앞에 그려지는군." 내가 말했다. "어쨌든 계속해보게."

---

86. 세바스찬 샹포르(1740~1794). 프랑스 극작가이자 비평가. 『성찰, 잠언, 일화』에서 인용.

"나는 추상적 논리가 아닌 여타 특정한 형태의 논리로 도출된 판단은 유용성이나 가치가 전혀 없다고 생각해. 수학적 사고에 따른 판단은 특히 그렇다네. 수학은 형태와 수량의 과학이야. 수학적 사고는 형태와 수량에 논리를 부여하는 일 그 이상도 이하도 아니라는 걸세. 이른바 순수한 대수의 진실이 추상적, 혹은 보편적 진실이라고 생각하는 건 엄청난 오류지. 이 어처구니없는 오류는 황당할 정도로 널리 받아들여지고 있어. 수학적 공리는 **절대로** 보편적 진실의 공리가 아니라네. 예컨대 수식의 영역 — 형태와 수량의 영역 — 에서는 진실인 것이 윤리학의 영역에서는 거짓일 수 있지. 윤리학에서는 부분의 총합이 **반드시** 전체와 동일하지는 않으니까. 화학에서도 수학적 공리는 무효하다네. 행위의 동기를 고려할 때도 수학적 공리는 힘을 잃지. 서로 다른 값어치를 지닌 두 가지 동기가 하나로 결합했을 때, 그 값어치는 두 가지 동기의 값어치를 합친 것과 같지 않을 수 있거든. 대부분의 수학적 진실은 오로지 수식의 울타리 안에서만 진실이라네. 하지만 수학자들은 그런 **제한적 진실**을 어디에나 보편적으로 적용할 수 있다는 듯이 말하고 다니지. 브라이언트[87]의

걸출한 저작 『신화론』에서도 그와 유사한 오류가 언급
된다네. 거기에는 이렇게 씌어 있어. '우리는 이교도의
설화를 믿지 않으면서도 자꾸 그 사실을 망각하고 마치
그것이 실제로 있었던 일인 것처럼 생각한다.' 하지만
대수학자들은 이교도나 다름이 없어서 '이교도의 설화'
를 철석같이 믿고 추론을 하는데, 그것은 망각이 빚어낸
결과라기보다는 불가해한 두뇌의 혼선이 빚어낸 결과
에 가깝지. 요컨대 나는 수식의 영역 바깥에서도 믿음직
한 모습을 보여주는 수학자를 단 한 사람도 만나 보지
못했어. 그들은 하나같이 x^2+px는 절대적이고 무조건
적으로 q라는 사실을 내밀한 신앙처럼 고수하고 있다
네. 원한다면 실험 삼아서 수학자 하나를 붙잡고 x^2+px
가 반드시 q인 건 아니라고 말해보게나. 하지만 그
말을 하고 나면 곧장 뒤로 물러서야 할 거야. 왜냐하면
그 수학자가 자네의 얼굴에 주먹을 날릴 게 분명하거
든."

"내가 하고 싶었던 말은." 내가 그 말을 듣고서 웃고
있는 동안 뒤팽이 말을 이었다. "장관이 수학자에 불과

---

87. 제이콥 브라이언트(1715~1804). 영국 신화학자.

했다면 애초에 국장은 내게 수표를 써줄 필요도 없었으리라는 걸세. 하지만 장관은 수학자인 동시에 시인이라네. 나는 그가 현재 놓여 있는 위치를 참조해서 그의 능력을 가늠해 봤어. 그는 영악한 간신이자 담대한 **책략가야**. 그런 사람이 평범한 경찰의 수사 방식을 예측하지 못했을 리가 없지. 경찰의 습격도 틀림없이 예상했을 걸세. 그 이후의 상황이 그걸 증명하고 있어. 경찰이 저택을 몰래 수색하리라는 것도 알고 있었을 거야. 국장은 장관이 밤마다 집을 비운다고 좋아했지만, 사실 그것은 경찰로 하여금 일부러 저택을 샅샅이 수색하게 만듦으로써 그곳에는 편지가 없다는 확신을, 실제로 G가 품게 된 바로 그 확신을 심어주려는 **전략**으로 보인다네. 숨겨진 물건을 찾기 위한 경찰의 확고한 원칙, 입에 담기만 해도 진이 빠지는 그 모든 원칙을 장관은 이미 염두에 두고 있었을 걸세. 그러니 은밀한 구석에 물건을 숨긴다는 건 있을 수 없는 일이지. 국장의 눈과 손, 바늘과 현미경 앞에서는 그의 저택에서 가장 복잡하고 후미진 공간조차도 여느 커다란 벽장처럼 여실히 노출되어 있다는 사실을 모를 만큼 그는 어리석지 않다네. 결국 좋든 싫든 그는 **단순한 쪽**을 선택해야 했을 걸세. 어쩌면 너무 자명하기 때문에 사건을 해결할 수 없는 건지도 모른다는 나의 의견을 듣고 국장이 얼마나 심하게 웃었는지 기억나는가?"

"기억난다네." 내가 말했다. "정말 재미있어하더군. 저러다가 발작이라도 일으키면 어쩌나 걱정이 될 정도였지."

"물질의 세계는 비물질의 세계와 흡사한 것들로 가득하다네. 은유나 직유가 묘사에 윤기를 부여할 뿐만 아니라 주장을 강화시켜주기까지 한다는 수사학적 교리는 어느 정도 진실이라고 볼 수 있어. 예컨대 **관성**의 법칙은 물질과 정신 양쪽에 모두 적용된다네. 커다란 물체는 작은 물체에 비해 움직이기 어렵지만, 그 어려운 정도에 비례해서 **운동량**이 증가하지. 마찬가지로, 거대한 지성은 하찮은 지성에 비해 강력하고 끈질기며 다채롭게 뻗어나가지만, 그 첫걸음을 떼기 위해서는 주저와 고민의 시간이 필요하다네. 혹시 자네 길거리에서 어느 가게의 간판이 가장 눈에 띄는지 아는가?"

"그런 건 눈여겨본 적 없는데." 내가 말했다.

"재미있는 놀이가 하나 있다네." 그가 계속했다. "한쪽 편이 특정한 단어를 고르면 상대편이 그것을 지도에서 찾아내야 하는 놀이지. 그 단어는 마을이나 강의 이름이 될 수도 있고, 국가나 제국의 이름이 될 수도 있어. 지저분하고 혼잡한 지도 위에 있는 단어라면 무엇이든 좋아. 이 놀이를 처음 하는 사람은 상대편을 골탕 먹이기 위해 지도에서 가장 자그맣게 표시된 단어를 선택하지. 하지만 진정한 숙련자는 지도의 한쪽 끝에서부터 반대쪽 끝까지 가득 채운 큼지막한 단어를 고른다네. 그런 단어는 길거리의 커다란 간판이나 현수막처럼 과하게 도드라져서 오히려 눈에 잘 띄지 않거든. 이와 같은 물리적 맹목은, 우리로 하여금 너무나도 자명한 사실을 알아채지 못하게 만드는 정신적 맹목과 아주 흡사하다네. 비밀은 국장의 수준보다 조금 위에, 혹은 아래에 있지. 국장은 장관이 편지를 세계로부터 감추기 위해 그것을 세계의 턱밑에 놔두었을 거라고는, 그런 일이 가능할 거라고는 짐작도 못 했을 거야.

D라는 사람이 대담하고 과감하며 기발한 판단력을 소유하고 있다는 사실, 적시에 효과를 거두기 위해서는 반드시 그 문서를 소지하고 있어야만 한다는 사실, 그리고 국장이 설명한 바에 따르면 경찰의 평범한 수사 방식으로는 그 문서를 찾을 수 없었다는 사실까지 모두

종합해보면, 장관은 편지를 숨기는 가장 현명하고 확실한 방법으로서 아예 편지를 숨기지 않는 편을 택한 것이 틀림없다네.

이렇게 생각하며 나는 어느 날 아침 녹색 안경을 집어 들고 우연을 가장해 장관의 저택을 방문했다네. D는 축 늘어진 채 느긋하게 하품하며 만사가 따분한 척을 하고 있었어. 어쩌면 그는 세상에서 가장 활기 넘치는 인간 중 하나일 걸세. 하지만 그건 아무도 그를 보고 있지 않을 때의 이야기지.

공평한 게임을 위해, 나는 눈이 아파 안경을 써야 한다며 한탄을 하고는, 그와의 대화에 집중하는 척하면서 안경 너머로 그의 방을 조심스럽고 꼼꼼하게 살펴보기 시작했어.

나는 특히 그의 옆에 놓여 있는 커다란 책상에 주목했다네. 그 위에는 잡다한 편지와 서류, 그리고 악보와 책 몇 권이 아무렇게나 뒤섞여 있었지. 하지만 철저하고 기나긴 탐색 끝에 나는 거기에 특별히 의심할 만한 것이 없다는 결론을 내렸어.

방안을 떠돌던 나의 눈은 마침내 벽난로 정면 장식 한가운데 놋쇠 걸이에 꼬질꼬질한 파란색 끈으로 매달린 조악한 세공 장식의 판지 엽서함 위에 멈추었다네. 서너 칸으로 나뉜 이 엽서함에는 초대장 대여섯 장과 편지 한 장이 들어 있었어. 특히 이 편지는 지저분할 뿐만 아니라 엉망진창으로 구겨져 있었지. 편지는 거의 절반으로 찢어져 있었어. 한순간 그것을 찢어서 버리려고 하다가, 바로 다음 순간 그 결정을 번복하거나 유보한 것처럼 보였다네. 겉에는 커다란 봉인이 찍혀 있었는데, 머리글자 D가 **엄청** 도드라져 보이더군. 수신자는 D 장관 자신이었고, 주소는 왜소하고 여성적인 필체로 적혀 있었지. 그 편지는 전혀 관심의 대상이 못 된다는 듯이, 아니 경멸스럽다는 듯이 엽서함 맨 위 칸에 처박혀 있었어.

이 편지를 보자마자 나는 그것이 내가 찾던 물건이라는 걸 알았다네. 사실 이 편지의 겉모습은 국장이 알려준 것과는 완전히 달랐어. 이 편지에는 머리글자 D가 큼직하고 새까만 봉인으로 찍혀 있었지만, 국장이 말한 편지에는 S 가문의 문장이 작고 붉은 봉인으로 찍혀 있었지. 이 편지에는 D 장관의 주소가 왜소하고 여성적인 필체로 적혀 있었지만, 국장이 말한 편지에는 어느 유명 인사의 주소가 대담하고 단호한 필체로 적혀 있었다네. 둘 사이의 공통점이라고는 크기뿐이었지. 문제는 두 편지가 서로 달라도 너무 다르다는 거였어. 내가 알던 D는 자기 문서를 그렇게 찢어진 상태로 너저분하게 보관하는 사람이 아니었네. 일부러 그 문서가 무가치하다는 인상을 주려는 속셈이라고밖에는 생각할 수 없었지. 이 문서가 누구에게나 눈에 확 띄는 위치에 있었다는 점을 고려하면, 그리고 내가 앞서 도달한 결론까지 생각하면, 나 같은 목적을 갖고 찾아온 사람으로서는 확신을 품지 않는 게 이상할 정도였다네.

나는 최대한 오래 시간을 끌었어. 그가 관심을 갖지 않을 수 없는 주제로 열띤 대화를 나누면서 나는 그 편지를 뚫어지게 쳐다보았다네. 그 과정에서 나는 편지의 외형과 위치를 정확히 기억했고, 마침내 그나마 품고 있던 아주 작은 의심마저 날려 버릴 만한 결정적 증거를 찾아냈지. 편지를 유심히 살펴보던 나는 모서리가 필요 이상으로 **쭈글쭈글**해졌다는 걸 알아챘다네. 종이가 그렇게 **엉망진창**이 되었다는 건, 빳빳한 종이를 반듯하게 접어서 줄을 잡은 뒤에, 처음 접을 때 생긴 그 줄을 따라서 종이를 반대 방향으로 다시 접었다는 뜻이야. 이 발견으로 모든 비밀이 풀렸어. 장관은 편지를 장갑처럼 안에서 바깥으로 까뒤집어서 다시 줄을 잡고 봉인을 찍었던 걸세. 나는 탁자 위에 나의 금제 코 담뱃갑을 슬쩍 올려놓고, 장관에게 인사를 하며 저택을 나섰다네.

다음 날 아침 나는 코 담뱃갑을 찾으러 갔다네. 그리고 우리는 전날 나누던 열띤 대화를 이어 나갔지. 그런데 대화 도중에 갑자기 저택의 창가 아래쪽에서 권총 소리 같은 커다란 총성과 함께 겁먹은 사람들의 비명소리와 군중의 고함소리가 들려왔어. D는 창가로 달려가서 바깥을 내다보았지. 바로 그 순간 나는 엽서함 쪽으로 다가가 그 편지를 챙겨서 내 주머니에 넣고, 그것과 (적어도 겉모습은 똑같은) **가짜 편지**를 엽서함에 넣었다네. 그것은 내가 집에서 직접 만든 편지인데, 빵 덩어리를 봉인으로 사용해서 겉봉에 머리글자 D를 찍었지.

거리에서 난동을 부린 것은 머스킷 총을 든 남자였다네. 그는 여자와 아이들이 모여 있는 곳에 총을 쐈어. 하지만 총은 텅 비어 있었고, 남자는 미친 사람처럼, 혹은 술 취한 사람처럼 비틀거리며 사라졌지. 그가 떠나자 창가에 있던 D는 다시 자리로 돌아갔고, 나도

원하는 물건을 손에 넣자마자 원래 자리로 돌아갔지. 잠시 후 나는 그에게 인사를 하고 저택을 나섰어. 사실 그 난동을 부린 남자는 내가 고용한 사람이었다네."

"그런데 굳이 **가짜 편지**까지 만들 필요가 있었나?" 내가 물었다. "그냥 당당하게 편지를 갖고 나와도 문제 될 것이 없지 않은가?"

"D는 철두철미하면서도 물불을 가리지 않는 인간이라네." 뒤팽이 대답했다. "그의 저택에는 그를 위해 움직이는 경호원들이 있어. 그런 무모한 짓을 했다면, 살아서는 장관의 저택을 나오지 못했을 걸세. 그렇게 되면 파리의 훌륭한 친구들이 나를 그리워하지 않겠는가. 하지만 정말로 중요한 건 그게 아니었다네. 자네도 나의 정치적 성향을 알고 있을 거야. 이번에 나는 그녀의 지지자로서 행동했던 거라네. 지난 18개월 동안 장관은 그녀를 자기 마음대로 조종해왔어. 하지만 이제는 그녀가 그를 손아귀에 넣었지. 편지가 자기 수중에 없다는 것도 알지 못한 채 그는 전과 다름없이 행동할 거야. 그렇게 되면 그는 머지않아 정치적 사망에 이를 걸세. 재빠르고 꼴사납게 추락하겠지. **지옥으로 떨어지기는 쉽다**[88]고들 하지만, 카탈라니[89]가 말한 것처럼 내려가는 것보다는 차라리 올라가는 게 쉬운 법이라네. 나는 그를 동정하지 않아. 불쌍하다는 생각조차 안 들어. 그는 **끔찍한 괴물**,[90] 도의를 모르는 천재니까. 하지만 그가 그녀에게, 그러니까 국장의 표현을 빌리자면 '그 저명한 분'에게 수모를 당하고선 내가 엽서함에 남겨 놓은 편지를 열어 보게 되었을 때 과연 무슨 생각을 할지 궁금하긴 하군."

"뭐라고? 그 안에 뭔가를 넣어 두었다는 얘긴가?"

"빈 봉투만 놓고 오는 건 장관님에 대한 모욕이지. 사실 D는 언젠가 빈에서 나에게 악랄한 짓을 한 적이 있다네. 그때 나는 언젠가 꼭 이 빚을 갚아 주겠다고 웃으며 말했지. 장관도 자신을 때려눕힌 사람의 정체가 궁금할 테니, 나는 실마리 하나쯤은 남겨 두는 게 예의라고 생각했던 걸세. 그는 나의 필체를 잘 알고 있으니, 나는 그냥 빈 종이에 이렇게 쓰기만 하면 되었다네.

---

88. 베르길리우스의 『아이아네스』에서 인용.
89. 안젤리카 카탈라니(1780~1849). 이탈리아 오페라 가수. 넓은 음역대로 유명했다.
90. 베르길리우스의 『아이아네스』에서 인용.

그런 잔인한 계획은, 티에스테스 수준은 되겠지만 아트
레우스에겐 미치지 못한다.

크레비용의 「아트레우스와 티에스테스」[91]에 나오는
문장이지."

---

91. 클로드 크레비용(1707~1777)의 희곡. 티에스테스는 아트레우
     스의 아내를 유혹하고 그를 죽이려 한다. 아트레우스는 복수를
     위해 티에스테스의 아들 세 명을 죽여서 요리해 티에스테스의
     식탁에 올린다.

까마귀

어느 음울한 밤, 나는 병들고 지친 몸으로

잊혀진 전설이 기록된 진기한 책들을 읽고 있었다.

사실 나는 고개를 끄덕이며 거의 졸고 있었는데,
그때 갑자기

누가 방문을 두드리는 소리, 아주 살며시 두드리는
소리가 들렸다.

"어떤 손님이 찾아와 방문을 두드리는 모양이야."
나는 중얼거렸다.

"그저 그뿐, 다른 건 없어."

아, 선명하게 기억난다, 으스스한 12월의 어느 날이
었다.

죽어가는 장작의 유령들이 바닥에서 춤을 추고 있었
다.

나는 아침이 오기를 간절히 바랐다 — 헛된 일이었으
나

나는 책으로 슬픔을 — 레노어를 잃은 슬픔을 달래보
려 애썼다.

천사들은 그 아름답고 눈부신 여인을 레노어라고
부르지만

이곳에서 그녀의 이름은 이제 없다.

불분명하게 부스럭거리는 보라색 커튼의 불안한 소
리가

나를 떨게 했다 — 나는 한 번도 느껴보지 못한 기이
한 공포에 사로잡혔다.

뛰는 가슴을 진정시키기 위해 나는 자리에서 일어나
중얼거렸다.

"어떤 손님이 찾아와 들여보내달라고 방문을 두드리
는 거야.

늦은 밤에 손님이 찾아와 들여보내달라고 방문을
두드리는 거야.

그저 그뿐, 다른 건 없어."

나는 갑자기 기운이 났다. 망설일 이유가 없었다.

"신사분." 나는 말했다. "혹은 숙녀분. 저의 무례를
용서해주십시오.

저는 깜빡 졸고 있었고, 당신이 방문을 너무 살며시
두드리셔서

정말이지 너무나도 살며시 방문을 두드리셔서

제가 그 소리를 듣지 못한 겁니다." 나는 방문을
활짝 열었다.

그곳에는 그저 어둠뿐, 다른 건 없었다.

나는 어둠 속을 응시하며, 충격과 공포와 의혹에
휩싸인 채

어느 누구도 꿈꿔보지 못한 꿈을 꾸며, 그 자리에
서 있었다.

정적은 견고했고, 기척은 전무했다.

나는 무심결에 속삭이듯이 이렇게 말하고야 말았다.

까마귀
····

"레노어?"

그 말은 메아리가 되어서 돌아왔다. "레노어!"

그저 그뿐, 다른 건 없었다.

나는 방으로 돌아왔지만, 내 영혼은 타들어 가고 있었다.

바로 그때, 아까보다 더 큰 노크 소리가 들려왔다.

"이건 분명." 나는 말했다. "분명 덧창 밖에서 나는 소리야.

저기에 뭐가 있는지 확인하면 모든 미스터리가 풀리겠지.

모든 미스터리가 풀리고 나면 다시 안정을 되찾겠지.

그저 바람일 뿐, 다른 건 없을 거야!"

내가 덧창을 열자, 태곳적의 거대한 까마귀 한 마리가 정신없이 푸다닥거리며 안으로 들어왔다.

그는 인사도 하지 않고, 일말의 머뭇거림도 없이 들어와서는

신사나 숙녀 같은 태도로 나의 방문 위에 앉았다.

방문 위에 있는 팔라스 흉상에 앉았다.

그저 앉았을 뿐, 다른 건 없었다.

그 어두운 새의 우울하면서도 엄숙한 모습은
나의 슬픈 공상을 웃음으로 물들였다.
"그대는 볏이 잘리긴 했지만." 나는 말했다. "새가슴
은 아니로구나.
칠흑의 세계를 떠도는 고대의 음산한 까마귀여,
밤의 저승에서 그대가 사용하는 이름이 무엇인지
말해다오!"
까마귀가 말했다. "이제 없어."

별 의미도 없고 질문과 상관도 없는 대답이었을망정
이토록 추레한 까마귀가 그토록 또박또박 말을 한다
는 건 놀라웠다.
자기 방문 위에 앉아 있는 까마귀를 본 사람
자기 방문 위의 흉상에 앉아 있는 까마귀를 본 사람은
이 세상에서 오로지 나뿐이리라.
그 이름하여 "이제 없어."

하지만 까마귀는 차가운 흉상에 외롭게 앉아서, 오로

지 그 한 마디만을

내뱉었다, 마치 그 한 마디에 혼신을 쏟아붓듯이.

다른 말은 하지 않았다 — 깃털 하나 움직이지 않았
다.

나는 힘없이 중얼거렸다. "모두가 나를 떠났지.

아침이면 너도 나를 떠나겠지, 나의 모든 희망이
나를 떠났듯이."

그러자 까마귀가 말했다. "이제 없어."

까마귀는 놀라울 만큼 적절한 대답으로 침묵을 깼다.

"보나 마나." 나는 말했다. "그대가 주인에게서 배운
말은 그것 하나뿐이겠지.

무자비한 재앙이 그대의 불행한 주인에게 연달아
들이닥쳤고

마침내 그의 노래 — 사라진 희망을 애도하는 그의
노래는

하나의 우울한 후렴을 갖게 되었겠지.

그 후렴은 '이제 — 이제 없어.'"

까마귀는 아직도 나의 슬픈 공상을 웃음으로 물들이

고 있었다.

나는 푹신한 의자를 까마귀 앞으로, 흉상과 방문 앞으로 밀었다.

나는 그 벨벳 의자에 몸을 묻고 생각에 생각을 거듭했다.

이 불길한 태곳적의 새는 도대체 무엇인가.

이 어둡고 추레하고 섬뜩하고 수척하고 불길한 태곳적의 새는 도대체

무슨 속내로 저런 말을 하는가. "이제 없어."

나는 이런 생각을 하며 앉아 있었지만, 한마디도 하지 않았다.

까마귀의 눈동자가 나의 가슴 한복판에서 불타고 있었다.

나는 그저 생각에 잠긴 채 가만히 누워 있었다.

불빛 아래 벨벳 의자에 머리를 묻고 있었다.

하지만 불빛 아래 보라색 벨벳 의자에 머리를 묻는 것은 이제 나 한 사람뿐

다른 한 사람은, 아, 이제 없다!

치품천사가 양탄자를 밟으며 흔드는 보이지 않는 향로가

나의 방을 향으로 가득 채우는 것처럼 느껴졌다.

"신께서 나를 가엾게 여기시어." 나는 울먹였다. "천사를 통해

나에게 휴식을 — 레노어의 기억을 잠재울 진정제를 주셨노라.

마시자, 이 진정제를 들이마시면 레노어를 잊을 수 있으리라!"

까마귀가 말했다. "이제 없어."

"예언가여!" 나는 말했다. "불길한 존재! 새이자 악령이여, 그리고 예언가여!"

추레하면서도 당당한 모습의 그대를 이곳으로

마법에 걸린 폐허로, 귀신 들린 집으로 보낸 것이

사탄인지 폭풍우인지 모르겠지만 — 제발 말해다오.

그곳에는 — 길리아드에는 위안의 향유가 있는가? 제발, 제발 말해다오!

까마귀가 말했다. "이제 없어."

"예언가여!" 나는 말했다. "불길한 존재! 새이자 악령이여, 그리고 예언가여!

머리 위의 하늘을 걸고, 너와 내가 함께 받드는 신을 걸고 말해다오 —

슬픔에 짓눌린 나의 영혼에게 말해다오, 저 머나먼 에덴에서는

천사들이 레노어라고 부르는 그 성스러운 여인을 안을 수 있을지

천사들이 레노어라고 부르는 아름답고 눈부신 여인을 안을 수 있을지."

까마귀가 말했다. "이제 없어."

"새이자 악령이여, 더 이상 아무 말도 하지 말아라!" 나는 일어서며 외쳤다.

"이제 다시 폭풍우 속으로, 밤의 저승으로 돌아가거라!

그대가 쏟아낸 거짓말의 증거라고는 깃털 하나도 남기지 말고 사라지거라!

나를 혼자 있게 놔두거라! 방문의 흉상 위에서 떠나거

라!

내 심장에서 그대의 부리를 뽑거라, 네가 나갈 문은
저기 있다!"

까마귀가 말했다. "이제 없어."

까마귀는 깃털 하나 움직이지 않고 가만히
방문 위의 창백한 팔라스 흉상에 앉아 있다.
그의 눈동자는 마치 꿈을 꾸는 악마처럼 보인다.
천장의 등불이 그의 그림자를 바닥에 흩뿌린다.
바닥에 어른거리는 저 그림자로부터 나의 영혼이
벗어날 길은 —이제 없다!

구성의 철학

지금 내 앞에는 찰스 디킨스의 편지가 놓여 있다. 그는 『바나비 러지』에 관한 나의 글을 언급하고 있다. "그런데 말입니다, 혹시 고드윈이 『칼렙 윌리엄스』를 뒷부분부터 썼다는 걸 알고 계십니까? 고드윈은 일단 주인공을 고통의 거미줄 속에 던져 넣었습니다. 그게 이 책의 2부에 해당하죠. 그 뒤에 고드윈은 그의 주인공이 그렇게 된 연유를 궁리해서 1부를 쓴 겁니다."

나는 고드윈이 정확히 그런 방식으로 소설을 썼다고는 생각하지 않는다. 작가 본인의 진술도 디킨스의 추측과는 상반된다. 하지만 『칼렙 윌리엄스』 같은 작품을 쓸 정도로 뛰어난 작가라면 그와 같은 작법의 이점을 몰랐을 리가 없다. 모름지기 플롯이라면 펜을 들고 글쓰기를 시작하기 전에 이미 **대단원**까지 상세하게 계획되어 있어야 한다. 오로지 **대단원**을 의식하고 있을 때만 우리는 최종적 의도에 부합하는 사건과 어조를 창조함으로써 플롯에 인과성의 빛깔을 부여할 수 있다.

내가 생각하기에 작가들의 이야기 구성 방식에는 대체로 커다란 문제가 있는 것 같다. 그들은 역사적 사건, 혹은 그날 일어난 일을 주제로 삼거나, 기껏해야 자극적인 사건 몇 개를 조합해서 서사의 틀을 짜고, 사실관계나 행위의 균열이 생길 때마다 묘사나 대화, 혹은 작가의 개입으로 그 빈틈을 메꾸려 한다.

나는 **효과**를 먼저 고려한다. 언제나 독창성을 염두에 두고(그처럼 확실한 흥미의 원천을 간과하는 예술가는 진짜 예술가라고 할 수 없다) 다음과 같이 자문한다. "가슴이나 머리, 혹은 영혼에 호소하는 수많은 효과나 인상 중에서 무엇을 선택해야 할까?" 새로우면서도 생생한 효과를 선택했다면, 이제는 사건과 어조를 결정할 차례다 — 평범한 사건을 독특한 어조로 쓸 것인지, 독특한 사건을 평범한 어조로 쓸 것인지, 그것도 아니라면 독특한 사건을 독특한 어조로 쓸 것인지 판단하고, 작품의 효과를 극대화할 사건과 어조를 발견하기 위해 나의 주변을 (혹은 내면을) 살펴야 한다.

나는 작품이 완성되기까지의 과정을 단계별로 상술할 의향(그리고 능력)이 있는 작가가 잡지에 글을 싣는다면 얼마나 재미있을지 상상해보곤 했다. 어째서 아무도 그런 글을 쓰지 않는지 모르겠다 ─ 아마도 가장 큰 이유는 작가적 허영심 때문일 것이다. 대부분의 작가(특히 시인)는 일종의 광란 상태에서 ─ 황홀경에 빠져서 ─ 오로지 직관력으로 글을 쓰는 사람처럼 보이고 싶어 한다. 그들은 무슨 일이 있어도 대중에게 창작의 이면을, 조잡하고 불확실한 사유의 흔적을, 마지막 순간까지 감추고 싶은 진짜 목적을, 무르익지 못한 구상이나 무르익었지만 써먹지 못한 구상을, 조심스럽게 선택되고 폐기된 설정을, 고통스러운 첨삭의 과정을, 즉 문학이라는 무대 뒤편에 숨겨져 있기 마련인 톱니바퀴, 도르래, 사다리, 비밀통로, 깃털, 페인트, 장막 따위를 보여주지 않으려 한다.

게다가 작품이 완성되기까지의 과정을 단계별로 복기한다는 건 상당히 어려운 일이다. 사실 영감은 아무렇게나 찾아와서 아무렇게나 사용되고 아무렇게나 잊혀지곤 한다.

나로 말하자면 앞서 말한 작가적 반감에 공감하지도 못할뿐더러, 구성의 과정을 단계별로 복기하는 일을 어렵다고 느끼지도 않는다. 그와 같은 분석과 재구성의 재미는 작품의 실제 재미(혹은 기대되는 재미)와는 전혀 관계가 없으므로, 내가 여기서 내 작품의 **구성방식**을 밝히는 것을 되먹지 못한 짓이라고 생각할 필요는 없을 듯하다. 나는 내 작품 중에서 가장 잘 알려진 「까마귀」를 골랐다. 이 작품의 구성에는 우연이나 직관이 전혀 개입되어 있지 않다는 사실 — 이 작품은 정확하고 엄밀한 수학적 사고의 결과물이라는 사실을 증명하는 것이 바로 나의 목적이다.

평단과 대중을 동시에 만족시킬 만한 시를 써야겠다고 마음먹게 된 계기(혹은 사정) 같은 것은 주제와 무관하므로 논의에서 제외하기로 하자.

당장 본론으로 들어가 보겠다.

가장 먼저 고려한 것은 분량이었다. 앉은 자리에서 완독할 수 없을 정도로 작품의 분량이 길어진다면, 인상의 통일성에서 비롯되는 매우 중대한 효과를 포기해야 한다. 두 차례에 나눠서 책을 읽게 되면, 잡다한 세상사가 독서 체험 사이에 끼어들어 인상의 총체성을 파괴하고 만다. 하지만 시인은 **사정이 허락하는 한에서** 자신이 목적한 바에 기여하는 그 어떠한 것도 포기해서는 안 된다. 그렇다면 과연 인상의 통일성을 포기하면서까지 긴 작품을 쓸 가치가 있을까? 나는 단호하게 아니라고 대답하겠다. 우리가 보통 장시長詩라고 부르는 것은 사실 짧은 시들—다시 말해, 짧은 시적 효과들을 연결한 것에 지나지 않는다. 영혼을 고양 시킴으로써 격렬한 흥분을 유발하는 시만이 진정한 시라는 것은 증명할 필요도 없는 사실이다. 하지만 심리적 요인 때문에 이와 같은 격렬한 흥분은 결코 길게 지속될 수 없다. 그런 관점에서 보자면 『실낙원』의 절반은 산문이라고 간주하는 편이 합당할 것이다—일련의 시적 고양은 반드시 그에 상응하는 하강을 동반하고 있으며, 과도한 분량으로 인해 시에서 가장 중요한 요소, 즉 효과의 총체성, 혹은 통일성이 결여되어 있기 때문이다.

모든 문학 작품에 분량의 제한(앉은 자리에서 완독할 수 있는 분량)이 있다는 점은 분명해 보인다. 『로빈슨 크루소』처럼 통일성을 요하지 않는 작품은 긴 분량에서 이익을 취할 수도 있겠지만, 시는 절대 그럴 수 없다. 시에서 분량은 작품의 효과와 수학적 상관관계를 갖는다. 분량이 짧을수록 의도된 효과는 강렬해진다 — 물론 여기에는 한 가지 단서가 붙는데, 어떤 효과를 창출하고자 하든 간에 어느 정도의 분량은 필요하다는 것이다.

이 모든 것을 염두에 두고, 나는 대중과 평단 양쪽의 기준을 동시에 만족시키기 가장 적합한 길이가 100행이라는 결론을 내렸다 — 실제로 「까마귀」는 108개의 행으로 구성되어 있다.

그다음으로 고려한 것은 시를 통해 전달하고자 하는 인상, 혹은 효과였다. 시를 쓰는 내내 나는 이 작품이 **보편적** 호소력을 갖게 되기를 바랐다. 여기서 자세히 설명할 수는 없지만, 그리고 시를 잘 아는 사람들에게는 설명할 필요조차 없겠지만, 나는 시에 합당한 유일한 영역이 아름다움이라고 주장해 왔다. 간혹 나의 주장을 오해하는 사람이 있어서 짧게 덧붙이자면, 가장 격렬하고 가장 숭고하고 가장 순수한 쾌락은 아름다움을 감상할 때 찾아온다. 사람들이 말하는 아름다움은 대상

자체의 특질이라기보다는 그 대상이 야기하는 효과에 가깝다. 그것은 "아름다운 것"을 감상하는 체험에서 비롯되는 **영혼**(머리나 가슴이 **아니다**)의 격렬하고 순수한 고양을 가리키는 것이다. 내가 아름다움을 시의 영역으로 지정한 것은, 작품의 효과는 가장 직접적인 수단을 통해 달성되어야 한다는 예술의 원칙 — 목표를 달성하기 위해서는 그 목표에 가장 **최적화되어** 있는 수단을 선택해야 한다는 예술의 원칙 때문이다. 그리고 앞서 언급한 독특한 고양高揚에 가장 최적화되어 있는 수단이 시라는 점은 아무리 판단력이 흐린 사람이라도 부정하지 못할 것이다. 시가 진실과 지적 만족감이라는 목표, 그리고 열정과 가슴 저림이라는 목표를 달성할 수 없는 건 아니지만, 그런 것들은 산문에 최적화되어 있다. 진실이 요하는 정확함과 열정이 요하는 **소박함**(진정으로 열정적인 사람은 이게 무슨 말인지 알 것이다)은 아름다움, 즉 영혼의 흥분이나 고양과는 대척점에 놓여 있다. 나는 시가 열정이나 진실을 다뤄서는 안 된다고 얘기하려는 게 아니다. 시도 그것들을 유용하게 써먹을 수 있다. 그것들은 마치 음악에서 불협화음이 그렇듯이 대조라는 기능을 통해 작품을 해명하고 전반

적인 효과를 증진시킨다. 하지만 진정한 예술가는 그것
들을 시의 주요 목적 아래 적절히 복속시키고, 가급적
시의 고유색이자 본질인 아름다움 속에 감추려 노력한
다.

이제 시의 아름다움을 가장 잘 드러낼 수 있는 어조가
무엇인지 질문할 차례다. 여태까지의 모든 경험이 말해
주고 있다시피, 그것은 슬픔의 어조다. 어떤 종류건
간에 최상의 아름다움은 민감한 영혼으로 하여금 눈물
을 쏟게 만든다. 따라서 모든 시적 어조 중에서도 가장
적합한 것은 우울한 어조다.

분량과 영역, 그리고 어조를 결정한 뒤에 나는 시의
토대가 되어 줄 기술적 무기(전체 구조물의 굴대)를
찾아내기 위한 귀납적 추론을 시도했다. 다양한 예술적
장치(극적 포인트라고 말하는 편이 더 적합할지도 모르
겠다)를 상세히 검토하는 과정에서 나는 후렴만큼 보편
적으로 사용되고 있는 장치가 없다는 사실을 알게 되었
다. 그 보편성 자체가 후렴의 본질적 가치를 충분히
증명하고 있으므로, 내가 새로운 분석을 보탤 필요는
없을 듯하다. 하지만 나는 후렴을 발전시킬 여지가
있을지도 모른다는 의문을 품게 되었고, 대부분의 후렴

이 기초적인 상태에서 멀리 벗어나지 못했음을 알게 되었다. 후렴구나 반복 어구는 대체로 서정시에만 제한적으로 사용되어 왔고, 의미의 측면에서든 소리의 측면에서든 단조로움의 힘에만 의존에 왔다. 오로지 동일성(반복성)에서만 즐거움을 취한 것이다. 나는 소리의 단조로움을 그대로 유지하되 의미를 계속 변주함으로써 후렴의 효과를 증폭시키고자 했다. 즉, **후렴 그 자체는** 고정하되 **후렴의 쓰임새를** 다양화함으로써 끊임없이 새로운 효과를 만들어내는 것이다.

　그다음으로 고려한 것은 후렴의 **특징**이었다. 후렴의 쓰임새를 반복적으로 변주하려면 반드시 짧은 후렴을 사용해야 했다. 긴 후렴의 쓰임새를 여러 차례 변주한다는 건 극도로 어려운 일이기 때문이다. 짧으면 짧을수록 변주는 쉬워진다. 따라서 나는 한 단어로 된 후렴을 사용하기로 했다.

　이제 후렴으로 쓰일 단어의 성격을 고려해야 했다. 일단 후렴을 사용하기로 결정한 이상, 시를 여러 개의 연으로 나누지 않을 수 없다. 후렴은 각 연의 마지막에 등장하게 되어 있다. 마지막에 등장하는 단어가 힘을 갖기 위해서는 울림이 크고 여음餘音이 길어야 한다.

모음 중에서 가장 울림이 큰 글자는 o이며, 가장 여음이
긴 글자는 r이다.

후렴의 소리가 결정되었다면, 이제 그 소리가 포함된
단어를 골라야 한다. 그 단어는 앞서 결정했다시피
이 시의 우울한 어조와 최대한 잘 어울려야 한다. 그
과정에서 "Nevermore"[92]라는 단어를 간과한다는 건
거의 불가능한 일이었다. 사실 제일 먼저 떠오른 단어가
바로 그것이었다.

그다음 차례는 "이제 없어"라는 후렴을 거듭해서
사용하기 위한 맥락을 만드는 것이었다. 같은 단어를
계속 반복할 만한 그럴듯한 이유를 찾는 것은 어려운
일이었는데, 그와 같은 어려움은 그 단어를 질리지도
않고 단조롭게 내뱉는 존재가 인간이라는 전제 때문에
발생하는 것이었다. 이성을 가진 존재가 하나의 단어를
그렇게 단조롭게 반복해서 내뱉는다는 건 상상하기
어려운 일이었다. 나는 여기서 말을 할 줄은 알지만
이성은 없는 존재를 생각했다. 가장 먼저 떠오른 것은
앵무새였다. 하지만 앵무새는 곧 까마귀로 대체되었다.

---

92. 이어지는 단락부터는 "이제 없어"로 옮겼다.

까마귀는 앵무새처럼 말을 할 수 있을 뿐만 아니라, 당초에 계획된 어조와도 훨씬 잘 어울렸기 때문이다.

이렇게 해서 나는 까마귀라는 불길한 새가 마지막 연마다 "이제 없어"라는 말을 단조롭게 내뱉는 우울한 어조의 108행짜리 시를 쓰기로 했다. 나는 이 시가 모든 면에서 뛰어나야 한다는, 혹은 완벽해야 한다는 목표를 끊임없이 의식하면서 다음과 같이 자문했다. "보편적인 기준에서 가장 우울한 주제는 무엇인가?" 그것은 분명 죽음이었다. "그렇다면" 나는 생각했다. "죽음이라는 우울한 주제는 언제 가장 시적인가?" 그 대답 역시 분명했다. "그것이 아름다움과 결합되었을 때다. 아름다운 여자의 죽음만큼 시적인 주제는 존재하지 않는다. 그리고 이 주제에 가장 적합한 화자는 사랑하는 여자를 잃은 남자라는 점에도 의심의 여지가 없다."

나는 이제 사랑하는 여자를 잃은 남자와 "이제 없어"라는 말을 반복하는 까마귀를 결합해야 했다(후렴의 쓰임새를 여러 차례 변주한다는 계획 또한 잊지 않았다). 그 두 가지 요소를 결합하는 방법은 오로지 하나뿐이었다. 까마귀가 남자의 질문에 대답하도록 만드는 것이다. 바로 이 지점에서 나는 당초에 의도한 효과,

즉 쓰임새의 변주라는 효과를 거두기 위한 기회를 포착했다. 남자가 까마귀에게 첫 번째 질문을 던지면 까마귀는 "이제 없어"라고 대답한다. 남자의 첫 번째 질문은 범상하고, 두 번째 질문은 그보다 조금 덜 범상하고, 세 번째 질문은 그보다도 덜 범상하다. 무심하던 남자는 "이제 없어"라는 말의 우울함, 그리고 그 말을 반복하는 까마귀라는 존재의 불길함에 자극을 받고, 반쯤은 미신에 사로잡혀서, 그리고 반쯤은 자기 고문을 통한 일종의 절망을 맛보기 위해서 범상치 않은 질문들 — 이미 속으로는 답을 알고 있는 질문들을 던지기 시작한다. 그것은 그가 까마귀의 예언적, 혹은 악마적 성질을 믿어서라기보다는(그는 까마귀가 반복 학습을 통해 그 말을 배웠다는 사실을 인지하고 있다) "이제 없어"라는 정해진 대답에 자신의 질문을 끼워맞춤으로써 광기어린 쾌락을, 가장 고통스럽기 때문에 오히려 가장 달콤한 쾌락을 맛보기 위해서다. 구성의 과정에서 나에게 찾아온 이 기회(더 정확히 말하자면 나에게 강제된 기회)를 포착하고, 나는 절정 부분, 혹은 남자의 마지막 질문 — "이제 없어"라는 정해진 대답으로 인해 가장 커다란 슬픔과 절망을 야기하게 될 어떤 질문을 떠올렸다.

이 시는 바로 이 지점에서 — 즉, 마지막 부분에서 시작되었다고 말해도 좋을 것이다(본래 모든 시는 마지막 부분에서 시작되어야 마땅하다). 내가 처음으로 펜을 들고 종이에 뭔가를 쓰기 시작한 게 바로 여기서부터였기 때문이다.

> *"예언가여!" 나는 말했다. "불길한 존재! 새이자 악령이여, 그리고 예언가여!*
>
> *머리 위의 하늘을 걸고, 너와 내가 함께 받드는 신을 걸고 말해다오 —*
>
> *슬픔에 짓눌린 나의 영혼에게 말해다오, 저 머나먼 에덴에서는*
>
> *천사들이 레노어라고 부르는 그 성스러운 여인을 안을 수 있을지*
>
> *천사들이 레노어라고 부르는 아름답고 눈부신 여인을 안을 수 있을지."*
>
> *까마귀가 말했다. "이제 없어."*

나는 절정 부분을 가장 먼저 구축함으로써, 그에

앞설 질문들의 심각성이나 중요성을 단계적으로 조절할 수 있었다. 또한, 음보와 율격과 길이, 그리고 연의 전반적 배치가 결정되었으므로, 그에 앞설 연들의 음악적 효과가 이 연을 능가하지 못하도록 통제할 수도 있었다. 설령 나중에 이것보다 더 강렬한 연을 쓸 수 있었다고 하더라도, 나는 절정의 효과를 위해 그 연의 힘을 과감하게 덜어냈을 것이다.

여기서 시의 형식에 관한 몇 가지 설명을 덧붙이는 게 좋을 것 같다. 나의 최우선 목표는 (늘 그렇듯이) 독창성이었다. 시인들이 독창적 형식에 그다지 관심을 갖지 않는다는 건 대단히 납득하기 어려운 일이다. 독창적인 **음보**를 만드는 방법은 거의 없지만, 독창적인 연이나 율격을 만드는 방법은 수도 없이 많다. **그럼에도 불구하고** 지난 수 세기 동안 뭔가 독창적인 것을 만든 시인, 혹은 만들고자 했던 시인은 거의 전무한 것 같다. 사실 독창성은 (보기 드문 천재가 아니고서야) 영감이나 직관 따위와는 별 관계가 없다. 오히려 그것은 섬세한 탐구를 요한다. 독창성은 가장 **긍정적인** 성질 중 하나지만, 그것을 획득하고자 할 때는 새로운 것을 만들어내기보다는 기존에 있던 것을 **부정**해야 한다.

포와 란포
.....
490

물론 나는 「까마귀」의 음보나 율격이 독창적이라고 말할 생각은 없다. 음보는 강약격이고, 율격은 팔보격 완전운각이다. 다섯 번째 행은 칠보격 불완전운각이고, 마지막은 사보격 불완전운각이다. 조금 더 쉽게 설명하자면, 긴 음절 뒤에 짧은 음절이 덧붙어서 하나의 음보(강약격)를 이루고, 이 음보가 8개 모여서 첫 번째 행을 이룬다. 두 번째 행은 7개 반(사실상은 2/3), 세 번째 행은 8개, 네 번째 행은 7개 반, 다섯 번째 행도 7개 반, 여섯 번째 행은 3개 반으로 되어 있다. 개개의 율격은 전혀 새로울 것이 없지만, 「까마귀」에서는 그것들이 독창적인 방식으로 결합되어 하나의 연을 이루고 있다. 일찍이 이런 방식으로 연을 구성한 시인은 없었다. 이 독창적인 결합의 효과는 각운과 두운의 활용 원리를 확장함으로써 생겨나는 신선한 자극으로 인해 한층 강화된다.

다음으로 고려해야 할 것은 남자와 까마귀를 만나게 하는 방식이었다. 먼저 공간을 결정해야 했다. 가장 자연스러운 공간은 숲이나 들판이다. 하지만 폐쇄적 사건을 위해서는 반드시 고립된 공간이 필요하다. 한정된 공간은 그림을 담는 액자의 역할을 한다. 거기에는

주의를 집중시키는 효과도 있지만, 그것을 공간의 통일
성과 동일한 것으로 생각해서는 안 된다.

나는 남자를 그의 방에 ― 사랑하는 여자가 자주
찾아왔던 기억으로 인해 그에게는 신성한 공간처럼
되어 있는 그의 방에 위치시키기로 결정했다. 그의
방은 고풍스러운 가구들이 놓여 있는 것으로 묘사된다
― 물론 이것은 시에 합당한 유일한 영역이 아름다움이
라는 예의 생각에서 비롯된 설정이다.

공간이 결정되었으니, 이제 까마귀를 방으로 들어오
게 만들어야 했다. 까마귀가 들어올 수 있는 통로는
창문뿐이다. 처음에 남자는 까마귀의 날개가 덧창에
부딪히는 소리를 듣고 누군가 방문을 "두드리고" 있다
고 생각한다. 방문을 열어 본 남자는 바깥에 어둠밖에
없다는 걸 알게 된다. 나는 실상을 잠시 감춤으로써
독자의 호기심을 자극하고자 했고, 남자로 하여금 죽은
여자의 영혼이 그의 방문을 두드렸다는 모호한 몽상에
빠지게 만들고자 했다.

나는 바깥에서 폭풍우가 치도록 만들었는데, 거기에
는 두 가지 목적이 있었다. 첫 번째 목적은 까마귀가
방으로 들어가려는 이유를 설명하는 것이었고, 두 번째

목적은 폭풍우를 방 안의 (물리적) 고요함과 대조시키는 것이었다.

나는 까마귀가 팔라스 흉상에 앉도록 만들었다. 대리석과 깃털의 질감을 대조시키기 위해서였다. 대리석 구조물 중에서도 하필 흉상을 선택한 것은 전적으로 까마귀의 이미지 때문이었다. 흉상 중에서도 하필 팔라스 흉상을 선택한 것은 남자가 학자이기 때문이었다.[93] 물론 팔라스라는 이름 자체의 울림도 선택에 결정적 영향을 끼쳤다.

시의 중간에서도 나는 대조의 효과를 노렸다. 그것은 절정의 인상을 심화하기 위한 것이었다. 예를 들면 까마귀가 등장하는 장면의 분위기는 거의 우스꽝스럽다고 해도 좋을 정도로 기묘하다. 까마귀는 "정신없이 푸다닥거리며" 방 안으로 들어온다.

그는 인사도 하지 않고, *일말의 머뭇거림도 없이*

들어와서는

신사나 숙녀 같은 태도로 *나의 방문 위에 앉았다.*

---

93. 팔라스는 지혜와 전쟁의 여신 아테나의 별칭이다.

이어지는 두 연에서 그와 같은 의도는 더욱 분명하게
드러난다.

> 그 어두운 새의 우울하면서도 엄숙한 모습은
> 나의 슬픈 공상을 웃음으로 물들였다.
> "그대는 볏이 잘리긴 했지만" 나는 말했다. "새가
> 슴은 아니로구나
> 칠흑의 세계를 떠도는 고대의 음산한 까마귀여
> 밤의 저승에서 그대가 사용하는 이름이 무엇인지 말
> 해다오!"
> 까마귀가 말했다. "이제 없어."

> 별 의미도 없고 질문과 상관도 없는 대답이었을망정
> 이토록 추레한 까마귀가 그토록 또박또박 말을 한
> 다는 건 놀라웠다.
> 자기 방문 위에 앉아 있는 까마귀를 본 사람
> 자기 방문 위의 흉상에 앉아 있는 까마귀를 본
> 사람은
> 이 세상에서 오로지 나뿐이리라.

대단원의 효과를 위한 준비가 완료되었으므로, 나는
그 즉시 기묘한 어조를 더없이 심각한 어조로 전환했다
— 어조의 전환은 바로 다음 연부터 이루어진다.

하지만 까마귀는 차가운 흉상에 외롭게 앉아서, 오로
지 그 한 마디만을 —

이 시점부터 남자는 농담을 하지도 않고, 까마귀의
모습을 우스꽝스럽다고 생각하지도 않는다. 그는 까마
귀를 "어둡고 추레하고 섬뜩하고 수척하고 불길한 태곳
적의 새"라고 표현하며 "까마귀의 눈동자가" 그의 "가슴
한복판에서 불타고 있"다고 느낀다. 남자의 이와 같은
생각(혹은 상상)의 전환은 독자에게도 유사한 전환을
일으킨다 — 독자의 마음 상태를 (당장 맞닥뜨리게 될)
대단원에 가장 적합한 상태로 전환시켜 주는 것이다.

계획된 **대단원**(저세상에서는 사랑하는 연인을 만날
수 있느냐는 남자의 질문에 까마귀가 "이제 없어"라고
대답한다)과 함께 이 시는 확실한 영역, 즉 명백한

이야기의 영역에서 마무리된다. 여기까지는 모든 것이 현실에 속한다. "이제 없어"라는 단 하나의 말을 배운 까마귀는 어느 날 밤 주인에게서 도망쳐 거친 폭풍우 속을 떠돌다가, 죽은 연인을 생각하며 책을 펼쳐 놓은 채 졸고 있던 어느 학생의 불 켜진 방 안으로 들어가려 한다. 덧창이 열리고 까마귀는 푸다닥거리며 방으로 들어가 가장 편안하면서도 학생의 손에는 닿지 않는 높은 자리에 앉는다. 학생은 갑자기 찾아온 이상한 손님에게 흥미를 느끼며 장난삼아 이름을 묻는다. 놀랍게도 까마귀는 "이제 없어"라고 대답한다. 까마귀의 대답은 학생의 우울한 가슴을 곧장 파고든다. 학생은 머릿속에 떠오른 생각을 아무렇게나 내뱉고, 그때마다 반복되는 까마귀의 "이제 없어"라는 대답에 동요한다. 학생은 사정을 대충 짐작하지만, 자기 고문이라는 인간적 충동과 미신에 사로잡힌 채, "이제 없어"라는 정해진 대답과 결합되어 가장 풍부한 슬픔을 가져다줄 만한 질문들을 까마귀에게 던진다. 이와 같은 자기 고문이 극에 달하며 이야기는 앞서 말한 명백한 영역(첫 번째 영역)에서 자연스러운 결말을 맞이한다. 여기까지는 모든 것이 현실의 범위 안에 있다.

하지만 아무리 뛰어난 기교로 사건을 생생하게 전달하더라도 예술가의 눈에는 어딘가 어색하고 부족해 보이게 되어 있다. 여기서 필요한 것은 두 가지다. 하나는 일정 수준의 복합성, 더 정확히 말하자면 각색이고, 나머지 하나는 일정 수준의 암시성, 즉 보이지 않을지도 모르는 의미의 저류底流이다. 특히 후자는 예술 작품에 (흔히 쓰이는 말로 표현하자면) 풍성한 **양념**을 제공하는데, 사람들은 간혹 이 양념을 **주재료**라고 착각하곤 한다. 의미의 암시가 **과잉**되기 시작하면 저류는 상류로 넘쳐흐르고, 시는 (따분하기 짝이 없는 부류의) 산문이 되어버린다. 이른바 초월주의 시인들이 자주 저지르는 실수다.

이를 고려해 나는 마지막 두 연을 추가했다. 여기서 암시되는 의미는 앞부분의 이야기 전체를 끌어안는다. 의미의 저류가 처음으로 나타나는 부분은 다음과 같다.

*내 **심장**에서 그대의 부리를 뽑거라, 네가 나갈 문은 저기 있다!*

까마귀가 말했다. "이제 없어."

"내 심장에서"라는 말은 이 시를 통틀어 처음으로 사용된 상징적 표현이다. 이 표현에서, 그리고 "이제 없어"라는 까마귀의 대답에서 독자는 앞선 이야기 전체에 적용되는 우의寓意를 발견한다. 이때부터 까마귀는 상징적인 존재가 된다. 그리고 마지막 연의 마지막 행에 이르러서야 비로소 까마귀는 사라지지 않는 고통스러운 기억의 상징으로 분명하게 거듭난다.

까마귀는 깃털 하나 움직이지 않고 가만히
방문 위의 창백한 팔라스 흉상에 앉아 있다.
그의 눈동자는 마치 꿈을 꾸는 악마처럼 보인다.
천장의 등불이 그의 그림자를 바닥에 흩뿌린다.
바닥에 어른거리는 저 그림자로부터 나의 영혼이
벗어날 길은 — 이제 없다!

속임수의 축제

탐욕스러운 사람

세상을 모르는 사람

세상을 너무 잘 아는 사람

모두 다 우리를 만날 수 있다

                               – 영화 「범죄의 재구성」 중에서

이 책은 에도가와 란포가 던진 다음과 같은 질문에서 탄생했습니다. "탐정소설에 대한 포의 열정은 일시적이거나 돌발적인 게 아니었을까?" 어쩌면 그렇게 생각하는 편이 자연스러울지도 모릅니다. "포의 탐정소설은 엄밀히 말하면 세 편이고, 폭넓게 보더라도 다섯 편밖에 안 되기 때문"입니다. 하지만 에도가와 란포는 "논리적이고 수학적으로 구성되어" 있는 작품 세계나 "수수께끼와 난제를 좋아하는" 작가적 성향을 근거로 삼아 "탐정소설적인 성격이야말로 포의 여러 작품의 근저가 되는 가장 큰 특징 중 하나"라는 결론을 내립니다.

그렇다면 에드거 앨런 포는 어째서 "수수께끼와 난제"를 좋아했을까요? 어째서 멜젤의 공연을 몇 번이나 거듭해 관람하면서까지 체스 인형의 비밀을 파헤치려 했을까요? 어째서 사기꾼들의 이상한 모험담을 수집했을까요? 그것은 에드거 앨런 포가 '속고 속이는 일' 그 자체에 관심을 갖고 있었기 때문인지도 모릅니다. 실제로 에드거 앨런 포의 소설에서는 다양한 방식으로 속임수가 펼쳐집니다. 마술사가 관객을 속이기도 하고, 사기꾼이 선량한 시민을 속이기도 하고, 친구가 친구를 속이기도 하고, 범인이 탐정을 속이기도 하고, 탐정이 범인을 속이기도 하고, 작가가 독자를 속이기도 합니다.

그런데 주목할 만한 점은 '속이는 사람'이 아무도 없는데도 사람들은 자주 속아 넘어가곤 한다는 것입니다. 이것은 간단히 말하자면 '통념의 속임수'입니다. 살인사건의 범인은 반드시 '사람'일 거라는 통념, 중요한 문서는 반드시 '은밀한' 곳에 숨길 거라는 통념, 군인보다는 깡패가 나쁜 짓을 저지를 '확률'이 높을 거라는 통념은 문제를 훨씬 복잡하게 만들고, 최악의 경우에는 새로운 피해자를 만들어냅니다. 에드거 앨런 포의 분신 오귀스트 뒤팽은 "다수에게 아첨하는 대중적 견해나 통념은 모두 어리석다고 생각하는 편이 안전하다"고 말합니다. 뒤팽이 경찰국장과 다른 점이 있다면, 그것은 바로 통념에 속아 넘어가지 않고 언제나 진실을 향해 나아간다는 것입니다.

어쩌면 이렇게 말해볼 수도 있을 것 같습니다. 에드거 앨런 포는 우리를 '속임수의 축제'로 초대하고 있는지도 모릅니다. '속고 속인다는 건' 어떤 면에서는 축제처럼 유쾌하고 즐거운 일이 될 수도 있습니다. 하지만 이 축제에는 중요한 규칙이 하나 있습니다. 아이러니하게도 그것은 바로 '무슨 일이 있어도 속으면 안 된다는 것'입니다. 속임수의 즐거움을 만끽하되 한쪽 손에는 반드시 진실의 실마리를 쥐고 있을 것, 그로써 어느 누구도 속임수로 인해 다치지 않도록 할 것, 그게 바로

옮긴이의 말
....
501

이 화려한 축제를 주최한 에드거 앨런 포의 유일한 당부입니다.

책을 옮기는 동안 많은 분의 도움을 받았습니다. 우선 에도가와 란포의 해제를 번역해 주신 이종은 번역가님께 감사드립니다. 제가 문학 번역을 처음 시작했을 때부터 물심양면으로 많은 도움을 주신 서강대학교 국제대학원 강봉구 선생님께도 감사의 말씀을 드려야 할 것 같습니다. 마지막으로, 이 책을 읽어주신 모든 분이 언제나 진실의 실마리를 놓치지 않고 세상에 펼쳐진 수많은 미로를 무사히 통과하셨으면 좋겠습니다.

포와 란포

초판 1쇄 발행 2021년 5월 20일

지은이 에드거 앨런 포 | **옮긴이** 이진우 | **펴낸이** 조기조
펴낸곳 도서출판 b | **등록** 2003년 2월 24일 제2006-000054호
주소 08772 서울특별시 관악구 난곡로 288 남진빌딩 302호
전화 02-6293-7070(대) | **팩시밀리** 02-6293-8080
홈페이지 b-book.co.kr | **이메일** bbooks@naver.com

ISBN 979-11-89898-51-9   03840
값 18,000원